# AUJOURD'HUI
# EST UN
# AUTRE JOUR

# DAVID LEVITHAN

# AUJOURD'HUI EST UN AUTRE JOUR

Traduit de l'anglais
par Simon Baril

GALLIMARD JEUNESSE

# 1

Je regarde sa voiture entrer sur le parking. Je le regarde en descendre. D'abord trop éloignée de lui, je me rapproche... mais il ne me cherche pas du regard, il file droit vers le lycée sans remarquer que je suis là. Je pourrais lui faire signe, mais il n'aime pas ça. Il dit que seules les filles mal dans leur peau sont tout le temps en train de faire signe à leur petit ami.

J'ai mal d'être si pleine de lui alors qu'il est si vide de moi.

Peut-être est-ce à cause d'hier soir qu'il ne me cherche pas. Peut-être la prise de bec que nous avons eue n'est-elle pas encore terminée. Comme la plupart de nos disputes, c'était à propos d'une bêtise, avec, sous la surface, d'autres conflits plus sérieux. Tout ce que j'ai fait, c'est lui demander s'il voulait aller à la soirée de Steve samedi soir. Voilà. Et il m'a demandé pourquoi je lui parlais déjà de samedi prochain, alors que nous étions dimanche soir. Il m'a reproché d'être toujours en train d'essayer de lui imposer un planning, comme si je craignais que, pour peu que nous ne l'ayons pas prévu des mois à l'avance, il ne veuille pas passer de temps avec moi. Je lui ai dit que ce n'était pas ma faute s'il avait systématiquement peur de faire des projets, de penser à demain.

Sauf que c'était une belle erreur d'utiliser ce mot. *Peur.* C'est probablement le seul qu'il ait entendu.

– Tu ne sais pas de quoi tu parles, m'a-t-il déclaré.

– Je te proposais juste d'aller à une soirée chez Steve samedi soir, lui ai-je répondu d'un ton beaucoup trop contrarié. C'est tout.

Mais ce n'est pas tout. Justin m'aime et me déteste autant que je l'aime et le déteste. Ça, je le sais. L'un comme l'autre, nous avons nos points sensibles, et nous ne devrions pas nous provoquer. Seulement, parfois, c'est plus fort que nous. Nous nous connaissons trop bien, et pourtant jamais suffisamment.

Je suis amoureuse de quelqu'un qui a peur de l'avenir. Et, comme une idiote, je remets toujours ça sur le tapis.

Je le suis. Évidemment. Seule une fille mal dans sa peau en voudrait à son petit ami de ne pas l'avoir remarquée sur un parking.

Tout en me dirigeant vers son casier, je me demande quel Justin je m'apprête à retrouver. Ce ne sera sans doute pas gentil Justin, parce que gentil Justin se pointe rarement au lycée. Avec un peu de chance, ce ne sera pas non plus méchant Justin, parce que je n'ai rien fait de *vraiment* mal, du moins je ne le pense pas. J'espère plutôt qu'il s'agira de cool Justin, parce que j'aime cool Justin. Quand il est là, tout le monde se sent plus détendu.

Postée derrière lui tandis qu'il sort ses livres de son casier, je contemple sa nuque. Parce que je suis amoureuse de sa nuque. Elle a quelque chose de tellement physique, quelque chose qui me donne envie de me pencher pour l'embrasser.

Enfin il me regarde. Je n'arrive pas à décrypter son expression – pas immédiatement. C'est comme si lui aussi essayait de me déchiffrer. Je prends cela plutôt comme un bon signe : peut-être s'inquiète-t-il pour moi. À moins que ce soit un mauvais signe : peut-être ne comprend-il pas ce que je fais là.

– Salut, dit-il.

– Salut.

Son regard est très intense. Il voit quelque chose qui ne lui plaît pas, j'en suis sûre. Il arrive toujours à voir quelque chose qui lui déplaît.

Mais il ne fait aucun commentaire. Ce qui est étrange. Puis, encore plus étrange, il me demande :

– Ça va ?

Pour qu'il me pose cette question, je dois vraiment faire peine à voir.

– Oui.

Voilà ce que je lui réponds, car je ne sais pas ce que je suis censée dire. « Non, ça ne va pas », aurait été une réaction plus juste. Mais qu'avec lui il vaut mieux éviter.

S'il s'agit d'une sorte de piège, je n'apprécie guère. S'il veut se venger de mes propos d'hier soir, je préférerais qu'il arrête.

– Tu es en colère contre moi ?

Je lui demande cela tout en n'étant pas certaine de vouloir connaître la réponse.

– Non. Je ne suis pas du tout en colère contre toi.

Menteur.

Lorsque nous avons des problèmes, c'est en général moi qui les vois. C'est moi qui m'inquiète pour deux. Et je ne peux pas lui en parler trop souvent, parce qu'alors c'est presque comme si je me vantais de comprendre ce que lui ne comprend pas.

Incertitude : dois-je mentionner hier soir ? Ou dois-je faire comme s'il ne s'était rien passé, comme si ce genre de chose n'arrivait jamais ?

– On déjeune toujours ensemble aujourd'hui ?

C'est seulement après avoir posé cette question que je me rends compte que, oui, je suis à nouveau en train de faire des projets.

Peut-être suis-je bel et bien une fille mal dans sa peau, après tout.

– Absolument, dit Justin. Ce serait super.

Ouais, mon œil. Il se moque de moi. Forcément.

– Pourquoi pas ? ajoute-t-il.

Je le regarde, et il me paraît sincère. Peut-être ai-je tort de me livrer à des procès d'intention. Et peut-être ma surprise l'a-t-elle désarçonné.

Je lui prends la main. S'il est prêt à tourner la page d'hier soir, moi aussi. C'est comme ça, entre nous. Une fois les disputes idiotes terminées, il n'y a plus de problème.

– Je suis contente que tu ne sois pas fâché contre moi, lui dis-je. Je veux juste que tout aille bien.

Il sait que je l'aime. Je sais qu'il m'aime. Là n'est jamais la question. La question, c'est comment faire pour que cela fonctionne.

L'horloge tourne. La sonnerie retentit, me rappelant que le lycée n'existe pas uniquement pour nous fournir un lieu où être ensemble.

– On se voit tout à l'heure, dit-il.

Je m'accroche à cette promesse. La seule chose susceptible de m'aider à traverser le vide qui va suivre.

Je regardais une de mes séries et, à un moment, l'une des *housewives* a déclaré : « C'est un naze, mais c'est *mon* naze. » Et j'ai pensé : « Merde alors, je ne devrais pas m'identifier à ça, mais pourtant c'est bien ce qu'il m'arrive et, après tout, pourquoi pas ? » Ça doit être ça, l'amour : se rendre compte à quel point quelqu'un est paumé et l'aimer malgré tout, parce que vous savez que vous êtes paumée, vous aussi, et peut-être encore davantage que lui.

Moins d'une heure après le début de notre premier rendez-vous, Justin appuyait déjà sur la sonnette d'alarme.

– Je te préviens, avec moi, tu vas avoir des ennuis, a-t-il lâché tandis que nous dînions chez TGI Fridays. De gros ennuis.

– Et toutes les autres filles, tu les préviens aussi ? lui ai-je demandé sur le ton du flirt.

– Non, m'a-t-il répondu au premier degré. Jamais.

C'était sa façon de me faire comprendre que je comptais pour lui. Dès le début.

Il n'avait pas eu l'intention de me l'avouer. Mais voilà, c'était sorti.

Et, bien que depuis lors il ait négligé de nombreux autres détails au sujet de notre premier rendez-vous, il n'a jamais oublié ces mots-là.

« Je t'avais prévenue ! me hurle-t-il parfois les soirs où c'est vraiment moche, où c'est vraiment difficile. Ne va pas dire que tu ne le savais pas ! »

Parfois, ça me donne envie de le serrer encore plus fort dans mes bras.

Parfois, j'ai déjà laissé tomber, et cela me désole de ne rien pouvoir faire.

Comme le seul moment de la matinée où nos chemins se croisent, c'est entre la première et la deuxième heure de cours, je le guette. Nous n'avons qu'une minute à partager, parfois moins, mais j'en éprouve toujours de la gratitude. C'est comme si je faisais l'appel : « Amour ? Présent ! » Même si nous sommes fatigués (c'est presque systématiquement le cas), et même si nous n'avons pas grand-chose à raconter, je sais qu'au moins il ne m'ignorera pas.

Aujourd'hui, je souris parce que, tout bien considéré, la matinée n'a pas été si mauvaise. Et lui me sourit à son tour.

Un bon signe. Je guette toujours les bons signes.

À la fin de la quatrième heure de cours, je file vers la classe de Justin, mais il ne m'a pas attendue. Alors je me rends à la cafétéria, à l'endroit où il s'assoit d'habitude. Là-bas non plus, il n'est pas. Je demande à Rebecca si elle ne l'a pas vu. Elle me dit que non, et n'a pas l'air très surprise que je sois en train de le chercher. De ça, je préfère ne pas me préoccuper. Je vais voir près de mon casier, mais il n'est pas dans les parages. Je commence à penser qu'il a oublié, ou qu'en réalité il se moquait de moi. Puis je décide d'aller regarder du côté de son propre casier, bien qu'il soit situé à l'opposé de la cafétéria. Jamais il ne s'y arrête à l'heure du déjeuner. Mais il faut croire qu'aujourd'hui il a fait une exception, car c'est justement là que je le trouve.

Je suis contente de le voir, mais épuisée. Tout ça demande tellement d'efforts. L'air encore plus fatigué que moi, il contemple son casier comme s'il y avait une fenêtre à l'intérieur. Il s'agirait de quelqu'un d'autre, j'en conclurais qu'il est en train de rêvasser. Mais Justin ne rêvasse pas. Lorsqu'il est parti, il est vraiment parti.

Et voilà qu'il est de retour. Pile au moment où j'arrive devant lui.

– Salut, dit-il.

– Salut.

J'ai faim, mais pas à ce point. Le plus important, c'est que nous soyons ensemble. Peu importe où.

Il se met à ranger ses livres dans son casier, comme s'il en avait fini avec les cours. J'espère que tout va bien. J'espère qu'il n'abandonne pas. Si je dois rester coincée ici, je veux qu'il soit dans le même bateau que moi.

Il se redresse, pose la main sur mon bras. Délicatement. Beaucoup trop délicatement. C'est le genre de geste que *moi* je pourrais avoir envers lui, et non lui envers moi. Cela me plaît, mais en même temps cela me déplaît.

– Allons quelque part, lance-t-il. Où veux-tu aller ?

Encore une fois, je me dis qu'il doit y avoir une bonne réponse à cette question, et que si je me trompe, je gâcherai tout. Il veut quelque chose de moi, mais quoi ? Je ne suis pas sûre.

– Je ne sais pas.

Quand il ôte sa main de mon bras, je me dis : « *Zut, mauvaise réponse.* » Mais ensuite, il me prend la main.

– Viens.

Il y a de l'électricité dans ses yeux. Du courant. De la lumière. Il ferme son casier et m'entraîne. Je ne comprends pas. Nous marchons main dans la main dans les couloirs quasi déserts. Jamais cela ne nous arrive. Un sourire malicieux s'affiche sur son visage et nous accélérons le pas. On dirait des gamins à la récré. Nous courons, pour de bon, le long des couloirs. Les gens nous regardent comme si nous étions fous. C'est complètement ridicule. Il nous conduit vers mon casier et me dit d'y laisser mes livres, moi aussi. Je ne comprends pas, mais je le suis ; il est de super bonne humeur, et je ne voudrais surtout pas faire quoi que ce soit qui remette cela en cause.

Une fois mon casier refermé, nous redémarrons. Nous franchissons la porte. Tout simplement. Nous nous évadons. Nous parlions toujours de partir et, aujourd'hui, nous passons à l'action. J'imagine qu'il va m'emmener à la pizzeria, par exemple. Que nous serons peut-être en retard pour la reprise des cours. Nous montons dans sa voiture et je ne veux même pas lui demander ce que nous faisons. Je veux juste le laisser agir.

– Où veux-tu qu'on aille ? demande-t-il en se tournant vers moi. Qu'est-ce qui te ferait vraiment plaisir ?

Étrange. Il me pose la question comme si c'était bel et bien *moi* qui détenais la bonne réponse.

J'espère sincèrement que ce n'est pas un piège. Que je ne vais pas le regretter.

Je dis la première chose qui me vient à l'esprit.

– Je veux aller à la mer. Je veux que tu m'emmènes à la mer.

Je m'attends à ce qu'il éclate de rire et m'explique qu'il pensait plutôt m'amener chez lui, afin qu'en l'absence de ses parents nous passions l'après-midi à faire l'amour et à regarder la télé. Ou qu'il me dise qu'il cherchait simplement à me montrer l'avantage de ne pas faire de projets, à me prouver que moi aussi je préfère la spontanéité. À moins qu'il ne m'encourage à aller m'amuser à la plage toute seule, pendant que lui va déjeuner quelque part. Toutes ces possibilités-là se bousculent dans ma tête.

La seule à laquelle je ne m'attends pas, c'est qu'il approuve ma suggestion.

– D'accord, dit-il en quittant le parking.

Je continue de penser qu'il plaisante, mais voilà qu'il me demande quel est le meilleur itinéraire. Je lui indique quelles autoroutes prendre ; il y a une plage où autrefois nous nous rendions souvent l'été, ma famille et moi, alors pourquoi ne pas y aller aujourd'hui, si on va à la mer ?

Tandis qu'il conduit, je sens qu'il est heureux. Cela devrait me rassurer, mais ça m'angoisse. Justin serait tout à fait capable de m'emmener dans un endroit spécial rien que pour m'annoncer qu'il me largue. En faire tout un plat. Et peut-être même m'abandonner sur place. Je n'y crois pas vraiment, mais cela reste une possibilité. Ce serait sa façon de me prouver qu'il est capable de planifier. De me montrer qu'il n'a pas autant peur de l'avenir que je l'ai prétendu.

« *Tu perds la boule, Rhiannon* », me dis-je. C'est ce qu'il me répète tout le temps. Et, très souvent, il a raison.

« Profite de ce moment », me dis-je. Parce que nous ne sommes pas au lycée. Et nous sommes ensemble.

Il allume la radio, me confie le choix de la musique. Quoi ? « C'est ma bagnole, c'est ma radio. » Combien de fois l'ai-je entendu dire ça ? Mais sa proposition paraît sincère, ainsi je passe d'une station à une autre, tâchant de trouver quelque chose qui lui plaira.

– Pourquoi pas celle-là ? me demande-t-il lorsque je m'arrête trop longtemps sur une chanson que j'aime.

Et je pense : « Parce que tu la détestes. » Mais je ne le dis pas tout haut. Je laisse la chanson. J'attends qu'il se fende d'une plaisanterie du genre « C'est quoi son problème à cette chanteuse ? Elle a ses ragnagnas ou quoi ? ».

Mais non, il se met à chanter.

Incroyable. Justin ne chante *jamais*. Il lui arrive de hurler après la radio. Il lui arrive de répondre aux propos des gens dans les talk-shows. Il lui arrive même de battre la mesure sur son volant. Mais il ne chante *jamais*.

Je me demande s'il a pris de la drogue. Mais je l'ai déjà vu défoncé, et ça ne ressemblait pas à ça.

– Qu'est-ce qui t'arrive ?

– Rien, dit-il. C'est juste la musique.

– Ah.

– Je t'assure.

Il ne plaisante pas. Il ne se moque pas de moi de manière insidieuse. Je m'en rends bien compte en l'observant. Je ne sais pas ce qu'il se passe, mais ce n'est pas ça.

Je décide donc de voir jusqu'où je peux pousser. Exactement comme le ferait une fille mal dans sa peau.

– Dans ce cas…

Je change de station jusqu'à ce que je trouve la chanson la moins justino-compatible.

Ça y est, je la tiens. Kelly Clarkson. Qui nous raconte que ce qui ne nous tue pas nous rend plus forts.

Je monte le son. Dans ma tête, je le mets au défi de chanter.

Et surprise… nous voilà en train de nous époumoner. Je ne sais pas comment il connaît les paroles. Mais peu importe. Je chante avec tout ce que j'ai dans les tripes, moi qui ne m'étais jamais doutée qu'un jour j'aimerais autant cette chanson, tout simplement parce qu'elle nous fait du bien, qu'elle fait du bien à notre couple. Je refuse de penser à quoi que ce soit d'autre. Je veux que nous restions à l'intérieur de cette chanson. Cela ne nous était encore jamais arrivé, et c'est formidable.

Une fois qu'elle est terminée, je baisse ma vitre ; j'ai envie de sentir le vent dans mes cheveux. Justin ouvre les autres, et du coup, on se croirait dans une soufflerie ou à bord d'un grand 8 dans un parc d'attractions, alors que nous sommes simplement dans une voiture qui roule sur l'autoroute. Il a l'air tellement heureux. Soudain, je prends conscience que c'est rare de le voir comme ça, se livrer à un bonheur que rien n'entache. D'habitude, il a peur de se laisser aller, comme si on pouvait tout lui reprendre d'un instant à l'autre.

Il attrape ma main et se met à me poser des questions. Des questions personnelles.

– Comment vont tes parents ? me demande-t-il d'abord.

– Euh… je ne sais pas.

Jusqu'ici, il ne s'était jamais vraiment soucié de mes parents. Je sens bien qu'il veut être apprécié d'eux, mais comme il n'est pas sûr que cela soit possible, il fait semblant de ne pas y attacher d'importance.

J'essaie quand même de répondre :

– Enfin… Ma mère cherche à arranger les choses, sans pour autant agir véritablement. Mon père est parfois de bonne humeur, mais ça ne suffit pas à en faire quelqu'un d'agréable. Plus il vieillit, plus il se fiche de ce qui se passe autour de lui.

– Et Liza, comment ça va pour elle à la fac ?

En l'entendant me poser la question, j'ai l'impression qu'il est fier de se souvenir du prénom de ma sœur. Revoilà donc le Justin que je connais.

– Je ne sais pas. Entre elle et moi, ça tenait plus de la trêve entre sœurs que de la grande amitié. Je ne suis pas certaine qu'elle me manque beaucoup, même si c'était plus facile quand elle vivait là, parce qu'au moins on était deux, tu comprends ? Elle ne nous appelle jamais. Même quand c'est ma mère qui essaie de la joindre, elle ne rappelle pas. Je ne lui en veux pas, je suis sûre qu'elle a mieux à faire. Et, de toute façon, j'ai toujours su qu'après son départ, on ne la reverrait plus. Donc ce n'est pas comme si ça me surprenait.

Tout en parlant, je me rends compte que je flirte avec un sujet sensible : la vie après le lycée. Mais cela ne semble pas effaroucher Justin. Au contraire, il me demande si je trouve que cette année scolaire est très différente de la précédente. Une drôle de question. Je m'y attendrais de la part de ma grand-mère, pas de mon petit ami.

– Je ne sais pas, dis-je avec prudence. C'est toujours aussi nul. Mais, tu vois… j'ai beau avoir hâte d'arriver au bout du tunnel, je m'inquiète aussi de tout ce qui viendra après. Même si je n'ai rien prévu. Sincèrement. Je sais que tu t'imagines que j'ai déjà plein de projets, mais en réalité je n'ai absolument rien fait pour organiser l'après-lycée. Je suis dans la même situation que tout le monde, aussi peu préparée.

« Tais-toi, tais-toi, tais-toi, me dis-je intérieurement. Pourquoi est-ce que tu abordes ça ? »

Mais peut-être que j'ai une bonne raison. Peut-être que j'aborde le sujet pour voir comment il va réagir. Il me teste constamment, or moi non plus, je ne suis pas étrangère à ce genre de pratiques.

– Et toi, qu'est-ce que tu en penses ?

– Franchement, me répond-il, j'essaie juste de vivre au jour le jour.

Je sais. Néanmoins j'aime mieux quand il l'exprime de cette manière, d'une voix qui reconnaît que nous sommes dans le même bateau. J'attends qu'il poursuive, qu'il revienne sur notre dispute d'hier soir. Mais il s'abstient. Je lui en sais gré.

Cela fait maintenant plus d'un an que nous sommes ensemble, et au moins cent fois déjà, je me suis dit que nous y étions, que nous tenions enfin notre nouveau départ. Parfois j'ai presque eu raison. Mais pas autant que je l'aurais voulu.

Pas question de me mettre à croire que soudain tout va mieux, que notre couple a enfin réussi sa mue. En même temps, pas question de nier ce qui est en train de se produire. Pas question de refuser ce bonheur. Car si le bonheur vous paraît réel, quelle importance qu'il le soit pour de bon ?

Au lieu d'entrer la destination dans son téléphone, il me demande de continuer à lui indiquer le chemin. Et, manque de bol, je me plante, lui dis de sortir de l'autoroute un peu trop tôt. Or, lorsque je lui annonce mon erreur, ça ne le met pas dans tous ses états. Il reprend simplement l'autoroute et la quitte à la sortie suivante. À ce stade, je ne le soupçonne plus de s'être shooté, mais carrément d'être sous traitement. Si c'est le cas, c'est d'une efficacité redoutable.

Je ne souffle pas mot. Je ne voudrais surtout pas risquer de rompre le charme.

– Je devrais être en cours d'anglais, dis-je alors que nous arrivons au dernier tournant avant la plage.

– Et moi en biologie, répond Justin.

Mais ce qui se passe est plus important. Le travail, ça se rattrape ; la vie, non.

– Essayons juste de profiter de cette journée, déclare-t-il.

– D'accord. Ça me va. Je rêve si souvent que je prends la clé des champs – c'est chouette de passer à l'acte. Au moins pour quelques heures. Ça fait du bien d'être de l'autre côté de la fenêtre. Je ne me l'autorise pas assez.

Peut-être que, depuis le début, c'était cela qu'il nous fallait. Mettre à distance tout le reste, se rapprocher l'un de l'autre.

Ça marche. Il y a quelque chose qui fonctionne, je le sens.

Des souvenirs : voilà la plage où se rendait ma famille, quand il faisait trop chaud dans la maison, ou quand mes parents avaient besoin de changer d'air. Ici, nous étions entourés de plein d'autres familles. Je me plaisais à imaginer que chaque drap de bain représentait une maison, et que chaque grappe de serviettes constituait une ville. Je suis sûre qu'il y avait certains gamins que je revoyais régulièrement, que leurs parents amenaient souvent ici, comme moi, pourtant je ne me souviens d'aucun d'eux. Je ne me souviens que de ma propre famille : ma mère se cachant sous son parasol, que ce soit pour éviter les coups de soleil ou tout simplement d'être vue ; ma sœur sortant un livre et n'en levant pas les yeux de toute la journée ; mon père parlant sport et Bourse avec les autres pères. Lorsque la chaleur devenait trop pénible, lui et moi faisions la course jusqu'à l'eau puis, une fois dedans, il me demandait quel genre de poisson j'aurais aimé être. Je savais qu'il fallait répondre « le poisson volant », parce qu'alors il me soulevait dans ses bras et me lançait en l'air.

J'ignore pourquoi je n'ai encore jamais amené Justin ici. L'été dernier, nous sommes restés enfermés chez lui, attendant que ses parents se rendent au travail pour nous livrer à des ébats dans toutes les pièces de la maison, placards compris. Puis, une fois le sexe terminé, nous regardions la télé ou jouions à des jeux vidéo. Parfois, nous téléphonions aux uns et aux autres pour voir qui faisait quoi et, avant le retour de ses parents, nous étions partis chez quelqu'un pour boire ou regarder la télé, ou jouer à la console ou les trois. C'était super, parce que ça nous changeait du lycée, et parce que nous étions ensemble. Mais cela ne menait nulle part.

Je laisse mes chaussures dans la voiture, exactement comme j'en avais l'habitude quand j'étais gamine. Il y a les premiers pas un peu gauches sur le bitume du parking qui meurtrit les pieds, puis il y a le sable, et tout va bien. Aujourd'hui, la plage est complètement déserte et, même si je ne m'attendais pas à y trouver grand monde, ça reste étonnant – à croire que nous l'avons surprise en train de faire la sieste.

Prise d'un élan irrésistible, je cours, je tournoie. « C'est *à moi* », me dis-je. La plage est à moi. Le temps est à moi. Justin est à moi. Rien ni personne ne va m'empêcher d'en profiter. Je l'appelle – *Justin !* – et j'ai l'impression d'être encore en train de chanter avec la radio.

Il m'observe. « Oh non, me dis-je, voilà le moment où il va me sortir que j'ai l'air d'une idiote. » Mais au lieu de ça, il court vers moi, m'attrape et me fait tournoyer dans ses bras. Il l'a entendue, la chanson, et maintenant nous dansons. Nous rions et faisons la course jusqu'à l'eau. Dès que nous y pénétrons, sentant la marée tirer sur nos jambes, nous nous livrons à une bataille d'éclaboussures. Puis je me baisse pour ramasser des coquillages, et Justin se joint à moi, cherchant des couleurs qui une fois sèches seront différentes, et aussi des vers de mer et des coquilles en spirale. Le contact de l'eau est terriblement agréable, de même que la sensation de se tenir droit et d'être capable de résister à cet océan qui cherche à me happer.

Le visage de Justin est dépourvu de toute méfiance. Son corps est libre de toute tension. Jamais je ne l'ai vu comme ça. Nous jouons, mais pas de la manière dont les couples jouent habituellement, laissant la part belle à la stratégie, aux petits calculs et aux coups bas. Non, nous nous sommes détachés de tout ça.

Je lui demande de bâtir un château de sable avec moi. Je lui parle de Liza, qui voulait toujours avoir son propre château, juste à côté du mien. Elle érigeait une énorme montagne entourée de douves profondes, tandis que je construisais une petite maison minutieusement détaillée, avec une porte d'entrée et un garage. En fait, je bâtissais la maison de poupée que je n'ai jamais eue, alors que Liza créait la forteresse dont elle avait besoin. Jamais elle ne s'en prenait à ma maison, ce n'était pas le genre de sœur qui tenait à détruire ses concurrents. Mais elle ne me laissait pas toucher à son château. Une fois nos ouvrages terminés, nous les abandonnions à la marée. Parfois, nos parents venaient les admirer. « Comme elle est jolie ! disaient-ils de ma maison. Comme il est grand ! » disaient-ils du château de Liza.

Je veux que Justin et moi érigions notre propre château de sable. Je veux que nous créions quelque chose ensemble. Nous n'avons ni pelle ni seau. Il faut nous contenter de nos mains. Prenant le terme « château de sable » au sens littéral, Justin commence par tracer des fondations carrées et un pont-levis avec son doigt. Je m'occupe des tours et des tourelles : des balcons seraient trop fragiles, mais des flèches sont envisageables. De temps à autre, il me lance des compliments en utilisant des petits mots comme «beau, chouette, joli», et j'ai l'impression que la plage libère ce vocabulaire de la geôle où il l'a gardé enfermé tous ces derniers mois. J'ai toujours pensé – ou du moins espéré – que ces mots existaient quelque part en lui. Et, aujourd'hui, j'en ai la preuve.

Il ne fait pas très chaud, mais le soleil me caresse les joues et le cou. Nous pourrions ramasser d'autres coquillages et décorer le château, cependant je commence à me lasser, j'ai envie de passer à autre chose. Une fois la dernière tour achevée, je propose que nous marchions un peu.

– Es-tu satisfaite de notre œuvre ? demande-t-il.

– Absolument.

Nous allons nous rincer les mains dans l'eau. Tournant le dos à la mer, Justin contemple la plage, notre château, et semble momentanément perdu. Perdu, mais pas quelque part où il fait bon être.

– Qu'est-ce qu'il y a ?

Il me regarde avec une immense bienveillance et me répond :

– Merci.

Je suis sûre qu'il m'a déjà dit ce mot auparavant, mais jamais de cette façon, jamais d'une manière qui me donne envie de le graver dans ma mémoire.

– Pourquoi ?

La question que je veux vraiment lui poser, c'est : « Pourquoi maintenant ? Pourquoi enfin, après tout ce temps ? »

– Pour ça. Pour tout.

J'ai tellement envie de faire confiance à ce moment. De croire que nous sommes finalement parvenus là où j'ai toujours cru que nous pourrions parvenir. Mais c'est trop simple. Ça paraît trop facile.

– Laisse-toi aller, me dit-il. Laisse-toi un peu être heureuse.

Cela fait si longtemps que j'attends ce moment. Je me l'étais imaginé autrement, mais peu importe. N'est-ce pas toujours le cas ? Je déborde d'amour pour lui. Je n'éprouve plus de haine. Plus aucune partie de moi ne le déteste. Il n'y a que de l'amour. Et cela n'a rien de terrifiant, bien au contraire.

Je pleure parce que je suis heureuse et que je ne me rendais pas compte à quel point je m'attendais à être malheureuse. Je pleure parce que, pour la première fois depuis longtemps, la vie a un sens.

Et lui me voit pleurer et ne se moque pas de moi. Il ne se tient pas sur la défensive, ne me demande pas ce qu'il a encore fait. Ne me dit pas qu'il m'avait prévenue. Ne m'ordonne pas d'arrêter. Non, il m'enlace, me serre fort et, avec ce qui ne sont pourtant que des mots, parvient à m'offrir du réconfort. À me donner quelque chose de palpable – sa présence, ses bras.

– Je suis heureuse, dis-je en craignant qu'il s'imagine que je pleure pour une autre raison. Vraiment, je suis heureuse.

Le vent, la plage, le soleil, tout cela nous enveloppe, mais c'est notre étreinte à nous qui compte. Maintenant, je le serre aussi fort que lui. Nous avons atteint ce parfait équilibre, ce point où nous sommes aussi forts et aussi faibles l'un que l'autre, où nous recevons et donnons à parts égales.

– Qu'est-ce qui nous arrive ?

– Chhhhut, répond-il. Peu importe.

Oui, peu importe les questions, je ne perçois que des réponses. Je n'éprouve aucune crainte, seulement de la plénitude. Je l'embrasse, maintenant notre parfaite harmonie, laissant nos deux souffles devenir un seul et même souffle. Je ferme les yeux et sens le contact familier de ses lèvres, le goût familier de sa bouche. Pourtant, cette fois-ci, c'est différent. Nous ne nous embrassons pas seulement avec tout notre corps, mais avec quelque chose de plus grand, avec ce que nous sommes et ce que nous deviendrons. Nous nous embrassons du plus pro-fond de nous-mêmes, rencontrant l'autre dans ce qu'il a de plus intime. Ça ressemble à de l'électricité qui court sur de l'eau, à des flammes qui dévorent du papier, à de la lumière qui éblouit les yeux. Je passe mes mains dans son dos, sur son torse, comme pour m'assurer qu'il est bien là, que je ne rêve pas. Je m'attarde sur sa nuque. Il s'attarde sur mes hanches. Je descends sous sa ceinture, mais il me ramène vers le haut en m'embrassant dans le cou. Je l'embrasse sous l'oreille. J'embrasse son sourire. Du doigt, il caresse mon rire.

C'est une joie. Nous partageons cette joie.

Je n'ai aucune idée de l'heure, du jour. Je n'ai plus rien. Sauf ce moment. Et il suffit amplement.

Ma main finit par glisser le long de son bras pour saisir la sienne. Nous restons là quelques secondes, voire quelques minutes, debout dans le sable, main dans la main, front contre front, lèvres sur lèvres, sans ressentir le moindre manque, parce que tout ce que nous voulons, nous l'avons trouvé.

Puis nous nous écartons l'un de l'autre, sans cesser de nous tenir la main. Nous nous mettons à marcher le long de la plage, comme font les couples. Ça y est, le temps est de retour, mais pas d'une façon effrayante.

– C'est merveilleux, dis-je.

Et je le regrette aussitôt, car c'est exactement le genre de commentaire que Justin qualifierait d'« évidence ». Sauf qu'au-jourd'hui, ici, il se contente de hocher la tête pour signifier qu'il est d'accord. Il regarde vers le soleil, qui se rapproche de l'ho-rizon. Dans le lointain, je crois apercevoir un bateau, mais il pourrait s'agir d'un morceau de bois flotté ou d'un mirage.

Je veux que tous les jours ressemblent à celui-ci. Pourquoi cela ne serait-il pas possible ?

– Nous devrions faire ça chaque lundi, dis-je. Et le mardi. Et le mercredi. Et le jeudi. Et le vendredi.

Je plaisante. À moitié.

– On s'en lasserait à la fin, rétorque Justin. Il vaut mieux que ça reste quelque chose d'unique.

Unique ? Au sens d'une seule fois ? Je ne comprends pas. Je ne vois pas comment il peut affirmer cela.

– Jamais nous ne revivrons ça ? dis-je, m'insurgeant tout en espérant ne pas m'être complètement plantée.

Il sourit.

– Il ne faut jamais dire jamais, tu sais bien, observe-t-il.

– Jamais je ne dirai jamais.

C'est une promesse que je lui fais.

Nous avons de la compagnie. Maintenant, il y a d'autres couples sur la plage. Ils ne sont pas nombreux, et tous plus âgés que nous. Personne ne nous demande pourquoi nous ne sommes pas en cours, ni ce que nous faisons ici. Non, ils ont même l'air heureux de nous voir. Et, du coup, j'ai l'impression qu'ici nous sommes à notre place, que nous avons eu raison de venir.

« Voilà comment ça va désormais se passer », me dis-je. Puis je regarde Justin. « Promets-moi qu'à partir de maintenant, c'est de cette manière que ça va se passer. »

Je ne veux pas lui poser la question. Je ne veux pas prendre ce risque. Trop souvent, ce sont mes questions qui font tout dérailler.

Je n'ai pas envie que ce que nous vivons soit fragile, et pourtant, je me comporte comme si c'était le cas.

Je commence à avoir un peu froid. Curieusement, j'avais oublié que nous n'étions pas en été. Me voyant frissonner, Justin passe un bras autour de moi. Je suggère que nous retournions à la voiture pour en sortir la « couverture spéciale câlins » qu'il garde dans son coffre. Notre château est toujours là, toujours debout, bien que l'océan se rapproche.

Nous rapportons la couverture sur la plage. Plutôt que de l'enrouler autour de nos épaules, nous l'étendons sur le sable.

Allongés, blottis l'un contre l'autre, nous contemplons le ciel traversé par des nuages et, de temps en temps, par des oiseaux.

– Cela doit être l'un des plus beaux jours de ma vie, lui avoué-je.

Sans tourner la tête, il glisse sa main dans la mienne.

– Raconte-m'en d'autres, me demande-t-il.

– Je ne sais pas…

Impossible d'imaginer un jour semblable à celui-ci.

– Un, au moins. Le premier qui te vient à l'esprit.

Je repense à des moments où je me suis sentie heureuse. Vraiment heureuse. Où le bonheur me gonflait la poitrine. Et alors, c'est un drôle de souvenir qui me vient à l'esprit, Dieu sait pourquoi. Il faut que je lui réponde, mais je l'avertis que c'est ridicule. Peu importe, il insiste pour que je lui raconte ce souvenir.

Je me tourne vers lui et il pose ma main sur son torse. Je me mets à y décrire des cercles.

« Il est là, me dis-je. Je n'ai rien à craindre. »

Je me lance :

– J'ignore pourquoi, mais la première chose qui me vient à l'esprit, c'est ce défilé de mode mère-fille.

Je lui demande de promettre de ne pas rire. Il le fait. Et je ne doute pas de lui.

– C'était en CM1, je crois. Le grand magasin du coin, Renwick, organisait une collecte de fonds pour les victimes d'un ouragan, et ils avaient demandé à notre école de trouver des volontaires pour un défilé. Je me suis inscrite immédiatement, sans même me soucier d'obtenir la permission de ma mère. Du coup, lorsque je suis rentrée à la maison et que j'ai annoncé la nouvelle… Enfin, tu connais ma mère. Elle était tétanisée. C'est déjà assez compliqué de la faire aller au supermarché. Alors un défilé de mode ? Devant des inconnus ? C'était un peu comme si je lui avais demandé de poser pour *Playboy*. Beurk.

Certaines filles ont des mères qui, lorsqu'elles étaient jeunes, faisaient tout le temps la fête, se marraient, flirtaient, portaient des vêtements moulants. Ce n'était pas le genre de ma mère. Il me semble qu'elle a toujours été telle qu'elle est aujourd'hui. Sauf en cette occasion-là. Je raconte la suite à Justin :

– Mais figure-toi qu'elle a accepté. Et c'est seulement avec le recul que je me rends compte de ce que je lui ai fait endurer. Elle ne m'a pas demandé d'annuler. Non, le jour venu, nous avons pris la voiture, nous sommes allées chez Renwick et nous avons suivi leurs instructions. Je pensais à l'époque qu'ils nous feraient porter des tenues assorties, mais ça n'a pas été le cas. Ils nous ont permis de choisir ce qu'on voulait dans le magasin. Du coup, nous avons essayé un tas de choses. J'ai jeté mon dévolu sur les robes, bien sûr – à l'époque, j'étais beaucoup moins garçon manqué ! J'ai fini par en choisir une bleu clair, avec plein de volants partout. Je trouvais ça extrêmement sophistiqué.

– J'imagine que tu devais être très élégante !

Il a droit à un petit coup de coude.

– Tais-toi. Laisse-moi raconter mon histoire.

Il serre ma main contre sa poitrine. Avant que je puisse poursuivre, il m'embrasse. L'histoire risque fort de s'arrêter ici… mais non, il s'écarte et dit :

– Continue.

J'ai oublié où j'en étais car, l'espace d'un instant, je suis retombée dans le moment présent. Mais cela me revient : ma mère, le défilé.

– J'avais donc trouvé la robe de mes rêves, celle que j'aurais voulu mettre au bal de fin d'année. Puis ç'a été au tour de maman. Elle m'a étonnée en choisissant elle aussi une robe. Je ne l'avais jamais vue aussi apprêtée. Et je crois que c'est d'ailleurs la chose qui m'a le plus marquée : ce n'était pas moi Cendrillon. C'était elle… Une fois réglée la question des vêtements, il a fallu passer au maquillage. J'ai cru que ma mère allait paniquer mais, en réalité, elle a adoré. Ils ne lui en ont pas mis des tonnes, juste un petit peu de couleur par-ci par-là. Et ça a suffi. Elle était jolie. Je sais que c'est difficile à croire, quand on la voit maintenant. Mais ce jour-là, elle m'a fait l'effet d'une star de cinéma. Toutes les autres mères la complimentaient. Et quand est venu le moment de défiler pour de bon, nous sommes montées sur scène sous les applaudissements du public. On avait le sourire, maman et moi, on était vraiment contentes, tu sais.

« Vraiment » au sens fort. De la même manière que ce moment aussi semble singulièrement *vrai* : Justin qui m'écoute, le ciel au-dessus, le sable au-dessous. Je ne me rendais pas compte qu'il était possible de ressentir autant de choses en même temps, et que toutes soient réelles.

– Évidemment, ils ne nous les ont pas données, ces robes. Mais je me souviens que pendant le trajet du retour, maman n'arrêtait pas de répéter que j'avais été formidable. Une fois à la maison, mon père nous a regardées comme si nous étions des extraterrestres ; et pourtant, il a décidé de jouer le jeu. Il s'est mis à nous appeler ses top-modèles, et il nous a demandé de défiler dans le salon rien que pour lui, ce que nous avons fait. Qu'est-ce qu'on a ri ! Voilà, c'est tout. La journée s'est terminée ainsi. Je ne suis pas sûre que maman se soit jamais maquillée depuis. Et moi, je ne suis pas devenue top-modèle. Mais ce jour-là me rappelle celui que nous vivons. Parce qu'il était différent de tous les autres, n'est-ce pas ?

– On dirait bien, oui, approuve Justin.

Et la façon qu'il a de me regarder… c'est comme s'il percevait enfin à quel point moi aussi, je suis réelle, et présente. Ce que je viens de lui raconter ne mérite pas un tel regard. Alors cela doit être *moi* qui le mérite.

– Je n'arrive pas à croire que je viens de te raconter ça.

– Pourquoi ?

– Parce que. Je ne sais pas. Ça doit te paraître complètement idiot.

– Non, m'assure-t-il, c'était une bonne journée, point.

– Et toi ?

Je sais que j'en attends trop. Qu'il m'écoute, c'est déjà bien. Mais que lui-même me fasse part de quelque chose…

– Je n'ai jamais participé à un défilé de mode mère-fille, déclare-t-il.

Très drôle. Bon, peut-être qu'il ne prend pas notre conversation au sérieux, après tout. Je lui donne une petite bourrade sur l'épaule.

– Non, raconte-moi toi aussi une autre journée comme celle-ci.

Je vois sur son visage qu'il est en train de réfléchir. Au début, j'ai l'impression qu'il hésite à partager ou non quelque chose avec moi. Mais, ensuite, je comprends qu'il cherche simplement une réponse intéressante.

– Je pense à un jour, j'avais onze ans…, commence-t-il.

Son regard n'est tourné ni vers l'océan ni ailleurs, au loin. Rien ne le distrait. Il me fixe droit dans les yeux, comme pour m'assurer que cette histoire est pour moi.

– Je jouais à cache-cache avec les copains. Enfin, une version brutale, avec plaquage… Nous étions dans les bois et, je ne sais pas pourquoi, j'ai décidé de grimper à un arbre. Je crois que c'était la première fois. Mais j'en ai trouvé un avec des branches assez basses, et je suis monté. Dans mon souvenir, cet arbre mesurait plusieurs dizaines de mètres de hauteur, voire plusieurs centaines. À un moment donné, j'ai dépassé la cime des autres arbres. Je continuais de grimper, mais il n'y avait plus rien autour de moi. J'étais seul, accroché à ce tronc, loin, loin du sol. C'était magique. Il n'y a pas d'autre mot pour le décrire. Pendant ce temps, le jeu se poursuivait, j'entendais les copains crier quand ils se faisaient prendre. Mais j'étais ailleurs. Je contemplais le monde depuis les sommets, ce qui est extraordinaire quand ça vous arrive pour la première fois. Je n'avais jamais pris l'avion. Je n'étais jamais monté en haut d'un building. Et, tout d'un coup, je trônais au-dessus de mon univers. C'était un endroit spécial que j'avais atteint seul, par mes propres moyens. Personne ne m'avait amené là. Personne ne m'avait montré le chemin. J'avais grimpé, et c'était là ma récompense : je contemplais le monde, en paix avec moi-même. Et je me suis rendu compte que c'était ça dont j'avais besoin.

En l'imaginant là-haut, je suis à deux doigts de pleurer. De temps à autre, il lui arrive de me raconter une anecdote de son enfance, mais jamais rien de semblable. D'habitude, ce sont les mauvais souvenirs dont il me parle. Les souvenirs difficiles. Surtout parce qu'il peut s'en servir comme excuse.

– Ce devait être incroyable, dis-je en me serrant contre lui.

– Oui.

– C'était dans le Minnesota ?

Je veux lui montrer que je garde en mémoire ce qu'il me confie – les déménagements de sa famille, le froid qu'il faisait dans cette région-là –, afin de l'encourager à m'en confier davantage.

Moi aussi, je souhaite lui en dire plus. J'ai toujours eu cette envie, sauf que maintenant que je sais qu'il m'écoute, qu'il m'écoute vraiment, cela change la donne.

– Tu veux que je te raconte encore un autre jour comme celui-ci ? lui demandé-je en me serrant encore plus près, comme si je construisais un nid avec nos corps afin d'y recueillir tous nos souvenirs.

Il m'attire contre lui, renforce le nid.

– Oui, bien sûr.

– Notre deuxième rendez-vous.

– Vraiment ? s'étonne-t-il.

– Tu te souviens ?

Il ne se souvient pas. Ce qui est compréhensible, car ce n'est pas comme si nous avions tenu le compte de nos rendez-vous. Et puis, avant notre premier rendez-vous « officiel », il y a eu plein d'occasions où nous nous sommes retrouvés tous les deux au même endroit, à flirter au milieu d'autres gens. Non, je pense plus précisément à la deuxième fois où nous sommes arrivés ensemble quelque part, où nous avons passé la plus grande partie de la soirée l'un avec l'autre pour ensuite repartir ensemble.

– La soirée chez Dack ?

– Ah oui…, dit-il sans avoir l'air d'en être sûr.

– Je ne sais pas, peut-être que ça ne compte pas tout à fait comme un rendez-vous. En tout cas, c'est la deuxième fois qu'on s'est embrassés. Et puis… tu t'es montré si… si doux. Ne le prends pas mal, OK ?

Je ne veux pas que tout s'effondre. J'ai peur d'être en train de tout gâcher. Pourquoi est-ce que je ne m'arrête pas quand tout va encore si bien ?

Mais voilà ce qu'il me répond :

– Il n'y a rien qui pourrait me mettre en colère, là, maintenant. Promis, juré.

Et il dessine une croix sur son torse, au niveau du cœur. Jamais, jamais je ne l'avais vu faire ce geste auparavant.

Je souris. Tout va bien. Je n'ai finalement rien gâché. Alors j'y vais :

– D'accord. Eh bien, ces derniers temps, on dirait que tu es toujours pressé. Nous faisons l'amour, mais ce n'est pas vérita-blement… intime. Ce n'est pas grave. Ça me plaît aussi. Mais, de temps à autre, ça fait du bien quand c'est comme aujourd'hui. Comme à la soirée chez Dack. Tu prenais ton temps, tu sem-blais avoir l'éternité devant toi et vouloir la passer avec moi. J'ai adoré cette soirée. C'était l'époque où tu me regardais encore vraiment. C'était comme si… comme si tu avais escaladé cet arbre et que tu m'avais trouvée au sommet ; oui, c'est ça, même si nous n'étions en réalité que dans le jardin de quelqu'un. Et puis à un moment – tu te souviens ? –, tu m'as fait me déplacer pour que je sois dans le clair de lune. «De cette façon, ta peau brille», tu m'as dit. Et effectivement, je me sentais radieuse. Parce que tes yeux, et pas seulement les rayons de la lune, étaient posés sur moi.

Jamais je ne lui en ai révélé autant. Depuis le temps que nous sommes ensemble, je ne suis pas sûre d'avoir jamais laissé sortir les mots aussi librement, sans les inspecter au préalable. Je croyais connaître le genre de relation que nous avions, lui et moi, et je m'en contentais.

«Qu'est-ce qui nous arrive?» Voilà qu'il se penche au-dessus de moi et m'embrasse, et que tout devient si romantique. Évidemment, ce n'est pas la première fois que Justin se comporte de cette manière avec moi. Mais jamais auparavant il n'avait fait en sorte qu'absolument *tout* paraisse romantique. En cet instant, l'univers lui-même est romantique. Et c'est ce que je veux. Je le veux si fort. Je veux le contact de ses lèvres sur les miennes. Je veux les battements assourdissants de mon cœur. Je veux ce nid – mon corps et son corps. Je le veux parce que c'est la réalité la plus irréelle.

Il y a tant d'autres choses que nous pourrions dire, mais je n'ai plus envie de parler. Non que je craigne de tout gâcher. Mais là, j'ai tout. Je n'ai besoin de rien d'autre.

Nous fermons les yeux. Nous nous reposons dans les bras l'un de l'autre.

Ça y est, nous sommes parvenus là où tout le monde rêve d'aller.

Sans même m'en rendre compte, je suis en train de m'endormir. C'est sans doute parce que nous sommes si bien.

Puis voilà que mon téléphone sonne, un bruit tellement plus agressif que celui de l'océan. Je sais qui m'appelle, et bien que je n'aie aucune envie de répondre, il le faut. J'ouvre les yeux, je m'écarte de Justin et décroche.

– Où es-tu ? demande ma mère.

Je regarde l'heure. Ça fait un bout de temps que les cours sont terminés.

– Je suis juste allée faire un tour avec Justin.

– Ton père revient ce soir, je veux que nous dînions tous ensemble.

– D'accord. Je serai rentrée à temps. Je suis là dans environ une heure.

Dès que ces mots s'échappent de ma bouche, l'horloge qui s'était arrêtée se remet à tourner. J'en veux terriblement à ma mère, car c'est sa faute, et à moi, car j'ai laissé faire.

Justin s'assoit et me regarde, comprenant très bien de quoi je viens de me rendre complice.

– Il est tard, constate-t-il.

Il ramasse la couverture et la secoue. Puis nous la plions ensemble, nous rapprochant, nous éloignant, nous rapprochant à nouveau, jusqu'à ce qu'elle forme un carré. D'habitude, nous nous contentons de la rouler et de la fourrer au fond du coffre.

Le trajet en voiture ne ressemble pas à celui de tout à l'heure. Rentrer à la maison, ça n'a plus rien d'une aventure. Je lui parle de toutes ces choses auxquelles il ne s'intéresse jamais : les difficultés amoureuses des uns et des autres, les efforts de Rebecca pour intégrer une bonne université et nous abandonner, nous, sa famille (ce que je l'encourage de tout mon cœur à faire), la pression que moi-même je ressens de réussir, enfin, de ne pas me planter.

Vient le moment où le soleil se couche, où les phares s'allument et où les chansons que nous choisissons sont plus feutrées. Je m'appuie contre son épaule, ferme les yeux et m'endors à nouveau. Ce n'était pas mon intention, mais je suis si bien. D'habitude, quand je me penche vers lui, c'est pour prouver quelque chose, pour revendiquer quelque chose. Mais là, c'est seulement pour mieux sentir sa présence. Pour reconstruire notre nid.

En me réveillant, je découvre que nous approchons de chez moi. À mon plus grand regret.

Le seul moyen que j'aie pour éviter la déprime, c'est de jeter un pont entre ce soir et la prochaine fois que nous vivrons un moment aussi fort. Je n'ai pas besoin de savoir exactement quand cela se passera. Mais il faut que je puisse y croire.

– D'après toi, combien de jours pourrions-nous sécher comme ça avant de nous retrouver avec de sérieux ennuis ? Tant qu'on vient le matin, tu crois qu'ils remarquent si on n'est pas là l'après-midi ?

– Je crois qu'ils nous tomberaient dessus, répond-il.

– Alors peut-être seulement une fois par semaine ? Une fois par mois ? À partir de demain ?

Je m'attends à ce que cela le fasse rire, au lieu de quoi il semble gêné. Pas par moi, mais plutôt par le fait de ne pas pouvoir dire oui. Souvent, je prends sa tristesse assez mal. Ce soir, je la prends presque comme un signe positif, comme la preuve que cette journée a autant compté pour lui que pour moi.

– Et si ce n'est pas possible, je te vois au moins pour déjeuner ?

Il hoche la tête.

– Et on pourra peut-être faire quelque chose après les cours ?

– Pourquoi pas ? dit-il. Je ne sais pas trop ce qu'il y a au programme. Pour l'instant, j'ai la tête ailleurs.

Ah, des projets. Peut-être qu'il a raison, peut-être que j'essaie toujours de fixer les choses au lieu de le laisser vivre.

– Bien sûr, dis-je. Demain est un autre jour. Tâchons d'abord de conclure cette journée sur une note agréable.

Une dernière chanson. Un dernier virage. Une dernière rue. Vous pouvez vous accrocher de toutes vos forces à une belle journée, n'empêche qu'à la fin elle vous échappera.

– Nous y voilà, dis-je quand nous arrivons devant ma maison.

« Faisons en sorte que ce soit toujours comme ça », ai-je envie de lui demander.

Il gare la voiture contre le trottoir. Puis déverrouille les portières.

« Tâchons de conclure sur une note agréable », suis-je tentée de lui répéter. Il est si facile de gâcher un bon moment. Il faut savoir se contrôler soi-même, et accepter ce moment tel qu'il est.

J'embrasse Justin pour lui dire au revoir. Je l'embrasse avec tout ce que j'ai, et en retour, il me donne tout ce qu'il a. La journée que nous avons vécue nous entoure, nous pénètre, nous traverse.

– Voilà pour la note agréable, lui dis-je quand nous nous écartons à nouveau l'un de l'autre.

Et avant que l'un d'entre nous ne puisse ajouter quoi que ce soit, je descends de voiture.

Plus tard ce soir-là, juste avant l'heure d'éteindre, il m'appelle. Jamais il ne le fait ; d'ordinaire il se contente d'envoyer des textos. S'il a une information à me communiquer, il me la communique, mais il a rarement envie de bavarder.

– Hey ! dis-je en décrochant, un peu endormie mais surtout heureuse.

– Hey.

– Merci encore pour cette journée, lui dis-je de but en blanc.

– Pas de problème.

Son ton n'est plus tout à fait le même. Quelque chose a changé.

– À propos de ce qui s'est passé…, poursuit-il.

Et là, je ne suis plus ni heureuse ni endormie. Complètement réveillée, je décide de glisser une petite plaisanterie.

– Tu comptes me dire qu'on ne peut pas tout le temps sécher les cours ? Ça ne te ressemble pas.

– Ouais, bien sûr, mais je ne voudrais pas que tu penses que ça va se reproduire tous les jours. Parce que ce n'est pas possible, tu comprends ?

J'ai presque l'impression qu'il s'adresse à lui-même.

– Je sais. Mais peut-être que les choses peuvent tout de même aller mieux. Je crois qu'elles peuvent s'arranger.

– Je sais pas. Enfin, c'est tout ce que je voulais dire. J'en sais rien. Aujourd'hui, c'était chouette, mais ensuite, on verra.

– D'accord, dis-je.

– OK.

– OK.

Il pousse un soupir. Une fois de plus, je dois me rappeler que cette tristesse n'est pas dirigée contre moi. Elle est plutôt due au fait qu'il ne peut pas être avec moi.

– Bon, c'est tout, lâche-t-il.

Qu'est-ce que je suis censée dire ? A-t-il peur que je m'attende vraiment à ce qu'il se comporte de la sorte tous les jours ? Il ne peut pas croire ça, tout de même ? Je préfère ne pas relancer le sujet.

– À demain, alors.

– Ouais, à demain.

– Merci encore pour aujourd'hui. Même si nous avons des ennuis au lycée, ça valait la peine.

– Ouais, dit-il.

– Je t'aime.

Justin n'est pas du genre à répondre « moi aussi, je t'aime ». La plupart du temps, ça ne lui plaît pas d'entendre ce genre de déclarations, et il m'accuse de ne les faire que pour voir ce que *lui* va répondre.

Parfois, il a raison. Mais ce soir, non, ce n'est pas ce qui me motive. Et lorsque je l'entends dire…

– Dors bien.

… cela me suffit largement.

Je ne sais pas ce qui se passera demain mais, pour une fois, j'ai hâte de le découvrir.

## 2

Ma mère s'est levée avant moi, comme toujours, et je la trouve dans la cuisine, assise à la même place que d'habitude. À croire qu'elle s'imagine que mon père ou moi allons lui piquer sa chaise si elle ne nous devance pas – et, mon Dieu, si elle perd cette chaise, où va-t-elle donc passer le restant de la journée ?

– Tu es bien belle, observe-t-elle.

Ce qui serait un compliment s'il n'y avait pas de la méfiance dans sa voix.

Je ne lui précise pas que, si je me suis faite belle, c'est parce qu'il faut fêter les premières vingt-quatre heures du « jour où tout est allé mieux entre Justin et moi ». Elle ne se priverait pas de démolir mon rêve.

– J'ai un exposé à faire. En cours.

Je sais pertinemment qu'elle ne risque pas de me demander de quel genre d'exposé il s'agit, ni pour quel cours.

J'ai hâte. Hâte d'arriver au lycée, hâte de le voir. J'espère que, chez lui, il est en train d'éprouver la même chose. Je pourrais lui envoyer un texto pour lui poser la question, mais s'il doit vraiment y avoir du changement entre nous, moi aussi, je peux faire un effort. Je n'ai pas besoin de tout savoir tout le temps.

Nous échangeons encore quelques paroles, ma mère et moi, mais ni l'une ni l'autre n'écoute vraiment. J'ai envie de partir, et elle de ne pas bouger. Cela résume bien nos vies respectives.

*

Ma voiture étant restée au lycée, il faut que je prenne le bus. Je pourrais demander à Rebecca ou à quelqu'un d'autre de venir me chercher, mais cela impliquerait de passer tout le trajet à parler des choses plutôt qu'à y réfléchir.

En descendant du bus, je ne vois pas sa voiture. Et, de fait, elle est l'une des dernières à pénétrer sur le parking.

N'empêche que, cette fois-ci, il remarque que je suis là à attendre, s'approche et me dit bonjour.

Prudente, je m'efforce de ne pas l'assaillir avec mon bonheur. Il est encore tôt, il est à peine réveillé.

– Tu es sûr de ne pas vouloir qu'on s'échappe ?

Je ne lui demande cela que pour instiller un peu d'hier dans aujourd'hui. Mais ça a l'air de le rendre perplexe.

– T'es sérieuse ? demande-t-il.

– Non, mais on a bien le droit de rêver, n'est-ce pas ?

– N'importe quoi.

Il se remet à marcher, s'attendant à ce que j'avance à ses côtés, mes pas calés sur les siens. Et, bien sûr, c'est ce que je fais.

Je comprends. D'une certaine façon. Vu que nous n'allons pas recommencer aujourd'hui, mieux vaut ne même pas y penser. Sinon, ce que nous ferons aujourd'hui nous semblera pitoyable en comparaison.

Je lui tends la main.

Il ne la prend pas.

– Qu'est-ce qui t'arrive ? me demande-t-il.

« Hier », ai-je envie de lui répondre. Mais, à sa façon de regarder droit devant lui, je sens que ce n'est pas le bon moment.

Il n'attend même pas que je réponde à sa question.

Il continue d'avancer.

Je me persuade que je ne suis pas en présence de méchant Justin. Plutôt de Justin perdu. Forcément.

Quand on dit de quelqu'un qu'il est perdu, on se le représente en général dans un endroit comme une forêt. Mais, dans le cas de Justin, j'imagine plutôt une salle de cours. Non qu'il ait des difficultés d'apprentissage. Cela pourrait être le cas, mais non. Il s'ennuie, c'est tout. Et donc, il ne suit pas. Et cela ne fait qu'empirer, alors il est de plus en plus perdu, et du coup, il déteste ça de plus en plus.

Tout à l'heure, lorsque nous serons assises côte à côte en arts plastiques, je sais que Rebecca va me bombarder de questions. Et je n'y coupe pas.

– Où étais-tu ? me chuchote-t-elle. Qu'est-ce qui s'est passé ?

Arts plastiques, c'est un de nos seuls cours communs, étant donné que mon lycée préfère tenir les élèves doués à l'écart de ceux qui ne le sont pas, comme si être dans la même classe que moi pourrait nuire aux notes de Rebecca. En cours d'arts plastiques, certains des ados pas doués ont droit à leur revanche. Moi, j'apprécie simplement que ce soit l'occasion de me retrouver en compagnie de Rebecca.

Ayant placé un moteur de voiture sur l'estrade, M. K. nous demande de le dessiner au fusain. Il a beau répéter que nous ne sommes pas censés bavarder, il nous laisse tranquilles tant que nous ne parlons pas trop fort et que nous travaillons.

Le moteur de Rebecca est encore moins réussi que le mien, et je m'en veux d'en éprouver un certain réconfort.

Je lui explique que nous nous sommes enfuis à la plage, Justin et moi. Que ça s'est fait sur un coup de tête, et que c'était merveilleux.

– Vous auriez dû nous proposer de venir, à Ben et moi, regrette-t-elle.

Ben, c'est son petit ami. Lui aussi, il est intelligent. Justin ne l'apprécie guère.

– La prochaine fois, dis-je.

Nous savons toutes deux que cela n'arrivera jamais, mais ce n'est pas grave. Notre amitié ne requiert pas de Rebecca qu'elle sèche les cours, ni de Ben et Justin qu'ils s'entendent. Elle et moi, nous avons suffisamment de passé en commun, nous n'avons pas besoin d'un présent riche en événements pour nous sentir proches l'une de l'autre.

– Il devait faire froid, non ? demande-t-elle.

– Trop froid pour se baigner. Mais assez chaud pour se sentir bien.

Elle hoche la tête. En général, elle me comprend très bien. Cette fois-ci, je laisse de côté quelques détails.

Suis-je censée le retrouver devant son casier, comme hier ? Quoi qu'il en soit, à l'heure du déjeuner, je me rends d'abord à la cafétéria, par habitude, et c'est là que je le vois, à notre table de prédilection.

– Hey, dis-je.

Il hoche la tête. Je m'assois.

– Quelqu'un t'a fait une remarque à propos d'hier ? lui demandé-je. Tu n'as pas eu d'ennuis à cause de ça, si ?

Il plonge une de ses frites dans du ketchup. C'est uniquement de ce mets-là que va être constitué son déjeuner.

– Non, j'ai pas eu de problèmes. Et toi ?

– Rebecca s'est montrée assez curieuse. Mais pour l'instant, ça s'arrête là.

– Rebecca ? Curieuse ? Sans blague.

– Elle a dit que Ben et elle aimeraient se joindre à nous, la prochaine fois que nous prendrons la route.

– Je ne suis pas sûr que Ben nous laisserait monter dans sa Mercedes. Il faudrait d'abord qu'on enlève nos chaussures.

Un jour, nous sommes allés chez Ben et il nous a demandé de nous déchausser avant d'entrer. Nous avons tous deux trouvé ça hilarant.

– Il n'est pas au courant que nos chaussettes sont bien plus dégueulasses que nos pompes ? s'est interrogé Justin.

C'est devenu une de nos blagues récurrentes.

– Ne dis rien à Rebecca, lui fais-je promettre.

Il se passe le doigt sur les lèvres, comme on bouclerait une fermeture Éclair. Voilà qui me tranquillise.

Je pars chercher mon déjeuner. Lorsque je reviens, Rebecca et d'autres amis sont assis à notre table, de sorte que nous nous retrouvons inclus dans une conversation plus large au lieu de poursuivre la nôtre. Quand la sonnerie retentit, je lui demande s'il veut faire quelque chose après les cours, et il me dit que non, il bosse. Il me répond comme si je devais connaître ses horaires par cœur. Mais c'est à lui que son employeur – les hypermarchés Target – envoie le courriel, pas à moi.

Je n'attire pas son attention sur ce point. Au lieu de ça, je songe que j'ai de la chance de ne pas être déjà obligée de travailler. Et que Justin déteste son boulot. Et qu'hier, nous avons pu faire un choix, mais que tous les jours ne sont pas aussi exceptionnels et ne nous permettent pas cette liberté.

L'important, c'est que lorsque l'occasion s'est présentée, c'est moi qu'il a choisie. Et je dois espérer que, la prochaine fois, il fera de même.

De retour du boulot, il m'envoie un texto. Deux mots.
« Longue journée. »
Je lui réponds par un seul mot.
« Ouais. »

*

Un va-et-vient. Le lendemain, je pense à un va-et-vient. Ou plutôt à des hauts et des bas. J'y suis habituée. Lundi, à la plage, c'était un haut. Je le sais.

Mais là, maintenant, ce n'est ni un haut ni un bas. C'est comme si nous avions carrément disparu du diagramme.

Il n'est pas en colère contre moi. Je le sens bien. Mais son amour est devenu passif.

Je ne comprends pas. Et je n'ai personne avec qui en parler. Pas Justin : chaque fois que j'évoque notre journée à la plage, c'est comme si elle n'avait jamais eu lieu. Pas Rebecca : si je lui en disais davantage, elle trouverait peut-être ça dingue. Pas ma mère : elle et moi, nous évitons de parler des hauts et des bas, pour éviter d'en avoir.

Je sais que ce que Justin et moi avons vécu lundi vaut la peine qu'on se batte pour le préserver. Mais, comme je n'ai personne avec qui me battre, c'est à moi-même que je m'en prends.

Je sais que je m'imagine des trucs.

Sauf que, pour le moment, je n'ai de nouveau plus que mon imagination.

## 3

Jeudi, j'arrive au lycée en premier et je l'attends. Ce n'est pas quelque chose que j'ai prévu. Ça se passe comme ça, c'est tout.

– Bon sang, Rhiannon, peste-t-il en descendant de voiture.

Je m'écarte tandis qu'il sort son sac et claque la portière.

– Quoi ?

– *Quoi ?* m'imite-t-il avec cette voix aiguë de fille qu'il aime bien prendre quand il est de mauvaise humeur.

– Matin pourri ?

Il secoue la tête.

– Écoute, Rhiannon, laisse-moi tranquille deux minutes, OK ? Tout ce que je demande, c'est de pouvoir passer deux minutes par jour sans que personne n'attende rien de moi. Toi inclus. C'est tout.

– Je n'attends rien de toi.

Il me lance un regard fatigué :

– Bien sûr que si.

Il a raison, je le sais. Il a raison, ce qui me vexe un peu.

De l'espace. Je veux un petit ami et il veut de l'espace.

Vu que j'ai plein d'espace – vide –, sans doute ai-je du mal à me mettre à sa place.

– Pardon.

– C'est pas grave, dit-il. C'est juste que… si tu pouvais te voir. À part toi, personne n'est là à attendre sur le parking. Ça ne me dérange pas qu'on se croise. Mais quand tu es postée là, on dirait que tu es prête à me fondre dessus.

– Je sais. Je comprends.

Nous voilà arrivés devant la porte du lycée.

– À plus tard, soupire-t-il.

Bon, je n'irai pas le retrouver devant son casier. Bon, ce n'est pas un drame.

– Tu es sûr de ne pas vouloir t'échapper ? lui demandé-je.

C'est la plage et l'océan qui ont parlé à travers moi.

– Faut que t'arrêtes de répéter ça, dit-il. Si tu continues à me mettre cette idée dans la tête, je vais finir par le faire.

Il ne me suggère pas de me joindre à lui.

Je sors mes livres de mon casier et me prépare à affronter cette journée. Mon cœur n'y est pas ; en réalité, j'ai l'impression que mon cœur est loin de moi.

J'entends une voix dire :

– Salut.

Et je ne me rends pas tout de suite compte qu'elle s'adresse à moi. Me tournant vers ma gauche, je découvre une petite Asiatique qui me regarde.

– Salut, je lui réponds.

Cette fille, je ne l'ai jamais vue de ma vie.

– Je confirme, me dit-elle, on ne se connaît pas mais… C'est ma première fois ici. Je visite le lycée. En passant, j'ai remarqué ta jupe et ton sac, très chouettes, et j'ai décidé de me lancer. En fait, pour être honnête, je me sens un peu seule.

« Bienvenue au club », ai-je envie de lui annoncer. Mais mieux vaut éviter à cette fille d'entrevoir ce qui se passe dans ma tête. Elle a l'air suffisamment perdue comme ça.

– Je m'appelle Rhiannon, dis-je avant de poser mes livres et de lui serrer la main. Personne ne t'a proposé de visite guidée ? Il devrait y avoir un comité d'accueil, non ?

Ça, c'est un boulot pour Tiffany Chase. Faire découvrir le lycée aux petits nouveaux est une grande source de fierté pour elle. Je ne l'ai d'ailleurs jamais comprise, Tiffany.

– Je ne sais pas, répond la fille, qui ne m'a toujours pas dit son nom.

Je me porte volontaire pour la conduire au secrétariat. De toute façon, il me semble qu'elle doit commencer par signer le registre des visiteurs…

Mais cette idée ne passe pas bien.

– Non ! s'écrie-t-elle comme si j'avais menacé d'appeler la police. C'est que… pour tout te dire, je ne suis pas censée être là. Mes parents ne sont pas au courant. Ils m'ont annoncé qu'on allait déménager dans le coin, et j'ai voulu venir faire un tour… pour voir s'il y avait de quoi s'inquiéter ou pas.

« Pour t'inquiéter, c'est trop tard, tu t'inquiètes déjà. » Voilà ce que je pense mais, pour ne pas l'angoisser davantage, j'évite de le lui dire. Je préfère la rassurer :

– OK, j'ai compris. Tu as séché pour aller visiter un autre bahut ?

– Exactement.

– Tu es en quelle classe ?

– En première.

C'est drôle, à la voir, j'aurais cru qu'elle était encore en troisième. Mais si elle est en première, il n'y a pas de mal à ce qu'elle me suive durant ma journée de cours. L'espace de quelques heures, je peux jouer à être Tiffany Chase. Peut-être cela me permettra-t-il de ne pas penser tout le temps à Justin.

– Moi aussi. Je te propose qu'on essaie un truc. Tu veux m'accompagner en cours ?

– Ce serait génial, s'exclame-t-elle avec un enthousiasme on ne peut plus sincère.

Eh bien, voilà qui prouve qu'il n'est pas difficile de rendre quelqu'un heureux.

Peut-être est-ce plus facile avec les inconnus ? Je n'en suis pas sûre.

Peut-être est-ce plus facile avec quelqu'un qui ne vous demande rien ?

Cette fille se prénomme Amy, et il est presque étrange de constater avec quelle facilité elle s'adapte à mes amis. Moi, j'aurais beaucoup de mal à trouver ma place parmi autant de nouvelles têtes. Mais elle, elle sait y faire.

Tiffany Chase a l'air dégoûtée de me voir me promener avec Amy.

– C'est quoi, son problème ? me demande cette dernière.

– En général, ici, c'est elle qui a la priorité pour jouer les guides.

– Eh bien, je préfère que ce soit toi, mon guide.

C'est un peu ridicule, mais entendre cela me réjouit. J'ai tellement envie d'être enfin bonne à quelque chose, même si c'est un truc aussi anecdotique que ça.

Évidemment, je me garde bien de l'avouer à Amy.

Je ne croise pas Justin à notre point de rencontre habituel entre la première et la deuxième heure de cours mais, contre toute attente, il s'y trouve entre la deuxième et la troisième. A-t-il eu des remords et décidé de faire un détour ? Quoi qu'il en soit, même si nous n'avons pas le temps de nous parler, c'est pour moi l'occasion de le voir, de constater qu'il n'a pas l'air trop fâché.

En cours de maths, Amy me fait passer un petit mot.

Je m'attends à ce qu'elle ait une question à me poser. Ou à ce qu'elle m'annonce qu'elle en a marre et compte s'en aller à la fin de l'heure. Mais non, apparemment elle veut juste bavarder. Elle m'explique que les cours ici sont tout aussi ennuyeux que dans son lycée actuel. Elle me demande où j'ai acheté ma jupe, s'il y a ici des garçons que j'aime bien et si, d'après moi, il y en a qui seraient susceptibles de lui plaire.

Au final, nous échangeons plusieurs messages. Elle ne tarde pas à repérer les tics de Mlle Frasier, et n'hésite pas à s'en moquer de manière très drôle :

> Elle parle comme une religieuse, mais son dieu à elle, c'est la trigonométrie. Je me demande à quoi ressemble son habit de nonne. Est-il en forme de losange ?

Je m'amuse bien, tout en ressentant une certaine tristesse, car je me rends compte que, depuis que je sors avec Justin, je ne me fais plus de nouveaux amis. Depuis que nous sommes ensemble, je vois toujours les mêmes personnes – et encore, de moins en moins. Il faut que cette fille surgisse de nulle part pour qu'enfin j'aie quelqu'un avec qui échanger des petits mots.

Elle m'accompagne à la cafétéria pour déjeuner. Alors que nous posons nos affaires sur la table, Preston s'extasie à la vue de tous les badges recouvrant le sac d'Amy et se met à lui poser une tonne de questions au sujet des mangas. Comme Amy a l'air un peu troublée, j'espère qu'il ne lui échappe pas que Preston est homo à 110 %, et surtout qu'elle ne s'imagine pas qu'il est en train de flirter.

Justin nous rejoint et, immédiatement, je sens que quelque chose le préoccupe. Je lui présente Amy ; il la salue d'un simple hochement de tête, à la Justin. Puis il m'informe qu'il a oublié son portefeuille chez lui. Pas de problème, lui dis-je avant de lui demander ce qu'il souhaite manger. Des frites, répond-il, mais je lui prends aussi un cheeseburger. Lorsque je les lui rapporte, j'ai droit à un « merci » qui, je le sais, est sincère.

Malgré la présence d'Amy, nous n'échappons pas à notre routine du déjeuner. Preston l'interroge encore sur une histoire de BD mais, au lieu de lui répondre, elle se tourne vers moi et me demande à quelle distance de l'océan nous nous trouvons.

En entendant le mot « *océan* », je lance un regard à Justin. Apparemment, cela ne suscite rien chez lui, son cerveau est bloqué sur « *cheeseburger* ».

– C'est drôle que tu poses cette question, dis-je à Amy. On est justement allés à la plage en début de semaine. Ça nous a pris environ une heure.

Justin est assis à côté d'Amy, en face de moi. Elle tourne la tête vers lui et lui demande :

– C'était sympa ?

Comme il ne semble toujours pas nous prêter attention, c'est moi qui réponds :

– Plus que ça.

– C'est toi qui as conduit, Justin ? demande-t-elle.

Cette fois-ci, il l'a entendue.

– Oui, j'ai conduit.

Et moi d'ajouter :

– On a passé un moment formidable.

En l'exprimant ainsi, j'ai l'impression de pouvoir prolonger ledit moment. C'est comme si Justin et moi avions ce secret que personne d'autre ne pouvait soupçonner alors qu'il est là, juste sous leurs yeux. Mais ni lui ni moi n'allons attirer leur attention dessus. Il reste à nous. Rien qu'à nous.

Et ça ne me dérange pas.

Je sens qu'Amy a envie d'en savoir davantage. Je ne dois pas oublier que ce n'est pas une nouvelle amie, c'est une touriste qui n'est là que pour la journée.

Entre-temps, Justin a reporté son attention sur son repas. Il n'a rien à dire de plus sur cette journée qui compte encore tant pour moi.

Aussi discrète que mon ombre, Amy passe le reste de la journée à me suivre. J'essaie de me mettre à sa place, d'imaginer ce que cela fait de se projeter dans l'avenir, dans un endroit où l'on ne vit pas encore. Ça ne m'est jamais arrivé. J'ai toujours vécu ici, ancrée par des parents qui ne recherchent jamais le changement, entourée d'autres personnes qui, elles, craignent de ne jamais réussir à partir. Pendant tant d'années, l'idée d'habiter ailleurs m'a paru aussi saugrenue que celle de vivre dans un royaume de conte de fées. Il y avait des endroits qui correspondaient à la réalité, et d'autres à la fiction, et on m'a appris à ne jamais confondre les deux. Ce n'est que lorsque Justin et moi sommes devenus un véritable couple, et que ma sœur a quitté la ville, que je me suis mise à m'interroger sur l'avenir en termes de *lieu*. Je n'aime pas l'idée que dans dix ans, ou même dans deux ans, nous soyons là à faire les mêmes choses au même endroit. Pourtant, j'ai du mal à nous imaginer ailleurs. Nous avons beau vouloir nous libérer de cette ancre qui nous retient, elle est bien accrochée.

En cours d'anglais, tout en travaillant, je me rêve à la place d'Amy. Je ne sais même pas où se trouve son lycée, mais ça ne m'empêche pas de me demander ce que cela ferait, de prendre un nouveau départ. Cela équivaut-il à rester soi-même dans un contexte différent ? Ou bien à devenir quelqu'un d'autre ? Cette dernière option est sans doute la bonne, car telle que je suis, je ne m'imagine pas sans Justin. J'en souffre rien que d'y penser. Je m'imagine déambulant dans des couloirs inconnus ; la solitude que j'éprouverais là-bas serait bien pire que celle que j'éprouve ici.

Je repense à l'océan, convaincue que, où que j'aille, je veux qu'il m'accompagne.

C'est bête, mais je suis un peu triste au moment de dire au revoir à Amy, à la fin des cours. Tandis que nous nous dirigeons vers le parking, je lui note mon adresse mail sur un bout de papier. C'est à ce moment-là que Justin nous rejoint. Maintenant que la journée est terminée, il semble de bien meilleure humeur. Et, vu sa façon de me tourner autour, je sens qu'il a envie qu'on passe un peu de temps ensemble.

– Tu m'accompagnes jusqu'à ma voiture ? me demande Amy.

J'adresse un regard à Justin, voulant m'assurer qu'il m'attendra.

– Je vais chercher ma caisse, dit-il.

Heureusement qu'il semble disposé à être patient, car Amy s'est garée le plus loin possible du lycée. Tandis que nous marchons, je m'interroge sur les intentions immédiates de Justin, jusqu'à ce qu'Amy interrompe le fil de mes pensées :

– Dis-moi quelque chose que personne ne sait de toi.

– Quoi ?

C'est le genre de question qu'on s'entend poser dans les soirées pyjama entre copines.

– Je demande toujours aux gens de me dire quelque chose à leur sujet que personne ne sait. Pas besoin que ce soit important, ça peut être un tout petit truc.

Je lui confie la première chose qui me vient à l'esprit :

– OK. Quand j'avais dix ans, j'ai tenté de me percer l'oreille avec une aiguille. Je l'ai enfoncée à moitié, puis je me suis évanouie. Il n'y avait personne à la maison, et je suis restée comme ça jusqu'à ce que je me réveille, l'aiguille encore dans l'oreille, du sang plein mon T-shirt. J'ai retiré l'aiguille, après quoi j'ai fait un brin de toilette, et je n'ai jamais réessayé. Ce n'est qu'à quatorze ans que je me suis fait percer les oreilles pour de bon, avec ma mère, au centre commercial. Elle ne s'est jamais doutée de rien. À ton tour, maintenant.

Elle marque un temps d'hésitation, ce qui est un peu étrange. Si c'est une question qu'elle a l'habitude de poser, comment se fait-il qu'elle n'ait pas de réponse toute prête ? Quelques secondes s'écoulent…

– Quand j'avais huit ans, finit-elle par dire, j'ai volé à ma sœur son exemplaire de *Pour toujours* de Judy Blume. Je pensais que si ce bouquin avait été écrit par l'auteur du *Roi des casse-pieds*, il devait forcément avoir de l'intérêt. En tout cas, j'ai vite compris pourquoi elle le gardait sous son lit. Je ne suis pas sûre d'avoir tout saisi, mais cela me paraissait injuste que le garçon nomme son, euh… son organe, et pas la fille. Alors j'ai décidé de donner un nom au mien.

Impossible de me retenir de rire. Et impossible de ne pas lui poser la question :

– Comment tu l'as appelé ?

– *Helena*. Le soir, au dîner, j'ai même fait les présentations avec toute la famille. C'était quelque chose.

*Helena*. Difficile de dire si Justin trouverait ça drôle, lui aussi, ou juste bizarre.

Nous arrivons devant la voiture d'Amy.

– J'ai été vraiment ravie de faire ta connaissance, lui dis-je. Avec un peu de chance, je te reverrai l'année prochaine.

– Oui. Moi aussi, j'ai été ravie.

Elle me remercie de lui avoir servi de guide, de lui avoir présenté mes amis et d'avoir gentiment répondu à sa tonne de questions. Je lui réponds que c'était un plaisir. Puis Justin se pointe au volant de sa voiture et donne un coup de klaxon.

« Retournons à la mer », ai-je envie de lui proposer.

Au lieu de quoi je décide de voir si je ne peux pas faire venir la mer à nous.

Comme d'habitude, nous allons chez lui, parce que chez moi, il y a ma mère, toujours. Puisque je le suis avec ma propre voiture, nous n'avons pas l'occasion de nous parler en chemin. Cependant, même une fois arrivés, nous ne bavardons guère. Il me demande si je veux boire quelque chose : de l'eau, je lui réponds. Il se sert du scotch en douce, mais pas trop. Qu'il en boive un peu ne me dérange pas. J'aime en sentir le goût sur sa langue.

Il s'assoit sur le canapé et allume la télé. Je sais ce qu'il a en tête. Sauf qu'il n'ose pas dire ouvertement : « Allez, viens qu'on se tripote. » Il lui est déjà arrivé de m'embrasser dès le pas de la porte mais, en général, il préfère s'assurer que personne n'est là, se réhabituer à l'atmosphère pesante de la maison de ses parents avant de la défier un peu.

Et donc, la plupart du temps, ça commence de cette façon. Nous sommes tous les deux devant la télé, sans être vraiment en train de la regarder. Il se penche sur moi, à moins que ce soit moi qui me penche sur lui. Nous posons nos verres. Une main sur une cuisse, un bras autour d'une épaule. Nos corps commencent à se confondre. Jamais il ne dira qu'il veut quelque chose de moi. Mais c'est dans l'air, c'est évident entre nous tandis que ses mains se glissent sous mon chemisier et que mes mains lui caressent la joue, l'oreille, les cheveux.

Je reviens à lui. Il revient à moi. Mais, très vite, cet équilibre ne suffit plus. Il pousse. Il dit des trucs qui, d'ailleurs, ne s'adressent pas vraiment à moi. Qui s'adressent à ce que nous sommes en train de faire, qui en font partie. J'aime cette chaleur. J'aime ce contact. Mais ce n'est pas assez. Pas pour lui, qui en veut encore, et encore, et encore. Pas pour moi, car si c'était assez, je ne me poserais même pas la question. Nous n'allons pas jusqu'au bout – pas sur le canapé, seulement dans la chambre, où il y a une porte pour s'isoler, des préservatifs pour se protéger et une couette pour se couvrir une fois que c'est terminé, et que l'on peut se reposer, satisfaits. Mais, sans aller jusqu'au bout, nous nous activons quand même, à moitié déshabillés, chacun d'entre nous faisant ce qu'il a à faire. Il se met à murmurer, à gémir, et oui, il y a quelque chose qu'il veut de moi, à tout prix, et je le lui donne et il me le rend. J'ai envie qu'il atteigne ce pic de plaisir, parce que j'ai encore plus envie de la douceur du moment qui vient après, celui où nos souffles se mêlent.

Il laisse échapper un râle. Son dos tremble sous ma main. Il m'embrasse. Une fois. Deux fois. Trois fois. Nous nous allongeons. Je trouve le battement de son cœur et pose ma tête contre. Il me dit encore quelques mots.

La télé est toujours allumée, et ce qu'il fait maintenant est ce qui me rend reconnaissante, ce qui me donne à penser que, peut-être, tout ça en vaut la peine. Car, au lieu de se tourner à nouveau vers la télé, il l'éteint. Il se lève et va me chercher encore un peu d'eau, sans songer à se resservir du scotch. Lorsqu'il revient, il reprend sa place sur le canapé, puis me réinstalle contre sa poitrine. Nous restons dans cette position un long moment. Il n'y a plus de précipitation. Il n'y a plus rien à désirer que ce petit moment de tranquillité à partager.

## 4

Tout va bien. Je reste cool. J'attends vendredi et la fin des cours pour lui proposer à nouveau d'aller à la soirée de Steve.

– Tu peux me lâcher une seconde?

Voilà la réponse à laquelle j'ai droit.

– Pardon? Je ne mérite pas que tu me parles sur ce ton.

Il secoue la tête.

– Désolé.

Nous sommes devant mon casier. Je sais qu'il doit filer au boulot. C'est pour cela que j'essaie de régler cette histoire maintenant.

– La vérité, c'est que je vais détester la moitié des personnes qui seront là-bas, m'avoue-t-il. Tant que ça ne te dérange pas, on peut y aller. Si Steve et Stephanie se sautent à la gorge, ne compte pas sur moi pour calmer Steve ou le faire sortir, ou pour protéger Steph des conneries de Steve ou Steve des vacheries de Steph. Laisse-moi m'asseoir tranquille dans un coin, boire et apprécier le spectacle comme tous les autres.

– Ils ne se sont disputés qu'une seule fois!

Ces gens sont nos amis et, en général, ils se tiennent bien. C'est la tequila qui les rend mauvais.

– Nom de Dieu, Rhiannon, ouvre les yeux!

– Tu pourras faire ce que tu veux à cette soirée. C'est moi qui conduirai. D'accord?

– Autant que tu le saches : si j'y vais, c'est pour me bourrer la gueule.

– C'est bon, lui dis-je. Tu m'auras prévenue.

Et moi, pourquoi ai-je envie d'aller à cette soirée ? Ce n'est qu'au moment de passer le prendre samedi soir que je me pose la question.

Rebecca ne viendra pas. Ben et elle ont prévu de passer une soirée romantique, rien que tous les deux. Quant à Preston et Allie, sa meilleure amie, ils préfèrent éviter ces fêtes qu'ils jugent lamentables. Et j'ai beau être amie avec Stephanie, je dois reconnaître que Justin n'a peut-être pas tort de penser que se retrouver au centre de l'attention ne l'encouragera sans doute pas à bien se comporter.

En fait, j'espère que, si nous allons à cette soirée, quelque chose de nouveau se produira. Si nous restons à la maison, tout restera comme avant.

Avant d'aller là-bas, nous nous arrêtons quelque part pour manger une pizza. Apparemment, le père de Justin lui a interdit de sortir avant d'avoir rangé sa chambre, mais il s'est tiré quand même. La première fois que j'ai interrogé Justin au sujet de son père, il s'est contenté de me répondre : « militaire », sans que je sache s'il parlait de son métier, de son attitude ou des deux. Ces temps-ci, je l'entends souvent répéter : « Mon Dieu, je vous en prie, faites que je ne devienne jamais comme ce type. »

Sur ce point-là, on peut se comprendre, lui et moi, vu que j'ai quasiment les mêmes pensées en ce qui concerne ma mère.

Tandis que nous roulons en direction de chez Steve, je demande à Justin s'il sait qui d'autre sera là.

– Peu importe. De toute façon, ça ne changera rien, si ?

Sentant bien qu'il n'est pas d'humeur à débattre sur ce sujet, je ne lui réponds pas. Soudain, la radio diffuse une chanson que j'aime, et je me mets à chanter en chœur. Voyant son regard consterné, je m'arrête aussitôt.

– Tu sais où me trouver, me lance-t-il une fois sur place.

Comprendre : là où il y a l'alcool. Dès que j'ai verrouillé les portières, il fonce vers la maison, craignant sans doute qu'on soit à court de bière avant même qu'il ait fait son entrée. Repensant à la dernière soirée de Steve, je dois reconnaître qu'il n'a peut-être pas tort de s'inquiéter.

À l'intérieur, c'est bondé. On se bouscule déjà, et je ne reconnais pas toutes les têtes. Je croise brièvement Stephanie, qui pousse un petit cri et me serre dans ses bras avant de faire de même avec la personne suivante.

Je sais que je devrais aller dans la cuisine, me servir un verre (un seul) et rester auprès de mon petit ami. Mais, curieusement, je m'éloigne dans la direction opposée. Steve passe à côté de moi en titubant, il a dû commencer à boire très tôt. Je lui dis bonjour, et lui me dit de faire comme chez moi.

Le bruit est assourdissant, tout le monde parlant très fort pour être entendu malgré le rap tonitruant et misogyne – «y en a marre de toutes ces chiennes!» – qui secoue la baraque. J'entre dans la petite pièce attenante au salon, je tombe sur l'ordinateur portable relié aux enceintes, et jette un coup d'œil à la playlist. La chanson qui passe en ce moment s'appelle *My Dick's Got Rights!*, «Ma bite a des droits!». La suivante s'intitule *Naked Like U Want Me*, «Nu parce que c'est comme ça que tu me veux». Je songe à baisser le volume. Je songe à mettre Adele. Je ne fais ni l'un ni l'autre.

Je regarde autour de moi, j'avise Tiffany Chase en train de discuter avec Demeka Miller, et je m'approche pour les saluer.

– Hello! me crie Tiffany par-dessus la musique.

– Ouais, hello! fait Demeka.

Sur ce, je me rends compte que mon plan comporte un défaut majeur : je n'ai rien à dire ni à l'une ni à l'autre de ces filles. Je songe à confier à Tiffany que je comprends désormais pourquoi elle aime tant faire visiter le lycée aux nouveaux, puis je me ravise. Ce n'est pas un commentaire adapté à ce genre de soirée. Ça lui donnerait l'impression que je voudrais être à sa place, alors que ce n'est pas du tout le cas.

– J'adore ta coupe ! dis-je à Demeka, qui s'est récemment ajouté une mèche rouge.

– Merci ! répond-elle.

Tiffany et Demeka échangent un regard. De toute évidence, j'ai interrompu leur conversation. Et il vaudrait mieux que je la désinterrompe.

– À plus tard ! leur dis-je.

Je m'éloigne, mais pas trop. Oui, je sais que je devrais aller dans la cuisine. Et pourtant, je reste là.

À côté de l'ordinateur portable se trouvent des CD. Sans doute appartiennent-ils aux parents de Steve. (Où ces gens peuvent-ils bien être ce soir ? Je n'en ai aucune idée.) Vers le haut de la pile, il y a un album d'Adele. N'ayant rien de mieux à faire, j'examine le reste de la collection.

Tiens, Kelly Clarkson. Voilà qui me rappelle notre virée à l'océan. Et ils ont également Fun. – autres artistes que nous avons entendus lors de notre trajet en voiture.

– J'aime beaucoup ce groupe, me dit un garçon en désignant le CD du doigt. Toi aussi ?

Je suis étonnée d'avoir attiré l'attention de quelqu'un. Le garçon qui s'adresse à moi n'a pas l'air à sa place ici : il porte une veste et une cravate, comme si, une fois la soirée terminée, il comptait se rendre directement à la messe. J'ai l'impression qu'il cherche désespérément quelqu'un à qui parler et, en même temps, de manière assez curieuse, que c'est avec moi tout spécialement qu'il veut établir le contact. D'habitude, cela me rendrait méfiante. Mais, pour une raison ou une autre, je décide de ne pas le repousser.

– Oui, dis-je en tenant l'album d'une main.

À voix basse, il se met à chanter *Carry On*, la chanson que Justin et moi chantions en voiture. Je choisis d'y voir un signe – même si j'ignore de quoi.

– J'aime particulièrement ce morceau, m'explique-t-il.

C'est drôle. Il y a quelque chose de vraiment familier chez lui, dans ses yeux, ou du moins dans la façon dont il me regarde.

En tout cas, il n'y a aucune sensation de danger, aucun mal à bavarder avec lui.

– On se connaît ?

– Je m'appelle Nathan.

– Rhiannon.

– C'est un joli prénom, observe-t-il.

Ça ne sonne pas comme un compliment vide de sens, du genre : « J'adore ta coupe ! »

– Merci. Je n'ai pas toujours pensé ça…

– Pourquoi ?

– Trop compliqué à épeler.

Trop différent, aussi. Je ne lui raconte pas à quel point j'ai souffert, petite, d'avoir un prénom aussi peu commun, et à quel point j'ai regretté que mes parents ne m'en aient pas donné un plus simple.

Quoi qu'il en soit, je n'arrive toujours pas à me départir de cette impression que j'ai de connaître ce Nathan.

– Tu vas en cours à Octavian ?

Il secoue la tête.

– Non. Je suis là juste pour le week-end. Je rends visite à mon cousin.

– Ton cousin ?

– Steve.

– Ah, tout s'explique.

À ce stade, exactement comme avec Tiffany et Demeka, je me retrouve sans rien à dire. Certes, je pourrais demander à Nathan d'où il vient, ou pourquoi il porte une cravate. Mais cela ne reviendrait qu'à meubler vainement la conversation, et à quoi bon ? Ce ne serait pas très sympa envers lui.

Pourtant, au moment où je m'apprête à laisser mourir notre échange, il me surprend.

– Je ne supporte pas mon cousin, déclare-t-il.

Propos scandaleux. Quoique pas tant que ça. Et qui ont le mérite de me rendre curieuse.

– Je déteste la façon dont il traite les filles, poursuit-il. Je déteste sa manière de vouloir acheter ses amis en organisant des soirées telles que celle-ci. Je déteste le fait qu'il ne vous adresse la parole que lorsqu'il a besoin de quelque chose. Et je le déteste surtout parce qu'il semble incapable d'aimer.

Ouah. Moi qui me souviens à peine des prénoms de mes cousins, je n'en reviens pas que Nathan ait une opinion aussi tranchée sur le sien.

– Alors, que fais-tu là ? lui demandé-je.

– Je crois que j'ai envie de voir les choses tourner au vinaigre. Lorsque les flics débarqueront – et ils *vont* débarquer si personne ne baisse le son –, j'ai envie d'être témoin de la scène. À bonne distance, bien sûr.

Ma parole, ce garçon est déchaîné. Parce que cela m'amuse, je décide de jeter de l'huile sur le feu.

– Et tu dis qu'il est incapable d'aimer Stephanie ? Ça fait pourtant plus d'un an qu'ils sortent ensemble.

– Ça ne prouve pas grand-chose. On peut rester avec quelqu'un pendant un an parce qu'on est amoureux… mais aussi parce qu'on est prisonnier.

Prisonnier. Bêtement, ma première pensée est que Stephanie est loin d'être aussi prisonnière que moi. Ce qui est ridicule. Ni l'une ni l'autre nous ne sommes *prisonnières*.

Qu'est-ce qui peut bien pousser Nathan à affirmer une telle chose ? Il a l'air de savoir de quoi il parle.

– Tu t'exprimes en connaissance de cause ?

– On peut persister dans une relation pour plusieurs raisons, reprend-il. Parce que l'on a peur de se retrouver seul. Parce que l'on a peur de bouleverser ses habitudes. Parce que l'on préfère se contenter de quelque chose de pas terrible plutôt que de risquer de ne pas trouver mieux. Ou peut-être parce que l'on croit de manière irrationnelle que les choses vont s'arranger, tout en sachant pertinemment qu'il ne changera pas.

*Il.* Nathan a donc visiblement les mêmes goûts que Preston. Je cherche à m'en assurer :

– *Il* ?

– Oui.

– Je vois.

Peut-être cela explique-t-il pourquoi je n'ai ressenti aucun danger en sa présence, pourquoi je peux me montrer si ouverte avec lui. Les filles ne sont en général pas menacées par les garçons qui aiment les garçons.

– Un problème avec ça ? demande-t-il.

– Absolument pas.

Je serais curieuse de savoir si Steve est au courant.

– Et toi ? Tu vois quelqu'un ?

– Oui. (Puis, voyant où il veut en venir, j'ajoute :) Depuis plus d'un an.

– Dans ce cas, pourquoi êtes-vous encore ensemble ? Parce que tu as peur d'être seule ? Parce que tu préfères t'en contenter ? Parce que tu espères de manière absurde qu'il va changer ?

Ah. Je n'ai pas envie de lui expliquer que c'est beaucoup plus compliqué que ça. Mieux vaut répondre simplement :

– Oui. Oui. Et oui.

– Alors…

– Mais il est aussi capable de se montrer incroyablement doux. Et je sais que, au fond de lui, il tient énormément à moi.

Ses yeux ne me lâchent pas.

– Au fond de lui ? Es-tu sûre que c'est satisfaisant ? Devrait-on avoir à creuser pour trouver l'amour que les gens nous portent ?

« Ça suffit. On ne se connaît pas, toi et moi. Arrête. »

J'ai l'impression d'entendre Justin dans ma tête ; pourtant, il s'agit de ma propre voix.

– Et si on changeait de sujet, tu veux bien, Nathan ? Ce n'est pas vraiment une conversation festive, il me semble. J'aimais mieux quand tu me chantais cette chanson.

Et voilà que, une Corona à la main, Justin franchit le seuil de la porte. Balayant la pièce du regard, il me voit – ce qui semble plutôt lui plaire –, puis voit que je suis en train de parler avec un garçon – ce qui semble plutôt lui déplaire.

– C'est qui, lui ? demande-t-il en s'approchant.

– T'inquiète, Justin. Il est homo.

– On s'en serait douté, vu sa manière de s'habiller. Qu'est-ce que tu fous ici ?

– Nathan, je te présente Justin, mon petit ami. Justin, voici Nathan.

– Salut, dit Nathan.

Justin marque un temps, puis m'interroge :

– Tu as vu Stephanie ? Steve la cherche partout. Je crois que ça barde encore entre eux.

Dans sa voix, il y a le sous-texte « je te l'avais bien dit ». Et c'est vrai qu'il m'avait prévenue.

Dans ma réponse, il va trouver un « et alors ? » :

– Peut-être qu'elle est descendue au sous-sol.

– M'étonnerait. Ça danse, au sous-sol.

La dernière fois que nous avons dansé, lui et moi, cela devait être chez Preston il y a quelques mois, lors d'une soirée très éméchée.

Ça me manque.

– On y va ? On va danser ?

– Tu plaisantes ? s'insurge Justin. Je ne suis pas venu ici pour danser. Je suis venu ici pour *boire*.

– C'est charmant, lui dis-je.

Qu'est-ce qui m'a pris ne serait-ce que de lui poser la question ? Mais, après tout, une autre possibilité s'offre à moi.

– Ça t'embête si j'y vais avec Nathan ?

Justin jette un nouveau coup d'œil à la cravate et à la veste du cousin de Steve.

– T'es sûre qu'il est gay ?

– Je peux improviser quelques morceaux de comédies musicales, si ça peut te convaincre, suggère Nathan.

Justin lui donne une tape dans le dos.

– Non, mon vieux, surtout pas. Allez plutôt danser.

Puis, après nous avoir salués avec sa Corona, il repart en direction de la cuisine.

– Si tu n'as pas envie, tu n'es pas obligé, dis-je à Nathan.

Comme, personnellement, l'idée de danser avec un inconnu ne m'enthousiasmerait pas, je ne lui en voudrais pas si c'était pareil pour lui.

– Si, réplique-t-il. J'en ai très envie.

Je ne sais pas pourquoi, mais tout me semble en fait si naturel. De sorte que je le conduis au sous-sol, où un autre type de bruit résonne – un bruit de danse. On reconnaît bien la touche de Stephanie : toutes les ampoules normales ont été remplacées par des ampoules rouges. On se croirait à l'intérieur d'un cœur qui palpite.

Bien que j'aie du mal à discerner les visages, je repère Steve dans un coin de la pièce, en train d'exécuter quelques déhanchements pré-gueule de bois.

– Hé, Steve ! Il est cool, ton cousin !

Il hoche la tête, me laissant supposer que les sentiments négatifs de Nathan à son égard ne sont pas réciproques.

– T'as pas vu Stephanie ? crie-t-il.

– Non !

En attendant qu'ils aient dessoûlé, il est sans doute préférable qu'ils restent chacun de leur côté.

Principalement parce qu'il est homo, je m'attends à ce que Nathan danse à corps perdu. Au lieu de quoi, il semble un peu terrifié. Il faut que je garde à l'esprit qu'il est entouré d'une horde d'inconnus. Et que j'en fais moi-même partie, même si je ne le vis pas de cette manière. Étant donné que c'est moi qui l'ai amené ici, c'est à moi de le mettre à l'aise. Je me dis que danser, c'est comme chanter, il faut simplement que je l'encourage à danser en chœur tout comme, là-haut, il chantait en chœur avec la chanson que les enceintes ne diffusaient pas.

Voilà qu'il se balance, bloqué dans son mouvement par tous ces gens autour de nous qui monopolisent l'espace. Je m'efforce de les oublier, de me concentrer exclusivement sur lui et la musique. Je crée une bulle spéciale pour nous deux. Et ça marche. Je sens que ça marche. Son regard s'accorde à mon regard. Son sourire s'accorde à mon sourire. La chanson. La chanson mène la danse. La chanson nous montre comment bouger. La chanson guide ses mains dans mon dos, sur mes hanches. La chanson génère de la chaleur et la transmet à nos corps. La chanson m'attire vers lui. La chanson, et ses yeux.

Un autre titre prend la suite. Et voilà Nathan qui se met à chanter, pour de bon, ce qui me ravit. Je suis heureuse de me sentir aussi libre dans un lieu aussi bondé. De ne pas être tirée à droite et à gauche par Justin. De pouvoir tout lâcher.

– Tu ne danses pas si mal ! je crie à Nathan.

– Tu danses comme une reine ! me crie-t-il en retour.

D'autres chansons se succèdent, flottant dans la lumière

rouge. Des corps entrent et sortent. Personne ne m'appelle. Personne n'a besoin de moi. Personne ne me demande quoi que ce soit.

Je perds le fil. Du temps. De mes pensées. Je ne sais plus où je suis ni qui je suis. J'oublie même la musique. Mon seul point de repère, c'est le garçon en face de moi, avec sa cravate, qui lui aussi se lâche. Cela ne m'échappe pas, car je vis exactement la même chose.

Puis, tout d'un coup, c'est fini. Un morceau est interrompu en plein milieu. J'ai l'impression d'être un de ces personnages de dessin animé qui parvient à se maintenir en l'air un moment, avant de baisser les yeux, d'apercevoir le sol et de finalement chuter sous l'effet de la gravité. Quelqu'un allume les lumières normales, ou du moins éteint les rouges. J'entends Stephanie hurler que la fête est terminée, que les voisins ont appelé les flics.

Même si ce n'est pas ma faute, je veux m'excuser auprès de Nathan. Parce que c'est fini. Forcément.

– Il faut que je trouve Justin, lui dis-je. Et toi, ça va aller ?

Il hoche la tête puis, la main encore sur mon poignet, il me dit :

– Ça ne te paraîtra pas bizarre si je te demande ton adresse mail ?

Ça ne m'aurait nullement paru bizarre s'il n'avait pas suggéré que ça puisse me paraître bizarre.

– Ne t'inquiète pas, ajoute-t-il. Je suis toujours homo à cent pour cent.

– C'est dommage.

Puis, avant de me ridiculiser en poussant plus loin le flirt, je lui donne mon adresse de messagerie et lui emprunte son stylo pour noter la sienne sur un ticket de caisse.

Le sous-sol s'est presque entièrement vidé, et on commence à entendre le bruit des sirènes. Stephanie ne blaguait pas, il faut vraiment qu'on parte.

– Il est temps d'y aller, dis-je.

Nous restons tous les deux dans l'espace que nous avons créé, déterminés à ne pas le quitter malgré le retour de la lumière.

– Tu ne vas pas laisser ton petit ami conduire, n'est-ce pas ? me demande Nathan.

– C'est gentil de t'en inquiéter. Non, c'est moi qui ai la garde des clés.

Ça se bouscule en haut des escaliers, et nous voilà séparés avant même d'avoir pu nous dire au revoir. Comme Justin ne se trouve pas dans la cuisine, j'imagine qu'il est déjà sorti.

Effectivement, il est devant la voiture, à m'attendre en faisant les cent pas.

– Où t'étais ? me demande-t-il d'un ton accusateur tandis que je déverrouille les portières.

J'attends d'être assise derrière le volant pour lui répondre :

– Au sous-sol. Tu le savais.

Il laisse échapper une espèce de juron, mais je sais que ce sont les flics qu'il vise, pas moi. Je m'engage dans la rue en me félicitant de ne pas m'être garée dans l'allée de la maison, là où ça bouchonne sévèrement.

– On va y arriver, je lui promets.

– T'es belle, bafouille-t-il.

– Et toi, tu es soûl.

– N'empêche, t'es belle, dit-il avant d'incliner son siège en arrière et de fermer les yeux.

J'attends quelques minutes. Puis je trouve une chanson que j'aime bien à la radio et me mets à chanter.

Tandis que Justin ronfle, je pense à Nathan et croise les doigts pour que lui non plus n'ait pas été embêté par la police.

# 5

Sachant que Justin ne travaille pas le dimanche, j'espère que nous pourrons nous voir au moins un moment. Mais il ne se réveille que vers une heure de l'après-midi et, si l'on en croit ses textos, il n'est pas en grande forme. Je propose de passer le voir afin de lui concocter le remède anti-gueule de bois de son choix. Deux heures plus tard, il m'envoie un SMS pour m'informer qu'à part dormir, il ne pourra rien faire aujourd'hui. Il y parvient alors même que ses parents lui crient dessus pour le tirer du lit.

Quand on se saoule toute la soirée, il y a des conséquences, et je les connais. Ce n'est pas comme si ça ne m'était jamais arrivé. Simplement, ça m'arrive moins souvent qu'à lui.

J'ai déjà eu l'occasion de l'interroger à ce sujet. Pas pour jouer les donneuses de leçons. Non, par simple curiosité.

– Je bois pour me sentir bien, m'a-t-il affirmé. Et même si le lendemain je me sens mal, ça en vaut quand même la peine, parce que pendant un petit moment, c'est allé mieux, ce qui n'aurait pas été le cas si je n'avais pas bu.

Parfois, c'est moi qui parviens à le faire se sentir mieux. Parfois, j'ai le même effet sur lui que l'alcool. Et pas seulement quand il me déshabille. Oui, il m'arrive de pouvoir lui faire oublier tout le reste. Et personne d'autre n'a ce pouvoir. Je le sais.

Parce que Justin est absent de ma journée, cette dernière me paraît vide. Ma mère me propose de l'accompagner au supermarché, mais si j'accepte, j'achèterai un tas de cochonneries à grignoter. Mon père est devant son ordi, travaillant pour subvenir à nos besoins et aussi pour nous éviter. Je songe à écrire un mail à Nathan, mais à quoi bon ? Je ne le reverrai sans doute jamais. Ce que nous avons partagé est définitivement terminé ; peu importe, nous savions dès le début à quoi nous attendre.

Alors autant se distraire. J'allume la télé. Des femmes au foyer toujours aussi désespérées, et des documentaires animaliers. Un épisode de *Friends* que j'ai vu cent fois. Des programmes qui ne m'intéressent pas, suivis d'autres programmes qui ne m'intéressent pas. Ça pourrait durer longtemps. Je pourrais rester là éternellement, à regarder des images que je n'ai pas envie de voir.

Voilà le genre de journée que je passe.

J'appelle Justin. C'est plus fort que moi. J'ai tellement envie de lui parler. Je sais que je ne parviendrai pas à le persuader d'oublier sa gueule de bois, de quitter son lit et de faire quelque chose avec moi – ni même de rester au lit pour y faire quelque chose avec moi. S'il m'autorisait à m'allonger à côté de lui, cela suffirait à me rendre heureuse.

– J'ai décidé que le whisky et moi, on n'était plus potes, déclare-t-il.

– Ça ne va pas mieux ?

– Si. Mais pas beaucoup. Ça reste une journée de merde.

– Ouais, bof. De mon côté, j'ai fait le plein de télé.

– Putain, j'aurais bien aimé mater la téloche avec toi. Être malade, c'est trop chiant.

– Moi aussi, j'aimerais bien que tu sois là. Si tu veux, je peux venir.

– Non. Ce mauvais moment, je dois le passer tout seul. Ce serait pas cool de te demander de venir me voir alors que moi-même, j'en ai marre de voir ma gueule.

– Ça ne me dérangerait pas.

– Je sais. Et je t'en suis reconnaissant. Mais aujourd'hui, c'est pas la peine.

Que cela semble l'attrister m'aide un peu à supporter ma propre tristesse. Même si ça ne changera rien au fait que je vais passer la journée toute seule.

Seule. Je me sentirais complètement seule si je n'avais pas quelqu'un qui, pour peu que j'aie vraiment besoin de lui, soit prêt à se tenir à mes côtés.

– Je vais y aller, me dit-il.

Inutile de lui faire remarquer qu'il ne va aller nulle part, et moi non plus, d'ailleurs.

– À demain, lui dis-je, parce que je sais que nous ne nous reparlerons pas ce soir.

– Ouais. À demain.

Ma mère rentre et je l'aide à ranger les courses. Nous préparons à dîner, sans nous parler. Certes, *elle* parle. Elle parle, parle, parle. Mais ce n'est pas une conversation.

De retour dans ma chambre, je jette un œil à mes e-mails, sur mon téléphone. À mon grand étonnement, j'ai un message de Nathan.

> Salut Rhiannon,
> Je voulais juste te dire que j'ai été très content de faire ta connaissance et de danser avec toi hier soir. Je regrette que la police ait débarqué et que nous ayons dû nous séparer. Même si tu n'es pas tout à fait mon genre, tu es tout à fait le genre de personne que j'apprécie. Restons en contact !
> N

Ça m'arrache un sourire. Voilà qui est tellement… gentil. Je serais curieuse de savoir s'il est célibataire, même si je n'imagine pas Preston en pincer pour lui. Preston aime les types plus branchés. Ou, en tout cas, qui ne se pointent pas en cravate à une soirée.

Et je serais également curieuse de savoir pourquoi je suis le genre de personne qu'il apprécie. Qu'est-ce qu'il entend par là ? Et où cela peut-il nous mener ?

Peu importe. Un gentil garçon me témoigne de l'amitié et moi, je fais la difficile. Il doit y avoir quelque chose qui cloche sérieusement chez moi. Je devrais être contente de l'avoir rencontré, c'est tout.

J'appuie sur « répondre » sans trop savoir quoi écrire. Je ressens le besoin de m'excuser de ne pas l'avoir contacté la première ; à tous les coups, le bout de papier sur lequel il a noté son adresse est encore dans ma poche. Mais j'ai aussi envie d'avoir l'air de quelqu'un qui reçoit ce genre de message tout le temps.

Curieusement, la Rhiannon qui transparaît à travers les mots que je choisis n'est pas la même que d'habitude.

C'est une Rhiannon qui dégage beaucoup plus de joie.

Nathan !

Je suis bien contente que tu m'aies écrit, car j'avais bêtement perdu le bout de papier sur lequel tu avais noté ton adresse e-mail. Moi aussi, j'ai adoré bavarder et danser avec toi. Comment la police a-t-elle osé nous séparer ? Et toi aussi, tu es du genre que j'apprécie. Même si tu ne sembles pas croire aux relations qui durent plus d'un an. (D'ailleurs, je ne dis pas que tu as tort. Le jury n'a pas encore rendu son verdict.)

Je n'aurais jamais cru dire ça un jour, mais j'espère que Steve organisera bientôt une autre soirée. Ne serait-ce que pour que tu puisses assister encore à cette infamie.

Je t'embrasse,

Rhiannon

Je ne sais pas pourquoi j'ai mis «je t'embrasse». C'est ce que je mets toujours, en fait. Par peur d'avoir l'air trop froide.

Mais là, je crains de sembler trop empressée. Pas empressée de la façon dont je le suis avec Justin. Non, simplement empressée de… passer à l'étape suivante, quelle qu'elle soit.

Dès que j'ai cliqué sur «envoyer», la sensation de vide revient. Me voilà ramenée à la journée que j'étais en train de vivre. Peut-être que c'est ça, être seul : découvrir que votre univers est minuscule, et ne pas savoir comment en sortir.

Je vais sur Facebook. Je lis les nouvelles sur Gawker. Je regarde des clips sur YouTube, dont celui de la chanson de Fun. que Justin et moi avons écoutée l'autre jour, et que Nathan a chantée hier soir. Je me sens idiote d'agir ainsi. Mais, pour une raison ou une autre, je sais que Nathan ne trouverait pas ça idiot. Alors que je suis persuadée que Justin le jugerait ridicule. Un jour, je lui ai demandé s'il pensait que nous avions une chanson, lui et moi. Car la plupart des couples ont la leur. Il m'a répondu qu'il n'en avait aucune idée, et qu'il ne comprenait même pas pourquoi on aurait besoin d'avoir notre chanson.

Je me suis dit qu'il avait raison. Quel intérêt d'en avoir une en particulier ? Toutes les chansons pouvaient être à nous.

Mais maintenant, j'en veux une. Il ne suffit pas de se dire que n'importe quelle chanson peut me faire penser à lui.

J'en veux une, rien qu'une seule, qui lui fera penser à moi.

# 6

L'effet gueule de bois se prolonge jusqu'au lundi.

C'est comme si sa personnalité s'était gâtée à force de ne pas avoir servi. Il est au lycée, mais se croit encore au lit. Autant ne pas m'offusquer qu'il ne soit pas content de me voir, étant donné qu'il n'est content de voir personne. Puisqu'il ne prononce que des phrases de deux mots au maximum, après quelques minutes, je décide de le laisser tranquille.

Ce lundi ressemble à beaucoup de nos autres lundis.

Notre lundi à la plage, lui, semble remonter à bien plus d'une semaine.

C'est quoi, mon problème ? Qu'est-ce qu'il m'arrive ?

– Tu as passé un bon week-end ? me demande Rebecca en milieu de matinée.

– J'ai passé un *long* week-end.

– Ça veut dire quoi ?

– Je ne sais pas, dis-je. Simplement qu'il n'a pas été très rempli.

– Et cette soirée, c'était comment ?

– Ça allait. J'ai dansé avec le cousin homo de Steve. Justin s'est pris une cuite. Les flics ont débarqué.

– Steve a un cousin homo ? Je n'étais pas au courant.

– Je n'ai pas l'impression qu'ils soient très proches.

– OK. Cet après-midi, Ben et moi, on comptait se voir avec Steve et Stephanie, pendant la conférence avec l'auteur que le lycée a invité. En profiter pour sortir prendre un café ou quelque chose. Ça te dirait de te joindre à nous, pourquoi pas avec ce garçon s'il est encore dans le coin ?

Je remarque qu'elle n'a pas invité Justin. Ce sera une sortie à trois couples, sauf qu'on ne me propose pas de venir avec mon petit ami.

– Je peux te confirmer ça plus tard ?

Rebecca n'est pas idiote. Elle sait pourquoi je ne m'engage pas.

– Quand tu veux, répond-elle. De toute façon, nous, on ira. Mais ce serait super de pouvoir passer un peu de temps avec toi. J'ai l'impression qu'on ne s'est pas vues depuis des lustres.

Désormais les choses sont claires : Justin est délibérément exclu. Car Rebecca me voit en fait tout le temps. Simplement, dans ces occasions-là, il est toujours à mes côtés.


Je le trouve juste avant le déjeuner.

– Qu'est-ce que tu fais ? lui demandé-je.

– Qu'est-ce que j'ai l'air de faire ?

Il a l'air d'être en train de ranger des livres dans son casier et d'en sortir d'autres. Il a l'air d'être sur le point d'aller à la cafétéria.

– Qu'est-ce que tu as *envie* de faire ? ajouté-je.

Il referme son casier en claquant la porte.

– J'ai envie de jouer à des jeux vidéo. Ça te va, comme réponse ?

– Et si on se tirait d'ici ? En fin d'après-midi, pendant la conférence. Personne ne remarquera notre absence.

Ce que je cherche, c'est l'étincelle de l'autre jour. Si elle s'est éteinte, je veux la rallumer. Parce que en moi aussi, il y a une étincelle. Et là, tout ce qu'elle attend, c'est de s'enflammer.

– Mais qu'est-ce qui t'arrive, bon sang ? demande-t-il. Si on pouvait se barrer comme ça, tu crois que je serais encore ici ?

Nom de Dieu. Tu penses vraiment que j'aime être ici ? Pourquoi tu remues sans cesse le couteau dans la plaie ?

– Ce n'est pas ce que je voulais dire. J'avais juste envie qu'on passe un moment comme la semaine dernière.

– La semaine dernière ? Je ne sais même pas de quoi tu parles.

– La plage ? L'océan ?

Il secoue la tête, comme si je fabulais.

– Ça suffit, OK ? Arrête.

Alors j'arrête. J'avale l'étincelle et je la sens me brûler la gorge.

Nous mangeons avec nos amis. Preston nous interroge sur la soirée, et Justin lui dit que c'était nul. À en croire sa version, il n'y avait que des boudins, qui venaient s'entasser dans la cuisine. Stephanie lui a crié dessus, tout ça parce qu'il a posé les pieds sur la table. Puis la police a débarqué parce que, de toute évidence, les flics n'ont rien de mieux à faire.

Preston me demande ensuite si moi, j'ai passé une bonne soirée. Je lui réponds que non, c'était nul. Je ne lui parle pas du sous-sol, ni du moment où j'ai dansé. Ainsi ma version se calque sur celle de Justin, qui ne le remarque même pas.

Je disparais. Voilà la pensée qui s'impose à moi : « Je disparais. » Comme si rien de ce que je disais ou faisais n'avait d'importance. Ma vie est désormais tellement minuscule qu'elle est totalement invisible.

Pour lutter contre ça, la seule idée qui me vient est d'envoyer un SMS à Rebecca afin de lui dire que je suis libre pour qu'on se voie après les cours.

*

Il s'en fiche. Je lui explique que j'ai prévu de sécher la conférence pour rejoindre des amis, et il s'en fiche complètement. Il ne demande pas à être de la partie. Il ne me demande même pas ce que nous comptons faire. Il rentrera chez lui et jouera à

75

des jeux vidéo. Il ne m'enverra des textos que si je lui en envoie la première. Je sais tout ça – alors pourquoi suis-je encore surprise, comme s'il n'était pas normal que cela se passe de cette façon ?

Rebecca a envie de manger une glace, et parvient à nous convaincre que nous avons la même envie, bien qu'on ne soit pas en été et qu'il faille faire vingt minutes de route pour trouver un bon glacier. Comme nous nous y attendions, il est extrêmement facile de sécher la conférence. L'auteur invité ne risque pas de s'offusquer de notre absence, vu qu'aucun d'entre nous n'a jamais entendu parler de lui. Ben et moi embarquons avec Rebecca dans la voiture de celle-ci, et Stephanie et Steve nous retrouvent sur place. Chez Steve, les stigmates du week-end sont bien plus visibles que chez Stephanie, qui a l'air d'avoir passé ces dernières quarante-huit heures au gymnase.

Après avoir acheté nos cônes, nous nous installons à une table. Plutôt que de commencer par discuter de la soirée elle-même, nous parlons de tout ce qui s'est produit par la suite : le grand ménage qu'il a fallu faire, les ennuis avec la police, qui malgré tout n'a arrêté personne. Il s'agissait juste de mettre fin à la fête, ce dont ils se sont très bien acquittés.

Stephanie admet qu'elle a ressenti un certain soulagement.

– Sans l'intervention de la police, observe-t-elle, *certaines* personnes ont beaucoup de mal à arrêter de faire la fête.

Le ton de sa voix m'indique que je suis censée savoir de qui elle parle. Or, je n'en ai pas la moindre idée.

– J'ai beaucoup apprécié ton cousin, dis-je à Steve. En ce qui me concerne, il a sauvé cette soirée.

Steve a l'air perplexe.

– Mon cousin ? Quand est-ce que tu as rencontré mon cousin ?

– À la soirée. Nathan, ton cousin…

Sur le point de préciser *homo*, je prends soudain conscience que Steve n'est peut-être pas au courant.

Quoi qu'il en soit, il éclate de rire.

– À ma soirée ? Ça m'étonnerait fort, tu vois. Mes cousins ont plutôt dans le genre huit ans. Et aucun d'eux ne se prénomme Nathan.

Je ne comprends pas ce qu'il me dit. Alors je proteste maladroitement :

– Mais je l'ai rencontré.

– Oh là là ! s'exclame Stephanie en me tapotant gentiment le dos de la main. Ma pauvre Rhiannon, j'ai l'impression que tu as plutôt rencontré quelqu'un qui *prétendait* être le cousin de Steve.

– Mais pourquoi ce garçon aurait-il fait ça ?

Stephanie hausse les épaules.

– Qui sait ? Ils sont bizarres, les garçons.

Ce qui m'attriste, c'est de me rappeler à quel point il avait l'air sincère. Authentique. Et, maintenant, c'est comme si je l'avais inventé de toutes pièces.

– Il portait une cravate, dis-je. Il me semble que c'était le seul garçon avec une cravate.

– Ah, ce type-là ! ricane Steve. Ouais, je l'ai vu. Ce n'est pas mon cousin mais, en effet, il était là.

Je me demande s'il s'appelle vraiment Nathan. Et s'il est vraiment homo. Et pourquoi l'univers me joue des tours pareils.

– Je n'en reviens pas qu'il m'ait menti, dis-je.

– N'oublie pas, les garçons sont sacrément étranges, insiste Stephanie.

– Les mensonges, tu sais ce que c'est, ajoute Rebecca. Tu as dû lui plaire, à ce type, sans qu'il sache bien comment gérer le truc. Ça arrive. Ce n'est pas la pire sorte de mensonge.

J'imagine qu'elle cherche à me rassurer, sauf que je bloque sur sa première phrase : « Les mensonges, tu sais ce que c'est. »

– Justin ne me ment jamais.

Rebecca joue les idiotes :

– Qui a parlé de Justin ?

– Je sais pertinemment ce que tu sous-entendais. Et laisse-moi te dire que, même si Justin est capable de me snober ou de bouder ou de s'énerver, jamais, jamais il ne me ment. Je sais que tu ne penses pas grand bien de notre relation, mais ça, tu ne peux pas nous l'enlever.

Visiblement sceptiques, Rebecca et Stephanie échangent un bref regard, tandis que Ben se concentre sur son téléphone et que Steve semble trouver très drôle qu'un type se soit invité à sa soirée et fait passer pour son cousin.

Je déteste que mes prétendus amis pensent mieux connaître ma vie que moi. Et, aujourd'hui, c'est encore pire, parce que j'ai cru qu'avec Nathan le contraire était vrai. Je me sens bête, de m'être imaginé ça après une seule conversation et un seul échange de courriels. Peu importe : qu'il s'agisse de quelque chose de réel ou bien d'une illusion, voir cela partir en fumée est douloureux.

Steve lance un débat avec Stephanie, histoire de savoir lequel de leurs invités a pris la plus grosse cuite lors de la soirée ; du coup, plus personne ne se soucie de mes questions concernant Nathan. Nos glaces terminées, nous ne savons plus quoi faire ; nous avons passé un quart d'heure ensemble, mais il ne semble déjà plus y avoir de raison à notre présence ici. Stephanie suggère que nous allions faire un tour au magasin d'articles d'occasion qui se trouve plus loin dans la rue, et bien que ça ne tente guère Ben et Steve, personne n'a de meilleure idée.

À nouveau je disparais, cette fois-ci dans le silence. Pendant que Stephanie et Rebecca essaient des vêtements et que Steve jette un coup d'œil à de vieux disques, Ben et moi restons dans notre coin. Il est rivé à son téléphone mais, alors que les filles se disputent une robe bain de soleil style années cinquante, voici ce qu'il me confie :

– Je suis prêt à parier que le type qui s'est fait passer pour le cousin de Steve avait une bonne raison de le faire. C'est vrai que les garçons ont des comportements étranges. Reste qu'en général, ils n'ont pas de mauvaises intentions. Le plus probable, c'est qu'il t'aimait bien.

Puis il se penche à nouveau sur son téléphone et tape encore un texto.

Je consulte le mien, espérant y trouver un e-mail de Nathan contenant des explications. Mais je n'ai rien reçu. C'est donc moi qui lui écris.

> Nathan,
> Apparemment, Steve n'a pas de cousin prénommé Nathan, et aucun de ses cousins n'est d'ailleurs venu à la soirée.
> Ça te dirait de m'expliquer ?
> Rhiannon

Presque instantanément, je reçois une réponse.

> Rhiannon,
> En effet, des explications s'imposent. Pourrait-on se donner rendez-vous quelque part ? C'est le genre d'éclaircissements qu'il vaut mieux fournir en personne.
> Je t'embrasse.
> Nathan

Ce « je t'embrasse » me surprend. Je sais que ça pourrait être de la provocation, de la moquerie. Et je sais aussi que ce n'est ni l'une ni l'autre.

Rebecca m'appelle, elle veut que je tranche, que je décide à qui va aller la robe. Ne voulant pas être impliqué, Ben tâche de se fondre dans le décor. Steve brandit un album de Led Zeppelin et demande à Stephanie s'il le possède déjà.

Je ne réponds pas à ce courriel. Pas encore. Il faut que je réfléchisse.

*

C'est Rebecca qui a droit à la robe. Et Steve a droit à son album. Stephanie trouve une autre robe, qu'elle dit préférer à celle de Rebecca. Ben met la main sur un dictionnaire et commence à nous parler des dicos en général, se demandant si, dans vingt ans, ils existeront encore en version papier.

Une fois que tout le monde a terminé son petit shopping, ils ont envie de passer encore un peu de temps ensemble, pourquoi pas d'aller dîner quelque part.

Je leur dis que je dois rentrer à la maison.

# 7

Je ne lui dois rien, à Nathan. Il m'a menti. Rien que pour cette raison, je devrais tourner la page.

Mais j'ai l'impression que moi, j'ai le droit à une explication. J'ai envie de savoir.

Au lieu de dormir, je passe la moitié de la nuit à y réfléchir. Puis je me lève et lui tape une réponse.

> Nathan,
> Je suis curieuse d'entendre tes explications. Retrouvons-nous au café de la librairie Clover à dix-sept heures.
> Rhiannon

A priori, c'est un bon point de rendez-vous. Un lieu sûr, public, où en plus Justin ne mettrait jamais les pieds.

Je sais déjà que je ne lui parlerai pas de cette histoire.

Contrairement à moi, Justin semble avoir fait le plein de sommeil. Il est presque agréable. En me voyant, il n'a pas l'air de vouloir s'enfuir. Il me demande comment ça s'est passé avec Rebecca et les autres, ce qui m'impressionne, car je ne m'attendais pas à ce qu'il se souvienne de mes activités de la veille. Il va même jusqu'à écouter ma réponse, du moins pendant une minute. Ensuite l'ennui le gagne – ce que je peux comprendre, cela n'a rien de passionnant. Ce n'est pas ce qui occupe mes pensées aujourd'hui.

J'attends. Et je ne supporte pas d'attendre. De savoir que je suis moi-même condamnée à plusieurs heures d'ennui avant mon rendez-vous.

Pendant le déjeuner, je consulte ma messagerie et découvre un nouveau courriel de Nathan.

> Rhiannon
> J'y serai. Mais peut-être pas de la façon dont tu t'attends à me voir. J'espère que tu voudras bien écouter ce que j'ai à te dire.
> A

Ma première réaction consiste à penser qu'il n'est finalement pas homo du tout. Et à me dire que son prénom commence forcément par un *A*. Il me draguait, et quand je m'en suis rendu compte, il a décidé de faire semblant d'être gay. Voilà qui explique un peu mieux ce lien que j'ai ressenti avec lui. Il y avait une attirance mutuelle. Je sais que je devrais m'offusquer, mais une partie de moi ne lui en veut pas de m'avoir draguée, d'autant plus qu'il était trop délicat pour y aller à fond. Ça reste un mensonge, et je reste fâchée. Mais, au moins, ce mensonge avait quelque chose de flatteur.

Je sens bien que Rebecca adorerait que je la mette dans la confidence. Elle adore ce genre de conversation. Pour elle, c'est la base de l'amitié. Assise en face d'elle pendant le déjeuner, je vois les points d'interrogation qui illuminent ses yeux : sait-elle qu'il se passe quelque chose, ou se contente-t-elle de l'espérer ? De toute façon, comme Justin est assis à côté de moi, je ne risque pas d'aborder le sujet. Et, même s'il n'y avait que Rebecca et moi, seules dans sa voiture, je ne suis pas sûre que j'aurais envie de lui en parler. J'aime savoir que cette histoire n'est qu'à moi.

Arrivée en avance à la librairie, je m'assois à une table du café, près de la fenêtre. Je suis aussi nerveuse que pour un premier rendez-vous galant. C'est ridicule, je sais, je suis juste venue chercher des réponses, pas un petit ami. J'en ai déjà un.

C'est incroyable le nombre de personnes qui peuvent envahir un café quand vous y attendez quelqu'un. Heureusement, je sais déjà quelle tête il a. Portera-t-il encore une cravate ? Peut-être que c'est son truc. Peut-être qu'il aime le style vieillot. Ça ne me choquerait pas particulièrement.

J'essaie de me distraire en lisant les articles *people* d'*Us Weekly*, mais même sur les photos, je suis incapable de me concentrer. Une fille entre, et je ne la remarque vraiment qu'une fois qu'elle est pile devant moi, en train de s'asseoir à ma table.

Quelle impolitesse !

– Excusez-moi, mais cette place est prise.

Je m'attends à ce qu'elle me demande pardon et s'en aille. Au lieu de quoi, voici ce qu'elle me répond :

– Je sais, mais je viens de la part de Nathan.

Bizarre. Je l'observe un peu mieux – son haut de chez Anthropologie, son pantalon Banana Republic – et je décide de baisser légèrement ma garde. Mais je ne m'explique toujours pas sa présence.

– De sa part ? Où est-il ?

Avait-il tellement peur que je sois en colère qu'il a voulu venir accompagné de renforts ? Pour le coup, ça ferait de lui un bon gros nigaud. Je jette un coup d'œil à la ronde pour voir s'il ne nous surveille pas, attendant d'être sûr que tout va bien pour se montrer. Mais non, il n'est pas dans les parages.

– Rhiannon…, dit la fille.

Je me tourne à nouveau vers elle et croise son regard qui me fixe. C'est presque dérangeant. On dirait qu'elle a quelque chose d'important à me dire, qu'elle a hâte de parler et qu'en même temps, elle est terrifiée. Tout ça, je le lis dans ses yeux.

Je ne détourne pas le regard.

Peu importe de quoi il s'agit, je ne suis pas prête pour ça.

– Oui ? dis-je (à peine un murmure).

Elle s'exprime d'une voix calme.

– Il y a quelque chose que je dois te dire. Cela va te sembler vraiment, vraiment bizarre. Mais il faut que tu m'écoutes jusqu'au bout. Même si tu as envie de te lever et de partir. Même si tu as envie d'éclater de rire. Il faut que tu prennes ce que je vais t'expliquer très au sérieux. Je sais que cela va te paraître incroyable, mais c'est la vérité. Est-ce que tu comprends ?

Dans quoi ai-je mis les pieds ? Qu'est-ce que c'est que cette histoire ? Il ne me vient même pas à l'idée de m'en aller. Non. Maintenant, ça fait partie de ma vie. Je ne sais pas ce qu'elle va dire, mais ça deviendra ma vie.

Tout ça brille dans ses yeux.

Pendant un moment, nous restons silencieuses, en équilibre. Puis elle rompt cet équilibre avec ses mots :

– Chaque matin, je me réveille dans un corps différent. C'est comme ça depuis ma naissance. Aujourd'hui, je me suis réveillé dans le corps de Megan Powell, que tu vois là, assise en face de toi. Il y a trois jours, samedi, j'étais Nathan Daldry. Deux jours plus tôt, j'étais Amy Tran, qui a visité ton lycée et passé la journée avec toi. Et lundi dernier, j'étais Justin, ton petit ami. Tu as cru être allée à la plage avec lui, mais tu étais avec moi, en réalité. Ce jour-là, c'est la première fois que nous nous sommes rencontrés, et depuis, je n'arrive pas à t'oublier.

« Non. » C'est tout ce qui me vient à l'esprit. Non. C'est n'importe quoi. Ce n'est pas ce que je veux. Je suis ici parce que je cherche la vérité. Et voilà qu'on me sert des foutaises.

Cette plaisanterie-là, c'est la cerise sur le gâteau. On se paie ma tête.

– C'est une blague, c'est ça ? m'insurgé-je. Tu me fais marcher…

Elle sait jouer la comédie, cette fille. Elle ne rit pas. Elle ne laisse rien entrevoir. Non. Elle continue, avec encore davantage d'insistance, comme s'il était crucial que je la croie, comme si jusqu'au bout, il fallait me prendre pour une imbécile.

– Lorsque nous étions à la plage, tu m'as parlé du défilé de mode auquel, petite, tu as participé avec ta mère ; tu m'as dit que c'était probablement la dernière fois que tu l'avais vue maquillée. Quand Amy t'a demandé de lui confier quelque chose que tu n'avais jamais raconté à personne, tu lui as fait part de ta tentative ratée pour te percer l'oreille, à l'âge de dix ans ; elle, elle t'a parlé de *Pour toujours* de Judy Blume. Nathan, lui, s'est approché de toi tandis que tu regardais la collection de CD, et il a fredonné une chanson que tu avais chantée avec Justin dans la voiture. Il t'a dit qu'il était le cousin de Steve, alors qu'il n'était venu que pour te voir. Il t'a parlé des relations qui duraient depuis plus d'un an, et tu lui as expliqué que tu étais certaine que, au fond de lui, Justin tenait énormément à toi ; Nathan t'a demandé si c'était suffisant. Ce que je suis en train de te dire, Rhiannon, c'est que… toutes ces personnes, c'était moi. Le temps d'une journée. Aujourd'hui, je suis Megan Powell, et je voulais t'avouer la vérité avant de changer de corps une nouvelle fois. Parce que je te trouve étonnante. Parce que je ne veux pas avoir à faire semblant d'être quelqu'un d'autre chaque fois que je te vois. Parce que je veux pouvoir te rencontrer en étant moi-même.

J'ai l'impression d'avoir été trompée. Piégée. Comme si on venait de pisser sur tout ce qui m'était arrivé de bien ces huit derniers jours. Aller à la plage avec Justin. Danser à la soirée avec Nathan. Faire visiter le lycée à Amy. Tout ça n'était qu'une blague. Et je ne vois qu'une seule personne pour l'avoir orchestrée.

– C'est Justin qui t'a demandé de faire ça ? Tu crois vraiment que c'est drôle ?

Je n'en reviens pas. Ça me paraît tout bonnement impensable.

– Non, ce n'est pas drôle, répond-elle d'un ton étrangement sincère. C'est vrai. Je ne m'attends pas à ce que tu comprennes tout de suite. Je sais à quel point cela peut paraître fou. Mais c'est vrai. Je te jure que c'est vrai.

Elle tient absolument à ce que j'y croie. J'imagine que ça rendrait l'histoire encore plus hilarante.

Ce qui est curieux, c'est qu'elle m'a l'air d'une fille bien. On ne s'attendrait pas à ce qu'elle aime torturer les gens. Pourtant, n'est-ce pas ce qu'elle est en train de faire ?

– Pourquoi tu fais ça ? On ne se connaît même pas !

Voyant que je refuse d'entrer dans son jeu, elle insiste encore :

– Écoute-moi, dit-elle d'un ton qui commence à perdre de son calme. Je t'en prie. Tu sais parfaitement que ce n'était pas Justin qui était avec toi ce jour-là. Ton cœur le sait. Justin n'aurait pas agi de cette façon. Justin n'aurait pas parlé comme ça. Et pour cause… c'était moi. Je n'ai rien prémédité. Je n'ai pas voulu tomber amoureux de toi. Mais c'est arrivé. Je ne peux pas revenir en arrière, je ne peux pas non plus oublier ce qui s'est passé. J'ai vécu toute ma vie de cette façon, et c'est toi qui, pour la première fois, m'as donné envie que tout cela s'arrête.

Je ne veux plus l'écouter. Je regrette d'être venue ici, d'avoir tenu à comprendre ce qui se passait. J'aurais dû laisser ces choses dans l'ombre. Car, si je suis encore face à l'inconnu, c'est un inconnu désormais bien pire.

Et le plus terrible, c'est que cette fille a raison. Justin ne s'est pas comporté comme il l'aurait normalement fait. Soit, mais ça ne signifie pas qu'il ne s'agissait pas de Justin. Ça signifie seulement qu'il était dans un bon jour, un meilleur jour. Voilà ce que je dois croire. Parce que son récit à elle ne tient pas debout. Pendant qu'elle y est, pourquoi ne pas me raconter que des extraterrestres se sont emparés de son corps ? Qu'un vampire l'a mordue ? Et, le plus incroyable, c'est que dans cette histoire, je serais censée être LA fille. Celle qui a tout changé. Qui mérite une chose pareille.

– Mais pourquoi moi ?

Je lui demande ça comme si je venais de trouver l'erreur, le point qui révèle la supercherie.

– Ça n'a aucun sens, dis-je.

Mais elle ne renonce pas :

– Parce que tu es extraordinaire. Parce que tu témoignes de la gentillesse à une inconnue qui débarque de cette façon dans ton lycée. Parce que toi non plus, tu ne veux pas rester enfermée du mauvais côté de la fenêtre, tu veux prendre la vie à bras-le-corps. Parce que tu es belle. Parce que, lorsque j'ai dansé avec toi samedi dans le sous-sol de chez Steve, c'était comme un feu d'artifice. Et que lorsque j'étais allongé près de toi sur la plage, c'était comme goûter au calme le plus parfait qui puisse exister. Je sais que tu penses que Justin t'aime au fond de lui, quelque part, mais moi, je t'aime de tout mon être.

– Ça suffit !

Mon Dieu, me voilà en train de crier en plein milieu du café. Je perds la boule.

– Ça… ça suffit, OK ? Je crois que je comprends ce que tu me racontes, même si ça n'a *aucun sens*.

– Tu sais que ce n'était pas lui, ce jour-là…

Je veux qu'elle arrête. Tout ce qu'elle me dit, je ne veux pas le savoir. Je ne veux pas y penser. Je ne veux pas réfléchir au fait que Justin a soigneusement évité de me reparler de cette journée. Au fait que mon amour pour lui a eu beaucoup de sens ce jour-là, et beaucoup moins depuis lors. Au fait que je ne retrouve chez lui plus aucune trace du Justin de la plage. Je ne veux pas penser à ce que j'ai éprouvé en dansant avec Nathan. À l'effet que cela m'a fait quand il a chanté la chanson. À la véritable raison pour laquelle je suis venue ici. À ce que je cherchais réellement.

– *Je ne sais rien du tout !*

Là encore, je crie. Les gens me regardent. J'ignore quelle histoire ils vont s'imaginer, mais ce ne sera pas la bonne. Baissant d'un ton, je reste néanmoins déterminée à ne plus l'écouter. À interrompre ce moment.

– Je n'en sais rien, je ne sais absolument rien.

Pourquoi ? Pourquoi une chose pareille est-elle en train de m'arriver ? Et surtout, pourquoi est-ce qu'une partie de moi accepte qu'il ne s'agisse peut-être *pas* d'un mensonge ?

C'est elle. C'est cette fille. Je la regarde, et vois que son cœur se brise. Cela se lit dans les yeux qu'elle fixe sur moi. Je ne comprends pas. Je ne comprends pas pourquoi. Elle tend le bras, me prend la main, la tient. Elle tente de m'aider. De m'aider à accepter.

– Je sais que ça fait beaucoup de choses à la fois, admet-elle avec, dans la voix, de la douleur mais aussi du réconfort. Crois-moi, je le sais.

– Ce n'est pas possible, dis-je en manquant cette fois-ci de souffle.

– Si, dit-elle. J'en suis la preuve.

La preuve ? La preuve, c'est un fait. Là, il n'y a pas de fait, juste un sentiment.

Enfin, un millier de sentiments différents. Beaucoup d'entre eux disent oui. Mais beaucoup d'autres disent non.

Elle veut que je croie… quoi ? Qu'elle était Justin. Qu'elle était Nathan. Qu'elle était cette fille qui visitait notre lycée. Et d'autres gens encore.

Comment pourrais-je croire ça ? Comment quiconque pourrait croire ça ?

Il ne peut pas s'agir d'un fait.

Pourtant, quelque part, je ressens quand même cela comme une vérité.

Comment est-il possible que j'y croie ne serait-ce qu'un peu ?

– Écoute, et si nous nous donnions rendez-vous ici demain,

à la même heure ? propose-t-elle. Je ne serai pas dans le même corps, et pourtant ce sera toujours moi. Est-ce que ça t'aiderait à me croire ?

Comme si c'était aussi simple. Comme si ça pouvait prouver quoi que ce soit.

– Qu'est-ce qui t'empêcherait de demander à quelqu'un d'autre de venir à ta place ?

En effet, qu'est-ce qui empêcherait encore une nouvelle personne de se payer ma tête ?

– Rien, mais pourquoi ferais-je ça ? Il ne s'agit pas d'une blague, il ne s'agit pas d'un canular. Il s'agit de ma vie.

« Il s'agit de ma vie », dit-elle. Et là, ce n'est pas de l'ordre du sentiment, mais de celui du fait.

– Tu es complètement dingue.

Pour peu qu'elle croie vraiment ce qu'elle raconte, c'est la seule conclusion qui s'impose.

– Tu sais bien que non, rétorque-t-elle d'un ton qui semble tout à fait raisonnable. Ça, au moins, tu le sens.

Je la scrute à nouveau. Dans ses yeux, je cherche à débusquer le mensonge. Le faux. Mais, ne décelant rien de tel, je juge qu'il est temps pour moi de lui poser quelques questions.

Je commence par lui demander son nom.

– Aujourd'hui, je m'appelle Megan Powell.

– Non. Je veux connaître ton vrai nom.

Parce que si jamais elle passe pour de bon de corps en corps, la personne à l'intérieur doit quand même porter un nom.

Ma question semble la désarçonner. Elle ne s'y attendait pas. Moi, je m'attends à ce qu'elle jette l'éponge. À ce qu'elle rie et soit forcée de confesser son canular.

– A, finit-elle par dire.

Dans un premier temps, je ne comprends pas. Puis je réalise que c'est son nom qu'elle vient de me donner.

– A ? C'est tout ?

– A, c'est tout. Je me suis inventé ça quand j'étais petit. C'était en quelque sorte une manière de préserver mon intégrité tout en passant d'un corps à un autre, d'une vie à une autre. J'avais besoin de quelque chose de pur. Alors j'ai choisi la lettre *A*.

Je n'ai pas du tout envie d'y croire. Et donc je lui pose une question piège :

– Comment tu trouves mon nom à moi ?

– Je te l'ai dit l'autre soir. Je pense que c'est un joli prénom, même si, à une époque, ça t'embêtait d'avoir souvent à l'épeler.

C'est vrai. Absolument vrai.

N'empêche.

C'est trop pour moi.

Il y a sûrement plein d'autres questions à poser, mais personnellement je suis à court. Tout comme je suis à court de temps. C'est trop pour moi. Je ne peux pas accepter la réalité de ces choses. Je ne peux pas me laisser aller à y croire. J'en ai assez d'être la reine des idiotes.

Je me lève. Elle se lève aussi.

Il y a encore des gens qui nous regardent. Qui s'imaginent que nous nous disputons. Ou que nous formons un couple. Ou qu'il s'agit d'un premier rencard qui tourne à la catastrophe.

D'un point de vue factuel, ils se trompent sur toute la ligne.

D'un point de vue émotionnel, ils ont totalement raison.

– Rhiannon, dit-elle.

Elle prononce mon prénom de la façon dont, de temps à autre, Justin est capable de le faire. Comme si c'était ce qu'il y a de plus précieux au monde.

Peu importe que ça fasse rire les autres. Là, c'est moi qui ai envie de rire. Ce qui est en train de se passer est tout bonnement incroyable.

Elle va m'en dire plus. Elle va insister. Elle va encore prononcer mon nom de cette manière-là, et je vais entendre dans sa voix une musique que je ne devrais pas entendre.

Je lève la main pour la stopper net.

– Ça suffit. Pas maintenant.

Même si je n'en voulais pas, j'ai eu la réponse à ma question, et je lui accorde le bénéfice du doute.

– Demain. Je t'accorde demain, si ça peut me permettre d'y voir plus clair. Et si ça se passe vraiment comme tu dis… De toute façon, j'ai besoin de plus de temps.

Je m'attends à des protestations de sa part. À moins qu'on en soit au moment où les cameramen sortent de leur cachette, m'annonçant que mon humiliation a été filmée pour une émission de télé cruelle.

Mais non.

Il ne se passe rien de la sorte.

Au contraire, j'ai droit à des remerciements. Des remerciements sincères. Vraiment reconnaissants.

– Tu me remercieras demain, si je viens. Tout ça, c'est… c'est à n'y rien comprendre.

– Je sais, dit-elle.

« Il s'agit de ma vie. »

Il faut que je parte. Mais je me retourne une dernière fois vers elle, et vois qu'elle se tient à la frontière de l'espoir et du désespoir. Elle ne peut pas me le cacher. Et, bien que la sonnette d'alarme dans ma tête retentisse bruyamment, je ne veux pas la laisser dans cet état. Je veux la rapprocher un peu de l'espoir, l'éloigner un peu du désespoir.

– Le truc, c'est que, ce jour-là, je n'avais effectivement pas l'impression que c'était lui. Pas entièrement. Et, depuis, il fait comme si cette journée n'avait jamais existé. Il n'en a gardé aucun souvenir. Il y a un million d'explications possibles. Mais voilà.

– Voilà, répète-t-elle pour me faire écho.

Dans sa voix, il n'y a ni fanfaronnade ni tricherie.

Il est impossible que cette histoire soit vraie mais, pour elle, elle l'est.

Il y a les faits. Et il y a le ressenti.

Je secoue la tête.

– À demain, dit-elle.

À mon tour de lui faire écho :

– À demain.

En disant cela, je m'engage dans une voie où, en réalité, j'ai l'impression d'être engagée depuis longtemps.

Mais aujourd'hui… aujourd'hui, ça a un sens différent.

Un sens presque tout neuf.


Je n'envoie pas de texto à Justin. Je ne l'appelle pas non plus.

Non, je me rends directement chez lui et tambourine contre la porte.

Ses parents sont encore au travail. Je sais qu'il est seul chez lui. Il lui faut deux bonnes minutes, mais il finit par ouvrir. Et il est surpris de me voir.

– Merde, on était censés faire quelque chose ensemble ? demande-t-il.

– Non, le rassuré-je. J'ai juste besoin de parler un instant.

– Ah… d'accord. Tu veux entrer ?

– Oui.

Il m'emmène dans le coin télé, où l'attend la partie de jeu vidéo de guerre qu'il a mise sur pause. Pour m'asseoir à côté de lui, je dois déplacer la manette.

– Qu'est-ce qui se passe ? demande-t-il.

– C'est à propos de la semaine dernière. Il faut qu'on en parle.

Il a l'air étonné. Ou peut-être simplement impatient.

– Qu'est-ce qui s'est passé la semaine dernière ?

– Nous sommes allés à la plage. Tu t'en souviens ?

– Bien sûr que je m'en souviens.

– Pendant le trajet, à la radio, quelles chansons avons-nous écoutées ?

Il me regarde comme si je venais de lui poser une question sur la fission de l'atome.

– Comment tu veux que je me souvienne de ça, bordel ?

– Et sur la plage, il faisait chaud ou froid ?

– Tu y étais, alors tu devrais le savoir, non ?

– Tu m'as raconté une histoire à propos du jour où, à onze ans, tu as grimpé tout en haut d'un arbre. Ça, tu t'en souviens ?

– Pff… À onze ans, j'arrivais à peine à monter sur une échelle, alors, un arbre… Pourquoi tu me poses cette question ?

– Mais tu te souviens de ce moment qu'on a passé ensemble, non ?

– Bien sûr. Il y avait du sable. Il y avait de l'eau. C'était une plage.

Je n'y comprends rien. Il a des souvenirs. Mais seulement partiels.

Je décide de le tester avec un mensonge.

– Tu as été tellement gentil avec moi quand je me suis fait piquer par cette méduse. Bon sang, qu'est-ce que ça faisait mal ! Mais j'ai été touchée par la façon dont tu m'as portée jusqu'à la voiture.

– J'allais pas te laisser sur place, quand même ! s'écrie-t-il. Tu n'es pas si lourde.

Ce jour-là… il n'y était pas. Il y était… mais il n'y était pas.

Je n'y comprends rien.

Il pose sa main sur mon genou, la promène le long de ma cuisse.

– Je peux aussi te porter quelque part, là, tout de suite, si tu as envie.

Il se penche pour m'embrasser. Ses lèvres se collent aux miennes. Son corps se presse contre le mien.

Ce n'est pas ce que je veux, mais qu'est-ce qu'il en sait ?

Il faudrait peut-être que je le lui explique, sauf que j'ignore comment m'y prendre. Alors je l'embrasse, moi aussi.

Tout s'accélère. Sa main se glisse sous mon chemisier. Sa langue s'introduit dans ma bouche. Je sens son goût de cigarette, ainsi que la sueur et la poussière sur sa main, laissées par la manette de jeu.

Je sais que ce n'est pas bien de m'écarter. Que, si je fais ça, il va mal le prendre. Mais je le fais. Pas beaucoup. Suffisamment, néanmoins.

Il réagit en s'écartant lui aussi.

– Qu'est-ce qu'il y a ? s'étonne-t-il. Je pensais que si tu étais venue jusqu'ici…

– Je ne peux pas. J'ai trop de choses qui me tournent dans la tête. Je ne suis pas d'humeur à ça.

Lentement, il caresse mon sein avec son pouce.

– Je connais le moyen de te faire changer d'humeur.

D'habitude, mon corps répond avec enthousiasme à ce genre de caresse.

– Arrête.

Justin n'est pas un sale con. Quand je lui dis d'arrêter, il arrête. Mais il n'a pas l'air content.

– Tu commences à te lasser de moi ? demande-t-il, en voulant faire passer ça sur le ton de la plaisanterie.

Je pourrais lui faire remarquer que nous nous serions sans doute amusés de la sorte samedi soir s'il n'avait pas autant bu. Mais est-ce bien vrai ? Après avoir dansé avec Nathan, aurais-je eu envie de coucher avec Justin ?

Je lui réponds ce que je suis censée répondre :

– Non, jamais je ne me lasserai de toi.

Et je l'embrasse, mais cette fois-ci, c'est pour lui dire au revoir.

– Je suis fatiguée, c'est tout.

Me voyant me lever, il n'a pas l'air de vouloir me raccompagner jusqu'à la porte. Bien au contraire, il saisit sa manette et reprend sa partie.

Je l'ai vexé. Ce n'était pas mon intention.

– À demain, dit-il.

*Demain.* Mais ce n'est pas la même version que celle que m'a proposée cette fille, cette A.

Il faut croire que je ne saurai pas dans quel demain je vais mettre les pieds avant d'y être.

8

Je m'endors juste après le dîner et me réveille juste avant minuit, avec cette pensée : « Je veux y retourner. Je veux revivre ce jour où tout était parfait, et où Justin était tout ce que je souhaite qu'il soit. »

« Même si ce n'était pas Justin. »

Je n'en reviens pas d'avoir des idées pareilles. D'être en train d'ouvrir ma messagerie. De taper ce courriel :

> A,
> J'ai envie de te croire, mais comment le pourrais-je ?
> Rhiannon

Je n'en reviens pas d'avoir appuyé sur « envoyer ».
Cela signifie-t-il qu'une partie de moi y croit ?

*

À l'heure du déjeuner, je consulte à nouveau ma messagerie.

> Rhiannon,
> Comment n'est pas la question. Fais juste confiance à ton instinct.
> Aujourd'hui, je suis à Laurel, à plus d'une heure de chez toi, dans le corps d'un joueur de football américain prénommé James. Je

sais à quel point ça paraît grotesque. Mais, comme tout ce que
je t'ai dit auparavant, c'est la vérité.
Je t'embrasse,
A


Un joueur de football américain prénommé James. Soit c'est
la blague la plus sophistiquée qu'on ait jamais faite à une fille
un peu bébête comme moi, soit c'est vrai. Il n'y a que ces deux
choix. Un canular ou la vérité. J'ai beau chercher, je ne vois pas
de possibilité intermédiaire.

La seule façon d'en avoir le cœur net, c'est de jouer le jeu.

> A,
> As-tu une voiture ? Dans le cas contraire, je pourrais peut-être
> venir ? Il y a un Starbucks à Laurel. Il ne peut rien vous arriver
> de mal dans un Starbucks, paraît-il. Dis-moi si tu veux qu'on se
> retrouve là-bas.
> Rhiannon

*

Quelques minutes plus tard, je reçois cette réponse :

> Rhiannon,
> Ça m'arrangerait effectivement que tu viennes jusqu'ici. J'accepte
> volontiers.
> A

Je dois prétexter une envie pressante, car je vois bien que
Rebecca est en train de se demander à qui j'écris en plein repas.
La réponse est tellement ridicule qu'aucun bon mensonge ne me
vient à l'esprit.

À l'abri derrière la porte d'une cabine des W.-C., je tape :

A,

Je serai au Starbucks à cinq heures. J'ai hâte de voir quelle tête tu as aujourd'hui.

(J'ai toujours autant de mal à y croire.)

Rhiannon

Me voilà, une fille enfermée dans les toilettes avec son téléphone, fixant un écran qui n'affiche plus le message qu'elle vient de taper, puisqu'il est déjà parti, qu'il est désormais entre les mains de quelqu'un qu'elle connaît à peine. Rien de tel pour se sentir idiot que de vouloir désespérément que quelque chose de merveilleux soit vrai. Oui, le plus terrifiant, c'est que j'ai envie que ce soit vrai. Je veux qu'il – elle ? il ? – existe.

Je me promets à moi-même de ne plus y penser avant dix-sept heures, puis brise mille fois cette promesse.

Même Justin se rend compte que j'ai la tête ailleurs. Alors que, pour une fois, je n'ai pas besoin de sa sollicitude, il vient me trouver après les cours.

– Tu m'as manqué, aujourd'hui, déclare-t-il.

Il glisse ses mains dans mon dos et commence à me masser, dénouant la tension. C'est agréable. Et il fait ça en plein milieu du couloir, à côté de nos casiers, ce qui ne lui arrive pas souvent.

– Toi aussi, tu m'as manqué, dis-je en regrettant que ce ne soit pas tout à fait vrai.

– Allons voir s'il n'y a pas une girl-scout pour nous vendre des cookies, propose-t-il.

Je ris, avant de comprendre qu'il est sérieux.

– Et où va-t-on trouver une girl-scout ?

– Juste à côté de chez moi, dans ma rue. Je te jure, la fille en question a un coffre entier rempli de biscuits au chocolat Thin Mints. Parfois, il y a la queue jusque sur le trottoir devant sa baraque. C'est une vraie dealeuse.

J'ai encore le temps. Il n'est même pas quinze heures. Pour peu que je prenne la route vers seize heures, je serai au Starbucks de Laurel à dix-sept heures.

– Elle a des *samoas*, aussi ?

– Ce sont lesquels ? Ceux à la noix de coco ou ceux au beurre de cacahuètes ?

– À la noix de coco.

– Je suis sûr qu'elle les a tous. Sans blaguer. Cette fille est un cartel à elle toute seule.

Il est visiblement très enthousiaste. D'habitude, aux coins de ses mots ou de ses gestes, il y a toujours une trace de mécontentement. Mais, là, elle semble avoir disparu.

Il est heureux, et son bonheur réside en partie dans le fait de me voir.

– Allons-y, dis-je.

\*

Après avoir garé nos voitures dans l'allée de sa maison, nous marchons jusque chez sa voisine. Il ne me tient pas la main, ni rien dans le genre ; cela ne m'empêche pas d'avoir l'impression que nous sommes bel et bien ensemble, lui et moi.

La fille qui nous ouvre n'a guère plus de onze ans, et elle est si petite qu'il est étonnant que sa mère la laisse ouvrir la porte toute seule.

– Avez-vous commandé ? demande-t-elle en sortant un iPad.

Voilà qui amuse beaucoup Justin.

– Non. On passait par là, c'est tout.

– Dans ce cas, je ne peux rien vous garantir, annonce la petite. C'est pour cela que nous encourageons nos clients à commander.

Sur une table à côté de la porte, elle prend une liste de biscuits qu'elle nous tend avec une carte de visite où est imprimée l'adresse d'un site Internet.

– Mais comme vous êtes là, je ferai de mon mieux pour vous satisfaire. Notez quand même que les Thin Mints glacés ne sont disponibles que sur commande.

Justin ne prend même pas la peine de regarder la liste.

– On voudrait une boîte de *samosas*. Ceux à la noix de coco.

– Vous voulez sans doute dire *samoas*, corrige la jeune fille. Je vais devoir refermer et verrouiller la porte pour aller vérifier notre stock. Êtes-vous sûrs de ne désirer qu'une boîte ? Beaucoup de gens affirment n'en vouloir qu'une seule, puis reviennent le lendemain.

– Mia, tu sais bien que j'habite juste à côté. Va nous chercher cette boîte.

De toute évidence, Mia a très envie d'insister pour nous faire débourser plus. Mais, finalement, elle semble se raviser.

– Un instant, dit-elle avant de nous claquer la porte au nez.

– Un jour, en désespoir de cause, ses parents m'ont demandé de venir la garder, me confie Justin. Et moi, j'avais tellement besoin de fric que j'ai accepté. Elle m'a offert des biscuits, sauf qu'après elle a laissé un mot à sa mère pour lui dire de les déduire sur le montant de ma paie. J'ai brûlé son mot et je l'ai jeté dans l'évier. Ça ne lui a pas plu, à la petite.

Quels parents auraient l'idée de demander à Justin de garder leur enfant ? Quoique… Justin pourrait être le baby-sitter le plus marrant qui soit, pour peu que vous ne lui facturiez pas vos cookies.

Mia réapparaît avec notre boîte de *samoas*. Justin la lui prend des mains et commence à s'éloigner sans avoir payé, ce qui a le don de faire verdir Mia de rage.

– Je plaisante, dit-il en se retournant pour la payer avec des billets de un dollar.

– La prochaine fois, pensez à *commander*, nous tance-t-elle avant de claquer à nouveau la porte.

– C'est pas la plus gentille petite fille du monde, observe

Justin tandis que nous repartons vers chez lui. Mais ses biscuits sont bons.

Au lieu d'entrer dans la maison, Justin me conduit dans la cour de derrière. Sa mère a un petit jardin dans lequel trône un banc. C'est là qu'il m'emmène.

– Je te donne un *samoa* si tu me dis à quoi tu penses, fait-il en ouvrant la boîte et en déchirant le plastique.

– Je pense que j'ai très envie d'un *samoa*, voilà tout.

– Tiens.

Il coince un des biscuits entre ses dents. Je me penche pour le récupérer.

– Miam, dis-je la bouche pleine.

Il en prend un pour lui.

– Ouais, miam, approuve-t-il tandis que de la noix de coco tombe de nos lèvres. J'imagine que tu as le même goût que moi, maintenant.

Il avale. Je lui souris.

– Ouais, un goût de coco, de choco et de caramel, non ?

– Il n'y a qu'un seul moyen d'en être sûr, dit-il.

Il s'approche pour m'embrasser. Je le laisse faire, en me disant que c'est ce que je veux. Comme à la plage. Parce que nous formons un couple.

– Miam, fait-il en s'écartant.

– Donne-m'en encore un.

Il se penche et j'ai droit à un autre baiser. Je le repousse.

– Je voulais dire un biscuit !

Ça le fait rire. Et son rire me fait plaisir.

Au lieu d'insister pour qu'on s'embrasse, il me passe la boîte. Je prends deux autres biscuits.

Ils sont vraiment bons, bien meilleurs que dans mon souvenir. Sucrés et croquants.

– Attention de ne pas devenir accro, s'inquiète Justin. C'est comme ça que Mia piège ses clients. Tu vas voir, tu vas te retrouver à lui faire des commandes de plusieurs kilos. Pire, tu vas insister pour qu'elle te vende ses biscuits *glacés*.

– Tu as l'air de parler en connaissance de cause. Je parie que ton frigo est rempli de Thin Mints.

– Oh, non. C'est pire que ça. C'est mon congélo qui en est rempli.

« Pourquoi es-tu de si bonne humeur ? » ai-je envie de lui demander. Puis à moi : « Pourquoi ne te laisses-tu pas vivre ce moment sans te poser de questions ? »

– Tu veux voir ce que moi, j'ai en stock ? demande-t-il.

– C'est déjà fait.

– Et alors, qu'est-ce que t'en penses ?

– J'en pense que c'est *énorme*.

Nous faisons les idiots, ce qui nous amuse. Bien que nous soyons ensemble depuis un bon moment, c'est toujours agréable de flirter, de sentir la légèreté du flirt.

Je n'ai pas envie de lui dire que je dois bientôt partir. À tous les coups, ça assombrirait son humeur.

Alors je ne dis rien. Mais je ne lui suggère pas non plus que nous rentrions à l'intérieur. Je l'embrasse ici, sur le banc. Et je m'en veux terriblement, parce que si je l'embrasse ici, c'est qu'il sera plus facile de partir du jardin que de la maison.

Heureusement, il ne s'en rend pas compte. Il m'embrasse avec entrain, avec joie. Il prend soin de pousser la précieuse boîte de biscuits à l'abri avant que nous nous plaquions l'un contre l'autre.

J'essaie de me convaincre que c'est ce que je veux. Que ma place est ici. Si je vais voir A, ce n'est que pour obtenir une explication. Mais ma vie n'est pas là-bas. Elle est ici. Ma vie, c'est Justin.

J'arrive en retard au rendez-vous. J'ai eu le temps de reprendre mes esprits, de me calmer, de me composer la mine d'une fille qui ne vient pas de passer une heure à faire des câlins à son copain. J'en ai aussi profité pour réfléchir aux questions à poser, et aux moyens de savoir si A dit la vérité. Enfin… de toute façon, ça ne peut *pas* être la vérité. Mais j'ai besoin de le prouver.

En arrivant au Starbucks, je m'attends à y trouver la fille d'hier. Ou Nathan. Quelqu'un qui s'exclamera : « Ha ! ha ! ha ! c'était une blague ! » Mais je ne vois ni l'une ni l'autre. À leur place, il y a un type – un type à la carrure de joueur de football américain. Pas mon genre. Tellement massif qu'il en fait presque peur. Pourtant, il y a quelque chose de délicat dans le salut qu'il m'adresse de la main.

Là encore, mon impression change une fois que je l'ai regardé dans les yeux. Mes idées toutes faites s'évanouissent.

Prenant une profonde inspiration, je me répète qu'il va falloir que je règle ça une fois pour toutes. J'essaie de me souvenir de mon plan d'action.

– Bon, dis-je en m'asseyant à sa table, avant d'aller plus loin, je veux voir ton téléphone. Je veux vérifier tous les appels que tu as passés au cours de la semaine, et tous ceux que tu as reçus. Si ton histoire n'est pas un gros canular, alors tu n'as rien à cacher.

Après que Justin s'est montré si doux avec moi, j'ai du mal à l'imaginer me tendant un piège pareil. Mais je veux m'assurer que son numéro ne se trouve pas sur le téléphone de ce gars. Je veux vérifier les SMS et les appels datant d'hier.

Je fouille dans la mémoire de l'appareil. Je parcours la liste des contacts. Hier, aucun appel sortant ni entrant. Seulement deux textos provenant d'amis. Aucune mention de moi nulle part.

Bon, c'est déjà ça.

Je lui rends son téléphone et lui annonce que j'ai préparé un petit quiz. Pour commencer, je lui demande de décrire ce que je portais le jour où nous sommes allés à la plage.

De l'inquiétude s'affiche aussitôt dans ses yeux.

– Je ne sais plus, reconnaît-il au bout de trente secondes. Mais toi, tu te souviens de ce que Justin portait ?

J'essaie de me le rappeler. En vain, il ne me reste plus que l'émotion de ce jour-là, l'émerveillement. Pas les vêtements.

– Hmm. Touché. Bon, et sur la plage, on est allés jusqu'où en termes de câlins ?

Il secoue la tête.

– Nous avons installé notre couverture, mais nous n'avons fait que nous embrasser. C'était bien suffisant.

Je note qu'il parle de « notre » couverture. Comme s'il savait ce qu'elle a de spécial pour nous, et n'éprouvait pas le besoin de le souligner.

– Qu'est-ce que je t'ai dit avant de descendre de voiture ?

– « Voilà pour la note agréable. »

– Exact. Vite, comment s'appelle la petite amie de Steve ?

– Stephanie.

– Et à quelle heure la soirée s'est-elle terminée ?

– Onze heures et quart.

– Et quand tu étais dans le corps de cette fille que j'ai emmenée avec moi en cours, qu'était-il écrit sur le mot que tu m'as fait passer ?

– Quelque chose du genre : « Les cours sont aussi ennuyeux ici que dans mon lycée actuel. »

– Et tu avais quoi comme badges sur ton sac à dos ce jour-là ?

– Des chatons de mangas japonais.

Comment pourrait-il savoir toutes ces choses, les avoir apprises de toutes ces différentes personnes ? À moins d'être capable de lire dans les pensées des gens, ça n'a pas de sens.

– Bon, eh bien, il y a deux possibilités : soit tu es un excellent menteur, soit tu changes effectivement de corps chaque jour. Je ne saurais dire laquelle est la bonne.

– La seconde, m'assure-t-il avant de reprendre un air inquiet.

Sortons d'ici, chuchote-t-il, j'ai l'impression qu'on s'intéresse à notre conversation.

Je ne vois pas la personne dont il semble parler, mais il est vrai que d'autres clients pourraient nous entendre. Néanmoins, je me méfie un peu, je n'ai pas envie qu'il m'emmène à l'arrière de sa camionnette ou quelque chose dans le style.

– Je te suivrais peut-être si tu avais de nouveau emprunté le corps d'une petite pom-pom girl. Je ne suis pas sûre que tu t'en rendes bien compte, mais aujourd'hui, tu es plutôt du genre grand baraqué pas franchement rassurant. J'entends encore la voix de ma mère : « Ne suis jamais un inconnu dans une allée obscure. »

Pointant le doigt vers la fenêtre, il désigne un banc au bord de la route.

– Au grand jour, explique-t-il. À la vue de tous, mais sans personne pour nous écouter.

– OK.

Tandis que nous sortons, je cherche de nouvelles questions à lui poser. À l'intérieur, je n'ai même pas pensé à commander à boire, mais il faut avouer que le moment ne se prête pas trop à la dégustation d'un bon café au lait.

Je sens de la nervosité chez lui. Et, à dire vrai, cette nervosité-là n'est pas celle qu'on trouverait chez un tueur en série. J'ai l'impression que la seule chose qui risquerait d'être tuée, en cet instant, c'est son espoir. Jamais je n'ai vu un espoir aussi évident chez un garçon. S'en rend-il seulement compte ?

De la distance. Je le laisse s'asseoir le premier afin de maintenir une certaine distance avec lui. Afin de pouvoir le regarder dans les yeux sans me faire happer. Afin de rester maîtresse de mon jugement.

Il faut que j'en apprenne davantage, et donc que je pose davantage de questions. Avant de réussir à me convaincre, il va devoir m'en révéler beaucoup plus.

– Donc tu dis que ça fonctionne comme ça depuis le jour de ta naissance ?

Pendant un bref moment, il hésite. J'ai le sentiment qu'il ne lui arrive pas souvent d'avoir de telles conversations.

À moi non plus.

– Oui, répond-il à voix basse, pour autant que je m'en souvienne.

– Et comment ça se passait au début ? Tu n'étais pas complètement perdu ?

Là encore, il doit prendre quelques secondes pour réfléchir.

– Il faut croire que je me suis habitué assez vite. Dans un premier temps, j'ai cru que tout le monde était dans le même cas que moi. Pour un nourrisson, ce qui compte, c'est qu'on s'occupe de lui, et peu importe qui. Plus tard, je l'ai vécu comme un jeu, et j'ai appris instinctivement à accéder à la mémoire des corps que j'occupais. De sorte que je savais toujours quel était mon nom et où je me trouvais. Ce n'est que vers six ou sept ans que j'ai compris que j'étais différent, et vers neuf ou dix ans que j'en ai eu assez.

– Tu aurais voulu que ça s'arrête ?

Pourtant, l'idée de changer de corps me paraît presque amusante. Cela pourrait être un soulagement.

– Bien sûr. Imagine vouloir rentrer chez toi alors que tu n'as jamais eu de chez-toi. Voilà ce que j'éprouvais. Je désirais des amis, une mère, un père, un chien, mais les seuls que j'avais, je ne pouvais pas les garder plus d'une journée. C'était brutal. Je me rappelle que parfois, la nuit, je criais, je pleurais, je suppliais mes parents de ne pas m'obliger à aller me coucher. Ils ne pouvaient malheureusement pas deviner de quoi j'avais peur. Ils pensaient que c'était un monstre sous le lit qui m'effrayait, ou bien que je faisais tout cela pour qu'on me lise encore quelques histoires. Je n'arrivais jamais vraiment à leur expliquer, en tout cas pas d'une façon qu'ils pouvaient comprendre. Je leur disais que je ne voulais pas qu'on se dise adieu, et ils me promettaient qu'il ne s'agissait pas d'adieux, mais simplement de se souhaiter une bonne nuit. Quand j'affirmais que ça revenait au même, ils me demandaient d'arrêter de faire l'idiot.

Maintenant, cela ne me paraît plus amusant du tout. Il a dû se sentir terriblement seul.

– Au bout d'un moment, poursuit-il, j'ai fini par accepter. Je n'avais pas le choix. J'ai compris que c'était ça, ma vie, et que je ne pouvais rien y changer. Je ne pouvais rien contre le cours des choses, alors autant le suivre le plus docilement possible, en évitant les heurts.

Je n'arrive pas à imaginer ça. Aucun ami. Aucune relation qui ne dure plus d'un jour.

Quelle solitude…

– Combien de fois as-tu raconté cette histoire ?

– Jamais auparavant. Je te le jure. Tu es la première à l'entendre.

« Il n'y a que toi. » Pourquoi est-ce que je me retrouve à penser à Justin ? Pourquoi est-ce que je repense au soir où, assis sur le siège passager de ma voiture, soûl après avoir trop forcé sur une bouteille de vin, il m'a tenu ces propos ? Je n'étais même pas en colère. Conduire ne me dérangeait pas. Au lieu de me remercier, il a préféré me dire ces mots-là. Et il y avait une telle reconnaissance dans sa voix quand il les a prononcés…

Mais pas question de m'attarder sur ce moment-là. Mieux vaut retourner à l'histoire d'A.

– Tu dois avoir des parents, non ? Tout le monde a des parents…

Il hausse les épaules.

– Je n'en sais rien. Ça paraîtrait logique. Mais je n'ai personne à qui poser la question. Je n'ai jamais rencontré qui que ce soit dans ma situation. À moins que je ne m'en sois pas rendu compte, bien sûr.

Même si je ne m'entends pas toujours avec mes parents, je suis contente qu'ils soient là.

Je m'attends à ce qu'A me parle de ce que ça fait de ne pas avoir de parents, ni de racines. Mais il me surprend.

– J'ai eu accès à des choses que…

Il s'interrompt. Accès à quoi ? Qu'a-t-il vu ? J'ai hâte de le savoir, mais je dois me rappeler que, pour lui, se raconter est un exercice entièrement nouveau. C'est normal qu'il hésite.

– Oui, continue, dis-je pour l'encourager.

C'est comme si je venais de lui en accorder la permission. Il sourit, heureux. J'ai envie de le serrer dans mes bras, ne serait-ce que pour le remercier de ce sourire.

– C'est juste que… Je sais que ça a l'air d'une existence abominable, mais j'ai aussi vu tellement de choses. Quand on est cantonné dans le même corps, il est difficile de se faire vraiment une idée de ce qu'est la vie. Chacun demeure enfermé dans sa propre perspective. Tandis que lorsqu'on change soi-même chaque jour, on accède plus facilement à l'universel. Et cela, à travers les détails les plus ordinaires. On se rend compte que les cerises n'ont pas le même goût en fonction de celui qui les mange, qu'un bleu n'a pas la même teinte selon qui le regarde. On découvre tous les rituels étranges auxquels les garçons ont recours entre eux afin de se témoigner de l'affection sans en avoir l'air. On apprend que si un parent vous lit une histoire le soir, c'est qu'il est sans doute un bon parent, car tant d'autres n'ont jamais le temps pour ça. On apprend à reconnaître la valeur de chaque journée, car elles sont toutes uniques. Si tu demandes à la plupart des gens quelle différence il y a eu entre leur lundi et leur mardi, ils vont probablement te parler de ce qu'ils ont mangé au dîner chaque soir. Pas moi. Observer le monde à partir d'une multitude de points de vue m'a permis d'en éprouver toutes les dimensions.

– Mais tu n'as jamais connu aucune expérience qui dure,

lui fais-je remarquer. Je comprends ce que tu dis, ce que ça représente d'exceptionnel, mais tu n'as jamais eu un ami que tu as vu tous les jours pendant dix ans. Tu n'as jamais possédé un animal qui a vieilli auprès de toi. Tu n'as jamais vu ce que l'amour d'un père ou d'une mère peut avoir de tordu sur la durée. Et tu n'as jamais eu une relation d'un an, ni même d'une semaine.

– Mais j'ai pu voir, j'ai pu observer, objecte-t-il. Je sais comment tout ça fonctionne.

– De l'extérieur ? (J'essaie vraiment de me mettre à sa place, mais c'est difficile. « Un bleu n'a pas la même teinte selon qui le regarde. ») Je ne crois pas qu'on puisse vraiment comprendre de l'extérieur.

– Je pense que tu sous-estimes à quel point certains éléments des relations de chacun peuvent être prévisibles.

J'aurais dû me douter qu'on en arriverait là. Qu'on aborderait ce sujet. Après tout, il était dans le corps de Justin le jour où il a fait ma connaissance. Il sait à quoi s'en tenir. Ou croit savoir.

Je dois être claire sur ce point.

– Je l'aime. Tu ne le comprends pas, mais c'est la vérité.

– Tu ne devrais pas. Je l'ai vu de l'intérieur. Je sais de quoi je parle.

– Une journée. Tu l'as vu vivre pendant une journée, c'est tout.

– Et au cours de cette même journée, tu as perçu ce qu'il pourrait être. Tu l'as aimé plus fort… quand c'était moi.

C'est très dur d'entendre ça. J'ignore si c'est vrai ou non. Si on m'avait posé la question hier, j'aurais répondu : « peut-être que oui ». Si on me pose la question aujourd'hui, après l'épisode des biscuits de la girl-scout, je répondrai : « peut-être que non ».

Il s'apprête à me prendre la main. Mais j'ai un mouvement de recul. Ce serait promettre davantage que je ne le peux.

– Non, dis-je. Ne fais pas ça.

Alors il se retient.

– J'ai un petit ami, poursuis-je. Je sais que tu ne l'aimes pas, et il est certain que de temps à autre, je ne l'aime pas non plus. Mais c'est ainsi. En revanche, je crois ce que tu viens de me dire. Je crois que tu es une seule et même personne que j'ai pour l'instant rencontrée dans cinq corps différents. Il faut sans doute en conclure que je suis aussi cinglée que toi. Tu dis que tu m'aimes, mais tu ne me connais pas. Tu ne me connais que depuis une semaine. Il me faut du temps, plus de temps.

– Mais ne l'as-tu pas senti, ce jour-là, sur la plage ? Est-ce que ça ne t'a pas semblé parfait ?

Oui. En moi, tout bondit pour crier ce seul mot : *oui*. Ça semblait parfait. Mais c'était un sentiment. Une simple émotion. Et il n'y a encore aucun fait pour l'étayer.

N'empêche que je ne peux pas taire cette réponse :

– Oui. Mais je ne sais pas à qui était destiné ce sentiment. Même si c'était à toi, tu comprends bien que mon histoire avec Justin a joué un rôle là-dedans. Je n'aurais jamais éprouvé la même chose avec un inconnu. Ça n'aurait pas été aussi parfait.

– Comment le sais-tu ?

– Justement, je n'en sais rien.

Je n'aurais pas dû quitter Justin. Je n'aurais pas dû trouver une excuse pour m'en aller. Ce qui se passe est beaucoup trop dangereux, car rien ne repose sur des faits.

Je jette un coup d'œil à mon téléphone. J'ai beau ne pas être restée longtemps, c'est peut-être déjà trop.

– Il faut que j'y aille. Il faut que je rentre à temps pour le dîner.

À strictement parler, ce n'est pas un mensonge. Si je veux être chez moi à l'heure du dîner, je dois partir maintenant.

Je m'attends à ce qu'il cherche à me retenir. C'est ce que ferait Justin s'il était d'humeur à ce que je reste.

Mais A me laisse partir.

– Merci d'être venue jusqu'ici.

Dois-je lui répondre « je t'en prie » ? Mais quel sens cela aurait-il ? De quoi exactement est-ce que je le prie ?

– On peut se revoir ? demande-t-il.

Je n'ai pas le cœur à dire non. Car une partie de mon cœur souhaite rester, et même *va* rester jusqu'à ce que je revienne la chercher.

Je hoche la tête.

– Je vais te montrer, m'annonce-t-il. Je vais te montrer ce que ça signifie.

– Quoi ?

– Aimer.

Non. J'ai peur.

Tout ça me fait peur.

Mais je ne le lui avoue pas. Je me contente de lui dire au revoir – le genre d'au revoir qui n'est jamais, jamais définitif.

# 9

Je me souviens de la façon dont tout le monde a réagi quand Justin et moi avons commencé à sortir ensemble. Ils croyaient que je ne les écoutais pas, mais si, je prêtais attention.

Rebecca m'a dit que je pouvais trouver quelqu'un de beaucoup mieux. Elle m'a déclaré que Justin était incapable de se soucier de qui que ce soit, pour la simple raison qu'il se fichait de lui-même. Elle m'a expliqué que je méritais de sortir avec un mec beaucoup plus serein. Je lui ai répondu que je ne connaissais personne de parfaitement serein, et que je l'incluais dans ce jugement. Elle m'a dit qu'elle allait faire comme si je ne lui avais pas adressé cette remarque. Elle m'a dit que j'étais plus maligne que je voulais bien le croire, et que je prenais de mauvaises décisions rien que pour me sentir idiote. Je lui ai répliqué que j'étais amoureuse de lui, et toutes les deux nous avons été surprises que j'utilise ce mot. J'ai tenu bon ; elle a lâché l'affaire.

Preston m'a affirmé qu'il était heureux pour moi, et quand je lui ai demandé pourquoi, il m'a expliqué que c'était parce que j'avais trouvé quelque chose qui avait du sens. Il ne pensait pas que Justin soit indigne de mon amour, car à son avis, tout le monde était digne d'amour. « Il a besoin de toi, et il n'y a rien de mal à ça, m'a-t-il assuré. On a tous besoin de mettre notre amour quelque part. » C'est une idée qui m'a plu : le fait d'avoir une certaine quantité d'amour à entreposer quelque part. Dans mon cas, il s'agissait d'en stocker une partie chez Justin.

Steve, quant à lui, m'a dit qu'il trouvait Justin correct.

Stephanie m'a dit qu'elle ne savait pas trop.

Je pense qu'aucun d'entre eux – Preston compris – n'aurait parié que cette relation allait durer plus d'un mois. L'amour que j'avais stocké chez Justin allait finir gâché, brûlé ou abandonné au bord de la route.

Voilà quelles ont été leurs réactions face au cas Justin. Dans ces conditions, je n'ose pas imaginer ce qu'ils diraient si je leur parlais d'A.

Une idée me hante en permanence :

« Si une telle chose est possible… alors quoi d'autre ? »

Arrivée au lycée, je me dirige vers mon casier, et ce n'est qu'une fois devant que je me rends compte que je n'ai pas attendu Justin.

Encore plus étrange, passé cette prise de conscience, je ne me lance pas à sa recherche.

J'attends de voir combien de temps il mettra avant de se lancer à *ma* recherche.

Quand sonne le début de la deuxième heure de cours, il n'est toujours pas venu me trouver.

Quand sonne l'heure du déjeuner, il ne s'est toujours pas montré.

À la cafétéria, je m'assois entre Preston et Rebecca et, au lieu de s'asseoir en face de moi, il s'installe à l'écart.

Il ne m'adresse la parole qu'à la fin du repas. Et se contente de me dire :

– Je suis fatigué.

Ce n'est pas moi qui risque de le réveiller.

Je me surprends à me demander quel genre de corps A peut bien occuper aujourd'hui, et où il se trouve.

En même temps, je m'imagine tous les A que j'ai rencontrés, dans la même pièce, en train de rire à mes dépens, n'arrivant pas à croire qu'une fille puisse être aussi idiote, regardant en boucle une vidéo de moi filmée à mon insu et se lançant le défi de pousser la blague encore plus loin.

« Tu sais bien que ce n'est pas ça », me dis-je.

« Mais alors qu'est-ce qui est possible, encore ? »

Après déjeuner, je consulte ma messagerie et tombe sur un e-mail de lui (d'elle ?).

> Rhiannon,
> Figure-toi qu'aujourd'hui tu me reconnaîtrais. Je me suis réveillé dans le corps du frère jumeau de James. J'espérais que cela m'aiderait à comprendre certaines choses, mais jusqu'à présent, ça n'a pas été le cas.
> Je veux te revoir.
> A

Je ne sais pas quoi répondre.

On me joue un tour, ou on me dit la vérité ?

Oui, j'ai envie de revoir A.

Oui, j'ai peur.

Non, ça n'a aucun sens.

« Mais qu'est-ce qui a du sens ? » Voilà la question que je me pose durant tout l'après-midi. Est-ce que ça a du sens que Preston soit vu comme l'homo de service alors qu'aucun d'entre nous n'est vu comme l'hétéro de service ? Est-ce que ça a du sens que le père de Stephanie ait pété un câble parce qu'elle est (brièvement) sortie avec Aaron et qu'Aaron est noir ? Est-ce que ça a du sens que Justin et moi soyons aussi intimes qu'on puisse l'être, et pourtant que nous ne trouvions rien à nous dire lorsque nous nous croisons dans les couloirs du lycée ? Est-ce que ça a du sens que je sois assise ici à apprendre le cycle de reproduction de la grenouille alors que ces connaissances ne me serviront plus à rien une fois la prochaine interro passée ? Est-ce que ça a du sens que M. Myers passe sa vie à enseigner le cycle de gestation de la grenouille à des gamins qui pour la plupart n'en ont rien à cirer ?

Est-ce que ça a du sens que certaines personnes obtiennent tout ce qu'elles veulent simplement parce qu'elles ont un physique avantageux ? Est-ce que nous ne serions pas tous un peu plus gentils – ou du moins un peu plus humbles – si chaque jour nous devions changer de corps ?

– À quoi tu penses ?

Pile au moment où j'ai le plus la tête dans les nuages, Justin me rejoint devant mon casier.

– À rien, lui dis-je. Je rêvasse.

Il n'insiste pas.

– Tu as quelque chose de prévu, là, maintenant ? demande-t-il.

C'est la fin de la journée. Je n'ai absolument rien de prévu. J'aurais pu retourner au Starbucks pour rencontrer le jumeau du type d'hier après-midi. Mais comment aurais-je su qu'il s'agissait bel et bien du jumeau ? Et si c'était en fait le même garçon ? À quoi aurais-je vu la différence ?

Soudain, la méfiance me gagne.

Et grandit en moi.

Et si, demain, il me dit qu'il est le troisième d'une famille de triplés ?

Ou que, finalement, il est resté dans le même corps.

Ça m'angoisse. Ça me met en colère. Une colère irrationnelle. Ou peut-être très rationnelle.

– Hé, tu m'écoutes, au moins ?

Non, je ne l'écoute pas. Mais il faut que je le fasse. Parce que c'est mon petit ami, et qu'il n'a aucune idée de ce qui me trotte dans la tête.

– Je n'ai rien prévu, dis-je.

Nous connaissons la suite, tous les deux. Mais il refuse de le dire. Il souhaite que ce soit moi.

Je m'exécute.

– Tu veux qu'on fasse quelque chose ensemble ?

– Ouais. Pourquoi pas. Comme tu le sens.


Nous allons chez lui. Il a envie de regarder un vieil épisode de *Game of Thrones*.

– C'est celui où l'un des personnages meurt ? lui demandé-je pendant le générique de début.

Je plaisante, évidemment. À chaque fois il y a un personnage qui meurt.

– Petite maligne, va, dit-il.

Je consulte ma messagerie. Pas de nouvel e-mail d'A.

Comme si mon silence pouvait lui arracher une confession…

– Range ça, râle Justin. Ça m'empêche de me concentrer.

Je range mon téléphone. Je reste tranquillement assise à regarder. Quelqu'un se fait défoncer le crâne.

Nous ne nous faisons pas de câlins.


Ce n'est qu'une fois que nous avons visionné trois épisodes entiers, et que je m'apprête à partir, qu'il me fait part de ce qui occupe ses pensées.

– Je déteste ces putains de médecins ! s'exclame-t-il.

Je ne vois pas bien de quoi il parle. Pas le moindre médecin dans *Game of Thrones* – c'est d'ailleurs bien dommage.

– Y a-t-il une raison particulière à ta haine ?

– Ouais, ils vont laisser mourir ma grand-mère. Ils vont lui faire vivre un enfer, et ça va nous coûter une fortune, et pour finir elle va quand même mourir. Ça se passe toujours de cette façon avec eux. Les hôpitaux ne gagnent du fric que grâce aux malades, pas vrai ? Ça ne leur pose aucun problème.

– Ta grand-mère est malade ?

– Ouais. Papy nous a appelés hier soir. Il paraît que c'est un cancer vachement sérieux.

– Ça va, toi ?

– Pourquoi tu me demandes si ça va ? s'agace-t-il. C'est pas moi qui ai un cancer.

« Tu veux en parler ? » ai-je envie de lui proposer. Mais la réponse est évidente. Il ne veut pas de ma compassion. Il ne veut pas me confier qu'il est triste. Il veut juste que je sois là à l'écouter exprimer sa rage. Bon, c'est ce que je fais. Je le laisse s'énerver au sujet des médecins et se demander pourquoi, alors que c'est son grand-père qui fume, c'est sa grand-mère qui a chopé un cancer. Je le laisse critiquer la réaction de ses parents. Il leur en veut de ne pas tout lâcher pour se précipiter au chevet de sa mamie, mais je sens que c'est surtout à lui-même qu'il en veut. Sauf qu'il ne l'avouera pas. Ni à moi ni à lui-même.

Je reste jusqu'à ce qu'il finisse par s'épuiser. Jusqu'à ce qu'il change de sujet. Jusqu'à ce qu'il décide de regarder un quatrième épisode.

Je serai là le jour où il aura vraiment envie d'y faire face. Il le sait et, pour l'heure, c'est ce que je peux lui apporter de mieux.

\*

Lorsque je rentre chez moi, ma mère est assise à la même place que d'habitude, en train de regarder les nouvelles sur la même chaîne que d'habitude. Pour peu que le reportage soit vraiment triste – une petite fille portée disparue, un petit garçon coincé au fond d'un puits –, elle adresse quelques paroles à l'écran, des

murmures de commisération du genre « Oh, c'est affreux » ou
« Mon Dieu, quelle horreur ».

J'imagine la jolie présentatrice en train de regarder cette
pièce depuis l'écran, la vue de ma mère assise dans son fauteuil
suscitant chez elle les mêmes commentaires. En effet, ma mère
n'est-elle pas elle-même tombée au fond d'une certaine forme
de puits ? N'est-elle pas elle-même portée disparue à sa façon ?
Avant, Liza essayait de la remuer, en lui enjoignant de sortir de
la maison, d'aller se faire des amis. Puis ç'a été mon tour, et j'ai
abandonné. La laisser tranquille, c'est probablement la meilleure
attitude à adopter pour qu'elle ne soit pas trop malheureuse. En
tout cas, c'est ce que mon père a fait toutes ces années durant, et
lui ne s'en est pas trop mal sorti.

Je songe à téléphoner à Liza pour lui expliquer la situation.

« Tu es aussi dingue qu'elle. » C'est sûrement ça qu'elle me
répondrait.

Mais ma mère n'est pas dingue. Elle se fout simplement de
tout.

À part de ses émissions à la télé.

« Je veux te revoir. »

Je ne crois pas que Justin m'ait déjà dit ça. Mais quel besoin
aurait-il de le faire ? Il sait bien qu'il me reverra toujours, quoi
qu'il arrive. Il n'a pas besoin de le souhaiter particulièrement.

\*

Je tape un nouveau courriel.

*A,*

*Je ne veux te revoir que si tout ceci est bien réel.*

*Rhiannon*

Mais je ne l'envoie pas.

Je me lève et j'écris un autre message.

> A,
> Alors, qui es-tu, aujourd'hui ?
> Quelle drôle de question, n'est-ce pas ? Mais, à y réfléchir, elle me
> semble appropriée. Appropriée à une drôle de situation.
> Hier a été une journée difficile. La grand-mère de Justin est malade,
> mais au lieu d'admettre qu'il en souffre, il redouble d'agressivité.
> J'essaie de lui venir en aide, mais ce n'est pas simple.
> Je me doute que tu n'as peut-être pas envie que je te parle de
> ça. Je sais ce que tu penses de Justin. Je peux bien sûr garder
> tout cela pour moi, si c'est ce que tu souhaites. Mais je ne crois
> pas que ce soit le cas.
> Dis-m'en un peu plus concernant ta journée.
> Rhiannon

Celui-ci, je l'envoie. J'essaie de me dire que c'est un e-mail tout ce qu'il y a de plus normal envoyé à un ami tout ce qu'il y a de plus normal. Puis j'essaie de passer une journée tout ce qu'il y a de plus normale, en partie pour voir ce que c'est vraiment qu'une journée normale. Au début, ça fonctionne. Je vais au lycée. Je vais en cours. Je vais déjeuner et m'assois à côté de Justin. Ce dernier ne laisse entrevoir aucune émotion.

Après le repas, je consulte ma messagerie.

Rhiannon,

Pour moi, c'est aujourd'hui qui est une journée difficile. La fille dont j'occupe le corps souffre d'un profond mal-être. Elle déteste l'univers. Elle se déteste elle-même. Elle a beaucoup de problèmes à régler, surtout dans sa tête. Oui, c'est très difficile.

En ce qui concerne Justin et toi, ou n'importe quel autre sujet, je veux que tu sois honnête avec moi. Même si cela doit me faire souffrir. Bien sûr, je préférerais éviter !

Je t'embrasse,

A

J'essaie de reprendre mon existence « normale ». J'essaie de ne pas me demander où A peut bien se trouver, ni à quoi son corps actuel peut bien ressembler. Après les cours, comme Justin bosse, je suis livrée à moi-même. En regardant à nouveau mes mails, je tombe sur un appel à l'aide.

Je dois te parler au plus vite. La fille dont j'occupe le corps a prévu de se suicider. Ce n'est pas une plaisanterie.

Il y a un numéro de téléphone. Sans attendre, je le compose.

Je sais que ce n'est pas une blague. Évidemment, certaines personnes sont capables de plaisanter sur ce genre de sujet, mais je sais que ce n'est pas le cas d'A.

Je n'ai aucun doute là-dessus.

C'est une fille qui répond.

– Allô ?

Sa voix ressemble un peu à la mienne.

– C'est toi ? lui demandé-je.

– Oui. C'est moi.

– J'ai eu ton message. Ouah !

– Comme tu dis.

– Comment peux-tu en être sûre ?

– Tout est marqué dans son journal intime, tous les moyens qu'elle envisage pour se suicider. C'est vraiment très… circonstancié. Et méthodique. Je ne rentre pas dans les détails, mais elle décrit une ribambelle de méthodes pour se tuer, et apparemment, elle a effectué des recherches approfondies. Et elle s'est fixé une date butoir. Dans six jours.

Cette histoire remue quelque chose au fond de moi. La fille que j'étais autrefois se sent directement concernée. Je m'efforce de rester concentrée sur le moment présent.

– C'est terrible, dis-je à A. Que comptes-tu faire ?

– Je n'en ai pas la moindre idée.

Elle a l'air perdue. Complètement dépassée par les événements.

– Dans un cas pareil, est-ce qu'il ne faut pas avertir quelqu'un ?

– Je n'ai pas été formée à ce genre de chose, Rhiannon. Vraiment, je n'en sais rien.

« Moi, j'ai vécu ça », ai-je envie de lui dire. Mais c'est trop effrayant.

– Où es-tu ? lui demandé-je.

A m'explique où elle se trouve, un endroit assez près d'ici. Je propose de la rejoindre.

– Tu es seule ?

– Oui. Son père ne rentre pas avant dix-neuf heures.

– Donne-moi l'adresse. (Elle me la dicte. Je la note. Puis je dis :) J'arrive.

*

Je ne connais pas cette fille. A ne m'a pas raconté grand-chose à son sujet. C'est sans doute pour cela que je n'ai pas de mal à compléter son portrait avec des éléments empruntés à ma propre expérience.

Malgré moi, voici ce que je pense : « Si je n'avais pas rencontré Justin, j'en serais au même point que cette fille. »

Oui, j'allais aussi mal que ça. Ou du moins, j'en avais l'impression. Je ne sais plus. Je ne parviens plus à voir les choses distinctement. Tout ce que je sais, c'est que j'étais convaincue que, si je mourais, personne ne s'en soucierait. Je prenais plaisir à imaginer dans les détails mes propres funérailles, auxquelles personne n'assisterait à part ma famille. Il n'y aurait pas de garçon pour sangloter au premier rang. Il n'y aurait personne pour se lever et parler de moi en connaissance de cause.

Je savais que je ne passerais pas à l'acte. Mais je savais aussi que j'en étais capable. Et cette pensée m'était très chère. Savoir que j'avais cette possibilité.

La plupart du temps, lorsque l'on croit chercher la mort, c'est en réalité l'amour que l'on cherche.

C'était assurément le cas pour moi. Car Justin a débarqué dans ma vie et lui a donné le sens qui lui manquait. Justin est devenu le garçon endeuillé dont je rêvais et, suite à cela, sont venus d'autres amis prêts à me pleurer. J'ai pu si bien remplir mes funérailles que je n'ai plus eu envie qu'elles aient lieu.

Mais je me rends compte que cela ne se passe pas comme ça pour tout le monde.

Certaines filles n'ont pas cette chance.

C'est le cas de celle à laquelle je vais bientôt rendre visite. Et si j'en ai conscience, ce n'est pas à cause de ce qu'A m'a dit, mais à cause du son de sa voix. Le son de la peur.

Je le reconnais.

Le trajet en voiture n'est pas bien long, mais je m'efforce d'élaborer un plan.

J'évite de me focaliser sur A. J'évite de me demander pourquoi cette situation la prend au dépourvu, alors qu'elle a déjà

vécu dans tant de corps différents. J'évite de m'étonner du fait
que j'en sais plus qu'elle.

Je roule et réfléchis aussi vite que possible.

Je trouve la maison. C'est une maison normale. Je sonne à la
porte. C'est une sonnerie normale.

Elle m'ouvre et, dès que mes yeux se posent sur elle, je comprends que c'est une de ces filles qui a désespérément envie de
disparaître. Les signes sont tatoués partout sur son corps, sous
la forme de marques ou de cicatrices. Les gens qui vont mal ont
en général du mal à donner le change, surtout une fois qu'ils ont
perdu le souci d'eux-mêmes.

Reste ses yeux. Ses yeux sont encore vivants.

Je sais que ce sont ceux de quelqu'un d'autre.

Désormais, je ne doute plus. Il n'y a pas de canular. Il n'y a
qu'une vérité. C'est encore une question de ressenti, mais au
cœur de ce ressenti, il y a un fait.

– Merci d'être venue, me dit A.

Elle me conduit à l'étage, dans la chambre de cette fille. C'est
le bordel, comme si elle avait voulu tout foutre en l'air, préférant
vivre dans des décombres. Il y a des vêtements jetés dans tous
les coins, et aucun moyen de distinguer ce qui est propre de ce
qui est sale. Elle a brisé son miroir. Tout ce qui est accroché au
mur est plus ou moins déchiré. Il ne lui reste plus qu'à s'ouvrir
les veines et à écrire sur les murs «JE VOUS EMMERDE» en
lettres de sang.

Ce n'est pas de la négligence. C'est de la colère.

Il y a un cahier sur le lit. Je l'ouvre. J'ai beau savoir ce que je
vais trouver à l'intérieur, je reçois le choc de plein fouet.

Comment se poignarder.

Comment se saigner à mort.

Comment s'étrangler.

Comment se défenestrer.

Comment s'immoler par le feu.

Comment s'empoisonner.

Comment mourir, mourir, mourir.

Ce n'est pas simplement théorique. Ce n'est pas mélodramatique. C'est une fille qui se prépare à mettre un terme à sa souffrance.

C'est n'importe quoi. J'ai envie de la prendre et de la secouer. J'ai envie de lui dire d'oublier ces histoires de funérailles.

Et, à la fin du cahier, il y a cette date butoir. Demain, ou presque.

Tandis que je lisais, A n'a pas soufflé mot. Et maintenant, je lève les yeux vers elle.

– C'est sérieux, dis-je. J'ai déjà eu, moi aussi… des idées un peu sombres. Mais rien de comparable.

Pendant tout ce temps, je suis restée debout, le cahier entre les mains. Maintenant je le pose. Et je me pose moi aussi, j'en ai besoin. Je m'assois au bord du lit, et A s'installe à mes côtés.

– Il faut que tu l'empêches de faire ça, lui dis-je.

– Mais comment veux-tu que je m'y prenne ? Et est-ce que j'en ai vraiment le droit ? N'est-ce pas à elle de décider, après tout ?

Ce n'est pas la réponse à laquelle je m'attendais de la part d'A. C'est ridicule. Choquant.

– Alors quoi, m'exclamé-je sans me soucier de masquer ma colère, tu vas la laisser mourir ? Parce que tu préfères ne pas t'en mêler ?

Elle me prend la main. Cherche à me calmer.

– Rien ne prouve qu'elle compte respecter cette échéance. Peut-être est-ce sa manière à elle d'exorciser ces pensées-là ? Peut-être a-t-elle écrit ça pour ne pas avoir à le faire ?

Non. Ce n'est qu'une excuse. Et l'heure n'est plus aux excuses. Je ne la laisse pas s'en tirer aussi facilement :

– Sauf que tu es convaincue du contraire, n'est-ce pas ? Sans quoi tu ne m'aurais pas appelée.

Son silence achève de me persuader que j'ai raison.

Je baisse les yeux et contemple sa main dans la mienne. Je la serre, afin de lui exprimer mon soutien, mais autre chose aussi.

– C'est tellement bizarre, dis-je.

– Quoi ?

Je lui presse la main encore un peu plus fort, puis je retire la mienne.

– Ça.

Elle ne semble pas comprendre.

– Qu'est-ce que tu veux dire ?

Bien que nous soyons dans une tout autre situation, une situation de crise, le regard qu'elle m'adresse ne change pas. C'est un regard empli d'une immense empathie.

J'essaie d'expliquer :

– Ça n'est pas comme l'autre jour. Cette main est différente. Évidemment. Puisque tu es une personne différente.

– Non, je t'assure que je suis le même, réplique-t-elle.

– Tu ne peux pas dire ça. Tu es la même personne à l'intérieur, bien sûr. Mais l'extérieur compte tout autant, tu le sais bien.

– Pour moi, tu es la même, quels que soient les yeux avec lesquels je te regarde. Et je ressens toujours la même chose.

« Si ça, c'est possible, quoi d'autre encore ? »

Je ne peux pas me mettre à sa place, m'imaginer vivre une vie pareille.

Pourtant, c'est ce qu'elle (il ?) me demande. Je le sais. Mais c'est difficile.

J'en reviens à son argument concernant cette fille, à cette théorie selon laquelle il ne faudrait pas interférer.

– Les gens dont tu occupes le corps… jamais tu ne t'autorises à intervenir dans leur vie ?

A secoue la tête.

Mais il y a une contradiction là-dedans, non ?

– Tu essaies de laisser ces vies comme tu les as trouvées ?

– C'est ça.

– Mais Justin, alors ? Qu'avait-il de si différent ?

– Toi.

Cette réponse, c'est trop pour moi. Je ne me sens pas de taille.

– Cela n'a aucun sens, dis-je.

Puis, comme pour répondre à mes pensées, elle se penche et m'embrasse. Je ne m'y attends pas. Je ne m'attends pas à sentir ses lèvres, cette peau gercée. Je ne m'attends pas à ce que ses doigts se glissent dans mon cou.

Je ne suis pas sûre de savoir qui j'embrasse.

Pas sûre du tout.

Parce que si c'est A, la personne qui m'a embrassée sur la plage, c'est une chose. Mais si c'est cette fille, c'en est une autre. Cette fille n'a pas envie que je l'embrasse. Cette fille n'est pas une héroïne de conte de fées qu'un baiser peut guérir. Cette fille a besoin d'une aide autrement plus sérieuse. Je le sais bien.

Après m'être laissé faire pendant une minute, je m'écarte, encore plus perplexe qu'auparavant.

– Y a pas à dire, c'est franchement bizarre.

– Pourquoi ? demande-t-elle.

Cela me paraît évident.

– Peut-être parce que tu es une fille, parce que j'ai encore un petit ami, et parce qu'on est en train de parler du suicide de quelqu'un.

– Et ça change quelque chose à ce que tu ressens à l'intérieur ?

Je sais quelle réponse elle souhaite. Mais ce n'est pas la vérité.

– Oui.

– Qu'est-ce qui te gêne, dis-moi ?

– Tout. Quand je t'embrasse, ce n'est pas toi que j'embrasse. Tu es quelque part à l'intérieur, mais c'est ton enveloppe extérieure qui est tout contre moi. Et là, maintenant, j'ai beau savoir que tu es là, je sens surtout de la tristesse. J'embrasse cette fille et ça me donne envie de pleurer.

– Ce n'est pas ce que je voulais.

– Je sais. Mais c'est pourtant ce qui se transmet.

Je ne peux pas rester assise. Je ne peux pas poursuivre cette conversation. Je ne suis pas venue ici pour parler de nous. Je suis venue parce qu'il faut que nous sauvions la vie de cette fille.

Je me lève et tente de nous remettre sur les bons rails.

– Que ferais-tu si elle se vidait de son sang en pleine rue ?

A semble déçue. Est-ce parce que je suis revenue à la conversation précédente, ou parce qu'elle comprend que c'est à elle de choisir ?

– Ce n'est pas comparable, objecte-t-elle.

Cette réponse ne me satisfait pas.

– Et si elle projetait de tuer quelqu'un d'autre ?

– Je la dénoncerais.

Sans blague.

– Dans ce cas, quelle est la différence ?

– Il s'agit de sa propre vie. Pas de celle d'un autre.

– Mais on parle quand même de *tuer*.

– Si c'est vraiment ce qu'elle veut, il n'y a rien que je puisse faire pour l'en empêcher.

Si A n'était pas dans le corps de quelqu'un d'autre, j'essaierais peut-être de la raisonner à l'aide d'une bonne gifle, tellement sa logique me paraît absurde. On ne peut pas appeler au secours, puis faire mine de n'être que spectateur.

– D'accord, dit-elle avant que je puisse exprimer à quel point cela me scandalise, je pourrais peut-être dresser des obstacles sur sa route. Je pourrais alerter certaines personnes. Je pourrais la conduire chez un médecin.

– Tout comme si elle avait un cancer, ou si elle se vidait de son sang en pleine rue.

Je vois qu'elle commence à prendre la mesure du danger. Pourtant, je n'en reviens toujours pas qu'elle n'ait jamais eu à faire face à une telle situation.

– À qui puis-je en parler, alors ? demande-t-elle.

– Peut-être à un conseiller au lycée ?

Elle lance un regard vers l'horloge.

– Le lycée est fermé, dit-elle. Et nous n'avons que jusqu'à minuit, n'oublie pas.

– Qui est sa meilleure amie ?

Mais c'est précisément le problème, non ? Et d'ailleurs A me le confirme : elle n'a aucun ami.

– Un petit ami, alors ? dis-je, pleine d'espoir. Une petite amie ?

– Non.

– Et si tu contactais un organisme genre SOS Suicide ?

– Pourquoi pas, mais je serai celui qui écoutera leurs conseils, pas elle. Impossible de savoir si elle s'en souviendra demain, si ça aura le moindre impact. Crois-moi, j'ai déjà pensé à toutes ces options.

– Dans ce cas, il ne reste plus que son père. C'est bien ça ?

– J'ai l'impression qu'il a jeté l'éponge depuis longtemps.

Je me suis toujours considérée comme une sorte d'experte en matière de parents désengagés de la vie de leurs enfants. Ce qui est intéressant, c'est que je découvre maintenant une autre vérité : même quand des parents semblent être très loin, on peut encore les atteindre. Tant qu'ils ne sont pas partis pour de bon, cela signifie qu'ils n'ont pas véritablement jeté l'éponge.

– Eh bien, dis-je, il faut que tu le forces à prendre ses responsabilités.

Car ça doit être possible. Pas forcément facile. Mais possible.

– Qu'est-ce que je vais bien pouvoir lui dire ? demande A.

– « Papa, j'ai envie de me tuer. » Comme ça, direct.

Voilà qui réveillerait même mes parents. Je n'en doute pas un seul instant.

– Et s'il me demande pourquoi ?

– Tu lui dis que tu l'ignores. Et tu ne promets rien, surtout. Laisse-la gérer ça elle-même demain.

– On dirait que tu as pris le temps d'y réfléchir.

– Oui, le temps du trajet en voiture jusqu'ici. Il y avait pas mal de circulation.

En réalité, pour l'essentiel, cette solution vient tout juste de s'imposer à moi.

– Et s'il s'en fiche ? S'il ne la croit pas ?

– Alors tu prends les clés de la bagnole du père et tu conduis cette fille à l'hôpital le plus proche. En emportant son journal intime avec toi.

Je sais que c'est beaucoup lui demander.

Mais je sais aussi qu'elle le fera.

Elle est restée assise sur le lit. Elle a l'air perdue. Inquiète.

– Viens là, dis-je en me rasseyant à côté d'elle.

Je la serre dans mes bras en y mettant toutes mes forces. À la voir, on craindrait que son corps ne supporte pas une telle pression et se brise. Mais elle est plus solide qu'elle en a l'air.

– Je ne sais pas si j'y arriverai, murmure-t-elle.

– Bien sûr que si. Tu y arriveras.


Nous récapitulons une dernière fois la marche à suivre. Puis il est temps pour moi de partir, comme nous le savons pertinemment toutes les deux. Si son père revient alors que je suis encore là, cela va compliquer un peu plus les choses.

C'est difficile de partir. C'est difficile de me mêler de la vie de cette fille, puis de l'abandonner sur place.

Juste avant de m'en aller, je me rends compte que je ne connais même pas son prénom. Alors je demande à A de me le dire.

– Kelsea.

– Kelsea. (Je m'imagine qu'elle peut m'entendre.) Kelsea, j'ai apprécié cette rencontre. Et j'espère de tout mon cœur que ça va s'arranger pour toi.

Mais il n'y a aucun moyen d'en être sûre, évidemment.

# 11

De retour chez moi, j'éprouve le besoin de me distraire un peu. J'allume l'ordi et je me gave de tous ces sites Internet idiots que j'aime consulter quand mon cerveau est incapable de se concentrer sur des choses plus sérieuses. Et je ne m'attends certainement pas à tomber sur une info qui me concerne directement. D'où mon choc.

Il suffit d'un clic, d'une nouvelle fenêtre qui s'ouvre, pour que je me retrouve nez à nez avec une photo de Nathan, le faux cousin de Steve.

**LE DIABLE EST PARMI NOUS!**

Je pense d'abord qu'il s'agit d'un canular. Mais comment serait-ce possible? Je ne suis pas sur un quelconque site pour ados. Je suis sur celui d'un quotidien de Baltimore. Pas un journal très classe, mais quand même.

Et, aucun doute là-dessus, il s'agit bien de Nathan. Au cas où la photo ne m'aurait pas suffi à l'identifier, son nom est imprimé en toutes lettres dans l'article : «Nathan Daldry, seize ans.» Il prétend qu'il y a six jours, le diable a pris possession de son corps. Il s'est réveillé après minuit, au bord de la route, sans aucun souvenir de ce qui venait de lui arriver.

Moi, j'en ai, des souvenirs. Cette nuit-là, lui et moi avons dansé ensemble.

C'est avec un drôle de détachement que je lis cet article. Nathan n'est pas le seul à affirmer avoir été «possédé». Comme lui, d'autres personnes prétendent que le diable est entré dans leur corps pour leur faire faire des choses pas bien.

Du reste, Nathan ne précise pas vraiment de quelles choses il s'agit. Il part simplement du principe que, s'il ne s'en souvient pas, c'était forcément mal.

Le diable. Donc, selon eux, A est le diable.

Mais le diable n'aurait pas porté secours à Kelsea. Le diable n'aurait pas éprouvé une telle crainte pour cette fille.

Je ne sais pas ce qu'est A, mais A n'est pas le diable.

Je repense à Nathan avec sa cravate. À sa présence maladroite lors de la soirée, debout dans un coin. Quelle part d'A et quelle part de Nathan y avait-il dans cette attitude? Pourquoi ce dernier irait-il s'imaginer qu'il a été victime d'une possession démoniaque? Quoi qu'il en soit, les gens semblent faire tout un plat de son histoire, et il a même un révérend pour lui servir de porte-parole. Nathan cherche-t-il avant tout à attirer l'attention sur lui? Ou bien est-il sincèrement dérouté?

Après le dîner, je reprends mes recherches. L'histoire s'est répandue sur le Web. Si A a quitté son corps juste avant minuit, Nathan a dû se réveiller sans le moindre souvenir de moi ou de la soirée. À moins qu'il n'ait pas oublié cette fête, et qu'il ait simplement inventé une excuse à raconter à l'officier de police qui l'a retrouvé endormi sur le bas-côté?

Dommage que je ne connaisse pas le nom de famille de Kelsea, sinon, sur elle aussi, j'aurais effectué des recherches. Certes, je ne m'attends pas à ce que, dès ce soir, elle modifie son statut sur les réseaux sociaux pour dire: «Tout va bien!» J'ai du mal à imaginer ce qu'A est en train de vivre. Comment A s'y prend pour sauver cette fille. Mais je suis certaine qu'A ne recule pas devant les obstacles.

Car A n'est pas le diable. Même si A n'est pas non plus un ange.

A est une personne, voilà tout.
Ça, je l'ai compris. A est un être humain.

*

Une fois qu'il a quitté son travail, Justin m'envoie un texto.
« Tu veux qu'on se voie ? »
Non, pas particulièrement. Alors je lui dis que je suis fatiguée.
Il ne répond pas.

Toute la nuit je pense à Kelsea, me demandant ce qui va lui arriver maintenant qu'A n'est plus là.

Le matin, je n'y tiens plus. Au fait, j'ai encore le numéro de téléphone de chez elle. Je pourrais l'appeler pour m'assurer qu'elle va bien. Je pourrais faire semblant de m'être trompée de numéro. J'ai juste envie d'entendre la voix de quelqu'un à son domicile. Je voudrais savoir ce qu'il en est, rien qu'en écoutant le son de sa voix ou de celle de son père.

Il est neuf heures du matin. Personne ne décroche.

Je rappelle. Impossible qu'ils dorment encore. La sonnerie les aurait réveillés.

Donc ils ne sont pas là.

J'écris un courriel à A :

> A,
>
> J'espère que tout s'est bien passé hier soir. Je viens de téléphoner chez elle, sans y trouver personne. Crois-tu que son père l'a conduite chez un médecin ? J'essaie en tout cas de me dire que c'est bon signe.
>
> Rien à voir, mais tu trouveras attaché à cet e-mail un lien auquel il faut que tu jettes un coup d'œil. Tout ça prend une ampleur délirante. Où es-tu aujourd'hui ?
>
> R

Je crois qu'il faut qu'il sache ce que raconte Nathan, et que des gens y prêtent attention.

A-t-il déjà eu à gérer des situations de ce genre ?

Soudain, je prends un peu de recul et me rends compte à quel point c'est étrange que j'aie accepté tout ça. D'ailleurs, il me faut davantage de preuves. D'où cette idée qui me vient…

Je me lance dans de nouvelles recherches sur le Net.

Environ une heure plus tard, je reçois une réponse d'A.

> Rhiannon,
>
> Il me semble que c'est bon signe. Le père de Kelsea est désormais au courant de l'état de sa fille et, avant que je parte, il réfléchissait aux moyens de l'aider à s'en sortir. S'ils ne sont pas chez eux, c'est probablement qu'ils sont allés chercher du secours. Merci d'être venue, sans toi j'aurais mal géré cette situation.
>
> Je ne doute pas que tu le saches déjà, mais je tiens quand même à le dire : je ne suis pas le diable. J'ai quitté le corps de Nathan dans des circonstances vraiment pas idéales, ce qui explique qu'il ait réagi aussi mal, et je m'en veux beaucoup. Mais il en a tiré de mauvaises conclusions – à moins qu'on les lui ait soufflées à l'oreille.
>
> Aujourd'hui, je suis un garçon prénommé Hugo. Avec quelques-uns de ses amis, je vais assister à un défilé à Annapolis. Peux-tu me retrouver là-bas ? Je suis sûr que je trouverai le moyen de me libérer un moment et, évidemment, j'adorerais te voir. Dis-moi si tu es dispo. Et si je n'ai pas de tes nouvelles d'ici là – peut-être que je n'aurai pas la possibilité de consulter mes e-mails –, cherche un jeune Brésilien vêtu d'un T-shirt Avril Lavigne vintage. De tous ses T-shirts, c'est à mon avis celui que tu as le moins de chances de voir sur quelqu'un d'autre.
>
> À tout à l'heure, j'espère.
>
> Je t'embrasse,
>
> A

Annapolis, c'est loin. Pas *très* loin, mais loin quand même. Surtout si je ne suis pas certaine de pouvoir le retrouver.

Je n'ai pas le courage de jouer à le chercher au milieu d'une foule immense.

Et j'ai quelque chose à faire.

Vers onze heures, Justin m'envoie un SMS. Je parie qu'il vient seulement de se réveiller. Si ce n'était pas le cas, cela m'embêterait bien, parce qu'alors il serait possible qu'il m'ait aperçue près de chez lui.

« Tu fais quoi ? » me demande-t-il maintenant.

« Des choses et d'autres, lui écris-je. On se voit plus tard ? »

Il attend une bonne dizaine de minutes pour me répondre : « Ça marche. »

« Super », lui écris-je.

J'ai intérêt à faire attention.

*

« *Annapolis* ». Voilà à quoi je pense tout en conduisant.

Mais je prends une autre direction.

C'est en gravissant les marches de la maison que je me rends compte à quel point je dois avoir l'air ridicule. Quand ce n'était encore qu'une idée, elle me paraissait bonne. Mais maintenant que je l'exécute, cela semble plus risible qu'autre chose.

À l'extérieur, il n'y a aucune caméra, aucun reporter. Personne pour remarquer la fille qui, un sac sur l'épaule, s'approche de la porte d'entrée.

C'est simple : il faut que je sache. Ça ne prendra qu'une minute.

Encore faut-il que ce soit lui qui ouvre la porte. Comme on est samedi, n'importe qui pourrait être à la maison.

Prenant une profonde inspiration, j'appuie sur la sonnette. Dans ma tête, je ne cesse de répéter ce que je vais dire.

La porte s'ouvre. C'est lui.

Le même corps maladroit. La même touffe noire mal coiffée. Mais, cette fois-ci, pas de cravate.

Et, dans ses yeux, aucun signe qu'il me reconnaît.

– C'est à quel sujet ? demande-t-il.

Je lui laisse le temps de me regarder. De *bien* me regarder.

« Je suis la fille avec qui tu as dansé. »

« Je suis la fille qui était avec toi ce soir-là. »

« Tu as chanté pour moi. »

Mais il n'a rien fait de tout cela, n'est-ce pas ? Il me regarde comme s'il ne m'avait jamais vue. Parce qu'il ne m'a jamais vue.

– J'aide ma petite sœur en vendant des biscuits pour les girl-scouts, dis-je en indiquant d'un hochement de tête le sac sur mon épaule. Ça t'intéresse ?

– Qui est-ce ? demande une voix méfiante derrière Nathan.

Sa mère – c'est forcément elle – le rejoint dans l'encadrement de la porte.

– Je vends des biscuits pour les girl-scouts. J'ai des Thin Mints, des *samoas*, des *tagalongs*.

– Tu n'es pas un peu âgée pour être une girl-scout ? s'enquiert Mme Daldry.

– C'est pour sa sœur, explique timidement Nathan.

« Tu es certain de ne pas me reconnaître ? » ai-je envie de lui demander.

Mais s'il me répond non, comment enchaînerai-je ? Comment lui expliquer ?

La mère de Nathan se détend un petit peu.

– Tu en veux un paquet ? demande-t-elle à son fils. On n'a plus rien acheté aux girl-scouts depuis que la fille Hayes a déménagé.

– Peut-être ceux au beurre de cacahouètes ? dit-il.

Sa mère hoche la tête puis se tourne vers moi.

– Je vais chercher mon portefeuille.

Je m'attends à ce que Nathan me pose des questions : d'où je viens, où est ma sœur, etc. Au lieu de quoi il a l'air gêné de se retrouver seul avec moi. Et pas parce qu'il se rappellerait le moment que nous avons passé ensemble. Mais parce que je suis une fille, tout simplement.

Je me mets à siffloter la chanson *Carry On*, tentant une dernière fois de réveiller un souvenir chez lui.

Rien.

La différence se voit également dans ses yeux. Pas dans leur aspect physique, mais dans la façon dont il les utilise. Dans ce qu'ils expriment à mon égard. Pas d'enthousiasme. Pas d'envie. Pas de connexion entre nous.

Sa mère réapparaît et me paie. Je leur donne un paquet et voilà, ça s'arrête là. Elle me remercie. Je la remercie.

Nathan retourne à sa vie. J'imagine qu'il a déjà oublié mon passage.

\*

Je remonte dans ma voiture.

« Pizza ? » C'est le texto que je reçois de Justin.

« Annapolis ? » C'est la question que je me pose.

Je consulte mes courriels avant de démarrer le moteur.

Rien de la part d'A.

Pas question d'errer dans une ville à la recherche d'un T-shirt Avril Lavigne.

Je réponds à Justin que je passe le prendre.

– Pourquoi tu as mis autant de temps ? me demande-t-il quand j'arrive.

C'est vrai, je ne lui ai pas précisé que je venais de loin.

– Je faisais des courses pour ma mère, lui dis-je.

Si je lui avais parlé de faire des courses *avec* ma mère, il ne l'aurait pas cru. *Pour* ma mère, il me croira probablement.

Il a l'air de ne pas avoir beaucoup dormi. Mais bon, il a souvent cette tête-là. J'essaie de me rappeler la dernière fois que je l'ai vu bien réveillé. Que je suis bête ! Évidemment, c'était à l'océan.

– Hé ho ! me fait-il.

Zut, j'ai dû louper quelque chose.

– Pardon. Je suis un petit peu dans les nuages.

– J'ai déjà entendu ça, dit-il sèchement. (Il a raison, c'était déjà mon excuse hier soir.) Pourquoi tu es aussi crevée ?

– C'est la vie.

Il me dévisage.

Il n'y croit pas.


Nous sortons manger une pizza. Une fois que son estomac commence à se remplir, il devient plus bavard.

– Ce que tu fais, j'en ai rien à foutre, déclare-t-il. Mais aie au moins la politesse de me dire combien de temps ça va durer. Là, c'est carrément malpoli.

Je lui présente mes excuses.

– Ouais, ouais, je sais que tu es désolée, mais à quoi ça m'avance ? Des mots, des mots, rien que des mots ! Ça me fait penser à mon père, qui se comporte avec ma mère comme le dernier des connards, qui nous crie qu'elle et moi on compte pour du beurre, puis qui s'excuse ensuite, genre « désolé, je voulais pas dire ça », comme si maintenant tout allait bien, tout était effacé. Et elle, elle accepte. Limite si elle lui présente pas elle-même des excuses. Alors voilà, dans notre famille tout le monde est désolé, tout le monde s'excuse, et moi, on m'en veut parce que je refuse de jouer le jeu. J'en ai assez de vivre ce genre de truc avec eux, j'ai pas besoin que tu t'y mettes aussi. Ne nous transforme pas en Steve et Stephanie, tu sais très bien qu'on vaut mieux que ça. Toi et moi, on joue pas à des petits jeux, on masque pas les problèmes avec des « désolé » par-ci et des « désolé » par-là. Si tu ne veux pas me dire à quoi tu passes ton temps, OK. Mais si tu dis que tu passes me voir, ramène ta fraise. Ne me fais pas attendre comme si tu savais que j'avais rien de mieux à foutre. J'étais là comme un con à t'attendre.

À la dernière seconde, je me retiens ; en effet, j'étais à deux doigts de m'excuser à nouveau.

– Au cas où ça t'intéresse, poursuit-il, mon père s'est enfin bougé le cul pour aller voir ma grand-mère. Je lui ai dit que je voulais l'accompagner, mais il m'a répondu que ce n'était pas le bon moment. Je lui ai demandé quand ce serait le bon moment, selon lui. Après la mort de ma grand-mère ? Ça l'a vraiment mis en colère. Et j'avais envie de lui demander autre chose : « *C'est comment, papa, d'être nul à la fois comme fils et comme père ? Comment t'expliques ça ?* » Mais on voyait à son expression qu'il n'attendait qu'une chose, que je lui donne l'occasion de me filer une bonne correction. Il ne le fait jamais, mais c'est fou ce qu'il en aurait envie.

– Et ta grand-mère, elle va mieux ?

– Tu rigoles ? Comment veux-tu qu'elle aille mieux ?

Il a raison, ma question était idiote. Il faut que je me concentre. Et, dès que j'y suis parvenue, je perçois la douleur qui l'habite. Sa grand-mère est la seule personne qu'il aime vraiment dans sa famille. Dans ses veines, il ne veut voir couler que son sang à elle. Je le sais. Il me l'a déjà expliqué. Il faut que j'arrête de faire comme s'il n'avait aucune raison d'être en colère.

– Tu devrais l'appeler, dis-je. Ils ne peuvent pas t'empêcher de lui passer un coup de fil. Ton père est déjà sur place ?

Il secoue la tête.

– Non, il est probablement encore dans l'avion.

Tendant le bras au-dessus de la table, je saisis le téléphone.

– Alors, devance-le.

Très souvent, on dirait que l'amour consiste à sentir ce que veut l'autre et à le lui donner. Parfois, c'est impossible. Mais il arrive aussi que ce soit très simple. Comme là, maintenant. Il ne trouve pas les mots pour me remercier mais, lorsque je lui tends l'appareil, il me regarde droit dans les yeux pour me faire comprendre que j'ai vu juste.

Aussitôt qu'il a composé le numéro, je propose de m'en aller pour respecter son intimité.

– Non, répond-il. Je veux que tu restes ici… J'ai *besoin* que tu restes ici.

Alors je reste, et l'écoute parler à sa grand-mère comme si tout allait bien se passer. Pas question de lui dire adieu, même si c'est sans doute de ça qu'il s'agit.

Une fois qu'il a terminé, il repose le téléphone sur la table et pousse un soupir.

– Ouah, c'était dur.

Regrettant de ne pas être assise à côté de lui, plutôt qu'en face de lui, je presse mes genoux contre les siens.

– C'est bon, ça va aller, ajoute-t-il avant de reprendre une part de pizza et de se remettre à mâchonner.

Au moment où je m'apprête à lui demander ce que sa grand-mère a dit, le téléphone sonne. C'est Steve, à propos d'une soirée qui a lieu chez Yonni Pfister.

– On arrive, dit Justin.

Puis il raccroche et m'annonce que nous allons rejoindre nos amis là-bas.

Et immédiatement, je pense : « Annapolis ». Mais nous n'allons pas du tout vers Annapolis.

Annapolis. Pour peu que vous répétiez suffisamment le nom d'une ville, il finira par sonner comme un lieu imaginaire.

À cette soirée, il y a Rebecca. Qui vient me trouver.

– J'ai l'impression que nos petits copains sont en train de bien se bourrer la gueule, m'informe-t-elle.

– Quelle chance pour nous !

Elle me regarde d'un air surpris, puis éclate de rire.

– Tu es sérieuse ? Bravo !

« Ne le dis pas à Justin », ai-je envie de lui demander. Mais je sais qu'elle gardera ça pour elle. Elle le dira peut-être à Ben, mais lui non plus n'en parlera pas à Justin.

Suis-je vraiment la seule à apprécier Justin ?

– Bon, quoi de neuf ? me demande Rebecca.

– Rien, je suis fatiguée, c'est tout.

– Fatiguée de quoi ?

Son intérêt paraît sincère. Elle s'inquiète vraiment pour moi. C'est mon amie.

Mais je ne lui dis rien.


Avant que l'heure soit trop tardive, je m'éclipse momentané-ment de la soirée pour téléphoner chez Kelsea.

Cette fois-ci, quelqu'un décroche.

– Allô ?

C'est une voix d'homme. Râpeuse. Lasse.

– Bonsoir, est-ce que Kelsea est là ?

Tout ce que je veux, c'est l'entendre, pouvoir vérifier qu'elle va bien.

– Qui la demande ?

J'essaie de penser à un prénom qui ne soit pas le mien.

– Mia. Une copine.

– Kelsea n'est pas là en ce moment. Et elle ne va pas se servir de son téléphone dans les jours qui viennent. Mais si tu lui laisses un message sur son portable, je suis sûr qu'elle te répondra dans quelque temps. Il faut simplement que tu ne sois pas trop pressée.

Je décide de me jeter à l'eau :

– Est-ce qu'elle va bien ? Je suis juste un peu… inquiète.

– Elle est dans un endroit où on lui apporte de l'aide. Elle va s'en sortir. (Il marque une pause, car il s'agit d'une situation dont il n'a pas l'habitude.) Je sais qu'elle sera très contente d'avoir des nouvelles de ses amis. C'est gentil de ta part d'avoir appelé.

Il ne compte pas me fournir davantage de détails. Pas grave. Ça m'ira.

– Merci, dis-je.

J'ai envie de lui dire qu'il a fait ce qu'il fallait. Mais je n'ai pas envie qu'il se souvienne trop de mon appel.

Déjà que je suis l'amie qui n'existe pas vraiment.

Nous rentrons tard. Comme il n'est pas en état de marcher droit, je dois raccompagner Justin jusqu'à sa porte. Je me demande d'ailleurs si sa mère est encore debout.

– Merci, me chuchote-t-il. Ma grand-mère est une dame formidable, et tu n'es pas trop mal non plus.

– N'embête pas trop ta mère, d'accord ?

Il lève la main pour m'adresser un salut militaire.

– Oui, m'dame.

Puis il se penche pour me dire au revoir en m'embrassant. Ça me surprend, et il s'en rend compte.

– 'Nuit, m'dame, dit-il avant de disparaître à l'intérieur.

*

De retour chez moi, j'écris tout de suite à A.

A,
Désolée de ne pas avoir pu te rejoindre à Annapolis – certaines choses que je devais faire.
Demain, peut-être ?
R

## 12

On est dimanche. Justin ne sera pas debout avant encore un bon moment. Nous n'avons rien prévu. Mes parents ne bougeront pas de la maison.

Je suis libre.

Je dis à ma mère que j'ai des courses à faire, puis j'écris un mail à A pour lui demander s'il veut que je l'inclue dans ma liste.

« Oui, répond-il. Un million de fois oui. »

« Je vais le faire, c'est tout. » Voilà ce que je me dis tout en me préparant, tout en échafaudant un plan.

Je ne vais pas trop y réfléchir.

Je ne vais pas m'interroger sur le sens que ça a.

Je vais le faire, c'est tout : être avec A, et découvrir au fur et à mesure ce que cela signifie.

A m'a expliqué qu'aujourd'hui il (elle ?) était dans la peau d'une fille prénommée Ashley. J'ai noté l'itinéraire jusque chez elle, sachant qu'elle se tiendra prête à sortir au moment où je me garerai devant sa maison.

Il faut croire que j'ai en tête la fille dont A occupait le corps lorsqu'il (elle ?) s'est présenté pour la première fois. Une fille jolie, mais pas d'une beauté trop impressionnante. Quelqu'un que je pourrais avoir comme amie. Quelqu'un qui me ressemble.

J'imagine tout sauf la fille que je découvre aujourd'hui.

Lorsque celle-ci sort de la maison, j'en reste bouche bée. « On est où, là, dans un clip ? » Car cette fille est un sacré canon. On s'attendrait à la voir entourée de choristes. Et de photographes. Et d'une équipe de trois coiffeurs. Et d'un petit chien. Et de Jay-Z.

C'est le genre de fille qu'on ne voit pas dans la vraie vie. Des filles comme ça, on pourrait même douter de leur existence. On pourrait croire qu'elles ont été dessinées par les ordinateurs des magazines de mode dans le simple but de vous dégoûter de vous-même.

Sauf que cette fille est bel et bien réelle.

Et je sais que je devrais m'en moquer – après tout, la vie n'est pas un concours de beauté. Mais, nom de Dieu, avant même qu'elle soit montée dans la voiture, je me sens moche.

La seule chose qui lui manque, c'est une *démarche*. Une fille comme ça devrait avoir une belle démarche. C'est donc incontestablement A qui se trouve à l'intérieur, avançant d'un pas lourd au lieu de se déhancher.

Lorsqu'elle s'assoit dans la voiture et que je l'observe de près, je ne peux me retenir de pouffer. C'est ridicule ; même sa peau est parfaite. Rien qu'un tout petit bouton aurait suffi à me faire plaisir.

– J'ai du mal à y croire, dis-je.

Bon sang ! Elle arrive à transformer le simple geste de mettre sa ceinture de sécurité en un truc immensément sexy.

– Quoi ? fait-elle en me voyant rire.

Elle ne comprend pas.

– *Quoi ?* je répète.

Comme si A ne se rendait pas compte à quel point son physique est extraordinaire aujourd'hui…

Voulant expliquer sa réaction, elle lève la main et me dit :

– Tu te rends compte que tu es la toute première personne à me connaître sous différents aspects ? Je ne suis pas préparée à ça. Je ne sais jamais à quelle réaction m'attendre de ta part.

D'accord. Je n'y avais pas pensé. N'empêche.

– Excuse-moi. Mais je te rappelle que tu viens de débarquer dans le corps d'une super bombe. De ce fait, j'ai beaucoup de mal à m'élaborer une image mentale de toi. Il faut constamment que je la modifie.

– Imagine-moi comme tu veux. Ça sera toujours plus vrai qu'aucun des corps dans lesquels tu me verras.

À l'entendre, c'est facile. Or ça ne l'est pas. Surtout face à une si jolie fille.

– Très bien, mais, pour l'instant, je t'avoue que mon imagination n'est pas à la hauteur de la situation.

Elle hoche la tête. Mais ce simple mouvement en met plein la vue. Quelle injustice !

– Je comprends. Bon, où va-t-on ?

J'y ai bien réfléchi. Et je ne vais pas changer d'idée à cause du corps assis sur le siège du passager.

– Puisque nous sommes déjà allées à la plage, on pourrait peut-être faire un petit tour dans les bois ?

Moi qui m'étais promis de ne pas trop y penser.

Tandis que nous roulons, je n'arrive pas à penser à autre chose qu'à elle et au fait qu'A se trouve dans son corps. Nous bavardons. Je lui parle de mon coup de téléphone au père de Kelsea et de la soirée d'hier, elle me parle du défilé auquel elle a assisté dans le corps d'un garçon homo accompagné de son petit copain. Mais, alors même que nous discutons, toutes sortes de pensées vont et viennent dans ma tête. Et, le pire, c'est que si aujourd'hui A avait l'aspect de Nathan, je n'aurais aucune de ces pensées. Je me sentirais normale, parce que je me trouverais avec un garçon normal.

Mais là, c'est tellement différent. Trop différent. Bien que, lorsqu'elle pose son regard sur moi, je sente la présence d'A à l'intérieur, il n'est pas aisé de séparer les deux. Ni d'accepter que ceci est le résultat d'une simple loterie : certains jours, A aura ce genre d'apparence.

Comment pourrais-je trouver ma place dans une vie pareille ?

Je n'ai pas envie de l'embrasser. C'est inenvisageable.

Voilà un premier problème.

Mais, au moins, je peux lui parler sans craindre d'être trop bavarde, ou trop discrète, ou trop maladroite. D'habitude, ma vie est vécue derrière un voile de jugement ; A parvient à lever ce voile et à me voir plus *réellement* que n'importe qui d'autre.

Je m'efforce d'y prêter attention. De m'en souvenir. De ne pas me laisser impressionner par sa beauté au point d'en oublier tout le reste.

Je nous emmène dans un parc national où il y a des tables de pique-nique. Des pique-niques, je nous en ai préparé deux, et bien qu'Ashley ait l'air de quelqu'un qui ne mange qu'un demi-repas par jour, j'espère qu'A s'efforcera de manger comme les gens normaux. Quelques personnes se trouvent dans le parc, mais j'essaie de les éviter. Cette journée n'est réservée qu'à nous deux.

Mon téléphone est éteint. Je suis ici, maintenant.

– J'adore cet endroit, déclare A.

– Tu n'es encore jamais venue ici ?

Elle secoue la tête.

– Pas que je m'en souvienne. Même si ce n'est pas impossible. Au bout d'un moment, tout se mélange dans ma tête. Et certains jours, je n'ai pas été très attentive.

Je sais qu'aujourd'hui elle l'est, attentive. Elle me sourit tandis que je coupe le contact. Elle me regarde me diriger vers le coffre. Elle semble ravie quand je sors le panier à pique-nique.

Le panier est accompagné d'une couverture, que je déplie comme une nappe sur la table de pique-nique – pourquoi s'asseoir par terre quand l'on met une table à votre disposition ? Puis je sors toute la nourriture que j'ai apportée : aucun gros plat, seulement de petites choses genre chips, salsa mexicaine, pain, fromage, houmous et olives.

– Tu es végétarienne ? demande A.

Je hoche la tête.

– Et pourquoi ça ?

J'en ai marre qu'on me pose cette question. C'est aux mangeurs de viande qu'on devrait plutôt la poser, non ? Et, chaque fois, les gens semblent s'attendre à une réponse complètement dingue. Prenant un air tout à fait sérieux, je décide donc de ne pas décevoir A :

– Parce que j'ai une théorie : lorsque nous mourrons, ce sera au tour des animaux que nous avons mangés de nous dévorer. Autant dire que, pour les carnivores, le purgatoire risque de durer longtemps.

C'est amusant de voir une grimace déformer les traits parfaits d'Ashley.

– Tu crois vraiment à ce que tu dis ?

Je pouffe de rire.

– Bien sûr que non, c'est juste que j'en ai assez qu'on me pose la question. Je suis végétarienne parce que je ne veux pas manger d'autres créatures douées comme nous de sensibilité. Et puis, c'est sans doute mieux pour l'environnement.

– Je te l'accorde.

Néanmoins, je ne suis pas sûre de l'avoir convaincue.

« Peut-être que ça viendra, au fil du temps », me dis-je.

Puis : « Quoi ? »

Je ne dois pas penser au temps, à la durée. Pour nous, il y a un jour, suivi d'un autre jour, suivi d'un autre jour. Peut-être.

Quand ça va mal avec Justin, l'interrogation qui me vient à l'esprit est : à quoi bon ? Pourquoi tant d'efforts ? À quoi ça sert de vouloir prendre deux personnes et les mettre en couple ? Les choses qu'on gagne valent-elles vraiment celles qu'on perd ?

Je m'interroge désormais de la même façon au sujet d'A. Nous parlons de nos mets préférés, des meilleurs repas que nous avons mangés, des aliments que nous détestons… Lorsqu'elle me pose des questions, j'ai plaisir à lui répondre, et lorsque vient mon tour, j'aime ses réponses. Si c'était un rendez-vous galant, on en conclurait qu'il se passe très bien. Mais une partie de moi se tient à distance, observe la scène, tout en se demandant : « Qu'est-ce qui se passe, au juste ? Et est-ce que ça en vaut la peine ? »

Une fois notre repas terminé, nous rangeons les restes dans le panier et remettons celui-ci dans le coffre. Puis, sans nous concerter, nous nous retrouvons à flâner dans les bois. Le chemin est tout tracé : nous passons entre les arbres, là où il y a le plus d'espace et le moins d'obstacles.

Quand nous sommes seuls, quand nous nous promenons ainsi, toute la conversation qui se trouvait à la périphérie se déplace au centre de notre pensée. « Qu'est-ce qui se passe ? » Je ne peux pas répondre toute seule.

– J'ai besoin de savoir ce que tu veux, dis-je.

Ma demande n'a pas l'air de la surprendre. S'il s'agissait de Justin, j'aurais droit à un : « Qu'est-ce qui te prend ? » Mais A répond du tac au tac :

– Je veux qu'on soit ensemble.

Elle (il ?) dit ça comme si c'était facile. Mais je ne vois pas comment cela pourrait l'être, alors que chaque jour elle se présente à moi dans un corps différent. Bavarder avec l'un ou l'autre de ces corps ne me pose pas particulièrement problème. Mais pour ce qui est de l'alchimie, pour ce qui est de donner vie à cette partie-là de moi… certains jours, ça fonctionnera, d'autres – aujourd'hui, par exemple – non. Elle s'en rend forcément compte.

– Mais nous ne pourrons jamais être ensemble, dis-je d'un ton dont le calme m'étonne moi-même. Tu l'as compris, n'est-ce pas ? C'est pourtant évident.

– Non. Ça ne me paraît pas si évident.

C'est frustrant. Comme si je parlais à un enfant qui croit encore qu'il suffit de proclamer quelque chose à haute voix pour que cela devienne vrai. J'aimerais le croire, moi aussi.

M'arrêtant un instant de marcher, je pose une main sur son épaule. Il est dur de dire la vérité à quelqu'un qui ne semble pas du tout prêt à l'entendre.

– C'est quelque chose que tu dois accepter, A. Je peux avoir de l'affection pour toi, et toi pour moi, mais jamais ça ne marchera.

– Pourquoi ?

– Pourquoi ? (Ça m'exaspère de devoir expliquer l'évidence même.) Parce que tu pourrais te réveiller un matin à l'autre bout du pays. Parce que chaque fois que je te vois, j'ai l'impression de rencontrer quelqu'un de nouveau. Parce que je ne pourrai jamais compter sur toi. Parce que l'apparence aura toujours de l'importance. Comme aujourd'hui, par exemple.

– En quoi est-ce un problème ?

– C'est trop. Tu es bien trop parfaite. Je ne me vois pas assumer d'être au côté de quelqu'un… comme toi.

– Mais parce que c'est elle que tu regardes. Regarde-*moi* plutôt.

C'est pourtant bien ce que je fais.

– Désolée, mais je n'arrive pas à voir à travers elle. Et il y a aussi Justin. Je dois penser à Justin.

– Non, tu ne le dois pas.

Voilà qui me met en colère. Peu importe ce qu'il y a entre moi et Justin, ça ne peut pas être balayé d'une seule phrase.

– Arrête de croire que tu le connais, OK ? Combien d'heures as-tu passées dans son corps ? Quatorze ? Quinze ? Tu penses avoir tout appris de lui en une journée ? Et tu penses aussi tout savoir de moi ?

– Tu l'aimes parce que c'est un paumé. Crois-moi, j'ai déjà vu ça. Mais tu sais ce qui arrive aux filles qui sont amoureuses de paumés ? Elles finissent par se perdre, elles aussi. Ça ne rate jamais.

Je n'ai aucune envie d'écouter ça.

– Tu ne me connais pas…

– Mais je sais comment ça fonctionne ! s'écrie-t-elle, emplie de certitudes. Je sais qui il est. Il est loin de se soucier de toi autant que tu te soucies de lui… et autant que je le fais.

Hors de question d'écouter ça. À quoi cela m'avance-t-il ?

– Arrête ! C'est bon, arrête.

Mais elle n'a aucune intention de s'arrêter.

– Que crois-tu qu'il se passerait s'il me rencontrait dans ce corps-là ? Si nous sortions tous les trois ensemble, un soir ? Penses-tu qu'il s'intéresserait beaucoup à toi ? Il se fiche de *qui* tu es. Pour ma part, je te trouve mille fois plus attirante qu'Ashley. Mais crois-tu vraiment que Justin n'aurait pas envie de fricoter avec elle ?

– Il n'est pas comme ça.

Non, c'est vrai, il n'est pas comme ça.

– Tu en es sûre ? Vraiment sûre ?

– Très bien, dis-je. Dans ce cas, je l'appelle.

Je ne sais pas pourquoi je le fais, mais voilà : je sors mon téléphone, je l'allume, j'appelle Justin.

– Ouais, salut, répond-il.

– Salut ! dis-je d'un ton trop jovial que je corrige immédiatement. Tu as quelque chose de prévu, ce soir ? J'ai une amie qui est de passage en ville et que j'adorerais te présenter. On pourrait peut-être dîner tous les trois ?

– Dîner ? Il est quelle heure ?

– Là, il est seulement deux heures. À six heures, alors ? Au Clam Casino ? C'est moi qui invite.

– OK. Ça marche.

– Super ! À tout à l'heure !

Je raccroche avant qu'il puisse me demander de quelle amie il s'agit. Il va falloir que j'invente quelque chose.

– Tu es contente de toi ? demandé-je à A.

– Je n'en sais rien, répond-elle.

– Moi non plus.

Car, maintenant que je prends le temps d'y réfléchir, je ne sais plus trop pourquoi j'ai fait ça.

– À quelle heure a-t-on rendez-vous ?

– Dix-huit heures.

– OK, dit-elle. Eh bien, d'ici là, je veux tout te raconter. Puis ce sera ton tour de tout me raconter.


Tout.

Je commence par ma naissance. Mon père était en voyage d'affaires et ma mère toute seule à l'hôpital. Elle savait qu'elle attendait une fille. Un soir, après quelques bières, mon père m'a raconté comment elle a crié mon nom juste au moment où je sortais de son ventre. Comme si j'avais pu l'entendre m'appeler. Comme si lui avait été présent ce jour-là.

Lorsque j'étais toute petite, nous déménagions souvent, mais je n'en garde guère de souvenirs. En fait, mon premier souvenir, c'est celui du jour où Liza m'a cachée sous le lit de nos parents. Je la revois en train de me dire de ne pas faire de bruit. Je me rappelle leurs pieds et leurs voix tandis qu'ils nous cherchaient. Je ne me souviens pas du moment où ils nous ont trouvées.

Je livre à A tous ces petits détails, comme autant de pièces de Lego dont je ne sais pas ce qu'elles construisent. Mais je sens qu'A les assemble, en forme une histoire, rien que parce qu'elle en éprouve le désir.

Je lui demande à quel moment elle a compris ce que son existence avait de si spécial. Elle me dit que, jusque vers quatre ou cinq ans, elle se croyait normale – persuadée que tout le monde se réveillait chaque matin avec de nouveaux parents, une nouvelle maison, un nouveau corps. Car, lorsqu'on est petit, les gens sont prêts à vous réexpliquer le monde tous les jours. Si vous faites une erreur, ils vous corrigent. Si vous avez un doute, ils vous montrent la marche à suivre. Vous n'êtes pas censé savoir grand-chose sur la vie.

– Ce n'était jamais un gros problème, continue-t-elle. Je ne me considérais pas comme un garçon ou comme une fille – et cela est toujours valable aujourd'hui. J'étais soit l'un, soit l'autre; peu importe, je changeais de sexe comme de vêtements. Ce qui m'a posé des difficultés, en revanche, c'est le concept du lendemain. Car, au bout d'un moment, j'ai remarqué que les gens parlaient souvent de ce que nous ferions le jour d'après. Ensemble. Si je les contredisais, ils me regardaient d'un air étrange. J'avais beau leur dire : « Mais tu ne seras pas là ! », ils me répondaient systématiquement : « Évidemment que je serai là ! » À mon réveil, cependant, tous ces gens avaient disparu. Et mes parents du moment ne comprenaient pas la raison de ma tristesse.

Je m'efforce de m'imaginer vivant une situation pareille, mais c'est impossible. Je ne crois pas que je serais parvenue à m'y habituer. A poursuit :

– Il n'y avait que deux options : soit quelque chose clochait chez les autres, soit c'était chez moi que ça clochait. Soit ils ne voulaient pas voir la vérité en face – nous nous quittions tous à la fin de la journée –, soit j'étais le seul à m'en aller.

– Tu as essayé de t'accrocher ? De rester là où tu étais ?

– Je suis sûre que oui. Mais je ne m'en souviens plus. Ce dont je me rappelle, ce sont mes pleurs et mes protestations – je t'en ai déjà parlé. Pour le reste, c'est le black-out. Tu as beaucoup de souvenirs de l'époque où tu avais cinq ans, toi ?

Elle a raison.

– Pas vraiment. Peut-être le jour où ma mère nous a emmenées, ma sœur et moi, dans un magasin pour acheter une paire de chaussures avant notre entrée en maternelle. Le jour où j'ai appris que l'on devait rouler au feu vert et s'arrêter au feu rouge.

– Les lettres, je les ai apprises très rapidement, dit-elle. Je me souviens que certains instituteurs étaient surpris que je les connaisse si jeune. Ils ont d'ailleurs dû être encore plus étonnés le lendemain lorsque mes hôtes, filles ou garçons, les avaient complètement oubliées !

– Un enfant de cinq ans ne réalise sans doute pas lorsqu'il « perd une journée ».

– Probablement pas, non. C'est difficile à dire.

Je ne peux pas m'empêcher de m'interroger à propos des gens dont A emprunte le corps le temps d'une journée. Que ressentent-ils le lendemain ? Je pense à Nathan qui ne m'a pas reconnue. Et, surtout, je pense à Justin.

– Je t'avoue que je continue de poser des questions à Justin à ce sujet, à propos de *notre* journée. C'est assez incroyable de constater à quel point sa mémoire s'est adaptée. Quand je lui rappelle notre virée à la plage, il sait de quoi je parle, mais n'en a pas pour autant de souvenirs précis.

– Pareil pour James, le jumeau, me confie-t-elle. Rien ne lui a semblé bizarre. Mais lorsque j'ai évoqué cette fille avec qui il a pris un café, c'était comme s'il avait tout oublié. Il se rappelait avoir passé un moment chez Starbucks, mais pas ce qu'il y avait fait précisément.

– Penses-tu que c'est toi qui choisis ce qu'ils vont garder en mémoire ?

– J'ai songé à ça, oui. Mais j'ignore si c'est le cas.

Pendant une minute, nous marchons en silence, puis nous nous arrêtons devant un arbre orné d'une série de nœuds le long du tronc. C'est plus fort que moi, j'ai envie d'en toucher un. A touche l'autre bord de ce nœud, puis en suit le contour jusqu'à ce que ses doigts rejoignent les miens. Mais je déplace ma main, continuant de tracer un cercle.

– Et l'amour ? demandé-je. T'est-il déjà arrivé d'être amoureuse ?

C'est ma façon de lui demander : est-ce que c'est possible ? Est-ce que ça peut marcher ?

– Amoureuse, je ne sais pas. Mais j'ai eu des coups de cœur, ça oui. Et certains jours, j'ai vraiment regretté de devoir m'en aller. Il y a même une ou deux personnes que j'ai essayé de retrouver, mais ça n'a mené à rien. Amoureuse… peut-être une fois, oui. D'un garçon qui s'appelait Brennan.

A s'interrompt. Fixe à nouveau son attention sur l'arbre, sur les nœuds.

– Parle-moi de lui.

– C'était il y a environ un an. J'avais un petit boulot dans un cinéma. Il n'était pas du coin, et rendait visite à des cousins. Je vendais du pop-corn, il s'est approché, on a un peu flirté et il y a eu… cette étincelle. Je me souviens, il n'y avait qu'une seule salle et, une fois que le film commençait, je n'avais plus grand-chose à faire. Une heure avant la fin, Brennan est sorti pour venir me parler. J'ai dû lui raconter la seconde moitié du film, afin qu'il puisse prétendre l'avoir vu en entier. Avant de partir, il m'a demandé mon adresse mail, et j'en ai aussitôt inventé une.

– Comme tu l'as fait avec moi.

Ainsi donc, contrairement à ce que j'avais imaginé, Nathan savait ce qu'il faisait.

– Oui, exactement. Il m'a écrit le soir même, avant de repartir dans le Maine le lendemain. Ces circonstances étaient idéales : notre relation pouvait ainsi se poursuivre uniquement sur le Net. J'ai gardé le prénom qui avait été le mien ce soir-là au cinéma, puis je me suis inventé un nom de famille et j'ai créé un profil de messagerie en me servant des photos récupérées sur le profil de mon hôte. Il s'appelait Ian.

Cela me surprend d'apprendre qu'A était un garçon amoureux d'un autre garçon. Peut-être parce que c'est la voix d'une fille qui me raconte cette histoire. Ou peut-être parce que j'imagine toujours qu'il s'agit d'une *fille* quand j'entends parler d'*un* petit ami. Je sais que c'est un préjugé, mais voilà, c'est ainsi que mon cerveau fonctionne.

Après que j'ai exprimé ma surprise, elle me demande si ça a de l'importance. Je lui réponds que non. Et, pendant qu'elle me raconte la suite de l'histoire – elle a tenté de faire vivre cette relation *via* Internet, mais Brennan voulait qu'ils se voient en vrai, et sachant que ce ne serait jamais possible, elle y a mis un terme –, j'essaie de me convaincre que ça n'a bel et bien *pas* d'importance. Ce qui est sans doute vrai pour elle (lui). Mais peut-être pas pour moi. En tout cas, pas entièrement.

A conclut ainsi le récit de sa relation avec Brennan :

– Je me suis juré de ne plus céder à la facilité, de ne plus vivre d'histoires virtuelles. Quel est l'intérêt du virtuel, s'il est condamné à ne jamais devenir réel ? Et je n'aurais jamais rien pu offrir de réel à qui que ce soit. Le mensonge était le seul présent que j'avais à donner.

– Même chose quand tu te fais passer pour le petit ami de quelqu'un, me semble-t-il.

Je n'ai pas pu résister à l'envie de lui rappeler cela.

– Je te l'accorde. Mais il faut que tu comprennes quelque chose : tu es une exception, Rhiannon. Et je n'ai pas supporté que notre histoire puisse se construire sur une tromperie. C'est pour cette raison que tu es la première personne à qui j'ai tout dit.

Je sais qu'il s'agit du plus grand compliment qu'A puisse me faire. Mais je veux savoir pourquoi je le mérite. Je veux savoir comment A a décidé que j'étais *la* personne à qui elle pouvait se confier. Je veux savoir ce que ça signifie.

– C'est presque drôle. Tu trouves bizarre de n'avoir dit la vérité qu'à une seule personne, mais je parie que des tas de gens passent leur vie entière à mentir. Et je te parle de gens qui se réveillent chaque matin dans le même corps, et vivent tous les jours la même vie.

Voilà qui éveille sa curiosité.

– Y aurait-il quelque chose que tu ne m'as pas dit ?

« Je te connais depuis moins de quinze jours », ai-je envie

de lui rétorquer. J'aimerais pouvoir abaisser mes défenses aussi rapidement. Mais, même si A pense que je mérite qu'elle s'ouvre totalement à moi, à ce stade, c'est loin d'être encore réciproque. Et ce n'est pas dû à qui elle est, ou à ce qu'elle est. C'est simplement une question de temps.

Sa vie obéit à des règles bien précises, je l'ai compris. Mais la mienne aussi.

Je la regarde droit dans les yeux. Je ne suis pas en colère – je veux qu'elle le sache. Mais je suis très sérieuse.

– Si je ne te dis pas tout, c'est que j'ai une bonne raison. Ce n'est pas parce que tu te confies à moi que je dois pour autant me confier à toi. La confiance, ça ne fonctionne pas de cette manière.

– Très bien, dit-elle tout en ne parvenant pas entièrement à masquer sa déception. C'est de bonne guerre.

– Dans ce cas, passons à autre chose. Parle-moi de… je ne sais pas, ton année de CE2.

Il ne sert à rien de continuer de parler de « nous ». Pendant un moment, il va falloir que chacun parle de soi séparément.

Bien sûr, nos expériences se rejoignent. Nous avons toutes deux craint certains de nos profs. Nous nous sommes toutes deux perdues dans des parcs d'attractions. Avec des frères ou des sœurs, nous nous sommes toutes deux livrées à des bagarres qui n'épargnaient ni les cheveux ni les dents. Comme nous avons le même âge, nous avons grandi en regardant les mêmes séries télé. Sauf que, bien que nous ayons toutes deux rêvé de nous réveiller dans le corps de Hannah Montana afin de vivre sa vie le temps d'une journée, A, elle, pouvait croire que son rêve avait une chance de se réaliser.

Je l'interroge sur toutes ces vies, tous ces jours et les souvenirs qu'elle en garde. Le résultat, c'est une série d'instantanés, à mi-chemin entre le patchwork et le diaporama dans lequel on ne retrouve jamais les mêmes visages. Il y a toutes les « premières fois » : la première neige, le premier dessin animé Pixar, le premier animal domestique diabolique, le premier gamin qui vous harcèle à l'école. Et d'autres choses auxquelles je n'aurais jamais songé à prêter attention : la taille des chambres, les drôles de régimes que les parents imposent parfois à leurs enfants, l'envie irrépressible de chanter à l'église bien qu'on ne connaisse ni les mélodies ni les paroles. La découverte des allergies, des maladies, des difficultés d'apprentissage, du bégaiement. Tous ces événements qui vous définissent le temps d'une journée. Avant que commence un autre jour, et encore un autre jour.

Je m'efforce de la suivre. De partager certaines de mes propres « premières fois », de mes surprises. Mais elles ne sont jamais aussi neuves ni aussi étonnantes.

Nous parlons famille. Elle me demande si je déteste ma mère.

– Non. Je ne la déteste pas. Je l'aime, mais je voudrais aussi qu'elle se comporte… mieux. Je voudrais qu'elle arrête d'être tout le temps en train d'abandonner.

– Je n'arrive pas à imaginer ce que ça fait de retrouver les mêmes parents chaque soir.

– Personne ne peut vous mettre autant en colère ; en même temps, il n'y a personne que vous puissiez aimer davantage. Je sais que ça n'a pas de sens, mais c'est vrai. Tous les jours qu'elle passe à rester assise à la maison, elle me déçoit. Pourtant, je sais qu'elle serait prête à tout pour moi.

Cela me fait bizarre d'énoncer ça tout haut. Jamais je ne le dirais à ma mère, ni même ne le penserais en sa présence. Mais peut-être le devrais-je. Je ne sais pas.

Bien que j'appréhende la réponse, je demande à A si elle a toujours été dans le coin, ou si elle se retrouve parfois dans des corps habitant dans d'autres régions. En d'autres termes, je veux savoir si un jour elle sera trop loin pour que nous puissions nous voir, s'il est possible qu'elle se réveille à l'autre bout du monde.

– Ça ne marche pas comme ça, m'explique-t-elle. Sincèrement, je ne sais pas pourquoi les règles sont ce qu'elles sont, quoi qu'il en soit, je ne me réveille jamais loin de l'endroit où je me trouvais la veille. Oui, il y a des règles, mais je ne les comprends pas bien. Un jour, j'ai tenté de dresser un tableau des distances entre mes différents corps. J'ai voulu voir si on pouvait établir un lien mathématique. Or, mathématiquement, ça n'avait aucun sens. Comme si c'était dû au hasard, mais un hasard comportant certaines limites.

– Donc tu ne partiras pas ?

– Pas rien qu'en me réveillant quelque part. Mais si le corps que j'occupe s'en va ailleurs, je m'en vais avec lui. Et ce lieu d'arrivée devient mon nouveau lieu de départ. C'est de cette façon que je me suis retrouvé dans la région. À cause d'une fille en voyage scolaire à Washington : comme son école n'avait pas de gros moyens, ils ont pris un hôtel en banlieue – dans le Maryland. Le lendemain matin, je ne me suis plus réveillée dans le Minnesota. J'étais resté à Bethesda.

– Bon, eh bien à partir de maintenant, évite les voyages scolaires, d'accord ?

C'est dit sur le ton de la plaisanterie, mais je suis très sérieuse.

– Pas de voyages scolaires, promet-elle avant de m'interroger sur mes propres expériences touristiques.

Je lui avoue que, depuis que ma famille s'est elle-même installée dans le Maryland, je n'ai pas vraiment eu l'occasion de voyager. Même Washington me semble bien loin. Mes parents n'aiment pas trop bouger.

Elle me demande où j'aimerais aller.

Paris. Mais j'ai honte de ma réponse, parce que j'ai l'impression que c'est le rêve de toutes les filles.

– Moi aussi, j'ai toujours voulu y aller, me confie A. Ainsi qu'à Londres.

– Et en Grèce !

– Et à Amsterdam.

– Oui, à Amsterdam.

Tout en flânant dans ces bois, nous projetons de parcourir le monde entier. Et, dans le même temps, tandis que nous sinuons entre les arbres, toutes les années que nous avons déjà vécues semblent à portée de main. Nous retournons à la voiture pour refaire le plein de chips et d'olives. Puis nous partons nous promener dans une autre direction, en reprenant le cours de notre conversation. C'est incroyable le nombre d'histoires qu'il y a. Si elles ne cessent de resurgir, c'est parce qu'elles se répondent entre elles. J'en raconte une, qui en évoque une chez A, qui à son tour en appelle une chez moi, et ainsi de suite.

« Jamais je ne parle de cette façon », me dis-je, avant de faire le rapprochement avec ce qu'A m'a déclaré : « Tu es la première personne à qui j'ai tout dit. »

Oui, A est la première personne à qui j'ai raconté la plupart de ces histoires. Parce qu'A est la première personne à écouter, à entendre, à désirer connaître.

C'est peut-être injuste envers Justin. Car ai-je vraiment essayé de partager beaucoup de ces choses avec lui ?

Seulement sur la plage. Seulement ce jour-là.

En pensant à Justin, voilà que je me rappelle ce dîner stupide que nous avons prévu. Je regarde mon téléphone et découvre qu'il est déjà cinq heures et quart.

Trop tard pour annuler.

– On ferait mieux d'y aller, dis-je à A. Justin va nous attendre.

Ni elle ni moi n'en avons envie. Tout ce que nous voulons, c'est rester ici, préserver ce moment.

J'ai l'impression d'avoir commis une erreur.

J'ai l'impression que nous nous apprêtons à faire une grosse, grosse bêtise.

# 13

Pendant le trajet en voiture, nous essayons tant bien que mal de poursuivre notre conversation ; néanmoins, il me semble que nous sommes toutes deux préoccupées par ce que nous sommes sur le point de faire. C'est affreux de penser que nous comptons lui jouer un bien vilain tour. Et, plus affreux encore, j'ai vraiment hâte de savoir comment il se comportera.

Comme j'ai eu le temps de m'habituer à l'apparence physique d'Ashley, je suis étonnée par les réactions lors de notre arrivée au Clam Casino, un restaurant de fruits de mer. L'employé qui accueille les clients n'est autre que Chrissy B., un type qui était au lycée avec moi. Diplômé l'année dernière, il voulait se lancer dans la comédie musicale. Pour l'instant, il se contente de chanter *Happy Clamday to You !* avec ses collègues aux clients qui fêtent leur anniversaire ici et ont donc droit à une bougie plantée dans une moitié de coquillage. Question ringardise, cet endroit est une calamité, mais au moins on y mange bien.

Dès le premier regard qu'il pose sur elle, Chrissy B. se comporte avec Ashley comme avec une star. Je ne l'ai jamais vu se tenir aussi droit, ni porter sa pile de menus aussi solennellement. C'est comme si j'étais invisible, du moins jusqu'à ce que je lui dise bonjour et lui demande si Justin est là. Semblant regretter de devoir me prêter attention, Chrissy B. me répond que non, Justin n'est pas arrivé. Je lui dis que nous allons patienter. Justin n'aime pas que je m'assoie avant lui – sans doute parce que alors nous sommes obligés de rester, or, parfois il change d'avis au dernier moment.

Tandis que nous l'attendons, je remarque que de nombreuses personnes observent Ashley. A le remarque-t-elle aussi ? En tout cas, elle ne se démonte pas. Moi, ça ne me plaît pas. Certains de ces types la reluquent si ouvertement, si voracement… mais pour qui se prennent-ils ? Parmi les femmes, certaines sont admiratives, d'autres jalouses. Le physique d'Ashley ne laisse personne indifférent. Si j'étais elle, j'aurais l'impression d'être un insecte prisonnier d'un pot en verre.

Justin entre dans le restaurant dix minutes après nous, ce qui signifie qu'il n'a que cinq minutes de retard.

C'est moi qu'il aperçoit en premier, et vers qui il se dirige. Puis il voit Ashley, et se fige un instant. Son attitude n'est pas immédiatement prédatrice, comme celle des autres gars. Non, il est simplement abasourdi. Il n'en revient pas.

– Salut, dit-il.

C'est un moment un peu étrange, parce que, habituellement, je l'embrasse pour lui dire bonjour. Mais je n'ai pas envie de le faire devant A.

– Ashley, je te présente Justin, dis-je. Justin, je te présente Ashley.

Ashley lui tend la main. Ce n'est pas un geste très naturel pour elle, et je retiens un petit rire nerveux. Justin lui serre la main, tout en détaillant son corps des pieds à la tête.

– Laissez-moi vous conduire à une table ! s'exclame Chrissy B. d'une voix flûtée, comme s'il était temps pour lui d'entrer en scène dans cette petite production amateur.

Tandis que nous traversons la salle, d'autres têtes se tournent. S'ils imaginent un couple au sein de notre groupe, c'est Ashley et Justin, avec moi reléguée dans le rôle de la troisième roue du carrosse.

Je ne sais ni quoi dire, ni quoi faire, ni surtout comment m'y prendre pour expliquer Ashley à Justin. Et maintenant que nous sommes là, je ne veux surtout pas qu'ils s'entendent bien, ces deux-là. Je ne veux pas qu'il tombe sous son charme. Qu'il la regarde comme il ne m'a jamais regardée. Pas question de subir une telle humiliation.

– Alors, dit Justin une fois que Chrissy B. a distribué les menus et s'est éloigné pour nous laisser le temps de choisir, vous vous connaissez d'où, toutes les deux ?

Tout ce qui me vient à l'esprit, c'est la vérité… mais ça ne va pas faire l'affaire.

Heureusement, A se lance sans hésiter :

– Ah, c'est une histoire vraiment marrante ! (C'est comme si sa voix en riait déjà et ne doutait pas que nous allions très bientôt en rire nous-mêmes.) Ma mère était la meilleure amie de sa mère au lycée. Puis nous avons déménagé quand j'avais huit ans. Ma mère ne supportait pas le froid, alors nous nous sommes installés à L.A. Mon père a trouvé du boulot sur les plateaux de cinéma, et ma mère à la bibliothèque du centre-ville. Je ne pensais pas que je me ferais à L.A., mais il n'y a pas eu de problème. À dix ans, j'ai dit à ma mère que je voulais tourner dans des pubs – pas que je voulais devenir *actrice*, mais que je voulais tourner dans des *pubs* ! Et, à partir de là, j'ai commencé à faire de la figuration et à passer des auditions pour un tas de séries télé. Je n'ai encore rien décroché de très important, mais il s'en est fallu de peu. Et, régulièrement, ma mère et moi, on s'octroie un petit séjour ici, histoire de revoir la famille et les amis. Rhiannon et moi, avant, on se voyait tous les deux ans, mais cette fois-ci, ça fait plus longtemps, non ? Ma dernière visite, c'était il y a quoi, trois ans, quatre ans ?

– Oui, dis-je, parce que je sens que je suis censée dire quelque chose. Ça devait être il y a trois ans.

A s'en donne à cœur joie avec cette conversation. Et avec Justin, aussi. Je m'aperçois qu'elle frotte sa jambe contre celle de mon petit ami. Il ne le lui rend pas, mais il ne s'écarte pas non plus.

C'est n'importe quoi.

Je savais que je ne pourrais pas rivaliser avec Ashley. Alors qu'est-ce que j'ai fait ? Je nous ai mises en concurrence directe.

Je ne peux en vouloir qu'à moi-même.

– T'as tourné dans des séries que j'aurais pu voir ? s'enquiert Justin.

Elle lui raconte qu'elle a tenu le rôle d'un cadavre dans une série centrée sur la police scientifique, et qu'elle a participé à une soirée filmée pour une émission de télé-réalité. Et, le plus ridicule de tout, c'est que j'y crois. Je l'imagine en effet allongée sur une table d'autopsie, ou plaisantant avec une célébrité *has been* quelconque.

– Mais L.A., c'est quand même le royaume du toc, confesse Ashley lorsqu'elle en a terminé avec son CV. C'est pour ça que je suis contente d'avoir une vraie amie comme Rhiannon.

Elle prend ma main et la serre. Ce geste a quelque chose de rassurant.

Notre dîner arrive, et Ashley se met à parler de garçons, mentionnant notamment un « moment spécial » qu'elle a partagé avec Jake Gyllenhaal dans une espèce de château. Tandis qu'elle évoque cette rencontre, c'est la main de Justin qu'elle n'arrête pas de toucher. Et ça, ce n'est pas du tout rassurant.

Heureusement, Justin a besoin de ses mains pour découper son sandwich au homard. Je demande à Ashley comment vont ses parents. Elle me fait une réponse parfaite. D'ailleurs, Justin ne s'intéresse pas vraiment à ses parents, et c'est tant mieux.

Mais, une fois qu'il en a terminé avec son sandwich et qu'il a de nouveau les mains libres, Ashley joue le tout pour le tout. Adoptant une attitude défensive, je prends moi-même la main de Justin, toute poissée de homard. Il ne me repousse pas mais, de toute évidence, il ne comprend pas ce que je fais. J'essaie de frotter ma jambe contre la sienne, hélas, je ne suis pas assise dans la bonne position, du coup tout le monde croit que je cherche à récupérer une serviette tombée sous la table.

C'est le moment que choisit Chrissy B. pour revenir nous voir.

– Comment ça se passe ? demande-t-il sans quitter Ashley des yeux.

– Impeccablement bien, vraiment, vraiment, ronronne-t-elle.

« Mais d'où sors-tu ? » Voilà ce que je ne peux pas m'empêcher de me demander.

Chrissy B. pivote sur ses talons et s'en va, ravi.

Je n'ai qu'une envie, demander l'addition. Ce repas est beaucoup trop éprouvant pour moi. Justin ne me regarde pas. Il ne me voit pas. Il ne capte pas mon appel au secours.

Il faut que je me calme. Si j'ai l'air mal dans ma peau ou possessive, Ashley n'en paraîtra que plus attirante encore.

– Je m'absente un instant, dis-je en posant une main sur le bras de Justin.

Il me lance un regard du genre : « Tu n'as pas besoin de ma permission pour aller aux toilettes, Rhiannon. »

Je n'ai pas besoin de faire pipi. J'ai besoin de me contempler dans le miroir et de me demander ce que je veux véritablement. J'ai besoin de m'asperger le visage d'eau afin de me réveiller de ce cauchemar… Mais, comme j'ai peur que quelqu'un entre à ce moment-là, je me contente de me dévisager dans la glace. Ce que je vois, c'est une fille qui n'est pas laide, mais qui ne sera jamais, jamais Ashley. Une fille à laquelle Justin est désormais habitué. Une fille profondément banale, qui a soumis son petit ami à la tentation d'une fille bien plus excitante.

Je suis tellement idiote. Tellement, tellement idiote.

Surtout quand on pense que je viens de les laisser seuls…

Bien que je n'aie rien touché dans les W.-C., je me lave les mains. Puis, vaillamment, je les rejoins à table. Je vois tout de suite que leur conversation a pris un tour très sérieux. Il se passe quelque chose.

Sans même attendre de m'asseoir, je les interromps :

– Je ne veux pas jouer à ça, dis-je à A. Arrête.

– Je n'y suis pour rien ! s'écrie aussitôt Justin, qui a néanmoins l'air coupable. C'est ton amie qui devrait se calmer.

– Je ne veux pas jouer à ça, répété-je – cette fois-ci à leur intention à tous les deux.

– Comme tu voudras, dit A. Excuse-moi. Je suis désolée.

– J'espère bien que tu es désolée ! grogne Justin. Je ne sais pas quelles mœurs vous avez en Californie, mais ici, on ne se conduit pas de cette manière !

Il se lève. Je voudrais leur demander ce qui s'est passé entre eux. Sauf que je ne veux pas le savoir.

– Je crois que j'en ai assez vu, déclare-t-il.

Puis, sans crier gare, il m'embrasse. J'ai envie de croire que ce baiser m'est destiné, mais il est pour elle. C'est indéniable.

Je n'en veux pas.

– Merci, ma puce, dit-il. Je te vois demain.

C'est tout. Il s'en va, il ne se retournera pas. Je le suis des yeux alors même qu'il est hors de ma vue.

C'est moi qui ai fait ça. Moi, rien que moi. Tendre ce piège, puis tomber moi-même dedans.

J'observe Ashley tout en me rasseyant. Elle a l'air de quelqu'un qui vient d'être témoin d'un accident de voiture. À moins qu'elle se soit trouvée à la place du conducteur.

– Je suis désolée, vraiment, me répète A.

– Non, c'est ma faute. J'aurais dû me douter que c'était une mauvaise idée. Je t'avais bien dit que tu ne pouvais pas comprendre. Tu ne peux pas saisir ce qu'il y a entre nous.

Chrissy B. est de retour et nous demande si nous souhaitons prendre un dessert. Non, je lui réponds, juste l'addition. Il l'a à la main.

– C'est moi qui vous invite, dit A en sortant de l'argent.

– Ce n'est même pas le tien, lui fais-je remarquer. Je vais payer.

J'envoie un texto à Justin pour lui présenter mes excuses. Je promets de l'appeler dès que je serai chez moi. C'est horrible, mais je regrette qu'Ashley n'ait pas pris sa voiture. J'aurais voulu mettre un terme à cette soirée ici et maintenant. Et cela me soulage de savoir que, demain, A se réveillera dans un autre corps. De me dire que je ne reverrai jamais Ashley.

Ce n'est qu'en les séparant dans mon esprit que je peux m'accrocher à A, et à tout ce qui s'est passé avant notre arrivée au restaurant. N'empêche qu'il y a quand même eu des dégâts. A ne m'a pas blessée… mais m'a laissée me blesser toute seule. Ce qui est presque la même chose.

De retour dans ma voiture, elle s'excuse à nouveau. Je comprends pourquoi Justin en a vite assez quand je lui répète que je suis désolée.

Au bout d'un moment, elle arrête, se rendant compte que je préfère qu'elle se taise.

Puis nous arrivons enfin chez elle.

– J'ai passé une super journée, dit-elle. Jusqu'à ce que.

– Oui. Jusqu'à ce que.

– Il va s'en remettre, m'assure-t-elle. Je suis sûre qu'il me prend pour une Californienne un peu dingo, c'est tout. Ne t'inquiète pas.

Facile à dire. Trop facile.

– On se parle bientôt, conclut-elle.

Si nous étions venues ici directement depuis la forêt, je me demande ce qu'il se passerait maintenant. Me risquerais-je à l'embrasser, même dans le corps d'Ashley ? Nous sentirions-nous invincibles ?

– On se parle bientôt.

Je lui fais écho alors que je n'ai aucune idée de ce que nous pourrons bien nous dire.

Ce n'est pas le moment de me soucier d'A.

Je dois récupérer Justin.

# 14


Je n'attends pas d'arriver chez moi. M'éloignant de la maison d'Ashley, je tourne à l'angle d'une rue, puis me range le long d'un trottoir et l'appelle.

Comme il n'a pas répondu à mon SMS, j'ai peur qu'il ne décroche pas. Mais si.

– Oui ?

J'entends la télévision qui fait un boucan d'enfer derrière lui.

– Je suis vraiment désolée.

– C'est pas ta faute. Je sais pas où t'as trouvé ta salope de copine noire, mais laisse-moi te dire que cette fille n'est *pas* ton amie. Mais alors pas du tout.

– Je sais. C'était idiot de ma part de te proposer de nous rejoindre. J'aurais dû gérer ça toute seule.

– Elle était hors de contrôle. Complètement hors de contrôle.

À plus d'un titre. Si seulement il savait…

– Il faut croire qu'avec un physique pareil, c'est inévitable, dis-je.

– C'est pas une excuse. Sûrement pas. Quelle *salope* !

« Ce n'était pas vraiment elle, ai-je envie de lui expliquer. Cette fille, tu ne l'as en fait pas rencontrée. »

– On se voit demain matin, lance Justin.

C'est sa façon de m'informer que le sujet est clos.

– À demain. Et encore désolée.

– Arrête. C'est pas grave.

Il se trompe.

Je me demande si Ashley est la seule à avoir momentanément perdu le contrôle de sa vie. Peut-être est-ce mon cas aussi. Peut-être ai-je besoin de me concentrer sur des choses réelles, plutôt que sur des fantasmes. Même si A est réel, A ne sera jamais constant. Justin est ce qu'il y a de constant dans ma vie.

J'ai peur que Justin m'en veuille à cause de ce qui s'est passé, mais c'est surtout à Ashley qu'il en veut. Ce matin, lorsque nous croisons nos amis dans le couloir avant l'appel, il s'empresse de leur raconter les événements d'hier.

– Rhiannon a une copine californienne qui est une sacrée petite salope ; hier soir, elle m'a branché alors même que Rhiannon était assise à côté de nous ! C'était incroyable. Cette bombasse n'arrêtait pas de se frotter à moi. À la fin, j'ai dû lui dire de se calmer, et Rhiannon lui a passé un savon. Je vous jure, c'était n'importe quoi.

– C'est du délire ! s'exclame Steve.

– Ouais, je te le fais pas dire.

Je sais que c'est comme ça que les garçons parlent entre eux. Je sais que la conclusion de cette histoire, c'est que c'est moi qu'il a choisie. Mais quand même, il donne vraiment l'impression de se vanter. De vouloir raconter à tout le monde qu'une salope avec un physique de rêve était déterminée à coucher avec lui.

Je ne lui fais aucune remarque, préférant attendre qu'on passe à autre chose. Mais Rebecca a envie de rebondir :

– Qu'est-ce qui fait d'elle une salope, au juste ? Et si elle voulait simplement flirter un peu ?

– Laisse tomber, Rebecca. T'étais pas là pour voir comment cette petite salope noire se comportait – t'en aurais été sur le cul.

– Petite salope noire ? T'es sérieux, Justin ? (J'ai beau prier pour qu'elle ne se retourne pas vers moi, c'est exactement ce qu'elle fait :) Tu peux nous raconter ce qui s'est vraiment passé ?

– Il a raison, dis-je. C'était n'importe quoi.

Et voilà, maintenant Rebecca n'est plus seulement fâchée contre Justin, moi aussi, je la déçois.

– Ben voyons, Rhiannon. C'est du joli.

Justin cherche son regard pour la défier.

– Rebecca, t'étais même pas là. Et je peux dire d'une fille que c'était une salope noire si elle était noire et se comportait comme une salope. Je m'en tiens juste aux faits.

– Foutaises ! Qu'elle soit noire n'a rien à voir avec ton histoire, espèce de gros naze. Et je parie que si elle racontait sa version des faits, elle n'aurait rien d'une salope, en plus.

– En revanche, ça ne te pose pas de problème de me traiter de gros naze ?

– Premièrement, ça fait des années que je te traite de gros naze. Et deuxièmement, remarque que je ne te traite pas de gros naze blanc, car bien que ta blancheur contribue à te laisser croire que tu as tous les droits, je suis prête à laisser ça de côté pour affirmer que tu es un gros naze *universel*.

Il est plus que temps que je les interrompe :

– D'accord, on a compris où tu voulais en venir, Rebecca. Arrêtons là.

– Ouais, mon pote, dit Justin à Ben. Fais taire ta copine, OK ?

Évidemment, il cherche à mettre Rebecca encore plus en colère.

– Elle a raison, dit Ben. Sur ce coup, tu es un gros naze.

Je regrette que, par ma faute, Justin doive subir leurs attaques ; bien qu'il ait mal choisi ses mots, ce qu'il leur raconte correspond à la vérité. Ashley l'a bel et bien dragué. Certes, j'en avais donné la permission à A, mais Justin l'ignore. Il croit qu'une de mes copines a essayé de me piquer mon petit ami et, incontestablement, c'est là le comportement d'une salope. D'une salope *universelle*.

– Si vous ne changez pas tout de suite de sujet, je vais lâcher le plus gros pet que ce lycée ait jamais connu, nous menace Steve. Je vous aurai prévenus…

Rebecca se redresse sur sa chaise, l'air enfin prête à abandonner la conversation. Mais le regard qu'elle m'adresse ne laisse guère de doute : le moment venu, elle ne manquera pas de remettre les pieds dans le plat.

Et c'est en cours d'arts plastiques que j'y ai droit :

– Pourquoi le laisses-tu te parler sur ce ton ? me demande-t-elle. Ça ne te dérange pas de rester là à le regarder cracher sur tout le monde ?

– Rebecca, il faut que tu gardes à l'esprit que…

– Non. Ne prends pas sa défense. Je ne sais pas qui est cette amie californienne, mais peut-être que c'est *elle* que tu devrais défendre. Parce que si tu le laisses la traiter de petite salope noire, il ne fait pas très bon t'avoir comme amie.

Attendez une seconde. Qu'est-ce qui se passe ? On se dispute au sujet de quoi, au fait ?

– Rebecca, pourquoi est-ce que tu t'énerves ? Je ne pige pas.

– Je m'énerve parce que ma meilleure amie sort avec un gros naze. Et j'ai beau le lui répéter tout le temps, elle me regarde comme si je lui déclarais que la Terre est ronde, alors qu'elle sait pertinemment qu'elle est plate.

– Ce n'était pas la faute de Justin. Cette fille a voulu lui tendre un piège. Il avait raison d'être énervé.

– Qu'est-ce que ç'a dû être dur pour lui d'avoir à supporter qu'une fille canon flirte avec lui. Je ne sais pas comment il a pu tolérer ça. Quelle pauvre victime !

– Ça ne s'est pas passé de cette façon, dis-je tout en regrettant de ne pas pouvoir tout lui expliquer.

– D'après la version de Justin, si. Une version par ailleurs raciste et sexiste – des éléments que tu ne remarques peut-être même plus.

– Bien sûr que si, mais… ce n'est pas lui. Il était en colère, c'est tout.

– Comme si ce qu'on dit quand on est en colère ne comptait pas ! Quel dommage qu'il n'y ait pas d'épreuve olympique où tu pourrais faire admirer ton art de te contorsionner dans tous les sens pour justifier ta relation avec ce type.

Je déteste la voir se servir de son intelligence pour *contorsionner* ce que je dis, pour m'humilier. Et je ne compte pas me laisser faire.

– Pourquoi as-tu un tel problème avec moi et Justin ? *Pourquoi ?* Ce n'est pas comme s'il me battait. Ce n'est pas comme s'il abusait de moi sexuellement. Ce n'est pas comme s'il me trompait. Pourquoi ne peux-tu pas simplement accepter que je voie chez lui des choses que tu ne vois pas ? Peut-être que si tu ne les perçois pas, c'est que tu es trop occupée à t'acharner sur lui.

– Alors comme ça, je m'acharne ? OK. Eh bien, toi, tu me fais peur. « Il ne me frappe pas. Il ne me viole pas. Il ne me trompe pas. » Non mais tu t'entends un peu ? Si c'est ça, tes critères – « Chouette, il ne me tape pas, alors tout va bien ! » –, il y a effectivement de quoi avoir peur. Je ne serais pas étonnée qu'à un moment ou à un autre tu aies eu recours à de telles justifications pourries. « Ah, ça ne marche vraiment pas bien entre nous, et il se comporte comme un con… mais au moins il ne me bat pas. » Montre un peu plus de respect envers toi-même, d'accord ?

Nous sommes en plein cours d'arts plastiques. Nous sommes censées dessiner une tortue endormie que Monsieur K. a apportée. D'autres élèves nous entendent probablement.

– On peut reprendre cette conversation à un autre moment, s'il te plaît ? dis-je en regrettant que cela sonne beaucoup trop comme une supplique.

Rebecca pousse un soupir.

– Je ne sais pas pourquoi je m'embête avec vos histoires. (Puis, secouant la tête, elle se corrige aussitôt :) Si, je sais très bien. C'est parce que tu es mon amie, Rhiannon. Et parce que ça me tue de te voir faire autant d'efforts pour que ça marche entre vous. Je sais que, pour l'instant, tu ne veux pas m'écouter, mais un jour, tu seras contente de te rappeler mes paroles. Elles pourront t'aider. C'est pour cette raison que je te livre mes pensées sur le sujet. Pour qu'elles puissent t'être utiles un jour. Et ce jour-là, tu pourras compter sur moi.

Quelle sagesse ! Quel altruisme ! J'ai envie de lui dire que j'ai déjà une conseillère d'orientation et que je n'ai pas besoin d'en avoir une seconde. J'ai envie de lui dire que je sens bien qu'elle aime me voir souffrir, parce que si je suis la patiente, alors à elle de tenir le rôle de l'infirmière, du médecin, de l'ange gardien. Une partie de moi lui en sait gré, une autre lui en veut beaucoup.

Elle se concentre sur son dessin et moi sur le mien. La tortue se réveille et tente de s'échapper à plusieurs reprises. Chaque fois, M. K. la rattrape. La première fois, les élèves éclatent de rire. La quatrième, ils commencent à perdre patience.

Quand je retrouve Justin à la fin des cours, nous ne mention-nons ni Ashley ni Rebecca. Arrivés chez lui, nous jouons aux jeux vidéo – je perds assez tôt dans la partie et dois me contenter de le regarder jusqu'à ce qu'il échoue, lui aussi. Puis il pose les mains sur moi et c'est le moment des câlins. Sans qu'aucun mot ne soit prononcé, je sais que cet après-midi nous allons aller jusqu'au bout. J'essaie de me laisser emporter, mais je n'arrête pas de me demander s'il ne préférerait pas que j'aie un corps différent – celui d'Ashley, par exemple. Puis, tandis que nous nous déshabillons et que les choses s'accélèrent, j'imagine ce que cela ferait de me retrouver dans le corps de Justin et de faire l'amour à Ashley. Cela me plairait-il ? Est-ce ce que je désire ? Sans doute pas. Mais maintenant, j'imagine l'inverse : et si A occupait actuellement le corps de Justin ? Et si c'était A qui me faisait l'amour, qui m'embrassait, couvert de sueur ? Je sais que ce serait différent. Je sais qu'il me regarderait davantage. Qu'il me sentirait davantage. Qu'il serait davantage présent. J'ai honte de penser à ces choses-là. De remplacer Justin par A dans ma tête. Dans mon imagination, je suis en train de tromper Justin, même si ça reste avec son corps que je le trompe.

C'est terminé avant que j'aie pu aller très loin. Justin me demande si je veux qu'il continue ; je lui dis que non, ça va. C'était bien. C'était super.

# 15

Ce soir-là, je consulte ma messagerie avant de me coucher. Aucun courriel de Justin. Rien de la part de Rebecca. Un tout petit mot d'A.

> J'ai besoin de te revoir
> A

Dans quel corps A peut-il bien se trouver ce soir ? Est-ce un corps avec lequel j'aurais aimé faire l'amour ? Est-ce mal de me poser ce genre de question ? Qu'est-ce qui m'arrive, bon sang ?

Je ne réponds à rien de tout ça. J'ai envie de voir A – évidemment.

Mais je ne sais toujours pas où cela va nous mener.

Le lendemain matin, quand je le retrouve, Justin est d'une humeur atroce. Encore un sermon à distance de son père. Encore une interro pour laquelle il n'est pas prêt.

J'essaie de me tenir solidement à ses côtés, me plaignant d'avoir moi-même un contrôle d'histoire aujourd'hui, lui racontant que c'était beaucoup plus agréable d'être en sa compagnie hier après-midi plutôt que d'être toute seule à étudier, et que donc je ne regrette rien. Bien sûr, je ne lui précise pas qu'une fois rentrée chez moi, j'ai pris le temps de réviser.

– Je déteste cet endroit de merde, lâche-t-il.

Il faut que je garde à l'esprit que je ne fais pas partie de cet endroit. Que ce n'est pas moi dont il parle.

C'est difficile de soutenir quelque chose que vous ne comprenez pas. C'est difficile d'être là pour quelqu'un qui ne vous confie pas où il en est.

– À tout à l'heure, lui dis-je, on se voit au déjeuner.

Il ne réagit même pas. Pourquoi réagirait-il ? Tout cela va de soi. Il sait très bien comment va se dérouler notre journée. Elles se déroulent toujours de la même façon.

Je marche vers ma salle de cours. Je parle aux mêmes gens que d'habitude. Je prête à peine attention à ma propre vie.

Je vais en espagnol et j'écoute les gens parler des merveilles de Madrid. Je vais en cours d'arts plastiques où j'ai du mal ne serait-ce qu'à soulever mon pinceau.

Puis je m'approche de la salle de maths et quelque chose à l'intérieur de moi se réveille. Je suis sur le qui-vive. Au lieu d'entrer dans la salle, je pivote sur mes talons et vois quelqu'un dans le couloir en train de me regarder. Immédiatement, je sais qu'A est revenu. A est ici.

C'est dans ses yeux. Ce garçon, avec sa mèche, son polo et son jean, ressemble à n'importe quel autre garçon. Mais ces yeux, cette façon de me regarder, ça ne peut être qu'A.

Je laisse derrière moi la salle de classe et la journée telle qu'elle était censée se dérouler. Autour de moi, tout le monde se précipite en cours alors que la seconde sonnerie retentit. Mais pas lui. Pas moi. Pas nous.

Nous. Je ne devrais pas penser à nous en tant que *nous*. Mais je ressens un *nous*. Ici, dans ce couloir, avant que ne soit prononcé le moindre mot, lui et moi formons un *nous*.

Je ne sais pas si je veux que ça soit le cas, mais *ça* ne me demande pas mon avis. *Ça* existe au-delà de mes propres frontières.

Tandis que les cours débutent, nous sommes là, seuls, ensemble. Je réfléchis à l'emploi du temps de Justin : c'est bon, il n'est pas dans les environs.

Nous sommes en sûreté. Même si je ne sais pas en quoi consiste exactement le danger.

– Salut, lui fais-je.

– Salut.

– Je me disais que tu viendrais peut-être.

– Tu m'en veux ? demande-t-il.

– Non, je ne t'en veux pas. Dire qu'avant de te connaître, j'étais une élève particulièrement assidue.

Il sourit.

– Oui, apparemment, je nuis à l'assiduité de pas mal de monde.

– C'est quoi ton nom, aujourd'hui ?

– A. Pour toi, ce sera toujours A.

– Ça marche.

Et oui, ça marche. Ignorer le nom de ce garçon me permet de penser à lui en tant qu'A.


Nous ne songeons même pas à nous échapper. J'ai toujours cette interro d'histoire, et mes rapports avec Justin sont suffisamment tendus en ce moment pour que j'évite de disparaître et d'avoir ensuite à lui mentir. Je peux rater le cours de maths, mais pas ceux qui suivront.

Cela fait un drôle d'effet de me promener le long des couloirs en sa compagnie. J'ai peur de croiser quelqu'un que je connais. Il ne me resterait plus qu'à expliquer qu'il s'agit d'un petit nouveau, à qui je suis chargée de faire visiter l'établissement.

– Est-ce que Justin est en cours ? me demande-t-il au moment où nous nous approchons des salles d'anglais.

– Oui, s'il a décidé d'y aller.

Je n'ai pas envie de rester dans les couloirs. Je l'emmène dans une salle vide et nous nous asseyons au fond pour que personne ne puisse nous voir à travers la vitre de la porte.

Avec ces bureaux à chaise intégrée, ce n'est pas facile de se tourner pour se faire face, mais nous y parvenons.

– Comment as-tu su que c'était moi ? demande-t-il.

– À ton regard. Personne d'autre ne m'aurait regardée de cette façon.

Quand il prend ma main, je me rends compte qu'elle n'attendait que ça. D'être prise, tenue. Ses mains à lui sont si différentes de celles d'Ashley ou de Nathan. Ou même de Justin, bien que ce garçon ait à peu près le même gabarit. Quoi qu'il en soit, nos mains ne s'entrelacent pas de la même façon que les fois précédentes.

– Je m'excuse pour l'autre soir, dit-il.

Bien que je n'aie pas envie de revenir sur le sujet, je veux clarifier certaines choses :

– C'est en partie ma faute. Je n'aurais jamais dû lui téléphoner.

– A-t-il dit quelque chose après coup ?

Bon. Je me sens obligée d'être honnête.

– Rien, si ce n'est qu'il n'arrêtait pas de t'appeler ma « salope de copine noire ».

– C'est charmant, estime A en faisant une grimace.

À nouveau, je ressens le besoin de prendre la défense de Justin.

– Je crois qu'il s'est rendu compte que c'était un piège. Enfin, rien de sûr. Mais il a senti qu'il y avait un truc pas net.

– Oui, c'est sans doute pour ça qu'il a réussi à passer le test.

Je lui reprends ma main.

– Tu n'as pas le droit de dire ça.

– Désolé.

Désolé. Il est désolé. Je suis désolée. Nous sommes tous tellement désolés. Et pourtant, je ressens une envie, un désir.

– Que veux-tu faire ? me demande-t-il.

À nouveau ce regard. Ces yeux. Qui ne s'excusent plus. Qui désirent.

Je ne me dérobe pas. J'essaie de m'en tenir aux faits. De repousser mes émotions.

– Que veux-tu que je fasse ? lui demandé-je.

– Ce que tu penses être le mieux pour toi.

Trop parfait, trop prémédité, trop éloigné de ce désir.

– Ce n'est pas la bonne réponse, dis-je.

– Pourquoi ?

– Parce que c'est un mensonge.

Il cligne des yeux.

– Revenons-en à ma première question. Que veux-tu faire ?

Comment lui expliquer que ce n'est pas ce que je *veux* qui compte. Je veux un million de dollars. Je veux ne jamais remettre les pieds dans une salle de cours, mais décrocher quand même un super boulot. Je veux être plus jolie. Je veux me téléporter à Hawaii. Vouloir, ça ne coûte rien, sauf quand vous essayez de le dépenser. « Que veux-tu faire ? » n'est pas la question qu'il doit me poser. Il faut qu'il me demande ce que je *peux* faire.

Comment le lui expliquer ?

– Je ne veux pas tout sacrifier pour quelque chose d'incertain, dis-je.

– Et que vois-tu d'incertain en moi ?

Il blague, n'est-ce pas ?

– Tu plaisantes ? Il faut vraiment que je te l'explique ?

D'un geste de la main, il écarte ce problème.

– En dehors de ça, bien sûr. Dans ma vie, personne n'a jamais compté autant que toi. Voilà ce qui est certain.

– Tu as fait ma connaissance il y a quinze jours à peine. Que peut-il y avoir de certain en quinze jours ?

– Personne ne me connaît aussi bien que toi, affirme-t-il.

– Mais la réciproque n'est pas vraie. Pas encore.

– Tu ne peux pas nier qu'il y a quelque chose entre nous.

Certes, je ne peux pas le nier. Mais je peux nier que ça signifie ce qu'il pense que ça signifie.

– Non, dis-je. Je te l'accorde. Quand je t'ai vu tout à l'heure… je n'avais pas conscience, avant ça, de t'attendre. Mais, une fois que je t'ai reconnu… mon attente a été comblée en une seconde. C'est vrai qu'il y a quelque chose entre nous. Mais ça ne m'apporte aucune certitude.

La sonnerie retentit, l'heure de cours se termine. Or, comme je comptais réviser l'histoire pendant les maths, il va maintenant falloir que je m'y mette. Je ne dois pas oublier que c'est ici qu'est ma vie, et que je ne peux pas me permettre de la faire dérailler.

– Il faut que je me prépare pour mon interro. Et toi, tu as une autre vie qui t'attend.

Je l'ai blessé. Je le vois sur son visage, dans ses yeux qui s'assombrissent.

– Ça ne te fait pas plaisir de me voir ? demande-t-il.

Tout n'est pas une question de plaisir.

– Si. Non. Je ne sais pas. On aurait pu croire que ça rendrait les choses plus faciles mais, au contraire, ça les rend plus compliquées.

– Alors il vaut mieux que je ne débarque pas à l'improviste ?

Est-ce une bonne chose ? Non. C'est une interruption à côté de laquelle tout le reste de ma journée paraît plus fade.

Je le sais d'instinct : je ne peux pas aller au lycée tous les matins en me demandant s'il s'y trouvera. Je ne peux pas scruter les yeux de tous les inconnus que je croise dans l'espoir qu'il s'agisse de lui.

– Pour l'instant, tenons-nous-en aux e-mails, tu veux bien ?

Je sens un frémissement sous sa peau – toute cette envie qui le parcourt comme un frisson. Je vois bien qu'il doit lutter pour faire bonne figure. Mais voilà. Ce n'est pas lui qui choisit. Ni moi.

La porte s'ouvre et une prof que je ne connais pas entre dans la salle.

– Vous n'avez pas le droit d'être ici, dit-elle en nous découvrant là. Pourquoi n'êtes-vous pas en cours ?

Je bredouille une vague excuse, une histoire d'heure de permanence. Puis je ramasse mon sac, en espérant qu'elle ne remarque pas qu'A, lui, n'en a pas.

Dans le couloir, il est temps de se dire au revoir. Je sais que je ne le reverrai plus jamais sous cet aspect-là. Quand je le reverrai, il aura les traits de quelqu'un d'autre. Quelqu'un qui n'arborera pas l'espoir qu'il affichait en me voyant ce matin.

Mais, même en m'éloignant de lui, je sens encore le lien qui nous unit.

À la fin des cours, je vais retrouver Justin devant son casier, mais il est déjà parti.

Je passe le reste de la journée et la soirée toute seule. Mes parents ne comptent pas.

# 16

Le lendemain, il y a quelque chose qui cloche. Justin m'adresse à peine la parole. Rebecca m'observe avec curiosité. Même mes profs semblent davantage conscients de ma présence dans la salle, et ne cessent de m'interroger. Pendant la pause déjeuner, je m'isole à la bibliothèque afin de terminer un devoir d'anglais.

En début d'après-midi, Preston m'envoie un texto pour me demander si j'ai envie qu'on se voie après les cours. J'ai l'impression que ça fait longtemps qu'on ne s'est pas parlé, lui et moi, et je suis contente qu'il y ait au moins une personne qui cherche à passer un peu de temps en ma compagnie.

Nous décidons de nous rendre dans le centre commercial où l'on trouve des vêtements à prix cassés ; Preston a un cousin qui travaille chez Burberry et qui l'a prévenu que le manteau dont il rêve depuis un moment est aujourd'hui soldé. Il est encore beaucoup trop cher, mais au moins il pourra l'essayer une dernière fois avant que quelqu'un d'autre ne l'achète.

Lorsque Preston monte dans ma voiture, je m'attends à ce que ce manteau soit notre premier sujet de conversation, mais, une fois qu'il a branché son iPod pour que nous écoutions Robyn, voilà ce à quoi j'ai droit :

– Allez, vas-y, accouche !

– De quoi suis-je censée accoucher ? lui demandé-je en sortant du parking.

Preston pousse un soupir on ne peut plus théâtral.

– Ne joue pas les innocentes. Je tiens de sources très sûres que tu as passé la matinée d'hier à te promener dans les couloirs avec un beau jeune homme que personne n'a jamais vu auparavant. Tu te serais même enfermée avec lui dans une salle vide – bien qu'à votre sortie rien n'ait laissé supposer que vous vous soyez livrés à des actes indécents. Apparemment, sa mèche est tellement longue que cinquante-huit pour cent de ces mêmes sources pensent qu'il était peut-être de mon bord. Ce qui serait la nouvelle la plus enthousiasmante à me parvenir depuis une bonne décennie. Tous les soirs, je prie pour qu'un bel homosexuel avec une mèche s'inscrive dans notre lycée, exactement comme Margaret priait pour avoir des seins et mon grand-père prie pour le salut éternel.

Attention. Ma première réaction serait de déclarer : « Je ne sais absolument pas de quoi tu parles. » Mais, de toute évidence, quelqu'un m'a vue. Plusieurs personnes m'ont vue.

Ma deuxième réaction serait de penser : « On l'a répété à Justin. Justin est au courant. »

Ma troisième réaction serait de hurler.

Ma quatrième, de pleurer.

Ma cinquième, celle que je suis, est de refouler toutes les autres réactions et de faire mine de prendre ça à la légère :

– Désolée, Preston, je ne sais pas du tout s'il est de ton bord. Il s'agissait juste d'un garçon qui compte peut-être s'inscrire dans notre lycée – ces derniers temps, je me suis mise à faire le guide, comme Tiffany. Il vit en Californie et il n'est même pas encore sûr que son père obtienne son poste ici. Et même si c'était le cas…, à aucun moment on n'a abordé la question de son orientation sexuelle.

– Ah.

Pauvre Preston, il a l'air si déçu.

– Désolée.

– Pas grave. Tout le monde a le droit de rêver, non ?

J'ai envie de lui dire que c'est peut-être mieux ainsi. Peut-être la vie réelle n'arrivera-t-elle jamais à la hauteur de ses rêveries amoureuses.

– Au fait, qui m'a vue ? lui demandé-je le plus délicatement possible. Enfin, qui *nous* a vus ?

– Kara Wallace et sa bande. Lindsay Craig pensait que vous étiez en train de vous tripoter dans la salle – mais ensuite elle vous a vus en sortir et, d'après elle, vous n'aviez pas l'air particulièrement débraillés. Kara était dans tous ses états, parce que son « gaydar » donnait des signaux positifs.

– Tu y crois vraiment, toi, à cette histoire de radar gay ?

Preston hoche la tête.

– Ça se sent, ces choses-là. Une certaine énergie se communique entre deux personnes. Je ne pourrais pas dire s'il s'agit de langage corporel ou d'une véritable réaction chimique. Mais ça se sent. C'est quelque chose qui se dégage des gens.

Je songe à A. À la façon dont j'ai su que c'était lui.

Puis j'écarte cette pensée pour le moment.

– Bon, cette rumeur, est-ce qu'elle s'est déjà répandue ? Est-ce qu'il faut que je m'inquiète qu'elle soit parvenue aux oreilles de Justin ?

– Justin ? Les cancans, il me semble que c'est pas trop son truc, non ?

Non, c'est vrai, mais je n'ai pas de mal à imaginer une cancanière pur jus comme Lindsay allant le voir pour lui faire part de ses théories : « Je pensais que ça pourrait t'intéresser de savoir que... »

Cela expliquerait qu'il se soit montré si peu communicatif aujourd'hui. Quoiqu'il pourrait y avoir mille autres raisons à ça. Et l'appeler pour faire toute une histoire à propos d'une simple rumeur – dont il n'a peut-être même pas eu vent – pourrait se retourner méchamment contre moi.

– Je serais toi, me dit Preston, je ne m'inquiéterais pas. La seule raison pour laquelle j'en ai parlé, c'était que ça m'intéressait très égoïstement. Honte à moi. Pauvre de moi.

Il ne plaisante qu'à moitié, et n'est qu'à moitié convaincant. Et cela m'inquiète.

– Est-ce que ça va ?

– Ça va, répond-il en souriant tristement. Même si ça irait beaucoup mieux si tu m'avais dit que tu avais déjà donné mon numéro de téléphone à ce garçon à la mèche.

– Qu'est-ce que ça a donné avec Alec ?

– Coupe de cheveux ringarde.

– Et avec ce garçon du Massachusetts avec qui tu discutais sur Internet ?

– Coupe de cheveux ringarde. Et habite trop loin.

– Donc il te faut impérativement une mèche ? Impossible que tu sois avec un garçon s'il n'a pas une mèche à la Justin Bieber ?

– S'il existe une exception, je ne l'ai pas encore rencontrée.

– Blague à part, tu crois vraiment à ces questions de « style » ? Il n'y a qu'un seul genre de personne qui te convient ? Tu n'imagines pas être avec quelqu'un qui n'y corresponde pas, même si il ou elle était super ?

– *Ou elle* ?

– Oui, pour peu que tu aimes quelqu'un suffisamment, est-ce que c'est vraiment important ?

– Je sais que tu aimerais que je réponde non, mais soyons sérieux une seconde. On est tous programmés pour aimer certaines choses et en détester d'autres. Un grand nombre de ces choses sont négociables, mais d'autres ne le sont pas. Ne me demande pas pourquoi – il me faudrait un doctorat et un microscope super puissant pour commencer à élaborer la moindre réponse. Pourrais-je aimer un garçon qui ne porte pas de mèche ? Oui, éventuellement. Pourrais-je aimer un garçon avec un *mulet* – tu sais, cette coupe avec les cheveux courts sur les côtés et longs dans le dos ? Beaucoup plus difficile à envisager. Pourrais-je aimer une fille avec ce même genre de coupe ? En tant qu'amie, oui. Mais – comment le dire – pour ce qui est d'avoir des *relations* avec elle ? Non. Ça ne m'intéresserait pas. Du tout. C'est exclu.

– Justement, ne regrettes-tu pas cette impossibilité ? Ne préférerais-tu pas que tout soit possible ?

– Si, sûrement. Mais ce n'est pas le cas. Désolé. Loin s'en faut. Pour preuve, ça fait deux ans que je suis amoureux en vain de notre ami commun, Ben. Tu vois, tout n'est pas possible. Par conséquent, tomber amoureux d'un garçon hétéro n'est pas recommandé.

Si cette nouvelle ne suffit pas à me faire quitter la route, je baisse néanmoins la radio pour mieux entendre.

– Quoi ? Tu es amoureux de Ben ?

– *J'étais* amoureux de Ben. Le genre d'amour qui ressemble à une salle de torture. Seigneur, que n'aurais-je pas fait pour, à, ou avec ce garçon. C'était avant qu'il se mette avec Rebecca. Enfin, ça a *commencé* avant qu'il se mette avec Rebecca.

Je me rappelle Ben il y a deux ans. Ben avec sa mèche.

– Mais tu savais pourtant qu'il n'était pas homo, n'est-ce pas ? Du moins je crois qu'il ne l'était pas… ou ai-je encore raté un épisode ?

– Non, tu as raison. (Preston détourne la tête, préférant regarder le paysage.) À l'époque, je m'étais simplement persuadé qu'une telle chose était possible. Il se trouve que c'était plus facile pour moi de faire mon coming-out en étant amoureux de quelqu'un. Comme si j'avais un but, comme si ma trajectoire avait une destination. Je sais que ça paraît idiot, et je sais qu'il n'avait rien fait pour mériter ça, mais il fallait que je me représente un avenir. J'ai donc décidé de découper Ben de la réalité pour le coller dans mon fantasme. Sur le moment, j'ai éprouvé beaucoup de sentiments forts, qu'il m'était nécessaire d'éprouver à ce stade-là. Puis j'ai dû lâcher l'affaire, passer à autre chose. Ben n'allait pas soudain se mettre à aimer les garçons, ni moi à aimer les filles.

Il y a une question que je dois poser à Preston – même si j'ai bien conscience qu'il va la trouver ridicule.

– Et s'il avait pu changer ? S'il avait pu se transformer en fille, et qu'ainsi vous ayez pu être ensemble ?

– Rhiannon, si j'avais voulu tomber amoureux d'une fille, j'aurais eu le choix parmi un tas de nanas extra. Ça ne marche pas comme ça.

Voilà, maintenant je me sens vraiment idiote.

– Je sais, je sais, dis-je. Pardon.

– Ce n'est pas grave. (Puis, me regardant à nouveau :) Qu'est-ce qui te tracasse, au juste ?

Certes, lui dire la vérité est inenvisageable. Mais, à condition que je demeure vague, nous pourrions peut-être quand même poursuivre cette conversation.

– Je m'interroge sur les raisons qui font que les gens restent ensemble, dis-je. Qui font qu'un lien se crée entre eux au départ, et que ce lien reste fort. Je voudrais que ce soit à cause de qualités intérieures : qui on est, ce en quoi l'on croit. Mais peut-être les qualités extérieures sont-elles tout aussi importantes ? Lorsque j'étais petite, ma plus grande peur était de tomber amoureuse de quelqu'un de moche. Genre Shrek. Puis je me suis mise à penser que mon amour, si tant est qu'il soit suffisamment fort, rendrait l'être aimé beau de toute façon. Et je veux le croire. Je veux croire que l'on peut aimer quelqu'un si fort que tout ça n'a plus aucune importance. Mais si je me trompais ?

Nous voilà arrivés au centre commercial. Je me gare sur le parking. Aucun de nous deux ne semble prêt à descendre de voiture.

Preston a l'air inquiet.

– C'est de Justin que tu me parles ? demande-t-il. Tu n'es plus attirée par lui ?

– Non, ce n'est pas ça.

– Alors, tu me parles de quelqu'un d'autre ?

– Non !

– Du calme, je posais la question, c'est tout, dit Preston en levant défensivement les mains.

– Je réfléchissais de manière purement théorique. Rien de plus.

Je le déçois, et me déçois moi-même. Car je suis en train de mettre un terme à cette conversation. De clore le sujet pour de bon.

Nous descendons de voiture et nous dirigeons vers le magasin Burberry. Preston essaie le manteau et je lui déclare qu'il lui va à merveille. Nous parlons vêtements, puis des cours, puis de nos amis. De tout sauf de ce qui occupe vraiment nos pensées. Preston le sait et moi aussi.

Je guette l'arrivée d'un texto de Justin. Soit il a entendu la rumeur et va vouloir connaître l'identité du garçon en question, soit il n'a rien entendu et voudra savoir ce que je fais en ce moment.

L'un ou l'autre.

Ou, finalement, ni l'un ni l'autre.


Après avoir songé à écrire à A, je réussis à me convaincre qu'il ne vaut mieux pas. Inutile de trop l'encourager. Autant éviter qu'il débarque à nouveau. Il faut que je réfléchisse tranquillement de mon côté. Mais comment se faire une idée de ce qui n'a pas de forme ? Ce sont les choses sans forme – comme l'amour, comme l'attirance – qui sont les plus difficiles à se représenter.

Minuit approchant, je craque, j'envoie un SMS à Justin. Je suis à moitié endormie, vulnérable, mais la nuit ne me laissera pas me reposer pour de bon avant que je me sois débarrassée d'au moins un de mes tracas.

Je décide de faire simple : « Tu m'as manqué aujourd'hui. »

Il ne me répond que le lendemain matin : « Vraiment ? »

# 17

Je trouve son SMS tandis que je suis déjà en train de l'attendre devant son casier. Une vague d'émotion se soulève alors en moi. Lorsque, une minute plus tard, il arrive, cette vague s'abat violemment sur les murs que j'ai élevés.

Je brandis mon téléphone devant son visage.

– Comment ça : « Vraiment ? »

Il n'a pas l'air en colère. Il a l'air agacé. Comme si je l'embêtais, c'est tout.

– Si je t'ai tellement manqué, pourquoi as-tu passé la journée à m'éviter ? demande-t-il. Si tu voulais vraiment me voir, ce n'était pas si difficile.

– J'étais avec Preston ! On est allés au centre commercial ! Tu veux me faire croire que tu aurais été prêt à nous accompagner faire du shopping ? Sincèrement ?

Je ne sais pas pourquoi je lui crie dessus, pourquoi je donne l'impression de vouloir qu'on se dispute alors que c'est ce que je souhaite à tout prix éviter.

– Je ne parle pas de ton *shopping*. (Il prononce ce mot de la même façon qu'il prononcerait « homo ».) Je parle de tout le reste. Tu n'es pas là.

M'en veut-il encore à cause d'Ashley ? Ou lui a-t-on tout raconté pour moi et le garçon mystère dans la salle vide ? Je lui réponds de manière un peu oblique :

– J'ai été ici ou là, dis-je. Pas loin. Même si j'ai été bien occupée, c'est sûr. J'ai eu à réviser pour des interros, j'ai eu à jouer les guides pour de nouveaux élèves. Mais j'étais là, et si tu voulais me voir, tu n'avais qu'à m'appeler.

Il ouvre son casier si brutalement que la porte claque contre celle du casier voisin et rebondit. Surprise par son geste, j'ai un mouvement de recul.

– Non, mais tu t'entends un peu ? explose-t-il. Je n'avais qu'à t'appeler ? C'est comme ça que ça va être entre nous à partir de maintenant ? Je dois prendre des *rendez-vous* avec toi ? Nom de Dieu.

Des gens nous regardent. Oh, un couple qui se dispute dans le couloir !

– Désolée, dis-je sans trop savoir pourquoi.

Mais c'est vrai, je suis désolée.

– Ça t'intéresse de savoir que j'ai passé une journée de merde ? demande-t-il. Il ne te serait pas venu à l'idée de me poser la question, si ?

– Qu'est-ce qui ne va pas ?

– Cette conversation, voilà ce qui ne va pas, crie-t-il en claquant à nouveau la porte de son casier, cette fois-ci pour la refermer.

Non, le problème, ce n'est pas seulement cette conversation. J'ai fait n'importe quoi sur toute la ligne. Je suis devenue le genre de personne qui craint qu'on découvre ses cachotteries, plutôt que celle qui cherche à bien faire.

Et ce n'est pas ce que je veux.

Je baisse la voix :

– Est-ce qu'on peut en discuter ?

– On se recroise plus tard, me répond Justin.

C'est toujours ça. Mais ce n'est pas très prometteur.

La sonnerie retentit et, autour de nous, les gens commencent à se dépêcher. Le regard de certains d'entre eux s'attarde encore sur moi, histoire de voir si je ne vais pas fondre en larmes, leur donner quelque chose qui vaille vraiment la peine d'être raconté.

Je les déçois de la même manière que je déçois toujours tout le monde.

\*

Le déjeuner est tendu.

Je n'ai pas croisé Justin après la première heure de cours – je ne sais pas si c'était intentionnel de sa part, ou si nous n'étions tout simplement pas synchronisés. Lorsque j'ai vu Preston en milieu de matinée, je lui ai demandé s'il avait réussi à contenir les ragots. J'ai eu beau dire ça sur le ton de la plaisanterie, il n'était pas dupe. Il m'a assuré que la rumeur était passée à autre chose – ce qui est caractéristique de la rumeur. J'aurais dû m'y attendre, néanmoins je craignais d'être l'exception qui confirme la règle.

Je voulais garder la place à côté de moi libre pour Justin mais, quand Rebecca arrive avec son plateau et la prend, je n'ose lui demander de bouger, craignant qu'elle me juge trop faible. Lorsque Justin nous rejoint, je vois bien son regard qui se pose sur cette place occupée comme si elle constituait une nouvelle preuve. Il s'assoit deux chaises plus loin.

J'attends qu'il me dise au moins « Salut ! », mais rien ne vient.

Nos amis le remarquent, tout en se gardant de souffler mot.

Je devrais être en train de réfléchir au moyen de sauver notre relation, de changer le regard de Justin sur moi. Au lieu de quoi me vient cette pensée tout à fait inutile : « Jamais A ne se comporterait ainsi avec moi. » Même si nous n'étions pas d'accord. Même si nous nous disputions. Jamais A ne m'ignorerait. Jamais A ne voudrait me donner l'impression que je n'existe plus. Peu importe dans quel corps A se trouve, jamais A ne manquerait d'établir un lien entre nous.

Ça, je ne peux pas le prouver en tant que fait. Mais en tant que ressenti, c'est indéniable.

– Rhiannon ?

La voix de Rebecca. Elle me pose une question.

Abandonnant mes pensées un instant, je me concentre à nouveau sur ce qui se passe à table. Mon regard se tourne vers Justin : maintenant il prête attention à moi. Il a dû me voir me perdre dans mes pensées. Autrefois, il aurait imaginé qu'elles lui étaient consacrées. Mais là, ce n'est pas ce que je lis sur son visage. Il baisse les yeux et se remet à manger.

– Désolée, dis-je à nouveau.

Mais, cette fois-ci, c'est auprès de Rebecca que je m'excuse, pour ne pas avoir écouté ce qu'elle était en train de me dire.

« Tu dois réparer ça. »

C'est ce que je ne cesse de me répéter tout au long de la journée.

A me quittera. A ne sera jamais à moi. A ne sera jamais en mesure de faire partie de ma vie d'une façon normale.

Justin est là. Justin m'aime. Justin fait partie de moi. Je ne peux pas l'oublier.

Il est en colère, mais sa colère est due à sa confusion, et sa confusion au fait que je le rends malheureux. Il sent que quelque chose cloche. Il me connaît suffisamment pour s'en rendre compte.

Ce n'est pas seulement dans sa tête. C'est ma faute à moi.

C'est pour cette raison que je dois arrêter.

Que je dois réparer notre relation.

Il ne semble pas surpris de me trouver devant son casier à la fin des cours.

– C'est vrai que j'ai eu la tête ailleurs, ces derniers jours, dis-je avant qu'il puisse me repousser. C'est vrai que je n'ai pas été présente à cent pour cent. Ça n'a rien à voir avec toi, je te le jure. Et je suis contente que tu aies attiré mon attention sur ce problème, parce que, parfois, je suis tellement ailleurs que je ne me rends même pas compte que je suis ailleurs, tu comprends ? Mais, maintenant, je suis de retour. Je suis là. Je veux savoir ce qui se passe dans ta vie. Je veux en faire partie. Ça prendra le temps qu'il faudra, mais je veux que nous nous remettions sur la bonne voie.

– T'inquiète, dit-il.

Je le regarde ranger ses livres dans son casier. Sa nuque m'attire. Ses épaules aussi.

– Tu as envie qu'on fasse quelque chose ? lui demandé-je.

Il ferme son casier. Se retourne vers moi.

– OK.

Je le sens dans ses yeux, dans sa voix : il est soulagé.

Je lui demande où il veut aller.

« Chez lui », répond-il.

Nous nous réconcilions sur l'oreiller, et je joue le jeu. « Jouer » est le bon terme, car j'ai l'impression de jouer la comédie. Je joue la petite amie si dévouée que moi-même, j'y crois. Je sais que, pour Justin, les gestes parlent plus fort que les mots, et là, il me parle très fort. Je suis contente qu'il communique, contente de l'intensité que je ressens jusque dans mon corps. Mais mon esprit se trouve dans une autre pièce.

En pleine action, le souffle court, il se sent suffisamment protégé pour me dire :

– Ne me quitte pas.

Et je le lui promets. Éprouvant à quel point il est vulnérable, je lui fais ce serment.

\*

Une fois que c'est terminé, je l'interroge sur la journée de merde qu'il a passée hier, mais il se souvient à peine de ce qu'elle avait de si terrible. Rien que les choses habituelles, qui l'ont accablé avec leur poids habituel. Il ne mentionne pas les rumeurs me concernant, et je n'ai pas l'impression qu'il soit au courant. A priori, je peux cesser de m'inquiéter.

Il me demande de rester dîner. J'appelle ma mère ; elle a beau sembler irritée, elle me donne son autorisation. Lorsqu'elle rentre à la maison, celle de Justin non plus n'a pas l'air franchement ravie, mais son mécontentement a pour cible Justin, pas moi. Je lui propose de remettre à une prochaine fois, après tout il s'agit d'une invitation de dernière minute, mais elle me répond qu'elle est heureuse que je sois là, ça fait trop longtemps qu'elle ne m'a pas vue. Au début de ma relation avec Justin, elle me traitait comme un animal errant que son fils aurait ramassé dans la rue. Maintenant que le temps a passé, j'ai été promue au rang d'animal de compagnie – je fais partie de la famille, sans en être vraiment membre.

Le père de Justin m'apprécie davantage, ou du moins cherche à ce que moi, je l'apprécie. Ayant réussi à rentrer à la maison cinq minutes pile avant que le dîner soit prêt, il se comporte comme s'il présidait la table alors que celle-ci est carrée. Justin et moi sommes assis perpendiculairement l'un à l'autre, et nous répondons aux questions de son père comme s'il s'agissait d'une interview conjointe. À nos réponses banales sur le lycée, les devoirs, etc., il réagit par des remarques tout aussi banales. Je prends le risque de m'enquérir de la santé de la grand-mère de Justin, et l'on m'explique qu'elle va aussi bien qu'on peut l'espérer dans ces circonstances. Étant donné que tout le monde s'est crispé, je change de sujet en m'extasiant sur le repas. La mère de Justin s'excuse du fait qu'il n'y a pas de quoi se resservir – évidemment, elle n'avait prévu à manger que pour trois.

Au début, j'avais envie que la maison de Justin devienne un

peu mon second chez-moi, que sa famille devienne ma seconde famille. Mais je n'y suis parvenue qu'à moitié. Ce n'est pas étonnant, vu que Justin lui-même ne veut pas vraiment de sa propre famille. Une partie de moi a été déçue par cette occasion manquée de me trouver une seconde mère. En revanche, j'ai décidé de tenter de combler cette absence au cœur de la vie de Justin. Je me souviens m'être dit que, s'il estimait ne pas avoir de famille, c'est moi qui en tiendrais lieu pour lui. S'il pensait être privé d'un véritable chez-soi, c'est moi qui ferais de l'espace pour que nous partagions un chez-nous. Je croyais que l'amour avait ce pouvoir. Je croyais que c'était à cela que servait l'amour.

Maintenant, je ne sais plus ce que nous formons, lui et moi. Quel genre de famille nous constituons. Avant, je nous imaginais dans plusieurs années – notre mariage, la naissance de nos enfants –, puis je visionnais le film en marche arrière pour revenir au présent. Cela fait un bail que je ne me suis plus amusée à ça.

Tout le long du dîner, Justin demeure mal à l'aise. Néanmoins, je sais que je suis la personne à table qui lui apporte le plus de réconfort, le plus de bonheur ; celle dont il se sent le plus proche. Une fois le dîner terminé, après que j'ai aidé sa mère à faire la vaisselle, je le retrouve dans sa chambre, en train de jouer à un jeu vidéo. Me voyant entrer, il met sur pause, puis tapote la place à côté de lui pour m'inviter à le rejoindre.

– Pardon de t'avoir obligée à subir ça, s'excuse-t-il avant de m'embrasser.

– Le repas était bon, dis-je (même si ce n'était pas vraiment le cas).

Comme ses parents sont là, je me doute que nous ne ferons rien de plus qu'échanger quelques baisers. En effet, chacun de nos mouvements parvient amplifié à leurs oreilles.

Il me tend une manette et, pendant un moment, nous jouons. D'autres ados que nous en profiteraient pour faire leurs devoirs ensemble. Nous, on en profite pour *éviter* ensemble de faire nos devoirs. Je me rends compte que c'est tout à fait irresponsable de notre part. Quant à Justin, je ne pense pas que ce genre de remarque lui vienne à l'esprit.

Quoi qu'il en soit, je suis contente qu'entre nous les choses soient redevenues comme avant. Je ne sais pas si cela me manquait, mais disons que cela correspond à une sorte de normalité. C'est comme si A n'avait jamais existé. A n'est qu'une histoire que je me suis racontée.

À ce jeu, comme à tous les autres jeux vidéo auxquels nous jouons, Justin est meilleur que moi. Je n'arrête pas de mourir, et lui me fait don de ses vies supplémentaires.

Vers neuf heures, je prends enfin congé, lui expliquant que je dois faire mon devoir de bio si je ne veux pas être recalée à la fin du trimestre. Si j'en parle, c'est parce que c'est la vérité, mais aussi parce que j'espère le motiver à bosser, lui aussi. Ses risques d'échouer sont encore plus grands que les miens.

– OK, on se voit demain, lâche-t-il sans que ses yeux quittent l'écran.

Avant de partir, je n'oublie pas de dire au revoir à ses parents. Sa mère m'assure qu'elle était contente de me voir. Son père me raccompagne jusqu'à la porte.

Une fois dehors, je n'ai pas l'impression d'avoir perdu quoi que ce soit en quittant cette maison. Quand je quitte la mienne, j'y laisse toujours une partie de moi. C'est cela qui en fait mon chez-moi, ce sentiment qu'une part de moi-même est restée sur place et attend mon retour.

En marchant vers ma voiture, je n'ai pas besoin de me retourner pour voir si Justin est derrière sa fenêtre, à me regarder partir. Je sais qu'il n'y est pas.

La partie de lui qui m'attend n'est pas aussi prépondérante que ça. Du moins pas quand il est rassuré et sait que je suis à lui.

De retour dans ma chambre, je cesse de me faire du mouron au sujet de notre dispute. Les événements de la matinée me semblent appartenir à la préhistoire.

C'est pour A que je m'inquiète désormais. C'est A que j'imagine en train de m'attendre. Je ne lui ai pas donné de nouvelles de toute la journée, ce qui – maintenant que je m'autorise à y penser – ressemble fort à un abandon. Non, je me trompe : c'est A qui m'abandonne en sautant de ville en ville, de corps en corps.

Mais je sais que, dans cette affaire, moi aussi, je suis coupable.

Consultant ma messagerie, je suis presque soulagée de n'y trouver aucun nouveau courriel. Si A ne se manifeste pas, cela excuse un peu mon propre silence, non ? Sauf que si A ne m'écrit pas, c'est sans doute aussi parce que je lui ai dit d'arrêter.

Je me mets au lit, puis dors huit heures d'affilée. À mon réveil, la première obligation que j'éprouve est celle de mettre un terme à ce silence.

A,

Désolée de ne pas avoir pu t'écrire hier. J'aurais voulu le faire, mais des tas de choses me sont tombées dessus (peu importantes, mais qui m'ont pris beaucoup de temps). Même si c'était compliqué pour moi, j'ai été contente de te voir, l'autre jour au lycée. Je suis sincère. Je pense également qu'il vaut mieux que nous marquions une pause, que nous prenions le temps de réfléchir. Comment s'est passée ta journée ?
R

Je sais que je tire dans deux directions différentes – « je voulais t'écrire, mais continuons de marquer une pause » –, reste que cela correspond bien à ce que je ressens actuellement. Ou à ce que je crois ressentir.

Bien que je me rende compte que c'est impossible, et que ça ne servira à rien, j'ai quand même envie de savoir où se trouve A.

Cela signifie-t-il que j'attends A ?

Je ne sais pas.

Ce qui est sûr, c'est que j'attends de voir ce qu'il va se passer ensuite.

## 18

Tandis que je roule en direction du lycée, je reçois un courriel qu'A vient de m'écrire en vitesse. Je le lis dans la voiture, avant d'entrer rejoindre mes camarades. A me raconte qu'il (elle?) a passé la journée d'hier dans le corps d'une jeune immigrée qui gagne sa vie en nettoyant les W.-C. des autres. La veille, A ne se sentait pas bien, alors il est resté chez la fille dont il occupait le corps et s'est contenté de regarder la télé. Aujourd'hui, A est à nouveau une fille, et cette fille participe à une compétition importante d'athlétisme, de sorte qu'elle est coincée sur place. J'ai beau lui avoir demandé de ne plus venir ici, je suis déçue.

J'ai envie de me contredire. J'ai envie de faire fi de mes hésitations. J'ai envie qu'A soit là.

Mais pas question de faire rater sa compétition à cette fille. Et me représenter A en coureuse de fond tempère mon enthousiasme. Et si elle était dans le corps d'une autre Ashley? Ou même d'une fille au physique plus banal... Que ferions-nous, elle et moi?

J'hésite à répondre à A, mais si ce n'est pas pour lui demander de venir me rejoindre de toute urgence, que pourrais-je bien lui dire? Je n'ai pas envie de lui parler de Justin – de notre dispute, de notre réconciliation. Alors que reste-t-il? Qu'y a-t-il dans ma vie qui mérite d'être raconté?

J'éteins mon téléphone et je file vers les portes du lycée.

*

Je fais ce qu'on attend de moi. J'essaie de ne pas parler en classe, sauf quand on me le demande. Je salue mes amis, mais ne leur dis pas grand-chose d'autre. Je donne à Justin ce qu'il veut : assez de distance pour qu'il puisse être lui-même, assez de proximité pour qu'il sache que je ne l'ai pas abandonné. Je mange mon déjeuner sans prêter attention au goût qu'il peut bien avoir.

Je me mets à penser à Kelsea, à son cahier décrivant toutes les différentes méthodes pour se tuer. Non que j'aie envie de me suicider. Je suis loin d'avoir ce désir. Mais je peux m'identifier à quelqu'un qui se sent aussi détaché de sa propre vie. Qui a l'impression que le lien qui le relie aux autres est si ténu qu'il suffirait d'un petit coup d'une lame quelconque pour s'en retrouver complètement séparé. Si je ne m'accroche pas, je dérive. Comme si personne ne me tenait. Dans ma vie, il n'y a que moi qui me retiens.

À l'exception d'A. Mais A n'est pas là.

Rebecca et Preston tentent de m'atteindre. Ils voient ce fil si mince et y attachent des messages, qu'ils font glisser vers moi. Preston m'invite à une nouvelle virée shopping sans achats. Rebecca tente de me persuader d'aller prendre un café après les cours. Ils me rappellent tous deux qu'il y a une soirée chez Daren Johnston demain. Pas sûr que j'y aille.

Des projets. Je me rends compte que j'évite de faire des projets pour la simple raison que je veux attendre de savoir où A se trouvera demain, et s'il sera libre. C'est le week-end. Même si A est loin, je peux prendre ma voiture et le rejoindre.

Non. « Arrête », me dis-je en voyant Justin, qui me demande si je veux aller au cinéma, et me laisse même choisir le film.

Autrefois, cela aurait suffi à me rendre heureuse.

*

Je ne préviens pas ma mère que je ne rentre pas dîner. Comme cela fera deux soirs de suite, je vais l'entendre. Mais bon, autant qu'elle me crie dessus après plutôt qu'avant et qu'en plus, je ne puisse pas sortir.

Nous nous baladons en voiture un petit moment, puis nous arrêtons chez Taco Bell pour dîner avant d'aller à une séance pas trop tardive. Tandis que nous attendons les bandes-annonces, mon regard se porte sur les autres spectateurs. La plupart ayant mon âge, je me demande si l'un d'entre eux ne pourrait pas être A. À cette heure-ci, sa compétition d'athlétisme doit être terminée. Peut-être a-t-elle ensuite décidé de se payer une toile avec ses amis. C'est loin d'être impossible.

Quelques filles dans la salle me surprennent en train de les observer. La plupart se détournent. Un couple me défie du regard, cherchant à me mettre mal à l'aise.

Justin ne tient pas en place, peut-être parce qu'il me sent distraite. Je me presse contre lui, glisse ma main dans la sienne. Pour que cela puisse se faire, il déplace le sachet de pop-corn posé sur ses genoux. Mais, quand les bandes-annonces démarrent, il s'écarte.

Je ne crois pas qu'il s'attendait à ce genre de film. Les affiches promettaient un film d'horreur se déroulant dans l'espace. Mais il devient rapidement évident que la principale horreur à laquelle l'astronaute va être confronté est l'ennui mortel et le manque de sens de son existence. Les paupières de Justin commencent à se fermer. J'ai envie de me servir de son épaule comme d'un oreiller, mais il m'a expliqué un jour que si je m'y appuie trop longtemps, cela coupe sa circulation. Je m'occupe donc en reprenant mon observation des différents spectateurs, tentant de sélectionner la personne qui me paraîtrait la plus attirante si A était à l'intérieur.

Je sais que la réponse devrait être : *n'importe laquelle parmi ces gens.*

Mais ce n'est pas le cas.

Et ce serait faux de penser qu'il suffirait qu'A se trouve dans un de ces garçons plutôt que dans une de ces filles. C'est plus compliqué que ça, même si, en effet, je prends surtout en compte les garçons.

La réponse – le A que je voudrais vraiment – est assise juste à côté de moi.

Quand j'arrive chez moi, mon père m'attend dans la cuisine, l'air très déçu. Il me dit que ma mère est déjà couchée et que j'ai fait preuve de bien peu d'égards en ne rentrant pas pour le dîner sans même prendre la peine de prévenir. Je mens, lui racontant que j'avais annoncé à maman il y a longtemps que j'avais prévu de passer une soirée romantique avec Justin. Je parle de soirée romantique pour que mon père nous imagine en train de déguster des milk-shakes tout en nous fixant amoureusement des yeux, et rien d'autre.

Et il tombe complètement dans le panneau.

Je regarde si je n'ai pas reçu un nouveau courriel d'A, mais non, rien. Et je ne lui écris pas non plus, vu que je n'ai rien d'intéressant à raconter.

Le lendemain matin, ma mère déclare qu'elle ne me parle plus. C'est censé me faire culpabiliser mais, en réalité, ne pas avoir à communiquer avec elle me soulage.

En revanche, inquiète à l'idée qu'ils puissent refuser de me laisser aller à la fête de ce soir, je passe beaucoup de temps à faire mes devoirs et à m'acquitter de différentes corvées. C'est toujours le moyen le plus facile de rentrer dans les bonnes grâces de mon père.

Avant de quitter la maison, je songe à écrire à A pour lui indiquer où je serai ce soir. Mais, me rappelant ce qui est arrivé à ce pauvre Nathan la dernière fois, je préfère continuer de garder le silence. Néanmoins je ne peux m'empêcher de me demander où il (elle ?) se trouve. Et pourquoi je n'ai aucune nouvelle.

C'est moi qui passe prendre Justin, parce que je sais qu'il compte boire. Je lui demande ce qu'il a fait de sa journée ; il s'en souvient à peine. Peut-être sa vie est-elle aussi ennuyeuse que la mienne, et cela explique-t-il pourquoi nous sommes ensemble. Pour apporter un peu d'imprévu dans nos existences respectives.

Ou peut-être est-ce pour ça que nous allons à des soirées, pour y trouver de la vie. Ou des cuites. Ou les deux. Comme Preston conduit, lui aussi, nous siroterons tous deux des Coca Light tandis que je lui raconte le film, dont j'éprouve davantage de plaisir à me moquer que j'en ai eu à le regarder. Tout en m'écoutant, il garde un œil sur la porte, attendant que son « gaydar » se mette à sonner. Ce sixième sens reste longtemps silencieux… jusqu'à ce qu'un clone de James Dean entre dans la pièce. À ce moment-là, Preston se met en alerte, comme un chien de chasse venant de repérer le plus joli canard jamais tombé du ciel.

– Sérieusement ? dis-je. Lui ?

Il hoche la tête. Deux fois.

– Tu veux que je me renseigne sur lui ?

Preston fait non de la tête. Deux fois.

Une minute plus tard, Dirk Nielson débarque joyeusement en balançant des clés de voiture au bout de son bras. Il jette un regard à la ronde, aperçoit James Dean et fonce l'embrasser.

– Et merde, soupire Preston.

– Désolée, dis-je.

– Bon, ben ç'aura été bref, mais intense.

James Dean se tourne vers nous, croise mon regard. L'espace d'un instant, je sens un courant passer entre lui et moi. Puis je scrute le fond de ses yeux et il n'y a plus aucun doute : ce n'est pas A. Ce n'est rien du tout.

Je continue de bavarder avec Preston, jusqu'à ce que Rebecca et Ben se joignent à nous. Je suis en train de leur parler de ce fameux film lorsque Stephanie déboule de la cuisine, l'air furieuse. Steve accourt derrière elle, puis s'arrête au milieu de la pièce et lui crie :

– C'EST QUOI, CES CONNERIES ? au moins trois fois sans qu'elle se retourne.

– Qui veut s'en charger, cette fois-ci ? demande Rebecca.

Voyant que personne n'esquisse le moindre mouvement, elle pousse un soupir et se dépêche d'aller rattraper Stephanie. Ben et Preston se dirigent vers Steve.

Je me faufile dans la cuisine et découvre Justin en train de boire des shots avec Kara Wallace et Lindsay Craig, la fille qui était persuadée que je me livrais à des activités inavouables avec le garçon qui visitait notre lycée.

Me blindant mentalement, je m'approche d'eux.

– Alors, qu'est-ce qui s'est passé entre Steve et Stephanie ?

Ma question est clairement adressée à Justin, mais c'est Lindsay qui répond :

– Elle l'a vu manger du pepperoni et elle a déclaré que c'était super impoli, parce qu'elle est végétarienne depuis quoi, trois minutes ?

Kara trouve ça drôle. Justin se contente de m'adresser un haussement d'épaules, comme s'il avait renoncé à essayer de comprendre Stephanie et Steve depuis des années.

Lindsay m'observe d'une drôle de façon – à croire que j'ai mis mes vêtements à l'envers, ou dit une grosse bêtise, ou qu'elle n'aime tout simplement pas ma tête. Je préfère ne pas le lui demander.

Comme Justin a l'air en bonne compagnie, je ressors de la cuisine. Une fois de plus, je me retrouve à errer autour des différentes conversations, évitant soigneusement tous mes amis. « Je suis ce corps », me dis-je. Lorsque mes amis voient ce corps, ils pensent en savoir beaucoup sur la personne à l'intérieur. Et lorsque ce sont des inconnus qui le voient, eux aussi présument certaines choses. Personne n'interroge vraiment ces présomptions. Elles forment une couche importante de nos vies. Et moi, je ne suis pas différente des autres. Lorsque j'ai vu entrer James Dean, j'ai cru en savoir autant sur lui que lui a cru en savoir sur moi lorsqu'il a posé son regard sur moi. C'est comme un décryptage instantané ; c'est la manière dont nous commençons par nous définir les uns les autres.

Cette maison n'est pas tellement grande. Il n'y a pas de piste de danse au sous-sol – peut-être n'y a-t-il même pas de sous-sol. Voyant que la file d'attente qui mène aux toilettes démarre dans le salon, je monte à l'étage, espérant trouver d'autres W.-C., et aussi un peu de calme.

Toutes les portes du couloir sont fermées. J'ouvre la première, qui donne sur une chambre. Je suis sur le point de la refermer lorsqu'une voix s'élève :

– Oui ? Je peux t'aider ?

Passant la tête par l'entrebâillement, je découvre Daren Johnston assis en tailleur sur son lit, en train de lire *Outsiders*, le roman de S.E. Hinton.

– Ah, salut, Rhiannon, dit-il après m'avoir reconnue. Les W.-C., c'est la deuxième porte à droite. Je l'avais laissée ouverte, mais sans doute quelqu'un l'aura-t-il fermée. Peut-être est-ce occupé, pense à frapper avant d'entrer.

– Merci, dis-je sans pour autant m'en aller. Pourquoi restes-tu ici à lire ? C'est ta soirée, non ?

Daren me gratifie d'un petit sourire.

– J'aimais bien l'idée d'inviter des gens chez moi. Mais maintenant qu'ils sont là… Eh bien, cela me servira de leçon.

– Pourquoi ne demandes-tu pas à tout le monde de partir ?

– Parce qu'ils passent un bon moment, me semble-t-il. Ce n'est pas leur faute, ils n'ont pas à subir les conséquences de mon humeur asociale. Quant à moi, si j'ai envie de m'isoler un peu, il ne tient qu'à moi de le faire.

D'un hochement de tête, je désigne son livre.

– C'est la première fois ?

– Non, plutôt la douzième.

Je me souviens du jour où j'ai lu *Outsiders* : l'année dernière, Justin et moi étions dans le même cours d'anglais, et nous l'avons dévoré ensemble un dimanche après-midi, allongés sur son lit. C'était à qui terminerait le premier, mais je me suis forcée à ralentir, parce que j'aimais nous voir tourner les pages en même temps, vivre l'histoire simultanément. Lorsqu'on a eu fini, il a déclaré avoir été soufflé par la phrase « Rien de ce qui est en or ne perdure[1] », avec laquelle il était complètement d'accord. Puis il a souri et dit : « J'imagine qu'il vaut mieux pour nous être du vermeil », avant de m'appeler Vermeil pendant plusieurs jours.

– Tu crois que l'or peut durer ? demandé-je maintenant à Daren.

Son sourire est différent de celui de Justin – un peu plus sage, un peu moins enthousiaste.

– Je crois que rien ne dure, répond-il. Peu importe qu'il s'agisse de quelque chose de bon ou de mauvais. Par conséquent, je pense que l'important n'est pas de se soucier de savoir si cette chose va durer, mais plutôt d'en profiter pendant qu'elle est là.

Une porte s'ouvre dans le couloir et un type crie :

– Daren ! Où est-ce que tu te caches ?

On dirait un contremaître rappelant son équipe sur un chantier après la pause déjeuner.

Daren ne bouge pas.

---

1. *Nothing gold can stay*, titre d'un poème de l'Américain Robert Frost cité dans le roman de S.E. Hinton. Publié en 1967, *Outsiders*, œuvre culte pour des générations de jeunes garçons, a été adapté au cinéma par Francis Ford Coppola en 1983. *(N.d.T.)*

– Pour info, me confie-t-il, je ne suis pas caché.

– DARRRRRREN ! tonne la voix.

Soudain, la porte de la chambre s'ouvre en grand et James Dean entre. J'aurais imaginé une voix un peu plus… sexy.

– Ah, te voilà !

– Me voilà, admet Daren.

– Viens faire la fête !

– Dès que j'ai terminé ce bouquin. Il ne me reste plus que cent pages.

Au moment où James s'apprête à recourir à la force pour faire descendre Daren, on entend une autre voix appeler :

– Charles ! Où es-tu, Charles ?

– Qu'est-ce que je regrette l'époque où les gens communiquaient par télégramme ! soupire Daren.

– Ah, faut croire que je manque à Dirk, dit Charles/James. Termine vite ton bouquin, OK ? (Puis, pivotant vers la porte :) J'ARRIVE !

Daren n'a toujours pas reposé son livre.

– Tu vois, Rhiannon, dit-il une fois que Charles a quitté la pièce, il n'y a pas que l'or qui finisse par disparaître. Les idiots aussi.

Après un passage aux toilettes (que Charles a laissées étonnamment propres, prenant même le soin d'abaisser le siège et le couvercle), je retourne dans la cuisine. En entrant, je découvre que Kara s'est éclipsée et que Lindsay est désormais seule avec Justin. Il a l'air d'avoir trop bu, elle a l'air déterminée. Comme si elle venait de sentir mon arrivée, elle tend le bras et pose la main sur l'épaule de Justin, avant de la faire glisser vers son torse. La réaction de Justin est si rapide qu'elle s'apparente à un pur réflexe : d'un geste, il écarte la main de Lindsay et la repousse. Pas moyen pour elle d'éviter l'humiliation, il vient de la rejeter implacablement. Et ce qu'il y a de plus chouette, c'est qu'il ne m'a même pas encore vue. Sa réaction n'est aucunement due à ma présence.

Elle est due au fait qu'il m'est fidèle.

Je laisse une minute s'écouler, le temps que Lindsay déguerpisse. Puis je me manifeste. En me voyant, on ne peut pas dire que le visage de Justin s'éclaire, mais au moins il ne s'assombrit pas.

Je lui raconte qu'en montant à l'étage je suis tombée sur Daren en train de lire *Outsiders*.

– J'adore ce bouquin ! s'exclame Justin.

– Tu te souviens quand on l'a lu ?

Il a probablement trop bu pour comprendre à quoi je fais référence. Du moins, c'est ce que je me dis jusqu'à ce que je l'entende s'écrier :

– Bien sûr, Vermeil !

Ce n'est pas aussi romantique que la première fois. Mais je suis contente qu'il se souvienne.

– Allons voir où en est cette soirée, dit-il en s'écartant du plan de travail contre lequel il était appuyé.

Je le suis. Nous retrouvons nos amis, nous bavardons de tout et de rien, et d'un coup, je ne me sens plus comme la fille cachée dans un corps visible. Désormais je suis la Rhiannon de Justin, la version qu'il aime de moi et que les gens peuvent voir. Et ça me va. Cela m'aide à trouver ma place dans cette soirée. Cela m'aide à savoir comment me comporter. Cela m'aide à déterminer qui je dois être.

J'arrête de chercher A partout. Je concentre mon attention sur ces gens, parce que ma vie, c'est eux.

## 19

Dimanche, je craque, j'écris à A. N'avoir reçu aucune nouvelle m'inquiète.

> A,
> Encore un week-end tout à fait banal. Je suis allée à une soirée. J'ai parlé à des gens, mais aucun d'entre eux n'était toi. J'ai eu des ennuis avec ma mère, mais j'ai survécu. J'ai fait mes devoirs. J'ai beaucoup dormi ce matin, puis cet après-midi je suis allée au ciné avec Rebecca – le film était bien meilleur que celui que j'ai vu vendredi soir (VAST est d'un ennui mortel).
> Et toi : où/qui es-tu et comment vas-tu ?
> R

Bien que ce message ne me plaise pas, je l'envoie, parce que j'ignore comment l'améliorer. Il n'a pas envie de lire les détails de ma vie avec Justin, et je n'ai pas envie de les lui raconter. Je lui envoie donc une version compressée de mon week-end. Il n'y a rien là-dedans susceptible de l'intéresser.

Ce qui est sans doute pour le mieux.

*

Quand je me réveille le lendemain matin, je me sens bizarre. Au début, je pense que c'est parce que je me suis endormie sans avoir eu le temps d'ôter mes vêtements. Ça ne m'arrive pas très souvent, et il y a quelque chose d'étrange à voir ce T-shirt et ce jean qui me collent à la peau. Mais ça ne se résume pas à ça. C'est comme si je m'étais réveillée dans un lit que je ne connaissais pas, alors que c'est *mon* lit, et qu'on est dans *ma* chambre. Me tournant vers mon réveil, je m'attends à y découvrir qu'il est quatre heures du matin, ce qui expliquerait que je me sente aussi désorientée. Mais non, il est l'heure habituelle, le réveil vient de sonner.

« C'est sûrement parce qu'on est lundi », me dis-je.

Avant de me corriger : « Non, on est mardi. »

En tendant le bras pour éteindre le réveil, je trouve une feuille de papier posée dessus, pliée en quatre.

Avant même de l'ouvrir, j'ai le vague souvenir qu'il s'agit d'une lettre que j'ai écrite. Mais je ne me rappelle pas ce qu'elle raconte.

> Chère Rhiannon,
> Avant que je dise quoi que ce soit, avant que je me lance dans des explications, je veux que tu t'arrêtes de lire et que tu essaies de te souvenir de tout ce que tu as fait hier.

C'est mon écriture – mais je sais immédiatement qui a écrit ces lignes.

Immédiatement.

A.

Ici.

A.

Moi.

Aussitôt, je suis parcourue de frissons qui ne semblent pas près de cesser. Je veux hurler, mais j'ai peur que mes parents entendent.

Je n'y crois pas.

Sauf que si, bien sûr, j'y crois.

Je sais que, dès que j'aurai lu cette lettre, ma mémoire sera parasitée par ce qu'elle contient. C'est donc ma dernière chance de me souvenir par moi-même. Je la repose et m'assois sur mon lit.

« Hier. Que s'est-il passé hier ? »

Je me rappelle une ascension. Je suis dehors, toute seule. Je gravis une montagne. Mon regard surplombe un paysage très boisé.

Un sentiment de paix.

Je n'ai pas fait l'école buissonnière. Avant cette marche, je suis allée en cours. J'ai déjeuné avec Justin. Cette fois encore, il m'a appelée Vermeil. Il a mangé une pizza et s'est plaint de Stephanie et Steve. Je me rappelle que ces deux-là se sont disputés – mais ça, c'était samedi, à la soirée. Ce n'était pas hier. Je ne crois pas avoir vu ni Stephanie ni Steve hier. Je ne m'en souviens pas.

Je ne me souviens pas non plus de ce que j'ai dit à Justin. Seulement de ce que lui m'a dit.

Peut-être n'ai-je tout simplement pas parlé.

Au dîner, je me rappelle m'être levée rapidement de table. Être montée ici.

Avoir écrit la lettre.

Mais ce n'est pas moi qui écrivais. Je me souviens du stylo dans ma main. De la feuille au-dessous. Mais ce n'est pas moi qui ai choisi les mots.

Je n'ai pas le souvenir d'avoir réfléchi. Ni d'avoir laissé quelqu'un d'autre réfléchir pour moi.

Je saisis à nouveau cette lettre.

*Jamais je n'aurais choisi de me retrouver ici. J'espère que tu n'en doutes pas. Avant de me réveiller et d'ouvrir tes yeux, je ne m'y attendais absolument pas.*

*J'ai tâché de respecter au maximum ta journée. J'aurais pu rester au lit, à la maison – mais cela m'aurait rendu fou, être seul comme ça avec toi. Il fallait que j'affronte cette journée comme n'importe quelle autre.*

*J'espère n'avoir provoqué aucun changement dans ta vie. J'espère n'avoir modifié en aucune façon le cours de ton existence. Si c'était le cas, sache que telle n'était pas mon intention. J'ai fait du mieux que j'ai pu.*

*J'ai tâché de me tenir à l'écart de tes souvenirs. J'ai tâché de ne rien apprendre que tu n'aurais pas souhaité que j'apprenne.*

*J'espère que cela ne t'effraie pas. La chose la plus importante pour moi, c'est d'éviter de t'effrayer.*

*Je tiens à le répéter : ce n'était pas mon choix. Dans le cas contraire, ç'aurait été impardonnable.*

*Que te rappelles-tu ? Je suis sur le point de te détailler le fil des événements de ta journée. C'est ta dernière chance de te souvenir par toi-même avant que ce compte rendu ne t'influence.*

*À mon réveil, j'étais sous le choc. Depuis que j'existe, c'est la première fois que je me réveille dans le corps de quelqu'un qui m'est si cher. J'ai voulu respecter ton intimité autant que possible, c'est pour cela que tu portes les mêmes sous-vêtements qu'hier ; et, chaque fois qu'une partie de toi que tu ne m'avais pas encore montrée était exposée, j'ai gardé les yeux fermés.*

*Le petit déjeuner a été l'occasion de rencontrer tes parents, après quoi j'ai pris ta voiture et je me suis rendu au lycée. Étant donné que j'avais déjà exploré l'établissement en ta compagnie, je n'ai pas eu de difficulté pour me repérer. Je ne pense pas que quelqu'un ait remarqué quoi que ce soit d'anormal chez toi. Je suis allé en classe, où j'ai fait profil bas. Si tu veux des détails sur le contenu des cours, tu trouveras tout ça dans tes cahiers.*

*J'ai essayé d'éviter Justin. Je sais que c'est ce que tu aurais souhaité que je fasse. Ça a marché jusqu'à l'heure du déjeuner ; à ce moment-là, il a suggéré qu'on sorte manger une pizza. Je n'ai pu* faire autrement que de l'accompagner. Il ne s'est rien passé entre nous, à part du bavardage. Il en a assez que Stephanie et Steven soient toujours en train de s'engueuler.

Après ça, je ne l'ai revu qu'une fois les cours terminés. Il voulait qu'on fasse quelque chose ensemble, mais je lui ai dit que ta mère avait rendez-vous chez le médecin et que c'est moi qui devais l'accompagner. Au cas où il le mentionne.

(Je me rends compte que j'écris « je » alors que je devrais dire « tu ». Mais comprends-moi : toutes ces choses dont je parle, j'avais l'impression que c'était moi qui les faisais. Ce sera peut-être exactement pareil pour toi – je serais curieux de le savoir.)

Parce que ensemble nous étions déjà allés à la plage et en forêt, j'ai eu l'idée de t'emmener en haut d'une montagne. Je voulais également que nous soyons seuls... et ç'a été le cas tandis que nous grimpions. (Si tu veux savoir où nous sommes allés, l'itinéraire doit encore se trouver sur ton téléphone. Je n'ai rien effacé.) C'était agréable, cette solitude et cet effort purement physique. Je voulais que tu t'en souviennes, et que tu te souviennes que j'étais là avec toi. Je ne sais pas si c'est possible. Mais – cela va te paraître très étrange – j'avais l'impression d'éprouver cette sensation pour nous deux.

Voulant éviter de t'attirer des ennuis, je suis rentré à la maison à temps pour prendre part à un dîner très cordial avec tes parents. Puis je suis monté dans ta chambre, où je me suis penché tant bien que mal sur tes devoirs avant de décider de t'écrire cette lettre.

Je ne sais absolument pas à quelle réaction m'attendre de ta part, ni s'il y a une bonne ou une mauvaise façon de réagir à la situation que tu as vécue. Même si par bonheur il s'avérait que je n'avais causé aucun dégât, je sais que cette infraction est potentiellement irréparable. Si tu ne veux plus jamais me voir ni me parler ni m'écrire, je le comprendrai. Mais j'espère aussi de tout mon cœur que tu souhaiteras rester dans ma vie. C'est à toi qu'il revient de décider.

*Je sais que ce n'est ni ma faute ni mon choix, mais néanmoins je suis désolé. Je me doute bien que ce doit être aussi difficile de lire ces mots que ça l'a été de les écrire.*

*Je t'embrasse,*

*A*

Ma mère frappe à la porte pour s'assurer que je suis bien réveillée. Est-ce que je me souviens d'avoir dit à Justin que je l'emmenais chez le médecin ? Oui. Et je me rappelle même lui avoir précisé qu'elle allait chez un spécialiste du sommeil. En plaisantant, il m'a suggéré de voler quelques-unes des pilules de ma mère.

Comment se fait-il que je sache cela, alors que je n'y étais pas ?

Si je le sais, c'est uniquement parce qu'A a laissé ce souvenir pour moi. Peu importe lequel de nous deux contrôlait mon corps, tant que ce souvenir a été fabriqué et stocké.

J'ai envie d'être en colère. D'être terrorisée. D'éclater de rire, de trouver ça complètement ridicule. Absolument toutes ces réactions seraient logiques. Mais au lieu de ça… je me sens triste. Triste qu'A ait dû traverser cette épreuve. Triste qu'il n'y ait eu aucun moyen de la lui épargner. Triste que cela complique encore davantage la situation. A ne me ment pas, je n'ai aucun doute là-dessus ; mon corps et ma vie étaient en sûreté pendant qu'il en avait le contrôle. A ne ferait jamais rien qui puisse me blesser.

Je me rends également compte à quel point il aurait été facile pour A de tout détruire. Il aurait pu me faire faire n'importe quoi, du genre rompre avec Justin, me photographier toute nue et lui envoyer les clichés sur sa propre messagerie, m'enfuir.

Mais il ne s'est rien passé de tel.

Impossible néanmoins de revenir à la normale en faisant comme si de rien n'était. Non, il m'est bel et bien arrivé cette drôle de chose. Je ne peux pas tourner la page aussi facilement que toutes ces autres personnes dont A a occupé le corps. Ces gens-là ne savent pas comment ils ont sauté une journée. Mais moi, oui. Je ne peux pas faire comme si je ne savais pas.

J'imagine A attendant de voir si je vais le recontacter, ou si cet épisode suffira à m'éloigner de lui à jamais.

Je lui écris :

> A,
> Je crois que je me souviens de tout. Où es-tu, aujourd'hui ? Plutôt que de t'écrire un long message, j'aimerais te parler.
> R

Quasi immédiatement, je reçois cette réponse :

> R,
> Je suis tellement soulagé d'avoir de tes nouvelles. Je suis à environ deux heures de chez toi, dans le corps d'un garçon pré-nommé Dylan. Mais je te rejoindrai où tu veux.
> A

Je n'ai pas envie d'attendre. Cependant, je dois me rendre au lycée ne serait-ce que pour vérifier qu'A n'a pas fait de dégâts sans le vouloir. Donc je lui dis de me retrouver à la librairie, après les cours. Il va nous falloir patienter un peu.

Sa réponse est un simple « Merci ».

Je ne réponds pas. Inutile. Il suffit que je sois à notre rendez-vous et, en attendant, que je me prépare à découvrir ce qui s'est passé autour de moi hier, autour de la « moi » qui n'était pas là. Je m'attends à tomber sur un champ de mines, à devoir justi-fier de propos que j'aurais tenus ou omis de tenir, de situations dans lesquelles je me suis trouvée bien malgré moi. Je suis prête à ce que mon entourage soit fâché contre moi, ou plongé dans l'incompréhension.

Au lieu de quoi ce qui arrive est encore pire.

Personne ne semble avoir remarqué mon absence. Ou du moins le fait que je n'étais pas moi-même.

Ça commence par ma mère, assise sur sa chaise habituelle. Je lui demande si elle ne m'a pas trouvée un peu étrange hier.

– Non, tu étais tout à fait agréable, déclare-t-elle. Notre petit dîner à trois était très sympathique.

Je m'abstiens de lui faire observer qu'un dîner en famille «très sympathique»... chez nous? Rien que ça aurait dû suffire à éveiller ses soupçons. À lui mettre la puce à l'oreille.

Mais elle vit dans son propre monde. Ça ne m'étonne pas qu'elle n'ait rien perçu.

Mes amis, en revanche, je m'attends à ce qu'ils aient remarqué quelque chose. Peut-être pas tout. Mais au moins un petit quelque chose.

Or, la manière dont ils se comportent avec moi est exactement la même que d'habitude. Notre amitié ne semble pas avoir sauté une journée.

Alors autant poser la question directement :

– Je n'étais pas un peu bizarre, hier? Un peu différente?

Rebecca m'assure que j'étais normale.

Preston affirme qu'il ne m'a pas beaucoup vue, hier.

Ben fait mine de ne pas avoir entendu ma question.

Quant à Stephanie :

– Tu veux savoir qui est différent? réplique-t-elle. C'est *Steve* qui est différent.

Quant à Justin... voici ce qu'il déclare :

– Ouais, tu étais différente, mais en soi ça n'a rien de *différent*.

Il plaisante. Je vois bien qu'il plaisante, et qu'il considère donc que c'était une bonne journée, qu'hier nous avons passé de bons moments. Il ne m'en veut pas d'avoir accompagné ma mère chez son médecin plutôt que d'être allée chez lui; A n'a rien fait qui puisse nuire à ma relation avec Justin. Grâce à lui, les choses vont peut-être même un peu mieux.

Je suis soulagée que personne ne se soit aperçu de rien. Mais cela m'attriste aussi.

Je quitte le lycée un petit peu plus tôt que d'habitude. Avant que quelqu'un ne puisse m'arrêter pour me demander où je vais comme ça. Ou, pire, que personne ne songe à le faire.

Pendant le trajet jusqu'à la librairie, je m'efforce de réveiller davantage de souvenirs d'hier. C'est surtout cette étendue d'arbres au-dessous de moi que je revois. J'éprouve à nouveau la sensation que j'avais en haut de la montagne. Je prends une profonde inspiration, comme j'en avais pris une sur ce sommet.

Je me sens mieux.

A ne m'a donné aucune information sur Dylan, le garçon dont je suis sur le point de rencontrer le corps. Mais dès que j'entre dans le café de la librairie, le suspense est levé : parmi tous les clients, un seul garçon me cherche du regard. Nos yeux se trouvent, se connaissent déjà. J'avance droit vers lui.

– Salut, dis-je.

– Salut.

Il a choisi la même table que la dernière fois. Et c'est ce détail-là qui me bouleverse. Tout ce qui s'est passé depuis la dernière fois – j'ai l'impression de tout revivre, là, à l'instant.

– Il me faut un café, lui dis-je.

Un café qui m'aidera à me ressaisir.

– Oui, bien sûr, répond-il.

Ça ne lui pose aucun problème. Il fait très geek aujourd'hui – son style et même sa voix. On l'imaginerait bien dans *The Big Bang Theory*. Aucun logo ni motif sur son T-shirt bleu uni : A a dû se donner un mal de chien pour en dénicher un dans ses tiroirs sans aucune blague imprimée dessus. Mais… stop ! Ce n'est pas parce que ce garçon a l'air d'un geek que je dois en tirer toutes ces conclusions hâtives.

– Je te prends quelque chose ? lui demandé-je.

– Pourquoi pas.

Il ne propose pas de m'accompagner au comptoir, et je dois avouer que je suis contente d'être seule pendant les deux minutes que cela me prend d'attendre mon tour, de passer ma commande puis de patienter, le temps qu'on me serve. Je contemple mes mains tout en imaginant A qui, hier, regardait mes mains avec mes propres yeux. Voyait-il vraiment la même chose que moi ? Ou bien la familiarité change-t-elle le regard ? La fille derrière le comptoir m'appelle et me tend ma commande. Je rapporte nos gobelets à table et, pendant quelques secondes un peu trop longues, nous restons assis dans un silence gêné. Chacun d'entre nous attend que l'autre prenne la parole. Mais nous ne disons rien.

C'est moi qui finis par briser le silence :

– Aujourd'hui est un jour particulier.

Il me regarde avec bienveillance et inquiétude.

– Je sais.

« Un jour particulier. » Pourquoi ai-je dit cela ? Ce n'est pas comme s'il pouvait comprendre. Pour lui, tous les jours sont particuliers, puisqu'ils sont tous différents.

Il me regarde – il regarde tout de moi. Mes mains. Mon visage. Mes yeux. Bien que ce soit mon lot quotidien, je me demande quel effet cela faisait d'être en moi, de voir le monde à travers mon regard quand on n'en a pas l'habitude.

Un calme étrange. Voilà ce que je ressens en ce moment. A et moi, nous venons de vivre quelque chose que, potentielle-ment, personne d'autre n'a jamais vécu. Je suis assise en face de quelqu'un qui a emprunté mes yeux. Et A est assis en face de quelqu'un qui peut lui dire ce qu'on éprouve quand on disparaît le temps d'une journée.

– À mon réveil, j'ai immédiatement compris que quelque chose était différent. Avant même de trouver ta lettre. Cela n'avait rien à voir avec le fait de se sentir désorienté après une nuit de sommeil. Je n'avais pas non plus l'impression d'avoir manqué un jour. C'est comme si, au contraire... quelque chose avait été ajouté. Puis j'ai vu ta lettre, j'ai commencé à la lire, et j'ai tout de suite su que tout était vrai. Que les choses s'étaient passées ainsi. Je me suis interrompue quand tu me l'as demandé, et j'ai essayé de me souvenir dans les détails de la journée d'hier. Tout était là, dans ma mémoire. Pas les choses futiles que l'on oublie – le réveil, le brossage de dents, etc. –, mais celles qui comptent. La balade en montagne. Le déjeuner avec Justin. Le dîner avec mes parents. Et même la lettre – je me suis rappelé l'avoir écrite. Ça aurait dû me sembler absurde – pourquoi me serais-je écrit une lettre à moi-même ? – mais, en mon for intérieur, ça m'a paru tout à fait logique.

– Tu veux dire que tu as senti ma présence ? me demande-t-il le plus délicatement du monde. Dans tes souvenirs ?

Je secoue la tête.

– Pas comme on pourrait s'y attendre. Je n'ai pas le sentiment que tu contrôlais quoi que ce soit, mon corps ou autre. C'était plutôt comme si tu m'accompagnais. Comme si tu avais été à mes côtés pendant tout ce temps.

Ben voyons, écoutez-moi ça. Si j'allumais la télé à une heure du matin et tombais sur une fille qui raconte ce que je suis en train de raconter, je me demanderais qui est cette cinglée.

– C'est complètement fou, admets-je, qu'on puisse avoir cette conversation.

Mais, bien sûr, pour A tout ceci est absolument normal.

– Je voulais que tu te rappelles tout, m'explique-t-il. Et, apparemment, ton esprit a accepté cette idée. Ou bien peut-être est-ce lui qui ne voulait rien oublier.

– Je l'ignore. En tout cas, c'est mieux comme ça.

– Et te souviens-tu de ce que tu as ressenti ? Ou revois-tu seulement des images ?

– Comment ça ?

– Si, par exemple, je te demandais à quoi tu pensais tandis que tu déjeunais avec Justin, saurais-tu me le dire ?

Je ferme les yeux et m'efforce de revivre ce moment. Je le vois en train de manger sa pizza. Je ne me souviens pas vraiment des propos qu'il a tenus, simplement du fait qu'il a beaucoup parlé. Mais impossible de me rappeler si j'étais heureuse, mal à l'aise, irritée ou autre chose encore. Je me rappelle que j'étais là, c'est tout.

– Non, dis-je en gardant les yeux fermés. Tu sais, parfois, on se souvient qu'on était fâché contre quelqu'un sans se souvenir pourquoi. Eh bien là, c'est l'inverse.

J'ouvre les yeux et je l'observe qui médite mes paroles. Je crois que je viens de confirmer quelque chose qu'il a toujours soup-çonné.

– Tu n'as jamais su comment nous vivions ça, moi et les autres, n'est-ce pas ?

– Non, répond-il en baissant la voix. Cela a toujours été un mystère pour moi.

Il m'interroge sur quelques autres moments de la journée d'hier : ma conversation avec Rebecca, la balade en montagne, le dîner avec mes parents. Je lui explique que mon seul souvenir précis concerne la montagne. Et une émotion semble bel et bien y être liée – le sentiment de pouvoir enfin respirer, d'être libre. Mais est-ce *vraiment* le souvenir d'une émotion, ou plutôt celui d'une sensation physique ? Nous ne parvenons pas à trancher.

– C'est intéressant, dis-je. C'est tordu, c'est bizarre et c'est dingue, mais c'est aussi très intéressant.

– Quelle chance que tu veuilles bien te montrer compréhen-sive, et accepter de me revoir après que j'ai été… là où j'ai été…

– Ce n'est pas ta faute. Je le sais.

– Merci.

Et dire que je pensais pouvoir me tenir à distance de lui. Et dire que je pensais pouvoir fuir cette situation. Alors que je me sens tellement à l'aise en cet instant.

– Merci de ne pas avoir fait dérailler ma vie, dis-je. Et de ne pas m'avoir déshabillée. À moins que…

– Non, ta mémoire ne te joue pas de tour, je t'assure.

– Je te crois. Aussi étonnant que cela puisse paraître, je crois tout ce que tu m'as dit.

Et parce que je le crois, je souhaite également qu'il m'en dise davantage sur la manière dont il a lui-même vécu cette expérience, sur ce qu'il a vu lorsqu'il était moi. Néanmoins, ma curiosité à ce sujet me paraît affreusement autocomplaisante. Quel genre de fille demande l'avis d'un tiers sur sa propre vie ?

A sent mon hésitation. Évidemment.

– Tu veux savoir autre chose ? demande-t-il.

Alors je me lance :

– C'est juste que… as-tu l'impression de mieux me connaître, maintenant ? Bizarrement, j'ai le sentiment que c'est mon cas. À cause de ce que tu as fait, et de ce que tu n'as pas fait. Incroyable, non ? Je pensais que tu en aurais profité pour apprendre plus de choses sur moi… or il me semble que tu as été peu intrusif.

– J'ai quand même pu faire la connaissance de tes parents, me rappelle-t-il.

Oh, mon Dieu, c'est vrai.

– Et qu'est-ce que tu en as pensé ?

– Je crois qu'ils t'aiment beaucoup, chacun à sa façon.

J'éclate de rire.

– Chacun à sa façon, je ne te le fais pas dire !

– Quoi qu'il en soit, j'ai été content de les rencontrer.

– J'y penserai quand je te les présenterai pour de bon : « Maman, papa, voici A. Vous ne vous en doutez pas, mais vous avez déjà fait sa connaissance, le jour où il était de passage dans mon corps. »

– Je suis sûr qu'ils apprécieront.

Et, le plus bête c'est que je suis persuadée qu'ils l'adoreraient. Si seulement je pouvais le geler tel qu'il est maintenant et l'amener chez moi, mes parents seraient ravis.

Mais je ne peux pas lui parler ainsi. Ce serait injuste envers lui. Alors, je lui pose plutôt une autre question, rien que pour me rassurer :

– Si j'ai bien compris, ça ne se reproduira jamais, n'est-ce pas ? Tu n'as jamais été deux fois la même personne.

Il hoche la tête.

– Exact. Ça n'arrivera plus.

– Ne te vexe pas, mais j'avoue que je suis soulagée de pouvoir aller me coucher sans avoir à me demander si tu seras de nouveau aux commandes de mon corps demain matin. Une fois, je suis prête à l'assumer, c'est une expérience intéressante. Mais n'en fais pas une habitude.

– Promis. Je veux que nous passions du temps ensemble tous les deux, mais pas de cette façon-là.

Il m'adresse cette remarque tout simplement, comme si c'était parfaitement normal. Comme si je n'allais même pas la relever.

Or elle m'interpelle.

– Tu sais à quoi ressemble ma vie à présent, lui dis-je. Si tu parviens à imaginer un moyen pour que ça marche entre nous, j'écoute.

– Nous trouverons une solution.

– Ce n'est pas une réponse. Juste un espoir.

– C'est l'espoir qui nous a menés aussi loin, Rhiannon. Pas les réponses.

– Ce n'est pas faux, admets-je avant de boire une petite gorgée de mon café. Je sais que c'est idiot, mais… je n'arrête pas d'y penser : tu n'es vraiment ni d'un sexe ni de l'autre ? Quand tu habitais mon corps, par exemple, tu n'avais pas l'impression d'être… plus à l'aise que dans celui d'un garçon ?

– Je suis moi, dit-il (elle ?). Je me sens à l'aise dans tous les corps, sans jamais me sentir complètement à l'aise. C'est ma façon d'être.

J'ai envie d'insister :

– Et quand tu embrasses quelqu'un ?

– Pareil.

– Et pendant l'amour ?

– Est-ce que Dylan rougit ? Est-ce qu'il est en train de rougir, là, maintenant ?

Rougir ? Il est carrément écarlate.

– Oui, dis-je.

– Bien. Parce que moi, je me sens rougir.

Pourquoi l'évocation de relations sexuelles a-t-elle le don de susciter autant de gêne chez lui ? À moins que…

– Tu veux dire que tu n'as… jamais… ?

– Ce ne serait pas correct de ma part de profiter de…, commence-t-il à bredouiller.

– Jamais !

Le pauvre, maintenant, il ressemble à une fraise.

– Je suis très content que cela t'amuse, déclare-t-il.

– Excuse-moi.

– Enfin, il y a tout de même eu cette fille…

J'ai du mal à cacher ma curiosité.

– Ah oui ?

– Oui. Hier. Quand j'étais dans *ton* corps. Tu ne te souviens pas ? Ça ne m'étonnerait pas qu'elle soit tombée enceinte à cause de toi.

– Ce n'est pas drôle !

– Tu sais bien que je n'ai d'yeux que pour toi.

Le ton avec lequel il m'affirme cela n'a effectivement rien de comique. Ni de moqueur. Ni de désinvolte.

C'est de la sincérité à l'état pur : il n'y a aucun autre sens que celui des mots eux-mêmes.

Je n'ai pas l'habitude de ça.

– A...

J'hésite. Pourtant, il faut que je le lui dise. Il faut que je nous maintienne dans le monde réel. Et, dans le monde réel, il nous est impossible d'être ensemble.

– Pas maintenant, s'il te plaît, m'arrête-t-il. Continuons avec les choses agréables.

– D'accord. Comme tu voudras.

Alors, au lieu de discuter de demain, nous continuons de parler d'hier. Je lui demande ce qu'il a pu remarquer d'autre, et il mentionne un tas de trucs auxquels jamais je n'aurais prêté attention. Des détails physiques tels que la petite tache de naissance rouge à la base de mon pouce gauche, ou des souvenirs, comme celui de Rebecca se retrouvant avec un chewing-gum collé dans les cheveux. Il s'efforce également de me convaincre que mes parents se soucient de moi. Je lui rétorque qu'il a dû tomber sur eux un jour où ils étaient particulièrement bien lunés. Même s'il ne me contredit pas, je vois bien qu'il ne comprend pas tout à fait le sens de ma remarque. Comme il n'est jamais avec les gens plus d'un seul jour, il n'a pas l'habitude des changements d'humeur. Il ne perçoit pas la vie sous cet angle-là. Ce qui me rappelle à nouveau qu'il n'est peut-être pas équipé pour être avec quelqu'un qui, comme moi, alterne les bons et les mauvais jours.

A jette un coup d'œil à l'horloge de son téléphone ; moi aussi, je ferais bien de surveiller l'heure. Chez moi m'attendent un dîner, des devoirs, mon lit, ma vie.

– Il se fait tard, dis-je.

– Je sais.

– Alors, nous devrions sans doute...

– Seulement si tu me promets que nous nous reverrons. Bientôt. Demain, par exemple, si c'est possible. Sinon, après-demain.

Ça recommence, et il n'y a rien que je puisse faire pour que ça s'arrête. En réalité, je ne veux pas que ça s'arrête. D'ailleurs, tant qu'il s'agit seulement de deux personnes assises à bavarder en sirotant un café, nul besoin de prendre de décision.

– Comment veux-tu que je te dise non ? J'avoue que je meurs d'envie de voir qui tu vas être dans les prochains jours.

Dans sa réponse, une fois de plus, il n'y a de place que pour la sincérité :

– Je serai toujours A, tu sais.

Je me lève et lui dépose un baiser sur le front.

– Je sais. C'est d'ailleurs pour ça que je veux te revoir.

J'imagine des gens qui nous regarderaient nous lever de table, jeter nos gobelets de café et nous dire au revoir. « Voilà qui s'est bien passé », jugeraient-ils de ce qu'ils prendraient pour un rencard entre deux ados. Pas un premier rencard – non, trop de familiarité. Et certainement pas un dernier rencard, parce que, justement, ça s'est bien passé. De toute évidence, ce jeune geek et cette fille discrète s'apprécient. Il n'est pas nécessaire de se trouver à l'intérieur de nos corps pour s'en rendre compte.

# 20

Le lendemain, A est à quatre heures de chez moi, dans le corps d'une fille. Ce n'est guère mieux que quarante heures ou quarante jours.

Je lui dis qu'on aura plus de chance demain. Et, en écrivant ces mots, je veux y croire.

Mais je ne suis sûre de rien.

Alors que j'ai toute une journée devant moi, je décide de me livrer à une petite expérience. Je vais faire semblant d'être une étrangère dans mon propre corps.

Juste après ma douche, je m'observe dans le miroir. Combien de fois ai-je déjà fait ça dans ma vie ? Me contempler tandis que la buée s'efface peu à peu ? Espérer en vain que mon reflet finisse par me plaire davantage ? Plein de fois. Mais suis-je déjà parvenue à me voir pour de bon ? Non, je vois ce qui ne va pas. Mon attention se fixe sur les imperfections, les cheveux mal coiffés, le duvet, les irrégularités, les signes de fatigue, le gras et tout ce qui pourrait pendouiller. Mais je n'ai pas de vision d'ensemble. Je n'ai pas le recul suffisant pour me contempler dans ma totalité et me dire : « Voilà, c'est moi. » Ou même me demander : « Est-ce vraiment moi ? »

Or, c'est ce que je suis en train de faire, là. À quel point mon corps est-il vraiment moi ? Indéniablement, je suis mon visage. En le voyant, n'importe qui me reconnaîtrait. Même avec les cheveux mouillés et plaqués en arrière, c'est moi. Mais qu'en est-il du reste ? Si je me montrais une photo de mon corps des pieds aux épaules, serais-je sûre qu'il s'agit bien de Rhiannon ? Pourrais-je m'identifier formellement ?

Fermant les yeux, je m'interroge : à quoi mes pieds ressemblent-ils ? Je n'en ai qu'une vague image. Pareil pour mes mains. Quant à mon dos, je n'en ai pas la moindre idée.

Je laisse mon corps me définir, sans être moi-même capable de le définir.

Si j'étais une étrangère à l'intérieur de mon corps, que penserais-je de ce dernier ? Ouvrant les yeux, je me retrouve plongée dans l'incertitude. Une étrangère ne connaîtrait aucune des histoires derrière toutes ces petites cicatrices – la chute à tricycle, l'ampoule électrique brisée, etc. Une étrangère ne s'inquiéterait peut-être pas du fait que mes seins ne sont pas identiques, ou que le grain de beauté sur mon bras est plus poilu que le reste de mon bras. Quel intérêt de porter un jugement lorsqu'on est une inconnue à l'intérieur d'un corps ? C'est presque comme de conduire une voiture de location. Certes, on ne veut pas rouler dans un tas de ferraille... mais enfin, une voiture, ça reste une voiture. Peu importe son aspect tant qu'elle vous amène là où vous voulez aller.

Je sais que je ne suis pas une voiture. Mais, en marchant dans les couloirs du lycée, j'imagine une Rhiannon miniature en train de conduire mon corps. Elle correspond à mon vrai moi. Le corps ne serait qu'un véhicule. Et je m'interroge. Lorsque Preston me parle, j'ai l'impression qu'il s'adresse au conducteur. Mais quand un type que je ne connais pas m'observe dans le couloir, c'est la voiture qu'il regarde. Quand mon prof balaie la classe des yeux tout en radotant au sujet de l'histoire des États-Unis, ce ne sont pas les conducteurs qu'ils voient, mais les voitures, bien garées. Et lorsque Justin m'embrasse... je ne sais pas. Certaines fois, j'ai l'impression qu'il cherche à embrasser la conductrice. D'autres, il se contente d'embrasser le véhicule.

J'essaie de m'imaginer dans différents corps, les guidant ici ou là tout en faisant l'expérience de la manière dont ils sont perçus. Voici la conclusion à laquelle je parviens : je n'aime pas beaucoup mon corps, mais je ne suis pas certaine que je me sentirais mieux dans celui de quelqu'un d'autre. Lorsqu'on les observe trop longtemps, ils finissent tous par paraître étranges.

Je sais qu'A n'est pas là… mais je voudrais qu'il se trouve à l'intérieur d'un des corps que je croise. Je veux qu'une tête se tourne vers moi, et que dans ses yeux je voie A. Car il pourrait comprendre toutes les idées folles qui me traversent l'esprit. Car c'est à lui que je dois de les avoir. A m'a donné envie de pénétrer par-delà tous les véhicules, d'aller chercher les conducteurs.

– Ça va ? me demande Preston pendant le déjeuner. Tu as vraiment l'air ailleurs, aujourd'hui.

– Oh non, lui dis-je, je suis bien là, à l'intérieur.

Ça le fait rire. Me vient l'idée qu'un rire est comme un coup de klaxon donné par le conducteur pour manifester son plaisir.

Si A se trouvait dans le corps de Preston, je me jetterais sur lui pour l'embrasser.

Je sais qu'il est ridicule d'imaginer une chose pareille. Ce qui ne m'empêche pas de le faire.

Évidemment, Preston ne se doute de rien. Ce qu'il voit de moi ne lui permet pas de lire dans mes pensées.

La voiture a beau sourire tant qu'elle veut, l'expression sur le visage du conducteur reste invisible.

Je reçois des courriels d'A.

Voici ce qu'il me dit :

> La fille dont j'occupe aujourd'hui le corps n'est pas sympa du tout. Le temps d'une journée, je pourrais changer ça, mais à quoi cela servirait-il ?

Ou encore :
> Je veux que nous nous promenions à nouveau dans les bois.

Et il me demande :
> Que fais-tu ?

Je ne sais pas quoi répondre.


Ce n'est qu'après la fin des cours que Justin et moi avons vraiment l'occasion de nous parler. Il voudrait que je vienne chez lui, mais je ne peux pas. Je n'ai aucune excuse à lui donner ; je sais simplement que ce n'est pas possible.

J'ai aimé son corps pendant tellement longtemps. Je l'ai aimé avec dévotion, avec intensité. Quand je ferme les yeux, je le vois mieux que le mien, parce que je l'ai parcouru, étudié, détaillé avec beaucoup plus d'attention que je n'en ai jamais consacré à moi-même. Il m'attire encore. J'y suis toujours attachée. Mais n'empêche qu'il s'agit d'un corps, d'un simple corps.

Si je l'embrasse maintenant, c'est à ça que je penserai. Pareil si nous faisons l'amour.

Donc je ne peux pas.

Bien sûr, il veut savoir pourquoi. Il veut savoir ce que j'ai de mieux à faire.

– J'ai besoin de rentrer chez moi, c'est tout.

Cela ne suffit pas. Il est fâché. C'est une chose que je dise que je vais faire du shopping avec Preston, ou traîner avec Rebecca ; c'est supportable si j'explique que j'ai des devoirs ou que je dois rester auprès de ma mère.

Mais c'en est une autre de lui annoncer que je préfère ne *rien* faire. Du coup, il se sent comme un moins que rien. Je le comprends, et je m'en veux.

Mais je ne peux pas. C'est juste impossible.


Le lendemain, A est à quarante-cinq minutes de chez moi. Dans le corps d'un garçon.

Comme j'ai une interro de maths le matin, je ne peux sécher les cours qu'à partir de l'après-midi. Ce n'est pas que je me soucie tant que ça des maths. Simplement, je me rends compte que ma vie risque de consister désormais à tâcher d'aller le moins possible en cours afin de rejoindre A au plus vite. Il va falloir que je me méfie. Pas question de me faire virer du lycée à cause d'un coup de cœur – ou appelez ça comme vous voudrez. Mais pas question non plus de ne pas profiter au maximum d'A.

Sachant qu'aujourd'hui A est scolarisé à domicile, il faut qu'il trouve le moyen de s'échapper. J'attends un courriel de sa part, que je reçois vers midi : il a filé à la bibliothèque municipale, à moi de le rejoindre au plus vite.

Je ne perds pas de temps. Pendant le trajet en voiture, je l'imagine là-bas, ce qui est bizarre vu que je ne sais pas à quoi il ressemble aujourd'hui. Pour l'essentiel, je me le représente avec les traits de Nathan, le garçon de la soirée chez Steve. Pourquoi ? Je n'en sais rien.

À mon arrivée, la bibliothèque est plongée dans un profond silence.

– Puis-je t'aider ? me dit la bibliothécaire.

Je lui réponds que je cherche quelqu'un. Avant qu'elle puisse me demander pourquoi je ne suis pas en cours, je m'éloigne de l'accueil et me mets à parcourir les allées en quête d'A. Un homme de quatre-vingt-dix ans explore le rayon psychologie tandis qu'une femme – peut-être son épouse – fait la sieste dans un fauteuil très confortable, à côté d'un vieux fichier de bibliothèque. Dans le rayon dédié aux tout petits, une mère berce son bébé.

Au moment où je suis sur le point de renoncer, j'aperçois une rangée de bureaux le long de la fenêtre. Assis à l'un d'entre eux, un garçon aux cheveux roux est occupé à lire un livre. Il est tellement concentré qu'il ne me remarque pas avant que je me sois plantée juste à côté de lui. Il est mignon d'une façon tout à fait adorable, mais je m'en veux de prêter attention à ça. Ça ne devrait pas compter. Je dois penser à A et non au corps dans lequel il se trouve.

– *Toc toc* ! dis-je afin de l'extirper de l'univers de son bouquin. Étant donné que tu es ici l'unique personne de moins de vingt ans, j'imagine que c'est toi.

Je m'attends à un sourire. À un petit regard malicieux. À le voir soulagé que je sois enfin arrivée.

Au lieu de quoi j'ai droit à :

– Pardon ?

Comme s'il était incroyablement contrarié que j'interrompe sa lecture.

Pourtant, c'est forcément lui. J'ai regardé partout ailleurs.

– C'est bien toi, n'est-ce pas ?

Apparemment, ma tête ne lui dit rien du tout.

– On se connaît ? demande-t-il.

Bon. Peut-être pas. Peut-être qu'A est dans les toilettes des hommes. Peut-être me suis-je trompée de bibliothèque. Peut-être devrais-je arrêter d'aborder des inconnus en croyant qu'ils ne le sont pas.

– Oh, excuse-moi. Je… euh, je devais retrouver quelqu'un ici.

– Quelqu'un qui me ressemble ?

Maintenant, je vais définitivement passer pour une idiote. Parce que je devrais connaître la réponse à cette question, bien entendu, or…

– Euh… je ne sais pas vraiment. C'est une histoire compliquée… un truc par Internet.

– Tu ne devrais pas plutôt être au lycée à cette heure ?

Impossible que ce garçon ait plus de dix-huit ans. Je n'hésite donc pas à répliquer :

– Et toi, alors ? Qu'est-ce que tu fais ici ?

– Moi ? J'ai une très bonne raison d'être ici. Figure-toi que j'ai rendez-vous avec une fille absolument fantastique…

Comme je me suis d'ores et déjà intimé l'ordre de lâcher l'affaire, il me faut une seconde pour comprendre ce qu'il est en train de me dire.

Il s'est payé ma tête. Lui, le seul être dont je pensais qu'il ne se moquerait jamais de moi.

– Quel enfoiré !

– Désolé, c'était juste une…

Non, pas question d'écouter ses excuses.

– Quelle espèce d'enfoiré !

C'est bon, je m'en vais, je me tire. Nous n'avons jamais eu de règles entre nous, n'empêche qu'il vient d'en briser une.

A se lève.

– Excuse-moi, Rhiannon.

Je ne veux pas de ses excuses.

– Tu ne peux pas faire ce genre de chose. C'est vraiment dégueulasse d'en profiter comme ça.

C'est vrai, il saura toujours à quoi je ressemble, et moi, je ne le saurai jamais à l'avance.

– Je ne recommencerai pas. C'est promis.

Ça ne suffit pas.

– Je n'arrive toujours pas à croire que tu aies fait ça. Regarde-moi dans les yeux et jure-moi encore que c'est la dernière fois.

Il me regarde, pendant quelques secondes nous nous fixons.

Ça y est, je le vois, maintenant. Pas au sens propre : ce n'est pas comme s'il y avait dans ses yeux un petit bonhomme qui me faisait coucou. Mais je sais qu'il est là.

– Je te le jure, dit-il.

Il est sincère. À n'en pas douter. Je lui ai pardonné, mais autant qu'il ne le sache pas tout de suite.

– Je te crois. Mais tu resteras un enfoiré jusqu'à ce que tu me prouves le contraire.

\*

Comme ni l'un ni l'autre n'avons encore déjeuné, nous décidons d'aller manger. A me prévient que la mère de ce garçon repassera le chercher dans deux heures. Il ne faut pas que nous traînions trop.

Nous entrons dans le premier restaurant que nous trouvons, un chinois qui sent fort le produit nettoyant, comme si on venait d'y passer la serpillière.

– Alors, comment s'est passée ta matinée ? me demande A.

– Elle s'est passée, lui dis-je. J'ai eu un contrôle de maths. Ça ne mérite sûrement pas qu'on en parle. Steve et Stephanie se sont encore disputés en venant au lycée ; apparemment, Stephanie voulait s'arrêter chez Starbucks et Steve ne voulait pas, et donc elle l'a traité de gros égoïste et lui de grosse conne accro à la caféine. Et du coup, Steve a loupé la première heure de cours pour aller lui acheter un grand *macchiato* noisette. C'était gentil de sa part de lui prendre un café, mais un peu pervers parce que en fait, elle les préfère largement au caramel plutôt qu'à la noisette. Heureusement, elle l'a remercié sans faire de remarque, et du coup tout est temporairement revenu à la normale entre eux, si l'on peut parler de normale. Voilà la grande nouvelle du jour.

Je ne lui raconte pas que, lorsque j'ai vu Justin, il m'a reproché de l'avoir laissé tomber hier (même si en réalité nous n'avions fait aucun projet ensemble). Il n'a pas arrêté de me dire qu'il espérait que j'avais passé une soirée *fabuleuse.* Je lui ai répondu que j'avais passé un moment *fabuleux* à réviser mes maths. Il a fait mine de ne pas me croire, comme s'il pensait que je m'étais rendue à une fête sans lui.

Plutôt que de parler de Justin, j'interroge A sur la fille qu'il était hier. Je suis assez fière de moi, parce que j'arrive à poser la question de manière complètement naturelle.

– Tiens, dis-m'en davantage sur ce que tu as fait hier, quand tu étais cette fille.

– J'avais l'impression d'être une grenade, me confie-t-il. Tout le monde s'attendait à ce qu'elle explose et fasse de sérieux dégâts. Le pouvoir qu'elle avait sur les autres, elle ne le tenait que de la peur qu'elle inspirait.

Cela me fait penser à Lindsay Craig et à sa petite bande de laquais.

– Je connais des tas de filles comme elle, dis-je. Certaines sont dangereuses, particulièrement douées pour la cruauté.

– Je crois qu'on peut effectivement la classer dans cette catégorie-là.

J'imagine A avec les traits de Lindsay, ou d'une autre fille tout aussi mauvaise.

– Je suis bien contente de ne pas l'avoir rencontrée, alors.

En effet, à quoi cela aurait-il servi? Si A était comme ça aujourd'hui, nous ne pourrions pas être aussi bien ensemble que nous le sommes à présent. Nous avons beau nous trouver dans un restau chinois pas cher avec des taches de gras sur les menus et des chats en céramique qui gardent la sauce de soja au bord des tables, ça reste une évasion, ça reste un moment excitant. Nous tenant les mains, nous nous regardons dans les yeux sans éprouver le besoin de beaucoup parler. J'ai trouvé quelqu'un qui se soucie de moi et, dans la configuration actuelle, j'arrive à l'accepter.

– Je regrette de m'être emportée. C'est juste que… c'est suffisamment difficile comme ça. J'étais tellement sûre de ne pas me tromper.

– Ce n'était pas très fin de ma part, je le reconnais. Je ne me suis pas mis à ta place. J'ai oublié à quel point cette situation pouvait être perturbante pour toi.

– Justin se comporte aussi de cette façon, parfois. Je lui dis quelque chose, et il prétend ne pas avoir entendu, dans le seul but de me rendre folle. Il invente aussi des histoires de toutes pièces afin de rire à mes dépens. Je déteste ça.

– Encore une fois, je suis désolé.

– Non, de toute façon, j'ai toujours eu droit à ce genre de comportements. Ce doit être un truc chez moi, les gens adorent me jouer des tours. Et je pourrais sans doute leur rendre la pareille, ce qui ne me vient pourtant jamais à l'esprit.

Je n'ai pas envie de passer pour quelqu'un qui aime se plaindre. De passer pour une pauvre fille qui ne sait pas se défendre. Mais je veux aussi qu'il sache… je ne supporte pas la méchanceté. Je ne supporte pas les petits jeux. Je veux me protéger de tout ça, mais je ne suis pas douée pour le faire. Je préfère perdre plutôt que de jouer. Je préfère être blessée plutôt que d'être méchante. Peut-être parce qu'être blessée ne me pose pas de problème en termes d'image de moi-même. Alors qu'être méchante… je ne pourrais pas le supporter.

J'ai peur qu'A cherche à dire quelque chose pour me rassurer. Qu'il m'explique que tout ça, c'est dans ma tête. Ou pire, que, comme Justin, il me dise qu'il faut que j'apprenne à ne pas prendre ces choses au sérieux. Comme si, le vrai problème, c'était mon absence d'humour.

Mais A ne dit rien de la sorte. À la place, il vide le pot de baguettes sur la table.

– Qu'est-ce que tu fais ?

La dame derrière la caisse nous lance un drôle de regard, et je peux la comprendre.

Plutôt que de me répondre, A dispose les baguettes de manière à former un cœur qui couvre la table. Puis, prenant tout l'aspartame sur notre table et celles d'à côté, il remplit ce cœur de sachets en papier rose pâle.

C'est trop. Mais je trouve ça génial.

Une fois qu'il a terminé, il me regarde fièrement avec l'air d'un petit enfant qui vient d'achever la construction d'un fort.

– Tu vois ça ? dit-il en désignant le cœur. Eh bien, il ne

représente que le quatre-vingt-dix millionième de ce que j'éprouve pour toi.

Cela me fait pouffer. Il semble avoir oublié avec quoi il a rempli ce cœur.

– Très bien, dis-je, je vais essayer de ne pas mal le prendre.

– Quoi encore ? s'étonne-t-il, un peu vexé. Qu'est-ce que tu pourrais mal prendre ?

– Le fait que tu aies utilisé un édulcorant plutôt que du vrai sucre ?

De la saccharine. Un truc bien faux. Ou vrai à sa manière.

Il retire un sachet rose du cœur et s'amuse à le lancer sur moi.

– Il ne faut pas voir des symboles partout ! s'écrie-t-il.

Hors de question que j'encaisse ses attaques sans me défendre. J'ôte une des baguettes du cœur et je m'en sers comme d'une épée. Relevant le défi, il se saisit lui aussi d'une baguette. Il se fend, je pare, nous sommes ravis de faire les clowns.

Le serveur arrive avec nos assiettes. A tourne la tête, j'en profite pour le toucher en pleine poitrine.

– Ah, je meurs ! s'écrie-t-il.

– Qui a commandé le poulet *moo shu* ? demande le serveur.

– Lui, dis-je. Et sinon la réponse est : oui, on est toujours comme ça.

A attend que le serveur se soit éloigné pour me demander :

– C'est vrai ? On est toujours comme ça, toi et moi ?

– C'est peut-être un peu tôt pour parler de « toujours »…

Je n'ai pas envie de gâcher ce joli moment. Mais je ne veux pas non plus que nous nous laissions emporter.

– Néanmoins, c'est bon signe, insiste-t-il.

– Oui, toujours.

J'oublie le reste de ma vie. Sans avoir fait le moindre effort pour, sans même l'avoir voulu, je l'ai oublié. Il a disparu. Seul demeure le présent – moi, A et tout ce que nous partageons.

Plutôt qu'à de l'amnésie, ça ressemble à une soudaine absence de bruit.

À la fin du repas, nous avons droit à des *fortune cookies*, des biscuits contenant un horoscope imprimé sur un petit bout de papier. Voici ce que dit le mien :
VOUS AVEZ UN JOLI SOURIRE.
– Ce n'est pas un horoscope, dis-je en le montrant à A.
– Non. «Vous *aurez* un joli sourire», ça, ce serait un horoscope.
Exactement. Un horoscope est censé vous prédire l'avenir, et non vous décrire le présent.
Et puis d'ailleurs, tout le monde a un joli sourire, non ?
– Ce biscuit est défectueux, dis-je. Je vais demander qu'on me l'échange.
A semble trouver cette idée amusante.
– Il t'arrive souvent de faire des réclamations à propos de ton horoscope ? demande-t-il.
– Non. C'est une première. Mais, dans un restaurant chinois, l'horoscope c'est…
– Sacré.
– Exactement.
Je fais signe au serveur, qui immédiatement s'approche.
– Mon horoscope n'en est pas un vrai. Et, en tant que simple affirmation, il est également un peu superficiel et décevant.
Le serveur hoche la tête, s'éloigne puis revient avec une grosse poignée de biscuits, chacun emballé dans un sachet individuel.
– Un seul suffira, dis-je (en ouvrir plus d'un, ce serait tricher). Attendez une seconde.
J'ouvre donc un second biscuit… et je suis soulagée par ce que je trouve à l'intérieur.
L'AVENTURE VOUS ATTEND AU COIN DE LA RUE.

– Bravo, monsieur, s'enthousiasme A, félicitant le serveur après que je leur ai montré à tous deux le papier.

– À ton tour, dis-je.

A ouvre délicatement son biscuit. À la lecture du petit papier, son visage se met à rayonner.

– C'est écrit quoi ?

Il me le tend pour que je puisse lire.

L'AVENTURE VOUS ATTEND AU COIN DE LA RUE.

Je ne suis pas quelqu'un de superstitieux. Mais j'ai hâte de parvenir à ce coin de rue. Où qu'il soit.

Je sais que nous n'avons pas beaucoup de temps. Je sais qu'A et moi ne faisons qu'emprunter ce moment sur le temps de quelqu'un d'autre, qu'il ne nous appartient pas entièrement. Mais je veux l'emprunter aussi longtemps que possible. Je veux qu'A continue de me parler. Je veux continuer de l'écouter.

De retour à la bibliothèque, je lui demande de me recommander d'autres livres, car j'ai conscience que ses conseils m'aideront à le connaître encore davantage.

Il me montre le bouquin qu'il lisait avant que j'arrive, *Interface* de M.T. Anderson.

– Ce roman traite de la différence entre les connexions technologiques et les liens humains. Il parle du surplus d'information qui nous fait oublier qui nous sommes ou, du moins, qui nous sommes censés être.

Après m'avoir emmenée plus loin le long de l'allée, tout au bout du rayon pour ados, il brandit un exemplaire de *La Voleuse de livres* de Markus Zusak.

– Tu l'as lu ? (Puis, voyant que je secoue la tête :) C'est un roman sur la Shoah, raconté par la mort elle-même. La mort a beau être à part, séparée de tout le reste, elle a quand même le sentiment d'appartenir au monde. Et, quand elle commence à se pencher sur l'histoire de cette petite fille qui mène une vie très, très dure, elle n'arrive plus à s'en détourner. Il faut qu'elle sache ce qui va se passer. (A me ramène un peu en arrière dans l'allée.) Sur une note plus légère, il y a *Destroy All Cars* de Blake Nelson. Cette histoire repose sur l'idée que tenir très fort à quelque chose peut vous faire détester le monde, parce que le monde peut être vraiment, vraiment très décevant. Mais ne t'inquiète pas, c'est aussi plein d'humour. Car c'est comme ça que l'on survit à toutes les déceptions, non ? En en riant.

Je suis d'accord avec lui. Et je pourrais lui dire pas mal de choses à ce sujet, mais il a l'intention de continuer sur sa lancée. Je lui ai posé la bonne question, il veut y répondre le plus complètement possible. Il me montre un livre intitulé *First Day on Earth* de Cecil Castellucci.

– Je sais que ça va paraître complètement loufoque, mais c'est l'histoire d'un garçon appartenant à un groupe de soutien pour les gens qui pensent avoir été kidnappés par des extraterrestres. Et il rencontre un type plus âgé qui pourrait justement être un extraterrestre, ou pas. Mais le vrai thème du roman, c'est : qu'est-ce qui définit réellement le fait d'être humain ? Je le relis souvent, dès que je le trouve dans une bibliothèque. Parce que chaque fois j'y découvre quelque chose de nouveau, mais aussi parce que j'aime pouvoir compter sur ce livre. Et sur tous les autres. Ma vie change tout le temps, mais les livres demeurent. Ma façon de les lire change – j'apporte chaque fois une perspective un peu différente –, mais ces phrases restent familières. Leur univers est un endroit où vous avez déjà mis les pieds, et qui est prêt à vous accueillir de nouveau. (Il secoue la tête, puis reprend :) Tu sais, ce que je viens de te dire, je ne l'avais jamais dit à personne. Y compris à moi-même. Mais voilà, c'est la vérité.

J'ai envie d'emprunter tous ces livres, de partager tous ces univers avec lui. Puis je me rappelle : ici, ce n'est pas ma bibliothèque. Ce n'est pas ma ville.

– Et toi ? me demande A. Quelque chose à me conseiller ?

Je devrais lui indiquer une œuvre très intelligente, très raffinée, mais je sais qu'il me pose la question dans le même esprit que je la lui ai moi-même posée : il veut en apprendre davantage sur moi, il veut voir mon portrait se dessiner à travers mes réponses. Alors, au lieu de prétendre que *Jane Eyre* de Charlotte Brontë n'est autre que l'histoire de ma vie, ou que *Johnny Tremain* d'Esther Forbes a transformé mon existence, je l'emmène du côté des albums jeunesse. C'est *Harold et le crayon violet* de Crockett Johnson que je cherche, parce que, quand j'étais petite, j'adorais ça – la capacité de dessiner son propre monde, et en plus de le dessiner en violet ! Tiens, ils en ont mis un exemplaire sur le présentoir au bout du rayon. Je me précipite dessus.

– Pitié, pas celui-là, s'il te plaît ! s'écrie A au moment où je tends le bras vers l'exemplaire.

– Ne me dis pas que tu as quelque chose contre *Harold et le crayon violet* ?

En ce qui me concerne, ce ne serait rien de moins qu'une preuve de profonde incompatibilité.

Mais A semble soulagé.

– Pardon, dit-il, j'ai eu une frayeur. J'ai cru que tu allais me montrer *L'Arbre généreux* de Shel Silverstein.

Pour qui me prend-il ? Je le rassure tout de suite :

– Je DÉTESTE *L'Arbre généreux.*

– Dieu merci ! Si tu avais été fan, ça aurait pu être un motif de rupture sérieux entre nous.

C'est exactement ce que je lui aurais déclaré si par malheur il avait choisi ce livre, avec cet arbre qui ferait bien d'apprendre à se défendre un peu, et ce petit garçon qui mériterait une bonne claque.

– « Tiens, prends mes bras ! Prends mes jambes » ! dis-je pour imiter ce bouquin ridicule.

– « Prends ma tête ! Prends mes épaules ! »

– « Parce que c'est ça, l'amour ! »

C'est quand même incroyable que certains parents lisent ça à leurs enfants. Quel affreux message ils font passer !

– Ce gosse est vraiment le roi des imbéciles, s'exclame A.

– Exactement.

Quelle chance d'être d'accord sur ce point !

Je repose *Harold* et m'approche plus près d'A. Pour ce qui va suivre, un crayon violet ne me serait d'aucune utilité.

Je l'embrasse.

Pas de sacrifice. Pas de douleur. Pas d'exigences.

De l'amour. Rien que de l'amour.

Je me perds à l'intérieur, et c'est très agréable. Du moins jusqu'à ce que quelqu'un crie :

– Mais je rêve ? Ça va pas, la tête !

L'espace d'un instant, j'imagine que c'est la bibliothécaire qui vient de nous surprendre, et qui s'apprête à nous coller une amende. Or, la femme qui me hurle dessus n'est pas la bibliothécaire, mais quelqu'un que je n'ai jamais vu de ma vie. C'est une dame d'âge mûr qui est visiblement très en colère.

– Je ne sais pas qui sont tes parents, me crie-t-elle au visage, mais sache que je n'ai pas élevé mon fils pour qu'il traîne avec de petites garces.

J'en ai le souffle coupé. Je ne crois pas avoir mérité ça.

– Maman ! intervient A. Laisse-la tranquille.

« Maman. C'est la mère d'A », me dis-je avant de me corriger aussitôt : non, ce n'est pas la mère d'A. A n'a pas de mère, du moins pas au sens où moi j'en ai une, par exemple. Non, ce doit être celle du garçon dont il occupe le corps. Celle qui se charge de lui faire l'école à la maison. Celle qui l'a autorisé à se rendre à la bibliothèque, et qui maintenant tombe sur *ça*.

– Va dans la voiture, George. Fais ce que je te dis, dépêche-toi.

Je m'attends à ce qu'A obtempère. Je ne lui en voudrais pas de se soumettre à cette dame, bien que je me sente brutalement attaquée. Mais, au lieu d'obéir, il regarde la mère de George droit dans les yeux.

– Calme-toi, lui dit-il en détachant bien les syllabes.

C'est désormais au tour de la mère de George d'être sous le choc. Ce petit rouquin à l'air innocent ne lui a probablement encore jamais parlé sur ce ton, même si je suis sûre qu'elle l'aurait souvent mérité.

Pendant que la mère de George demeure interdite, A se tourne vers moi et m'assure que nous nous reverrons bientôt.

– Ah ça, n'y compte pas ! s'indigne la femme.

J'embrasse à nouveau A. Un baiser qui signifie tout à la fois « à très bientôt, bonne chance et j'ai passé un super moment ». Je sais qu'il contient toutes ces choses, parce que j'ai pris soin de les y mettre. D'habitude, un baiser contient aussi des questions. « Est-ce que tu m'aimes ? Est-ce que ça marche entre nous ? » Mais celui-ci est entièrement dépourvu de questions. Et, une fois qu'il est terminé, je chuchote à A :

– Ne t'inquiète pas. Nous allons trouver le moyen d'être ensemble. C'est bientôt le week-end.

Je n'ai pas l'occasion d'en dire plus, car la mère de George lui attrape l'oreille et tire. Elle me dévisage à nouveau, faisant de son mieux pour me communiquer son mépris – « petite garce petite garce petite garce » –, cependant ça ne m'impressionne pas. A éclate de rire : être tiré par l'oreille, il trouve cette situation tellement ridicule. Du coup, la mère de George tire encore plus fort.

Une fois qu'ils sont sortis, je fais au revoir à A de la main à travers la vitre. Il ne me voit pas, mais m'adresse le même geste.

Il n'est même pas encore trois heures de l'après-midi. Consultant mon téléphone, je découvre un texto de Justin qui me demande où je suis passée, puis un autre où il me dit qu'il m'a cherchée partout. Je lui réponds que je ne me sentais pas bien et que je suis donc rentrée avant la fin des cours. À moins qu'il souhaite vérifier que je ne mens pas, il ne proposera pas de passer me voir, ni de m'apporter de la soupe.

Par conséquent, j'éteins mon téléphone. Je me déconnecte.

Si quelqu'un me pose la question, je leur dirai que je dormais.

Et j'attendrai qu'A me réveille à nouveau.

# 21

Je passe la matinée de vendredi à penser au week-end. Rien d'anormal ; la plupart des gens passent la *journée* de vendredi à penser au week-end. Mais, en général, il ne s'agit pas pour eux de trouver un endroit où fixer rendez-vous à quelqu'un comme A.

J'élabore un plan. Mon oncle possède un chalet dont il ne se sert jamais ; en outre, il est en Californie en ce moment. Mes parents ont un double des clés, et il est parfaitement impossible qu'ils en remarquent l'absence. Tout ce dont j'ai besoin, c'est d'un – ou de plusieurs – alibi.

Je reçois un courriel d'A m'informant qu'aujourd'hui il est dans la peau d'une fille qui s'appelle Surita et n'habite pas très loin d'ici. Je suis prête à sécher – on est vendredi, après tout –, mais A insiste pour ne me retrouver qu'après les cours. Je comprends, il vaut mieux ne pas chambouler la journée de Surita. Mais, à la place d'A, ferais-je preuve d'autant de délicatesse ?

Justin m'en veut toujours.

– Ça va mieux, je vois, dit-il quand nous nous retrouvons devant son casier avant la toute première sonnerie.

– Oui. Ça devait être un de ces trucs qui ne durent que vingt-quatre heures.

Comme il a l'air sceptique, je prends la mouche :

– Pardon de ne pas t'avoir envoyé une photo de mon vomi.

– Hé, je ne t'ai pas fait la moindre remarque, rétorque-t-il en claquant la porte de son casier.

Il a raison, je me comporte de manière très injuste. C'est moi qui m'énerve contre lui, alors que c'est moi la menteuse.

Et voilà que j'ajoute un nouveau mensonge :

– Heureusement que je vais mieux, d'ailleurs, puisque ce week-end nous allons voir ma grand-mère. Je n'aurais pas voulu lui refiler mes microbes et qu'elle tombe malade par ma faute.

Dès que ces mots se sont échappés de ma bouche, je pense à la grand-mère de Justin qui, elle, est malade pour de bon.

– Quand est-ce que tu pars ? demande-t-il.

– Demain. Mais j'ai promis à Rebecca qu'aujourd'hui je passerais la soirée chez elle.

– Génial, soupire Justin.

Puis il s'éloigne sans me dire au revoir – ce qui est bien mérité.

Si j'ai mentionné Rebecca, c'est parce que ça correspond à ce que je vais raconter à mes parents : je vais leur dire que je passe le week-end chez elle. Ça ne les dérangera pas, ils apprécient Rebecca. Mais je me rends compte maintenant que je vais devoir rester chez elle au moins ce soir, étant donné que c'est ce que j'ai annoncé à Justin.

En cours d'arts plastiques, je lui demande si elle a prévu quelque chose. Évidemment, je prie pour qu'elle soit libre.

– Non, répond-elle. Tu as une suggestion ?

– Et si je dormais chez toi ?

L'idée a l'air de lui plaire.

– Ça marche ! Ça fait un bout de temps qu'on ne s'est pas fait une double séance *Lolita malgré moi* et *Fatal Games*.

– Ou *The Breakfast Club* et *Rose bonbon*.

C'étaient nos films de référence, à l'époque où nous avions l'âge de dormir régulièrement l'une chez l'autre. Que Rebecca s'en souvienne me fait plaisir, vu tout le temps qui s'est écoulé depuis lors. Mais était-ce vraiment il y a si longtemps ? Il s'agissait de ma vie pré-Justin. Une autre vie.

– Après les cours, ma mère va avoir besoin de moi un petit moment, lui dis-je. Mais ça te va si je viens vers six heures ?

– Tu apportes les cookies ?

– Tant que tu fournis la glace...

C'est tellement agréable d'avoir ce genre de conversation que j'en oublie presque tous les mensonges qui l'entourent. J'en oublie presque toutes ces choses que je ne lui dis pas.


Je retrouve A à la librairie. Aujourd'hui, il est dans le corps d'une jeune Indienne un peu grassouillette. J'ai honte que ce soit ma première pensée, la première chose que je remarque. Il s'agit d'A. C'est avec A que je m'apprête à passer un moment. Je dois me concentrer sur le conducteur, pas sur la voiture.

Alors que nous décidons d'aller nous promener au parc, je fixe Surita des yeux et j'essaie de l'imaginer en garçon. Ce n'est pas si difficile que ça. Pour peu que vous scrutiez le visage de quelqu'un suffisamment longtemps, vous n'aurez pas de mal à lui prêter des traits correspondant au sexe opposé. Mais je m'interromps soudain pour me demander ce qui me pousse à me livrer à cet exercice, sachant que je ne me permettrais pas, par exemple, de l'imaginer avec la peau blanche. Ce serait tordu. Reste que j'ai quand même envie de la voir comme un garçon, d'envisager A comme un garçon enfermé à l'intérieur.

C'est en partie un problème de vocabulaire, dû au fait qu'il y a des mots distincts pour dire « il » et « elle », « lui » et « elle ». Jamais je n'y avais encore songé, à la barrière que cela crée. Peut-être que si un seul pronom s'appliquait à tout le monde, cette différence nous paraîtrait moins importante.

J'ai presque envie de poser la question à A : « Es-tu un il ou une elle ? » Mais je connais la réponse : A n'est ni l'un ni l'autre et les deux à la fois, et ce n'est pas sa faute si notre langage est incapable de prendre ça en compte.

Je suis sûre qu'A l'a remarqué. Que je ne tiens pas la main de Surita. Qu'il n'y a pas la même charge électrique dans l'air que lorsqu'A occupait le corps d'un garçon. J'aimerais changer ça. Je m'en veux de vivre les choses de cette manière-là. Mais je ne peux pas faire autrement.

A m'explique que Surita habite avec sa grand-mère et que, cette dernière ne gardant que vaguement l'œil sur elle, elle peut rentrer le soir à l'heure qu'elle veut. Ce qui signifie que, ce soir, c'est moi qui vais devoir écourter notre rendez-vous. J'en parle à A, tout en lui indiquant que je nous ai prévu quelque chose pour ce week-end – j'ai trouvé un endroit où nous pourrons nous retrouver. Je ne lui donne aucune précision. Je veux que ça reste une surprise.

Parvenus devant la cage à écureuils de l'aire de jeux, nous profitons du fait qu'il n'y ait pas de gamins aux alentours pour nous comporter nous-mêmes en enfants, escaladant la cage tout en riant comme des petits fous. A me demande qui étaient mes amis à l'époque du CE2 ; je lui parle de Rebecca, de ce garçon – Peter – pour qui j'en pinçais sérieusement, de Mme Shed-lowe, du cuisinier de la cantine qui m'écoutait patiemment chaque fois que j'avais un problème à lui confier. Comme je ne peux pas poser la même question à A, je l'interroge sur les souvenirs qu'il (elle) a conservés de son enfance. Et il me parle du jour de la Saint-Valentin où sa mère l'a emmené(e) au zoo, de la fête d'anniversaire où il (elle) a été porté(e) en triomphe pour avoir retrouvé un chien qui avait fugué, et du match de base-ball où il (elle) a réussi un *home run* – parce que le corps savait quels gestes faire, contrairement à A.

– De toutes petites victoires, commente-t-il.

– Mais chaque fois tu t'en es sorti. Voilà ta grande victoire.

– Et ça, dit A en s'approchant, doit être ma récompense.

Je sais que je devrais toucher le bras de cette fille. Que je devrais l'attirer vers moi et trouver un moyen de me serrer contre lui (elle) à l'abri sous la structure métallique de la cage à écureuils. Mais je préfère m'écrier :

– Regarde, le toboggan !

Et me précipiter dessus en faisant signe à A de me suivre.

S'il remarque quelque chose, il ne le montre pas. Et même si physiquement nous gardons nos distances, cela ne nous empêche pas d'être à l'aise ensemble. De passer un moment très agréable.

Je suis heureuse. Sauf pendant les quelques secondes où j'imagine Justin chez lui, jouant à sa console – sentant que quelque chose cloche, et s'en irritant, sans toutefois se douter que je me suis autant éloignée de lui.

Puis je m'imagine ce qu'A serait en train de faire s'il n'était pas ici avec moi. Perdu dans la vie de quelqu'un d'autre. S'effaçant pour mieux devenir cette fille.

Après le toboggan, je propose les balançoires. Plutôt que l'un se balance tandis que l'autre le pousse, nous nous asseyons côte à côte sur deux balançoires, pliant et dépliant les jambes pour prendre de l'élan. À un moment, nous parvenons exactement à la même hauteur. A me tend la main, je la prends. Nous nous balançons de la sorte, parfaitement synchrones, pendant une vingtaine de secondes. Puis nous commençons à suivre chacun notre propre rythme, à cause de notre différence de poids, ou de force, ou à cause de notre position. Quoi qu'il en soit, ce sont nos corps qui nous empêchent de continuer ainsi à jamais.

De retour à la librairie, je demande à A de m'aider à retrouver *Interface*, *La Voleuse de livres*, *Destroy All Cars* et *First Day on Earth*. Je les achète tous.

– Tu as beaucoup de chance, dit A.

– Parce que ce sont de bons livres ?

– Non. Parce que maintenant tu les auras toujours sous la main. Tu ne seras pas obligée de passer ton temps à les chercher.

Je suis sur le point de lui proposer de les lui prêter… mais, bien évidemment, c'est impossible.

– Allez, ça suffit de se plaindre ! s'exclame A. Qui a besoin de posséder quoi que ce soit quand le monde entier est à notre disposition ?

Le ton qu'il utilise est joyeux. Peut-être qu'il croit vraiment à ce qu'il (elle) vient de dire. Peut-être ai-je tort de vouloir ceci ou cela, de vouloir à tout prix posséder. À moins qu'A vienne de me laisser entrevoir quelque chose qu'il (elle) ne souhaitait pas que je voie.

Pas le temps d'étudier cette question. Rebecca m'attend chez elle. Mais A et moi, nous serons ensemble demain. Oui, je me répète que demain est à nous.

Nous nous quittons pleins d'espoir. Et ce n'est qu'une fois seule dans ma voiture que je me rends compte que, au moment de se dire au revoir, j'aurais pu l'embrasser.

Cela ne m'est même pas venu à l'esprit.


Ce soir-là, Rebecca sent bien que j'ai du mal à me concentrer sur Lindsay Lohan et Tina Fey. Elle met le film sur pause.

– Il y a un problème entre toi et Justin ? demande-t-elle. C'est ça qui te tracasse ?

Immédiatement, je me mets sur la défensive. Beaucoup trop.

– Qu'est-ce qui te fait croire qu'il y a un problème entre nous ? Il n'y a absolument rien.

Avec cette dernière phrase, je lui ai accidentellement vendu la mèche. Mais elle ne semble pas le remarquer.

– Je ne sais pas, dit-elle. En tout cas, je suis contente que tu sois là. C'est la première fois qu'on se fait une soirée entre copines depuis que vous êtes ensemble, tous les deux. Je croyais d'ailleurs que ça ne se produirait peut-être plus jamais.

Maintenant je comprends mieux. Ces derniers mois, j'ai blessé Rebecca, sans même m'en rendre compte. Elle ne me le dira pas directement, mais c'est clair. Comme de l'eau de roche.

– Pardon, lui dis-je, bien qu'elle ne m'ait pas réclamé d'excuses, ou peut-être parce que justement elle ne m'en a pas demandé. Entre Justin et moi, ça va. Vraiment. Mais être avec lui ne me suffit pas, j'ai aussi besoin de mes meilleurs amis.

«Mes meilleurs amis». C'est comme un cadeau qu'on m'a fait alors que je ne le mérite pas. Mais me voilà en train de réaliser que je l'ai toujours, ce cadeau, et que je ne l'échangerais pour rien au monde.

– Tu veux encore de la glace? me demande Rebecca en ramassant son bol. Moi, oui.

– Volontiers.

En réalité, j'en ai eu assez, mais je vois bien qu'elle a envie d'en reprendre et de ne pas être la seule.

Assise dans cette salle de jeux que je connais presque depuis mon plus jeune âge, tout en regardant des photos de Rebecca et de sa famille à différentes époques de leur vie, je comprends soudain quelque chose à notre sujet : elle me voit forcément comme davantage qu'un simple corps, puisque le corps de Rhiannon qu'elle a connu a énormément changé au fil des ans. Oui, voilà qui doit aider à voir la personne à l'intérieur, plutôt que l'enveloppe.

Elle revient et appuie à nouveau sur «lecture». Notre double séance se prolonge bien après minuit, à cause de tous les arrêts que nous marquons pour aller chercher de quoi grignoter ou pour regarder sur Internet ce qu'il est advenu de l'acteur qui joue Aaron. (Est-il toujours aussi mignon? La réponse est oui.) Le seul moment un peu délicat, c'est quand Rebecca me demande ce que j'ai prévu ce week-end. Je ferais bien de la prévenir qu'elle est mon alibi et que mes parents pourraient appeler, mais je préfère ressortir cette histoire de grand-mère.

Rebecca me dit de lui passer le bonjour, et je promets de ne pas oublier.

Je m'endors en me demandant ce que je suis en train de faire, et me réveille avec les mêmes interrogations, convaincue que, de toute façon, rien ne m'empêchera de le faire.

# 22

Comme il y a environ deux heures de route pour aller au chalet de mon oncle Artie, j'ai tout le temps de réfléchir. Le double de la clé est dans ma poche, et j'ai pris le sac que j'avais préparé pour mon week-end chez Rebecca. Ou chez ma grand-mère, selon à qui vous posez la question.

Je suis contente de pouvoir enfin être seule avec A. Je sais que ça ne durera que jusqu'à minuit – j'espère qu'il pourra revenir demain, mais rien n'est sûr. Curieusement, depuis que je sors avec Justin, jamais il ne m'est venu à l'idée de l'amener ici. Peut-être parce que nous pouvons aller chez lui. Ou peut-être parce que nous n'avons jamais ressenti le besoin de nous évader de cette manière.

S'évader. Avec tout ce temps pour y réfléchir sur la route, je dois me rendre à l'évidence : techniquement, je suis en train de tromper Justin. Sans doute le savais-je depuis le début, mais c'est la première fois que le mot s'impose à moi. Est-ce une bonne idée de chercher à expliquer ce que je suis en train de faire ? J'ai l'impression d'être encore embourbée dans de vaines tentatives pour me le représenter. Je sais comment Justin se représenterait les choses, lui, et ce qu'il en dirait. Je suis certaine que ce que je lui fais là, il ne me l'a jamais fait.

Cependant, je lui en veux de n'avoir rien remarqué. Ce qui, je m'en rends compte, est totalement injuste de ma part.

À mon arrivée, je pourrais lui envoyer un texto. Rompre avec lui par SMS. Mais il mérite mieux. Il mérite une explication. Seulement, comme m'y prendre pour justifier ça ?

« Je suis tombée amoureuse de quelqu'un que j'ai rencontré alors qu'il était dans ton corps le temps d'une journée. »

Je me suis arrangée pour arriver un peu en avance, histoire de faire un brin de ménage. J'adore mon oncle Artie, mais ce n'est pas pour rien que ses petites amies finissent toutes par le quitter. Ce chalet se résume en gros à une seule pièce avec un tas de trucs entassés à l'intérieur, dont quantité de ses fameux trophées de chasse. Quand j'étais petite, je suis venue une fois ou deux avec mes parents, et j'ai été terrifiée par toutes ces têtes d'animaux aux yeux de verre qui me fixaient depuis les murs. Et j'avoue que je n'aime toujours pas ça, même si j'ai appris à ne pas y prêter attention. Voyant néanmoins qu'une ou deux de ces têtes paraissent particulièrement miteuses, je les recouvre d'un drap. Les autres, elles, continuent de m'observer.

C'est bien d'être en avance, sauf que maintenant que j'ai rangé les courses et passé le balai par terre, il ne me reste plus rien à faire. J'ai apporté *First Day on Earth* avec moi, mais je ne suis pas d'humeur à me concentrer sur la lecture, ce qui est injuste envers ce livre. J'allume quelques bougies pour que le chalet sente un peu moins le renfermé. Malheureusement, l'odeur de vanille commence à donner à la pièce une atmosphère un peu soporifique. À moins que je sois simplement fatiguée…

C'est le bruit d'une voiture dehors qui me réveille. Je reviens pleinement à moi lorsque j'entends la portière s'ouvrir. Personne d'autre ne connaît cet endroit, il ne peut donc s'agir que d'A. Jetant un coup d'œil par la fenêtre, je vois un gars vraiment beau. De mon âge. Lui.

J'ouvre la porte, attends et observe. Une belle peau. De beaux cheveux. Comme si l'univers savait à quoi ce jour était destiné.

– Tu es plutôt mignon, aujourd'hui.

Il referme la porte derrière lui et s'approche de moi. Je m'attendais à ce qu'il ait apporté un sac… mais non, évidemment. Il n'est là que pour la journée.

– Un père québécois, une mère créole, explique-t-il. Mais je ne parle pas pour autant un mot de français !

– Ta mère n'est pas du genre à débarquer à l'improviste, cette fois ? dis-je pour plaisanter.

Il sourit.

– Non, je ne crois pas.

– Bien, dis-je en me rapprochant encore. Dans ce cas, je ne risque pas de me faire tuer pour ça…

Je mets tout dans ce baiser. Toute l'attente, tout le désir. Tout cet aujourd'hui que nous avons, et tous ces lendemains que nous n'aurons peut-être pas. Je l'embrasse pour lui dire que je suis là. Je l'embrasse pour lui dire qu'il est là, avec moi. Je l'embrasse pour nous lier, nous fusionner, nous propulser. Et il m'embrasse en y mettant tout ça, lui aussi, mais également quelque chose d'autre que je ne parviens pas à identifier. Ses bras autour de moi, mes bras autour de lui, nous nous tirons l'un vers l'autre, nous nous plaquons l'un contre l'autre. Ses mains qui me caressent partout, qui me donnent forme. Pas d'espace entre nous. Pas d'espace.

Puis je m'écarte un peu pour lui enlever sa veste, ôter mes chaussures. Lui aussi se débarrasse des siennes, et je l'entraîne, ma bouche ne se décollant que rarement de la sienne. Je le pousse sur le lit, le plaque contre le matelas. Encore complètement habillés, nous avons l'impression d'être nus. Je l'embrasse dans le cou, sur l'oreille. Il me caresse le long des côtes, m'embrasse à nouveau les lèvres. Il n'y a pas la moindre partie de mon être qui ne souhaite ce qui est en train de se dérouler. J'ai l'impression d'avoir passé ma vie à me retenir, et d'enfin pouvoir me libérer. Glissant les mains sous sa chemise, je remonte jusqu'à sa poitrine, caresse la peau brûlante. Il gémit sans s'en rendre compte. Je ne connais pas son nom et n'ai pas besoin de le connaître car c'est A, A, A, oui, c'est A qui est avec moi maintenant. Nous partageons ce moment. Un doigt en travers de mon sein, un doigt le long de mon dos. Alternant baisers légers et baisers profonds. Sans nos chemises, peau contre peau. Il ne me reste plus qu'un seul sens, celui du toucher. Ses lèvres sur mon épaule. Ma main sous sa ceinture. Bras contre bras. Jambe contre jambe. Rapide, puis lent. Rapide. Puis lent.

– Hey, dit-il.

– Hey.

Je suis étendue sur le dos et il me surplombe. Son doigt le long de ma joue. La tranche de sa main le long de ma clavicule. Je réponds en le caressant des épaules à la vallée de son dos. Je l'embrasse encore dans le cou. Sur l'oreille. Derrière l'oreille.

Il n'y a rien de tel. Dans tout l'univers, il n'y a rien de tel.

– Où sommes-nous ? demande-t-il.

Lorsque j'ai indiqué la route à A, je ne lui ai pas précisé la destination.

– Dans un chalet qu'utilise parfois mon oncle quand il part chasser. Il est en Californie en ce moment, et je me suis dit que nous ne courions pas trop de risques en entrant par effraction.

Il balaie la pièce du regard.

– Tu es vraiment entrée par effraction ?

– Oui, enfin, à l'aide d'une clé.

Il s'allonge à nouveau. Je pose ma main au centre de sa poitrine. Puis la déplace vers la droite, vers son cœur qui bat.

– On peut dire que c'est un accueil chaleureux, observe-t-il alors que ses propres mains ne semblent pas près de vouloir me lâcher.

– Et tu n'as encore rien vu, dis-je en me retournant vers lui au moment même où il se retourne vers moi.

De l'intimité. Voilà ce qu'il y a entre nous. Le sexe, c'est mieux quand c'est intime.

Et là, c'est le cas. Pas seulement au niveau du corps. Également à celui de l'être. A est prudent, mais moi pas. Je ne veux pas que quoi que ce soit fasse écran entre nous. Alors je le déshabille, puis je me déshabille. Je veux tout de lui, et je veux qu'il ait tout de moi. Je veux que nos yeux soient grands ouverts. Je veux que ce moment soit à la hauteur de ce qu'il est censé être.

Nus à s'embrasser. Nus à se désirer. Nus et présents. Suivant une direction inévitable. Nous mouvant parfois rapidement, puis ralentissant afin de prendre notre temps. Et d'en profiter.

C'est dangereux, car je suis prête à tout. Mais si je suis prête à tout, c'est parce que je sais qu'il n'y a pas de danger.

– Tu en as envie ? lui murmuré-je.

Je sens A contre moi. Sa chaleur, son souffle. Je sens l'élan qui nous porte. Je sens qu'il n'y a rien de plus juste.

– Non, répond-il. Pas encore. Pas maintenant.

Soudain, je sens l'air – plus froid – autour de moi. Soudain, je sens le monde autour de moi. Je sens tous les éléments qui ne font pas partie de nous.

Peut-être cherche-t-il seulement à se montrer prévenant. Je le regarde bien dans les yeux et lui demande :

– Tu es sûr ? J'en ai envie, tu sais. Si c'est à cause de moi que tu t'inquiètes, c'est inutile. J'en ai envie et je… je me suis préparée.

Je le sens qui s'écarte ; il a toujours une main sur mon ventre, mais l'autre s'est retirée dans le petit espace qui nous sépare.

– Je ne crois pas que ce soit une très bonne idée, dit-il.

– OK.

Sauf que non, ce n'est pas OK, je ne comprends pas.

– Ce n'est pas à cause de toi, Rhiannon. Et ce n'est pas parce que je n'en ai pas envie.

Le rêve cède la place au cauchemar.

– Alors, qu'est-ce que c'est ?

– J'ai des scrupules.

Il est en train de dire que ça n'a rien à voir avec moi, mais comment le croire ? Je suis allée trop loin. Du coup, j'ai dû baisser dans son estime.

– Laisse-moi me préoccuper de Justin, dis-je. Tu n'as pas besoin de t'en soucier. Ça n'a rien à voir avec nous deux.

– Mais il n'y a pas que nous deux. Il y a aussi Xavier.

– Xavier ?

Il pointe son doigt vers son propre corps.

– Xavier, répète-t-il.

– Oh.

– Il ne l'a jamais fait. Et ce serait injuste, je crois, qu'il ne soit pas là pour vivre cette première fois. Ce serait comme lui voler un moment précieux.

Voilà qui ressemble davantage à la façon dont l'univers m'a traitée toute ma vie durant. M'envoyer le garçon parfait dans un corps parfait. Mais faire qu'il soit vierge, de sorte que si nous couchions ensemble, je le priverais de sa première fois sans qu'il le sache. Hélas, je n'ai pas les mots pour penser cette situation.

Demeure l'intimité. Je me suis tellement inquiétée de cette histoire de sexe que j'en ai oublié ce que je cherchais vraiment, ce que je voulais vraiment. Même si nous ne faisons pas l'amour, je ne suis pas obligée d'abandonner tout le reste.

C'est ce que je finis par me dire.

Après avoir passé un moment enfermée dans ma tête, je réinvestis mon corps et le presse contre le sien, me tournant pour que nos genoux se touchent, que nos bras s'enlacent, que nos visages se contemplent.

– Et ça, tu crois que ça lui poserait un problème ?

C'est son corps qui répond à sa place. Je sens la tension se dissiper. Je sens que je suis la bienvenue.

– J'ai mis une alarme pour qu'on puisse dormir, dis-je.

Je me retourne pour qu'il puisse appuyer son torse contre mon dos, lover ses jambes contre les miennes. Blottis dans une poche de temps, nous refusons de la quitter. Ensemble, nos corps rafraîchissent. Ensemble, nos souffles ralentissent. Ensemble, nous ne sentons plus la solitude.

Nos deux corps ont tant de façons différentes de s'assembler.

*

Le courant du sommeil ne nous emporte pas toujours à la même vitesse. Parfois, je me réveille alors qu'il dort. Parfois, ce doit être l'inverse. Il y a aussi les moments où nos yeux s'ouvrent en même temps et où, sans nous lâcher, nous nous livrons à de brèves conversations.

– Es-tu un il ou une elle ?
– Oui, répond-il.

– Je sais que nous ne sommes pas censés en parler mais… pourquoi sors-tu avec lui ? me demande-t-il quelques minutes, ou peut-être quelques heures, plus tard.
– Je l'ignore. J'ai cru le savoir. Désormais, je ne sais plus rien.

– Est-ce que c'est ça, l'amour ?
Il ne répond pas. Il dort.

Il marmonne quelque chose. On dirait qu'il m'a demandé :
– Est-ce que ton oncle Artie est grand ?

Maintenant que nous sommes tous deux un peu plus réveillés, mais toujours sans la moindre envie de quitter ce lit, je me retourne pour lui faire face et lui demander :
– Qui a été ton préféré ?
Il pose sa main sur la mienne.
– Mon préféré ?

– Ton corps préféré. Ta vie préférée.

– Un jour, j'ai emprunté le corps d'une jeune aveugle. J'avais onze ans à l'époque. Ou peut-être douze. Je ne sais pas si elle a été ma préférée, mais en tout cas, j'ai appris plus de choses avec cette fille en une journée que je n'en aurais appris avec la plupart des gens en un an. Entre autres, combien notre expérience du monde est arbitraire et individuelle. Que la façon dont nous nous frayons un chemin dans ce même monde dépend aussi de la façon dont nous le percevons – et pas seulement parce que les autres sens de cette fille étaient plus aiguisés que la normale. Pour moi, cette journée a été un énorme défi. Pour elle, c'était son quotidien, sa vie.

– Ferme les yeux, lui murmuré-je.

Je fais de même et, comme si nous étions dans le noir, chacun parcourt le corps de l'autre avec les mains.

Quelques heures plus tard, ou seulement quelques minutes, le réveil sonne.

La journée s'écoule, et nous la laissons faire. La lumière décline, et nous ne nous en plaignons pas. Nous avons tout ce que nous voulons. Deux corps dans un lit. L'intimité.

– Je sais que tu dois t'en aller, dis-je.

J'ai gardé les yeux fermés, mais je perçois son hochement de tête.

– Minuit, précise-t-il. Il faut que je sois rentré avant minuit.

– Mais pourquoi? Pourquoi minuit?

Je sens que maintenant il secoue la tête.

– Je ne pourrais pas l'expliquer. Mais c'est le corps qui décide, c'est le corps qui sait.

– Je vais dormir ici, lui dis-je.

– Je reviendrai demain, je te le promets.

Encore du temps. Nous aurons encore du temps à passer ensemble.

– Si je pouvais, je mettrais fin à tout ça, reprend-il. Je mettrais fin à ces changements perpétuels. De manière à pouvoir rester auprès de toi.

– Mais tu ne le peux pas. Et personne n'y peut rien.

Je ne dis pas ça sur le ton de la colère ou de la déception. Je ne ressens ni l'une ni l'autre.

J'accepte les choses telles qu'elles sont.

Nous commençons à jeter des coups d'œil au réveil. Car nous savons. L'heure est venue.

– Je t'attendrai, lui dis-je alors qu'il s'habille et se prépare à partir.

– Moi aussi, je vais attendre. Attendre le moment où je pourrai revenir auprès de toi.

Je ne sais absolument pas ce que je fais. Et cela aussi, je l'accepte.

Il m'embrasse pour me dire au revoir. Comme s'il partait simplement au lycée. Ou au boulot. Ça pourrait ressembler à notre avenir. Comme si nous en avions déjà l'habitude.

Après son départ, je suis désœuvrée. Il n'y a pas d'ordinateur avec lequel consulter mes courriels, pas de réseau pour mon téléphone portable.

J'ouvre mon exemplaire de *First Day on Earth*. Bien que ce ne soient pas ses mots à lui, ce sont des mots vers lesquels il m'a conduite. Pour l'heure, cela me suffit.

J'ai passé une trop grande partie de la journée à dormir. Je lis un petit moment, puis passe le reste de la nuit à rêver.

## 23

À mon réveil, j'ai très froid. J'allume immédiatement le poêle, du coup, j'ai vite beaucoup trop chaud. À croire qu'il me faut choisir entre deux maux.

Je sais qu'A va mettre un moment à me rejoindre, mais je ne doute pas non plus que, même s'il se réveille à cinq heures de route d'ici, il trouvera le moyen de venir. Entre-temps, à moi de m'occuper d'une manière ou d'une autre.

Je termine de lire *First Day on Earth* et regrette de ne pas avoir apporté un livre plus long, ou même mes devoirs. J'ai beau chercher partout, Artie n'a laissé aucun bouquin dans son chalet. Tout ce que je peux me mettre sous la dent, ce sont d'anciens numéros de la revue *Chasse & Pêche*.

Et un vieux quotidien dont les mots croisés n'ont pas été faits. Je m'y colle, mais force est de constater que je ne suis pas très douée. Je joue à des jeux sur mon téléphone, puis sors me promener un petit moment autour de la maison dans l'espoir de capter un peu de réseau.

Je m'ennuie. Terriblement. Pire, j'entends Justin me rire au nez :
– *Ma pauvre, tu t'imaginais vraiment qu'il allait revenir ?*
– *Il va arriver.*
– *Ben, voyons.*

Non. Pas question d'avoir ce genre de conversation dans ma tête. Je regarde l'horloge. Il est treize heures passées. Il devrait déjà être là.

« Il ne viendra pas. »

Mais il a promis.

Plus l'heure avance, plus je me sens idiote. Il fait tellement chaud à l'intérieur du chalet que je tourne en rond en T-shirt et caleçon.

Enfin ! J'entends une voiture approcher. S'arrêter.

Tous les doutes que j'ai refoulés se transforment soudain en profond soulagement.

Je me précipite vers la porte et l'ouvre en grand. Sur le point de me jeter dans les bras d'A… je me rends compte que le type devant moi est très vieux et qu'il porte un cerf mort sur ses épaules.

Je pousse un hurlement.

Il hurle à son tour, fait un pas en arrière.

Hurlant toujours, je bats en retraite à l'intérieur du chalet.

– Vous êtes qui, bon sang ? me crie cet homme.

J'ai envie de lui claquer la porte au nez, mais ça ne réglerait rien.

– Vous n'avez rien à faire ici ! me lance-t-il. C'est une propriété privée. Bon Dieu, à cause de vous, j'ai failli avoir une crise cardiaque. Vous êtes seule ?

Il prend maintenant le temps de m'observer. Ce qu'il voit, c'est une fille. Les jambes nues.

– Je suis la nièce d'Artie. Artie, c'est mon oncle, et ici, c'est son chalet. J'ai le droit d'être là.

Il a l'air sceptique ; quant à moi, j'aimerais beaucoup qu'il pose ce cerf, dont la vue me donne la nausée.

– Vous n'êtes pas censée vous trouver ici, insiste-t-il. Même si vous êtes vraiment la nièce d'Artie.

– Une seconde.

Je me dépêche d'aller chercher mon portefeuille et d'en sortir mon permis de conduire. Le temps que je revienne à la porte, il a reposé le cerf à l'arrière de son pick-up, Dieu merci.

– Vous voyez, dis-je en brandissant mon permis. On a le même nom de famille, lui et moi.

– OK. N'empêche que vous ne devriez pas être ici.

– Vous n'avez qu'à l'appeler, dis-je en sachant que c'est impossible, et en espérant qu'au pire je pourrais compter sur Artie pour me couvrir. Il a dû oublier de vous prévenir.

– Quoi qu'il en soit, préparez-vous à nous voir débarquer en nombre. On a passé toute la matinée à chasser, et Artie nous a autorisés à nous installer ici pour le dépeçage et le reste.

La végétarienne que je suis est horrifiée. Hélas, je suis coincée ici.

– Une seconde, dis-je à nouveau.

Je ferme la porte, enfile le plus de vêtements possible, et ramasse toutes mes affaires.

Mais impossible de partir, car A pourrait revenir. Je suis furieuse contre lui de m'avoir abandonnée, mais pas question de courir le risque de l'abandonner moi-même.

Je reste donc. Tandis que d'autres hommes arrivent. Tandis qu'ils s'étonnent de ma présence. Tandis qu'ils me dévisagent. Apportant toujours plus de gibier, ils s'installent à l'extérieur pour le dépecer. Je relis le seul livre que j'aie avec moi. Je m'assois dans ma voiture. J'essaie d'éviter tous ces gens mais, en fin de compte, je suis bien obligée d'utiliser les toilettes, et de toute façon, je n'ai nulle part où aller.

Je patiente encore plus de deux heures. Puis j'abandonne.

Il est trop tard. A ne viendra pas. Il faut que je rentre chez moi.

Pendant tout le trajet du retour, je bous de colère.

Dès que je capte à nouveau du réseau, je consulte ma messagerie, m'attendant à trouver un courriel, une explication.

Rien. A ne m'a pas écrit.

« Il s'est peut-être réveillé dans un corps paralysé. Il est peut-être dans un lieu où il n'y a pas d'ordinateur. Il n'a peut-être pas de voiture. »

Je lui cherche des excuses. Désespérément.

La pire explication, ce serait qu'il ait obtenu ce qu'il voulait de moi, et qu'il ait choisi d'en rester là. Comme un tas d'autres mecs. Et moi, je serais comme un tas d'autres filles, suffisamment stupide pour imaginer que mon mec est différent.

« A n'est pas un mec, me dis-je. Je ne dois pas l'oublier. »

Mais peu importe.

Je me sens comme une fille à qui on a posé un lapin.

Je me sens seule.

## 24

Je me réveille tôt, m'attendant à ce qu'A se réveille tôt, lui aussi, et s'empresse de s'expliquer. Je vais enfin savoir quel problème il a rencontré avec le corps d'hier, et pourquoi il n'a pas pu me rejoindre.

Mais ma boîte de réception est vide. Pas de message.

L'inquiétude cède la place à la frayeur.

Je m'efforce d'éviter Justin. Pas parce que j'ai fait quelque chose de mal (même si c'est le cas), mais parce que j'ai peur qu'il ne le sente sur moi.

Rebecca me demande des nouvelles de ma grand-mère. Je lui réponds qu'elle va bien.

Je garde l'œil sur ma messagerie, qui persiste à demeurer vide.

Songeant d'abord à sauter le déjeuner, je me ravise : ces derniers temps, mon comportement a suscité tellement d'interrogations que j'ai plutôt intérêt à me cantonner à la routine la plus normale possible.

Par bonheur, Lindsay Craig a donné une petite fête samedi soir et, à notre table, c'est le seul sujet de conversation qui intéresse les gens. Stephanie a cru voir Steve embrasser une fille d'un autre lycée, tandis que Steve jure que c'est l'excès de boisson qui a troublé la vue de Stephanie.

– Je sais pas trop, Steve, dit Justin. Cette fille était quand même super sexy.

Cherche-t-il à provoquer Steve, ou Stephanie ? Ou est-ce moi qu'il veut faire réagir ?

– Tu es allé à la soirée ? lui demandé-je bêtement.

– J'avais ton autorisation ? se moque Justin.

– Bien sûr.

J'ai baissé la voix, et Rebecca l'a remarqué. Je l'ai senti. Et si jamais elle me demande si quelque chose ne va pas, je risque de me mettre à hurler. Préférant éviter ça, je me lève de table sans tarder.

Me voilà perdue dans ma propre colère. Je suis furieuse contre A. Et contre moi-même, de m'être mise dans une position où il revêt suffisamment d'importance pour me mettre dans un tel état.

J'assiste à tous mes cours. En sport, nous jouons au *softball*. J'enfile ma tenue de gym et je m'abstiens de protester lorsqu'on me désigne pour occuper la troisième base. Ma mission : me concentrer sur la partie, éviter de me ridiculiser. Je mets un certain temps avant de remarquer que quelqu'un me fait signe. Je ne le reconnais pas, et c'est comme ça que je sais. Voyant que je l'observe, il hoche une fois la tête. J'attends que l'action se termine, puis je demande l'autorisation à ma prof d'aller aux toilettes, prétextant un léger malaise. Elle me l'accorde sans problème et désigne quelqu'un pour me remplacer.

Ce type ne ressemble pas du tout, mais alors pas du tout, au Xavier qui m'a rendu visite au chalet. Il porte un T-shirt Metallica et ses bras sont si poilus qu'ils se confondent presque avec le noir du T-shirt. Me voyant approcher, il retourne à l'intérieur du gymnase. Loin du regard des joueurs sur le terrain.

Je le suis.

Évidemment, je devrais lui donner une chance de s'expliquer.

S'il est ici, c'est qu'il ne m'a pas laissée tomber. Néanmoins, quand je l'entends me dire «Hey» comme si de rien n'était, j'explose :

– Bon sang, mais où étais-tu ?

Je ne reconnais pas ma voix. Elle sonne bien plus en colère que je ne le suis moi-même.

– On m'a enfermé dans ma chambre. Sans même un ordinateur.

Certes, ça expliquerait tout. Et c'est tout à fait possible. Il ne me ment pas, je le sais. Reste que mon indignation n'a en rien diminué.

– Je t'ai attendu. Je me suis levée, j'ai fait le lit, j'ai pris le petit déjeuner. Et puis j'ai attendu. Mon téléphone ne captait pas, je me suis dit que le problème devait venir de là. J'ai lu d'anciens numéros de *Chasse & Pêche*, c'était tout ce que j'avais sous la main. Puis j'ai entendu des pas. J'étais tellement heureuse. J'ai couru à la porte.

Je lui décris sur qui je suis tombée en ouvrant. Je lui raconte ce qui s'est passé ensuite. Je le laisse m'imaginer là-bas, seule au milieu de tous ces hommes, à l'attendre.

– Je voulais te rejoindre, me dit-il. Je te jure que je voulais retourner auprès de toi. Mais j'étais coincé. Cette fille… elle souffrait atrocement. Elle a fait quelque chose d'horrible, et ses parents ne voulaient pas qu'elle s'éloigne, ne serait-ce qu'une minute. Ils avaient peur de ce qu'elle pourrait s'infliger. Elle le niait de toutes ses forces. Mais moi, je l'ai senti. Je l'ai compris. C'était affreusement douloureux, Rhiannon. Tu dois me croire – j'ai rarement vu autant de souffrance. Mais, en soi, cela n'aurait pas suffi à me retenir. J'aurais quand même tenté de m'échapper. Sauf qu'il n'y avait aucun moyen. L'état de cette fille ne le permettait pas.

– Et ce matin ? Qu'est-ce qui empêchait M. Metallica de me donner des nouvelles ?

– Sa famille partait à Hawaii : si je les avais accompagnés, jamais je ne serais revenu. Il a donc fallu que je m'enfuie. Après avoir pris trois bus différents pour arriver ici, j'ai dû marcher depuis la gare. Je suis en sueur, épuisé, et lorsque je rentrerai chez ce garçon, soit je trouverai la maison vide, soit ils vont m'en faire voir de toutes les couleurs. Mais il fallait que je te voie. Tout ce qui importait pour moi, c'était de te voir.

Ma colère se dissipe. Or, ce n'est pas du bonheur qui la remplace, c'est du désespoir. Comme si enfin je me rendais à l'évidence de l'absurdité de cette situation.

– Comment veux-tu que nous surmontions ça, A ? Comment est-ce que ça peut fonctionner dans ces conditions ?

J'aimerais qu'il y ait une réponse. J'aimerais tellement qu'il y en ait une. Mais je crains que ce ne soit pas le cas.

– Viens, me dit-il en écartant les bras. Viens près de moi.

Ce n'est pas une réponse. C'en est quand même une. Je me laisse faire. Je me laisse aller vers ces bras. Malgré sa sueur et tous ses poils qui dépassent, je m'en fiche. Il ne s'agit pas d'attirance. Il s'agit de ce qu'il y a au-dessous, en profondeur.

Il me tient tout contre lui, s'accroche désespérément. Je ferme les yeux, me répète que nous pouvons y arriver. Je peux lui pardonner. Nous pouvons nous adapter.

La porte du gymnase s'ouvre, nous l'entendons tous deux. Craignant d'être vus, nous nous écartons au même moment. Trop tard. Je me tourne vers la porte, sursaute : Justin se tient sur le seuil. Aussitôt, mon esprit refuse d'y croire. Justin. Ici.

– Bordel de merde ! crie-t-il. Bordel… de… merde !

« Je vais lui dire que ce garçon est mon cousin. Je vais lui dire qu'une de nos grand-tantes est morte, qu'il est venu me prévenir. »

– Justin…

Mais il ne compte pas me laisser parler.

– Lindsay m'a envoyé un texto pour me dire que tu ne te

sentais pas bien. Je venais voir comment ça allait. Mais il faut croire que tout va pour le mieux. Allez-y, continuez, faites comme si je n'étais pas là.

– Arrête, dis-je.

– Que j'arrête quoi, espèce de sale garce ?

Il s'approche. Comme s'il en avait senti l'odeur sur moi.

– Justin, dit A en tentant de s'interposer.

Justin le regarde comme s'il n'était qu'un tas de poubelles.

– Toi, mon gars, tu n'es même pas autorisé à l'ouvrir.

Je suis sur le point de tout expliquer. Mais avant que je puisse faire quoi que ce soit, il décoche un puissant coup de poing en plein visage d'A, qui s'écroule à terre.

Je pousse un cri et me précipite au chevet d'A. Justin veut m'écarter, me tire par le bras.

– J'ai toujours su que tu étais une salope.

– Arrête ! crié-je en essayant de libérer mon bras.

Il me lâche, mais se met à asséner des coups à A alors que ce dernier est encore au sol. Je pousse un nouveau hurlement. Peu importe que l'on m'entende, ce que je veux, c'est que Justin arrête.

– C'est ça, ton nouveau petit ami ? crie-t-il. Tu es amoureuse de lui ?

– Bien sûr que non ! Mais je ne suis pas amoureuse de toi non plus.

Voilà.

Justin s'apprête à donner un autre coup de pied à A, mais cette fois-ci, A lui attrape la jambe et le fait tomber. J'essaie d'aider A à se relever, malheureusement je ne suis pas assez rapide, et Justin le frappe en plein menton.

La porte menant au terrain s'ouvre, et les filles qui jouaient au softball s'engouffrent dans le gymnase. Elles me voient au chevet d'A. Elles voient le sang sur le sol, provenant à la fois d'A et de Justin.

Elles sont sous le choc, ce qui ne les empêche pas de se mettre immédiatement à cancaner. Stephanie se précipite vers moi pour me demander si ça va. Justin se lève, essaie d'asséner un nouveau coup à A – mais il rate, et A parvient à son tour à se lever.

– Qu'est-ce qui se passe ? demande Stephanie. C'est qui, ce type ?

A s'approche de moi en claudiquant mais Stephanie lui barre la route. C'est logique, après tout. Justin est mon petit ami. A est un inconnu dans ce lycée. Je pourrais donc mentir. Je pourrais prétendre que Justin est de mon côté. Seul lui saurait la vérité, et par fierté, il pourrait choisir d'appuyer mon mensonge.

Mais non. Je ne peux pas m'y résoudre.

– Il faut que je file, me dit A. Retrouve-moi au Starbucks où nous nous sommes donné rendez-vous la première fois. Quand tu pourras.

– A ! m'écrié-je car Justin est juste derrière lui, sur le point de lui saisir l'épaule.

La main de Justin se pose sur l'épaule d'A, mais au lieu de se laisser retourner de force, il se libère et part en courant.

Il y a des larmes dans mes yeux. À ce stade, je ne sais pas comment je fais pour tenir sur mes jambes. Notre prof de gym nous rejoint, tandis que Stephanie me maintient debout.

– Espèce de salope ! s'emporte Justin, suffisamment fort pour que tout le monde l'entende. C'est fini entre nous. Tu comprends ? Fini, fini, fini. Alors fais-toi plaisir, va baiser tous les types que tu veux. Tu n'auras même plus à le faire derrière mon dos. Tu te crois maligne, hein ? Eh ben, tu ne l'es *pas*.

Voilà que je sanglote.

– Justin, lâche-la une seconde, dit Stephanie.

– Ne t'avise pas de la défendre ! lui crie-t-il. C'est elle qui a fait ça !

La prof est à nos côtés, elle a remarqué mes larmes, et le sang par terre. Elle a des questions. Stephanie aussi a des questions.

Un peu à l'écart, Lindsay jubile. Un autre prof arrive pour tenter d'emmener Justin à l'infirmerie. Après lui avoir dit d'aller se faire foutre, celui-ci fend la foule et quitte le gymnase. Tous les regards se tournent vers moi.

– C'est rien.

Voilà la seule chose que je parviens à dire.

Personne ne me croit. D'ailleurs ils ont bien raison.

## 25

En urgence, je dois prendre des décisions. Décider quelle va être ma version des faits, dans l'espoir d'y rallier le plus de monde possible.

Bien que je ne sois pas blessée – physiquement, du moins –, on m'emmène chez l'infirmière. Voyant dans quel état je me trouve, elle me force à m'allonger. Stephanie demande la permission de rester auprès de moi, mais elle lui dit de retourner en cours. Pendant la récréation, Stephanie revient, accompagnée de Rebecca et de Preston.

– Rhiannon, dit Rebecca, explique-nous ce qui se passe.

– J'ai mal assuré, dis-je en me redressant sur le lit. Entre Justin et moi, c'est fini. J'ai rencontré quelqu'un d'autre.

Rebecca tente de masquer sa surprise alors que Preston, lui, laisse échapper un :

– Yooouuuupppppiiii !

Stephanie lui file une tape sur l'épaule, mais c'est trop tard.

– Qui est ce garçon ? demande Preston. Dis-le-nous, dis-le-nous, dis-le-nous !

Rebecca et Stephanie ont beau faire mine de trouver sa curiosité déplacée, elles attendent ma réponse avec tout autant d'impatience.

– Je ne peux pas vous en parler, dis-je. C'est compliqué.

– Est-ce qu'il est marié ? demande Preston.

– Non ! C'est juste que… c'est trop récent.

– Pas au point de l'empêcher de forcer l'entrée du lycée pour te voir, observe Rebecca.

– C'est vraiment ce qu'on raconte ?

J'ai à la fois envie et pas envie de le savoir.

– On raconte un tas de choses, m'informe Stephanie. Justin dit à tout le monde qu'il t'a surprise en train de tailler une pipe à ce type. Moi, je dis à qui veut bien l'entendre que tu n'es restée seule avec lui que deux minutes avant qu'on vous rejoigne, et qu'à ce moment-là rien n'indiquait qu'une braguette ait récemment été baissée.

– Je l'ai serré dans mes bras. C'est tout.

– C'est largement assez, commente Stephanie. Du moins pour les ragots. De l'avis de Justin, tu es la plus grosse salope qui ait jamais mis les pieds dans ce lycée. Mais bon, on ne peut pas vraiment le considérer comme un témoin impartial.

Maintenant que les coups de poing et les coups de pied ont fini de pleuvoir, je commence à me rendre compte du mal que j'ai fait. À lui, et à nous.

Tous ces moments. Tous ces souvenirs. Tout cela, je l'ai réduit en cendres.

Rebecca s'approche, me prend dans ses bras.

– C'est bon, me dit-elle, ça va aller. On va surmonter ça.

Preston et Stephanie abondent dans ce sens.

Leur amitié est peut-être tout ce qu'il me reste.


L'infirmière me garde auprès d'elle jusqu'à la fin des cours. Lorsque la dernière sonnerie retentit et que je m'apprête à me lever du lit, elle me fait signe de ne pas bouger.

– Attends que les couloirs se soient vidés, me dit-elle. Accorde-toi au moins ça.

Elle est si gentille que j'aimerais bien tout lui raconter. Mais je n'ose pas imaginer ce qu'elle penserait de moi après m'avoir écoutée.

J'attends encore une heure. Quand j'arrive devant mon casier, je tombe sur les photos de nous que Justin gardait dans le sien, ainsi que sur celles que je gardais dans le mien. Il les a toutes déchirées en mille morceaux – à tel point que si je ne savais pas ce qu'elles représentaient autrefois, il me serait désormais impossible de le deviner.

Il n'a pas fait d'autres dégâts.

Mais c'est suffisant.

Rebecca veut que je vienne chez elle. Preston et Stephanie cherchent sans cesse à me joindre par téléphone. Même Ben m'envoie un texto pour me demander comment je vais.

Prête à reconnaître la catastrophe que j'ai causée, une partie de moi voudrait aller trouver refuge auprès de mes amis.

Mais A attend. Je sais qu'il attend.

Je retourne dans ce Starbucks.

Je vois A. Je le vois qui me voit.

Il a beau avoir fait un brin de toilette, il a quand même l'air d'un type qui vient de perdre une bagarre.

Pour m'octroyer encore une minute seule, à réfléchir, je vais m'acheter un café.

– Ça va me faire du bien, lui dis-je en m'asseyant en face de lui.

– Merci d'être venue.

Il prononce cela comme s'il en avait douté. Comme si je lui faisais une fleur.

– Je t'avoue que j'ai hésité, admets-je. Enfin, pas bien longtemps. Ça va ?

De près, il a l'air encore plus amoché.

– Ça peut aller, répond-il sans être très convaincant.

– Tu t'appelles comment, déjà, aujourd'hui ?

– Michael.

Je l'observe à nouveau, en me rappelant qu'à l'heure actuelle ce garçon est en fait censé se trouver à Hawaii.

– Pauvre Michael, dis-je.

– Il n'avait sans doute pas prévu de passer une journée pareille.

– Moi non plus, à vrai dire.

J'ai l'impression qu'un million d'années se sont écoulées depuis ce matin. Je lui en voulais tellement. Et maintenant je suis triste, c'est tout.

– C'est donc fini, entre toi et Justin ?

« Comment pourrait-il en être autrement ? » ai-je envie de lui demander. Par quel miracle Justin pourrait-il excuser mon comportement ?

– Oui. J'imagine que tu dois te réjouir, tu as eu ce que tu voulais.

Ce dernier commentaire est injuste et, de toute évidence, A n'apprécie pas.

– Ne parle pas ainsi, c'est moche. Ce n'est pas ce que tu souhaitais, toi aussi ?

– Oui. Mais je n'ai jamais voulu que ça se passe de cette façon-là. Devant tous ces gens.

Il tend le bras pour me toucher le visage. Ce n'est pas le bon moment. J'ai un mouvement de recul – il baisse la main.

Cela me rend encore plus triste. De lui infliger ça.

– Tu es libérée de lui désormais.

J'aimerais tant que ce soit aussi facile. Or, ça ne l'est pas.

– J'ai fait l'erreur d'oublier à quel point tu ne connais rien à toutes ces choses, lui dis-je. Celle d'oublier combien tu manques d'expérience. Non, je ne suis pas libérée de lui, A. Il ne suffit pas de rompre avec quelqu'un pour s'en libérer. Je suis encore attachée à Justin de mille et une façons. Nous ne sortirons plus ensemble, c'est vrai, mais il va me falloir des années pour m'en détacher.

Je ne sais pas pourquoi je lui dis ces choses. Pourquoi je veux nous faire du mal. Peut-être ressentirais-je moins de culpabilité en ressentant davantage de douleur.

– Tu penses que j'aurais dû aller à Hawaii ? me demande-t-il.

J'ai failli perdre A. Je dois en prendre conscience. La chose que je craignais le plus hier a failli se produire aujourd'hui. Il a fait tout ce qu'il a pu pour rester et moi, en retour, je le punis.

Il faut que j'arrête.

– Non, sûrement pas, lui dis-je. Je veux que tu restes ici.

Ses yeux s'illuminent grâce à cette chance que je lui accorde : bien que tout ait mal tourné, tout peut encore bien se terminer.

– Avec toi ? demande-t-il.

Je hoche la tête.

– Avec moi. Quand ça t'est possible.

C'est le mieux que nous puissions faire. Il le sait, je le sais, et nous savons aussi que nous pourrions nous résoudre à obtenir beaucoup moins. Nous pourrions abandonner.

Il m'interroge sur ce qui s'est passé après son départ : je lui raconte l'enchaînement des événements. Il souhaite que je comprenne pourquoi il a dû s'enfuir – ayant déjà créé suffisamment d'ennuis pour Michael – et je le rassure à ce sujet.

Ce qui compte désormais, c'est que Michael ne coure plus le risque de partir à Hawaii. À l'aide de mon téléphone, nous vérifions que les derniers vols pour l'île ont bel et bien décollé. Ensuite, pour éviter que Michael ait à reprendre tous ces bus, je lui propose de le ramener en voiture. De toute façon, je ne suis pas pressée de rentrer chez moi. Il va falloir que j'annonce à mes parents la nouvelle de ma rupture avec Justin, et ce, avant qu'ils l'apprennent de la bouche de quelqu'un d'autre.

Tandis que nous roulons, je demande à A de m'en dire plus sur les différentes identités qu'il a dû endosser. Je veux qu'il me parle de l'ado d'hier, celle qui apparemment avait de gros problèmes, mais aussi de plein d'autres filles et garçons.

J'ai droit à une série d'histoires personnelles – certaines tristes, certaines joyeuses. En l'écoutant, je me rends compte que, pour chaque événement, A doit se souvenir de deux choses, contrairement à nous autres. Non seulement il doit se rappeler avec qui il était, mais aussi qui il était.

Prenons par exemple son premier baiser. Je me souviens du mien, avec Bobby Madigan, un défi que secrètement Bobby et moi étions tous deux très contents de nous lancer. Pendant que Mme Shedlowe regardait ailleurs, à la récréation, nous nous sommes faufilés dans les bois. Je me souviens de la douceur des lèvres de Bobby, de ses yeux fermés alors qu'il ne m'était pas venu à l'esprit de fermer les miens – je voulais *voir* à quoi ressemblerait ce moment tant attendu.

A m'explique que son premier baiser remonte au CM2. Il jouait au jeu de la bouteille dans le sous-sol de la maison d'un ami. C'était un jeu qu'il ne connaissait pas, mais il avait suivi l'exemple des autres gamins présents. Il avait fait tourner la bouteille qui, lorsqu'elle s'était arrêtée, pointait sur une petite blonde prénommée Sarah. Avant de l'embrasser, elle lui avait ordonné de ne pas ouvrir la bouche. Ça, il s'en souvient bien, mais quand je lui demande qui il était ce jour-là, lui, il secoue la tête.

– Je ne sais plus trop, confesse-t-il. Je ne me souviens que d'elle. Comme elle portait une jolie robe – du genre qu'on met pour aller au catéchisme le dimanche –, j'imagine qu'il devait s'agir d'une fête quelconque. Mais qui j'étais ce jour-là… je ne sais plus.

– Te rappelles-tu au moins si tu étais un garçon ou une fille ?

– Un garçon, sans doute. Enfin, honnêtement, je ne faisais pas tellement attention à ça.

C'est drôle, je m'efforce de garder en mémoire chaque visage qu'A a pu revêtir depuis que je le connais, alors que lui…

Lui ne se rappellera que de moi.

Vient le moment où le GPS sur mon téléphone nous annonce que nous approchons de la maison de Michael.

– Je veux te voir demain, dit A.

– Moi aussi, je veux te voir. Mais nous savons tous deux qu'il ne suffit pas de le vouloir.

– Alors, disons que *j'espère* te voir demain. Je l'espère très fort.

Ça me plaît, cette façon d'envisager les choses.

– Moi aussi, dis-je, je l'espère très fort.

Pendant le trajet jusqu'à chez moi, je m'accroche à cette idée comme à une bouée. Puis les autres événements de la journée me reviennent en mémoire, et voilà que je coule. Une fois à la maison, l'idée de parler de Justin à mes parents m'est tellement insupportable que je fais en sorte de les éviter. J'entends ma mère se plaindre que je ne sois pas rentrée à temps pour le dîner, mais c'est le cadet de mes soucis.

J'appelle Rebecca afin qu'elle me fasse un point sur les dernières nouvelles. Elle me répète que tout ira bien. Que les choses vont se tasser.

Après avoir raccroché, je fixe des yeux mon téléphone. Je clique sur le dossier photo, il s'ouvre et c'est comme si toute mon histoire avec Justin y était conservée. Ça, il n'a pas pu le déchirer.

Je n'ai pas menti à A : entre Justin et moi, ce n'est pas fini.

Simplement, nous sommes entrés dans la phase difficile.

# 26

Le lendemain, au lycée, j'en vois de toutes les couleurs. Les murmures. Les regards. Les ragots – ridicules ou basés sur la vérité.

Pendant des années, personne dans cet établissement ne s'est soucié de moi. Et, maintenant que je viens de commettre un impair, tout le monde se penche soudain sur mon cas. C'est écœurant.

N'ayant trouvé aucun courriel d'A à mon réveil, j'ai décidé de ne plus consulter ma messagerie. C'est à moi de gérer cette situation. Ici, A n'est pas en mesure de m'aider. Je dois m'appuyer sur des amis tels que Rebecca et Preston.

Ce qui m'étonne, c'est le nombre de personnes qui n'hésitent pas à me traiter de salope – et pas que dans mon dos. Les filles le chuchotent tandis que les garçons le crient.

Justin a dit clairement à mes amis qu'ils allaient devoir choisir entre moi et lui, la victime. Heureusement, il se fiche de Rebecca et de Preston, ce qui rend leur position moins délicate. Stephanie, quant à elle, me déclare qu'elle va devoir garder ses distances quand Justin sera dans les parages. Pareil pour Steve. Stephanie compte sur ma compréhension. Je lui dis que je comprends, en effet.

– Tu es trop gentille, me gronde Rebecca qui a tout entendu.

– Non, je ne crois pas qu'un excès de gentillesse soit vraiment mon problème.

Cette situation a quelque chose d'irréel. Une partie de moi croit encore que nous allons nous réconcilier, avec Justin, que nous n'avons pas vraiment rompu et que nous sommes faits pour être ensemble.

« Tu vas voir, je vais arranger les choses », me raconte cette partie de moi, sans voir que c'est justement elle qui est brisée.

Ce qui ne l'empêche pas de me demander : « Tu as laissé tomber Justin en échange de quoi, exactement ? »

Je ne sais pas comment répondre à cette question.

En milieu de matinée, je jette quand même un coup d'œil à mes e-mails. A m'a écrit pour m'annoncer qu'il arrive. Voici ce que je lui réponds :

Je ne crois pas que ce soit une bonne idée de se voir aujourd'hui.

Mais je ne suis pas certaine qu'A reçoive ce message à temps. Il a probablement d'ores et déjà kidnappé le corps qu'il occupe aujourd'hui. Je n'y peux rien.

Je préviens Rebecca que je ne déjeunerai pas à la cafétéria. Voulant éviter qu'elle me propose de manger à l'extérieur avec moi, je lui explique que j'ai besoin d'être seule pour faire le point sur la situation. En réalité, j'ai surtout envie de me cacher, ce qui est plus facile à accomplir seule qu'à deux.

– Tu es sûre ? me demande-t-elle.

– Oui.

– N'oublie pas que c'est le moment le plus difficile à passer. Le premier jour, c'est toujours le pire.

De la part d'une fille qui va aller tranquillement déjeuner avec son petit ami, ces encouragements ne sont pas très crédibles. Mais je m'abstiens de lui dire qu'elle ne pourra me donner des conseils qu'une fois qu'elle aura trompé Ben et que celui-ci l'aura plaquée.

Reste que je ne sais pas où j'irai après que Rebecca se sera éloignée. La planque la plus sûre serait sans doute un recoin obscur de la bibliothèque. Je n'ai jamais vu une documentaliste chasser une élève simplement parce que tout le lycée la traite de salope.

C'est donc vers la bibliothèque que je me dirige lorsqu'une voix s'élève derrière moi :

– Hey.

Je ne suis pas d'humeur à écouter une énième personne me livrer son opinion sur la manière dont je me suis comportée. Pivotant sur mes talons, je me retrouve face à... un garçon, je crois. Peut-être un élève de troisième. À moins qu'il s'agisse d'une fille.

Peu importe. Une fois que j'ai planté mon regard dans le sien, il n'y a plus de confusion possible.

– Hey, dis-je. Tu es là. Pourquoi ne suis-je pas vraiment surprise ?

Je sais que la venue d'A devrait susciter chez moi davantage d'enthousiasme. Mais, honnêtement, cette journée est suffisamment compliquée comme ça.

– On déjeune ensemble ? propose A.

Pourquoi pas, après tout. J'avais plutôt prévu de me planquer quelque part, mais ce serait trop difficile à lui expliquer.

– OK. Mais après, il faut impérativement que je retourne en cours.

– Pas de problème.

Nous longeons le couloir ensemble. On pourrait penser que le garçon à mes côtés attire certains regards, étant donné que personne ne l'a jamais vu ici. Même s'il ne s'agit pas du type avec qui, selon la rumeur, j'aurais couché au gymnase (en effet, ils n'ont pas du tout le même look), il reste un inconnu.

Mais non. C'est toujours moi la star.

Et A le remarque, lui aussi. Il voit tous ces regards braqués sur moi, toutes ces têtes qui se tournent puis se détournent.

– Apparemment, j'ai désormais la réputation d'une groupie

qui couche avec n'importe quel métalleux, lui dis-je sans me soucier le moins du monde que d'autres puissent m'entendre. Il paraît même que j'aurais offert mon corps à plusieurs membres de Metallica. C'est assez drôle et, en même temps, pas vraiment. (Je m'interromps un instant pour examiner le nouvel aspect physique d'A.) Toi, en revanche, je crois que j'aurais du mal à te cataloguer. À qui ai-je l'honneur ?

– Mon nom est Vic. Biologiquement, je suis une fille, mais je me définis comme un garçon.

A m'explique cela comme si c'était parfaitement naturel. Ma réaction se résume à pousser un soupir :

– Je n'ai aucune idée de ce que ça peut vouloir dire.

– Cela signifie qu'elle est née avec un certain type de corps, mais que dans sa tête...

Ça, en revanche, je n'ai aucune envie que les gens autour de nous l'entendent.

– Attendons d'être sortis du lycée, tu veux bien ? Et puis, si tu pouvais marcher un peu à distance, je crois que ce serait plus simple.

J'ai un peu honte de lui demander ça. Ce n'est vraiment pas cool de ma part. Mais j'ai besoin d'espace. Rien qu'un tout petit peu d'espace.

Je l'emmène au Philip Diner, un restaurant qui ressemble beaucoup à une maison de retraite. Nous ne risquons pas d'y croiser qui que ce soit du lycée, à part peut-être les *hipsters*. Et ce n'est pas vraiment eux que je crains. Ils ont déjà trop de problèmes pour se soucier en plus des miens.

La serveuse nous traite comme des agents infiltrés par le gouvernement pour lui supprimer l'aide sociale qu'elle touche. Nous attendons qu'elle s'éloigne avant de reprendre notre conversation :

– Alors, comment ça se passe ? me demande A.

– On ne peut pas dire que Justin soit particulièrement boule-versé. De toute manière, les filles font presque la queue pour le consoler. (« Merci, Lindsay ! ») C'est pathétique. Heureusement, Rebecca a été super. Je t'assure, elle devrait en faire son métier, elle est très douée pour ça. C'est grâce à elle que j'ai pu faire entendre un tant soit peu ma version des faits.

– Et quelle est-elle ?

– Que Justin est un crétin. Et que le métalleux et moi, nous discutions, c'est tout.

– Je suis désolé que les choses se soient passées ainsi.

– Ça aurait pu être pire. Et puis, il faut que nous arrêtions de nous excuser en permanence. De commencer chacune de nos phrases par « désolé, excuse-moi »…

Je m'en veux d'être d'aussi mauvaise humeur. C'est sans doute parce que je suis crevée, et qu'il n'est pas facile d'être assise face à quelqu'un d'aussi… complexe.

– Alors comme ça, tu es une fille qui est un garçon ?

– Quelque chose dans le genre, oui, répond A.

Zut, maintenant c'est lui qui a l'air de mauvais poil.

– Et tu as beaucoup roulé pour venir ici ?

– Trois heures.

– Qu'est-ce que tu manques ?

– Deux interros. Et un rencard avec ma petite amie.

C'est plus fort que moi. Je dois lui poser la question :

– Et tu ne trouves pas que c'est injuste ?

– Je ne suis pas sûr de te suivre ?

– Eh bien, lui dis-je, je suis contente que tu sois venu. Vrai-ment, c'est sincère. Mais je n'ai pas beaucoup dormi la nuit der-nière, et je suis de très mauvais poil. Ce matin, quand j'ai lu ton message, je me suis demandé si tout ça était vraiment juste – pas envers moi, ni envers toi, mais envers tous ces gens que tu… que tu prends en otage ?

– Rhiannon, je fais toujours en sorte…

– Je sais. Et je sais que cela ne dure que le temps d'une journée. Mais… et si quelque chose de complètement inattendu devait justement se produire aujourd'hui ? Et si sa petite amie lui avait organisé une fête surprise ? Et si son binôme de TD ratait un examen important à cause de son absence ? Et si… et s'il y avait un terrible accident, et que Vic était censé être dans les parages pour sauver un bébé des flammes ?

– Je comprends ce que tu me dis. Mais l'inverse pourrait être tout aussi vrai. Et si c'est à *moi* qu'il doit arriver quelque chose ? Si c'est moi qui suis censé me trouver ici parce que, si jamais je n'y suis pas, l'univers risque de dévier de sa trajectoire, de façon infinitésimale mais essentielle ?

– La vie de cette fille ne devrait-elle pas compter plus que la tienne ?

– Pourquoi ça ?

– Parce que tu n'es qu'un invité, A. Tu n'es que de passage.

Regrettant aussitôt cette observation, qui paraît presque méchante, je me dépêche d'enchaîner :

– Je ne dis pas que tu es moins important que ces gens. Tu sais bien que ce n'est pas ce que je pense. À l'heure actuelle, tu es la personne que j'aime le plus au monde.

– Vraiment ? s'étonne A, visiblement sceptique.

– Comment ça, *vraiment* ?

– Hier, tu as affirmé à Justin que tu n'étais pas amoureuse de moi.

– Je parlais du métalleux, idiot, pas de toi.

La serveuse nous apporte nos sandwiches au fromage grillé et nos frites.

– Moi aussi, je t'aime, tu sais, me déclare A dès qu'elle s'est éloignée.

– Je sais.

– Nous allons y arriver. Toutes les relations ont leurs phases difficiles. Nous sommes en plein dedans. Notre histoire n'est pas un puzzle dont les pièces s'emboîtent du premier coup. Chacun doit faire en sorte d'ajuster ses propres pièces avant qu'elles puissent s'accorder parfaitement.

*

Une relation. Je veux savoir si c'est bien de cela qu'il s'agit. Mais A n'est pas la bonne personne à qui poser la question.

En effet, je lui fais remarquer que ses pièces changent de forme tous les jours.

– Oui, mais leur nature reste la même.

– Je sais, dis-je avant de manger une frite. (J'en ai assez de parler, mais comment conclure la conversation sans vexer A ?) Oui, je sais. Je devrais continuer d'ajuster mes pièces, et essayer de leur donner une forme adaptée à la situation. Il s'est passé tellement de choses en si peu de temps. Et toi qui es là… Ça fait beaucoup, au bout du compte.

– Je vais y aller. Après le repas.

– Ce n'est pas ce que je veux, A, dis-je pour le rassurer. Mais je crois que c'est mieux.

– Je comprends.

– Merci. (Je me force à sourire. Il faut que je change le ton de la conversation.) Et maintenant, parle-moi de ton rendez-vous de ce soir. J'accepte que tu voies une autre fille que moi, mais j'exige des détails !

Me calant bien au fond de ma chaise, je l'écoute me raconter l'histoire de cette fille, Dawn, dont ce garçon-né-fille, Vic, a besoin comme il a besoin d'oxygène. C'est une histoire d'amour toute simple, et je suis ravie que quelqu'un dans l'univers puisse en vivre une comme ça.

Bien que ce soit la première et la dernière fois que je rencontre Vic et que je n'aie jamais vu Dawn, je pense longuement à eux après le départ d'A. J'imagine les difficultés qu'ils doivent surmonter pour être ensemble. Cette réflexion-là, c'est la pre-mière chose aujourd'hui dont le timing me semble parfait. Je vis une situation compliquée, il n'y a pas de doute là-dessus. Mais certaines personnes doivent relever de sacrés défis pour arriver là où elles doivent arriver.

Je ferais bien de ne pas l'oublier.

*

Après les cours, Rebecca, Ben et Preston m'emmènent manger une glace. Ils veulent en savoir davantage sur l'homme mystère – c'est ainsi qu'ils l'appellent, et c'est vrai que ça lui va bien.

Je ne leur dis pas grand-chose. Ils respectent ma discrétion. Mais il est clair que leur curiosité n'est pas près de retomber, et il va falloir soit que j'invente de nouveaux mensonges, soit que je rompe rapidement avec l'homme mystère.

Cette fois-ci, je fais en sorte de rentrer chez moi à temps pour le dîner. Devant mon assiette remplie de poulet et de pommes de terre, j'apprends à mes parents que c'est fini entre Justin et moi. Pour ma plus grande honte, je me mets à pleurer. J'ai beau savoir que c'est pour le mieux, et que de toute façon c'est moi la responsable, l'annoncer au dîner rend cette rupture encore plus réelle qu'elle ne l'était auparavant. Pour ce qui est de l'homme mystère, je n'en dis évidemment rien à mes parents. Justin et moi, nous ne sommes plus ensemble, point.

Je sais qu'ils ne l'ont jamais apprécié, et qu'ils ne risquent pas de m'encourager à tenter une réconciliation. Ce qui est un grand soulagement pour moi.

– Ça va aller, ça va aller, me dit mon père.

– C'est sûrement pour le mieux, me dit ma mère.

Puis ils se taisent et me regardent pleurer, attendant tranquillement que je me ressaisisse. Ensuite, ils changent de sujet et me demandent des nouvelles de Rebecca.

Maintenant que je me suis calmée, je leur raconte mon week-end fictif avec Rebecca. En gros, je prends la soirée que nous avons passée ensemble et l'étire sur deux jours : beaucoup de films, de conversations, de souvenirs.

Il n'est plus fait mention de Justin.

Je sais qu'A attend sans doute un mot de ma part. Plus tard dans la soirée, je lui envoie un courriel.

> A,
>
> Tu as dû voir que je n'étais pas très à l'aise aujourd'hui, mais mettons ça sur le compte de notre « phase difficile ». Cela n'a rien à voir avec toi ni avec ce que j'éprouve pour toi. C'est juste que tout me tombe dessus au même moment. Je pense que tu sais de quoi je parle.
>
> Essayons de nouveau de nous voir, mais de préférence pas au lycée. C'est un peu trop dur à gérer. Donnons-nous rendez-vous en fin de journée dans un endroit étranger à ma vie quotidienne. Un endroit juste pour nous.
>
> J'ai du mal à imaginer comment les pièces de notre puzzle vont s'assembler, mais c'est tout ce que je souhaite.
>
> Je t'embrasse,
>
> R

Après avoir raconté tellement de mensonges à tellement de monde, ça fait du bien d'être honnête avec quelqu'un, et de se dire que cette honnêteté sera appréciée. S'il n'y a qu'A de vrai dans ma vie, alors je dois m'assurer que notre relation reste vraie… tout en me demandant si elle peut devenir réelle.

## 27

Je suis prête à le retrouver où et quand il veut. Mais, lorsque le lendemain matin je reçois enfin un courriel d'A, c'est pour me dire qu'il s'est réveillé dans le corps d'un garçon dont le grand-père vient de mourir. Aujourd'hui, il doit se rendre à l'enterrement. Ce qui exclut que nous puissions nous voir.

J'ai envie de lui présenter mes condoléances. Or, évidemment, il ne s'agit pas de *son* grand-père. Je suis triste pour le garçon dont A occupe le corps, car il n'assistera pas aux funérailles de son propre grand-père. Même si ce n'est pas la faute d'A, cela reste injuste.

Ne pas pouvoir le retrouver aujourd'hui me plonge dans une sacrée déprime. Je devrais avoir l'habitude. Ça fait partie du jeu, après tout – un jeu où l'on perd souvent. Mais voilà, aujourd'hui, je comptais beaucoup là-dessus pour m'aider à surmonter toutes les difficultés que je rencontre. Et maintenant, je me sens idiote d'avoir placé tous mes espoirs en lui.

Aller en cours n'arrange rien. Je me sens à l'écart du monde qui m'entoure. Peut-être est-ce un mécanisme de défense – j'entends encore les gens parler de moi, je les vois encore me regarder comme si j'étais la dernière des traînées. Mais je sais également que personne ici ne peut comprendre ce que je suis en train de vivre. Personne ici n'est amoureux de quelqu'un dont vous ne savez jamais si vous le verrez ou non de la journée, ni quel aspect physique il ou elle aura. Et, au lieu de me sentir supérieure à eux, d'être fière d'avoir ce qu'ils n'ont pas, je me surprends à les envier. Je veux la même stabilité que celle dont jouissent Stephanie et Steve, ou Rebecca et Ben. Ce n'est peut-être pas parfait – il y a des désaccords, des disputes, des mauvais jours –, mais il y a tout de même moins d'inconnu que dans ma « relation » avec A.

« Je n'ai que seize ans, me dis-je. Tout ça, c'est beaucoup trop pour moi. »

Reste que je n'ai pas particulièrement envie de revenir plusieurs semaines en arrière, à l'époque où je n'étais qu'à Justin. Mais, là aussi, il n'y a rien de sûr. Car, lorsque je revois ce dernier pour la première fois depuis le gymnase, j'ai l'impression de prendre un coup sur la tête. Il sort de son cours de maths, et me voilà ramenée à n'être plus qu'une silhouette parmi d'autres dans le couloir. Je l'observe, et ce qu'il donne à voir n'est pas bien beau. Non, c'est un triste spectacle. Il a toujours détesté venir au lycée, sauf que là, c'est devenu pire encore. S'il me remarquait, à n'en pas douter, sa haine serait redirigée vers moi. Mais, comme il ne me remarque pas, elle n'a nulle part où aller, elle se retourne donc contre elle-même, mord sa propre queue.

Huit jours plus tôt, je me serais précipitée à son chevet. J'aurais essayé de dénouer cette colère, cette haine, pour l'aider à reprendre son souffle. Voilà à quoi je m'employais. Voilà ce dont il avait besoin, ce dont il détestait avoir besoin aussi.

Je me détourne et pars dans la direction où je sais qu'il n'ira pas, bien que ce ne soit pas celle où je doive aller. Inutile de rendre la situation encore plus difficile.

*

Le lendemain, A m'informe qu'il peut me voir. Néanmoins, il ajoute un avertissement :

Je ne suis pas sûr que ce type soit ton genre. Il est assez massif. Je voulais simplement que tu saches à quoi t'attendre, car la dernière fois que tu m'as vu, c'était bien différent.

Mon genre. Voilà qu'A s'inquiète de ne pas être mon genre. Je ne veux pas qu'il ait de telles pensées. Cela ne fera que rendre les choses encore plus difficiles, pour lui comme pour moi. Et puisque dorénavant je pense systématiquement à «lui» en tant que «il», j'ai envie de lui rétorquer qu'aujourd'hui il a au moins ça pour me plaire : c'est un garçon. Mais cela a-t-il vraiment un sens de voir les choses ainsi ? Ne suis-je pas en train de me fourvoyer ?

«Aime la personne à l'intérieur, me dis-je. Ça ne marchera que si tu aimes la personne à l'intérieur.»

Le problème – qui me trotte dans la tête du début à la fin des cours –, c'est que je me suis fait une image de la personne à l'intérieur. Lorsque j'imagine A, je le vois comme un joli garçon, nimbé d'un halo à la manière d'un esprit ou d'un fantôme, sautant de corps en corps. Voilà la personne dont je suis amoureuse. Et, dans ma tête, c'est un garçon, blanc, brun, mince. Pas trop musclé. Pas aussi beau qu'une star de ciné. Juste un joli garçon normal. Et je vois même son sourire.

Cette image mentale devrait m'aider, devrait rendre A plus réel pour moi. Or, c'est tout le contraire, car je sais que cette image est le reflet de ce que je désire, et non de ce qu'A est véritablement.

*

Après les cours, il m'attend devant la librairie Clover. J'apprécie la chemise et la cravate qu'il porte. Mais c'est indéniable : il est gros. Très gros. Et j'ai du mal à m'y faire. Ce n'est pas qu'il soit laid. Il est même presque mignon, grâce à cette cravate. Mais il est tellement plus massif que moi. Je suis intimidée. Et, oui, je l'avoue, j'ai beaucoup de difficulté à passer sans transition de Vic-la-fille-qui-est-un-garçon à ce corps-là.

– Hey, dit-il quand je m'approche.

Il faut croire que c'est désormais notre mot de passe. Notre façon de nous saluer. Mais, prononcé par une voix aussi gutturale que celle qu'il a aujourd'hui, ça fait un effet bizarre.

– Oh… hey, dis-je.

C'est encore pire lorsque je suis à côté de lui. Je me sens minuscule.

– Tu vas bien ? demande-t-il comme si de rien n'était.

– Oui. Je prends juste la mesure de ton nouveau corps.

C'est comme un test. « Donnons à A l'aspect le plus différent possible de celui qu'il avait la dernière fois, et voyons comment Rhiannon réagit. »

Je ne suis pas d'humeur à passer un test. Des tests, j'en ai eu ma dose.

– Ne te fie pas à l'emballage, m'enjoint A. Concentre-toi plutôt sur ce qu'il y a à l'intérieur.

Je comprends. Vraiment. N'empêche, je n'aime pas qu'il parte du principe qu'il s'agirait de quelque chose de parfaitement naturel.

– Facile à dire pour toi. Moi, au moins, je ne change pas.

« Mon Dieu, je n'ai pas envie de commencer par une dispute », me dis-je alors même que c'est moi qui montre une certaine agressivité. Puis, poussant cette réflexion un peu plus loin : « C'est exactement comme avec Justin. »

Non. C'est faux. Je me disputais avec Justin parce qu'il ne me laissait pas le choix.

Ce n'est pas le cas d'A.

La preuve, A aurait pu me répondre : « Bien sûr que si, tu changes. La fille que j'ai rencontrée était super sympa, celle à laquelle je parle maintenant est une chieuse. »

Sauf qu'A ne dirait jamais une chose pareille. C'est pour cette raison que je suis là.

– On y va ? dit A au lieu de me rentrer dedans.

Plutôt que nous restions bloqués, il préfère que nous avancions.

– Où ça ?

J'ai droit à un sourire.

– Eh bien, puisque nous avons déjà été à la plage, à la montagne et en forêt, nous pourrions peut-être faire simple… : restau puis ciné ?

Ah. Pas ce à quoi je m'attendais. Mais largement mieux que de partir à la recherche d'un désert.

– Cela m'a tout l'air d'un rendez-vous sérieux, dis-je en souriant moi aussi.

– Je t'offrirai même des fleurs, si ça te fait plaisir.

Cette idée me plaît.

– N'hésite pas, offre-moi des fleurs.

Je ne plaisante qu'à moitié. Quant à lui, il ne plaisante pas du tout, car au lieu d'entrer dans la librairie, il trouve un fleuriste et m'achète une douzaine de roses. C'est un peu dingue, mais pas plus que tout le reste, alors je l'accepte.

Quand il me dresse la liste des films qui passent au ciné du coin, je lui suggère que, s'il s'agit d'une petite sortie romantique en bonne et due forme, il nous faut aller voir l'un de ces films de superhéros où il y a suffisamment d'action pour les garçons et suffisamment de bavardage pour les filles. Évidemment, à peine ai-je dit cela qu'il m'apparaît que cette équation ne prend pas en compte les gens qui ne sont ni des garçons ni des filles, tout en présumant de ce que sont censés vouloir les garçons et les filles.

Plutôt que de me faire une remarque à ce sujet, A affirme qu'il a justement envie de voir un film de ce genre – sans toutefois me préciser pourquoi.

À notre arrivée, le cinéma est presque vide. Ce jeudi soir, les seuls spectateurs sont une bande d'adolescents apparemment peu soucieux de s'atteler à leurs devoirs pour les cours du lendemain. Je vois qu'ils nous observent et ricanent à nos dépens, peut-être à cause du poids d'A, ou du bouquet de roses avec lequel je me trimballe, comme si c'était la Saint-Valentin.

C'est drôle de constater qu'A rencontre quelques problèmes pour se mouvoir dans le corps de ce garçon. En soi, ça n'a rien de surprenant, il n'a pas l'habitude d'être aussi massif, et doit procéder à certains ajustements. S'asseoir dans le fauteuil à côté du mien lui demande quelques efforts, et il est évident qu'il ne va pas pouvoir partager l'accoudoir avec moi. Il tente de passer le bras autour de mes épaules, mais le résultat est peu concluant – c'est surtout l'occasion pour moi de renifler son aisselle très humide. Pour être sincère, cela le dérange plus que moi. Avant la fin des bandes-annonces, il abandonne et s'écarte d'un siège pour que nous puissions respirer un peu. Ce qui n'est pas vraiment l'idéal pour une soirée en amoureux.

Pour pallier cela, il pose la main sur le fauteuil vide entre nous. Comprenant le message, je tends le bras et, alors que le film commence et que le monde est menacé de destruction, nous nous tenons la main. C'est sympa… mais pas terrible non plus. Parce que sa main est tellement plus grosse que la mienne, et moite. Parce que l'angle n'est pas bon et que je dois tordre le bras. Parce qu'il n'arrête pas de remuer dans son fauteuil. Je finis par abandonner et reprendre ma main. Il n'insiste pas. Cela ne me dérangerait pas de m'appuyer contre lui, au contraire, son corps serait parfait pour ça. Mais il est trop loin. Nous passons donc le reste de la séance assis à distance, chacun dans son propre espace séparé. Ça m'est égal, mais ce n'est décidément pas très romantique.

Après le film, il me demande à nouveau comment ça se passe au lycée. Je lui fais un résumé, puis mentionne la réaction de mes parents, et le choix de Rebecca de faire référence à lui en tant qu'homme mystère.

– J'espère que ce n'est pas de cette façon que *toi* tu me vois, dit-il.

– Non, mais tu dois admettre que tu es plus mystérieux que la plupart des garçons, des personnes, pardon.

– Qu'est-ce qui me rend aussi mystérieux ?

– Tu plaisantes ? La vie que tu mènes. Tes origines. Tes actions.

– D'accord, mais n'est-ce pas vrai pour tout le monde ? Toi, sais-tu pourquoi tu es comme tu es ? Pourquoi tu fais ce que tu fais ? J'ignore pourquoi je suis né comme je suis, mais toi aussi. Nous sommes tous dans le noir. La seule différence, c'est que mon noir à moi est un peu plus inhabituel que le tien. A priori.

– Reste qu'il y a un tas de choses chez moi qui sont beaucoup plus faciles à expliquer. Tu dois bien le reconnaître.

– À tout vouloir expliquer, on peut devenir fou. Ça ne m'intéresse pas. J'accepte les choses telles qu'elles sont. Je n'ai pas besoin de connaître leur pourquoi.

– Mais tu éprouves forcément de la curiosité ! Moi, oui, en tout cas.

– Pas moi. Et, pour que ça marche entre nous, il va falloir que tu m'acceptes tel que je suis.

– Tel que tu es ?

– Oui. À l'intérieur. Que tu acceptes mon âme – ou appelle ça comme tu veux – telle qu'elle est.

– C'est ainsi que toi tu te vois ? Comme une âme ?

– Ou simplement comme une personne, Rhiannon. Je suis une personne qui passe d'un corps à un autre. Mais une personne quand même.

J'ai un peu l'impression d'avoir été réprimandée. Ou corrigée. Ou du moins de l'avoir déçu. Je suis tombée dans le même panneau que tous les autres. Je n'ai pas compris.

Nous interrompons notre conversation pour manger. Mais je ne peux pas m'empêcher de le fixer du regard. Je cherche quelque chose. A s'en rend compte.

– Dis-moi ce qui te tracasse.

– Je n'arrive pas à te voir à l'intérieur. D'habitude, il y a toujours quelque chose dans tes yeux… Mais ce soir, je ne vois rien.

J'ignore si c'est sa faute ou la mienne. Pour fonctionner, la connexion doit être raccordée aux deux bouts, et peut-être qu'aujourd'hui, c'est de mon côté qu'elle est mal branchée.

– Pourtant, c'est bien moi, je t'assure.

– Je sais, mais il n'y a rien à faire, je ne sens rien. Je crois que ça me bloque de te voir ainsi. C'est comme un mur.

– Je comprends. C'est à cause de ce corps, il est tellement différent de ce que je suis. C'est ce qui te perturbe et c'est assez logique, après tout.

– Tu dois avoir raison, dis-je.

Pourtant, ce n'est pas ce que j'ai envie d'entendre. C'est la première fois qu'il renie un de ses corps. C'est la première fois que je l'entends dire : « Ce n'est pas moi. » Est-ce vraiment ce qu'il éprouve, ou est-il seulement gêné vis-à-vis de moi ? Il sent que je suis mal à l'aise, du coup, lui aussi est embarrassé. Lui, qui s'adapte à tout, et ce depuis sa naissance, se voit désormais à travers mon regard, avec pour conséquence qu'il ne se trouve plus à la hauteur.

Il faut que j'arrête. Mais comment suis-je censée gérer cette situation ? Comment ne pas voir en lui un garçon obèse ? Comment passer outre, ne pas me laisser influencer par son physique ?

Toutes ces pensées, je ne peux les partager avec lui. Cela ne ferait qu'empirer les choses.

Alors nous parlons plutôt du film. De la nourriture. De la météo.

C'est inquiétant. Inquiétant parce que nous ne parlons pas

de nous-mêmes, et parce que, lorsqu'on a seize ans et qu'on est amoureux, on aime surtout parler de soi-même.

« Le problème, ce n'est pas le corps dans lequel tu te trouves, ai-je envie d'expliquer à A. Le problème, c'est de savoir où nous en sommes. »

Il ne m'interpelle qu'une fois que nous retournons vers nos voitures.

– Qu'est-ce qui ne va pas, Rhiannon ?

– Rien, je suis juste d'une drôle d'humeur ce soir. (Je porte les roses à mon nez, mais elles n'ont déjà plus de parfum.) Tu ne m'en veux pas, n'est-ce pas ? Surtout vu que…

– Oui. Surtout vu que.

Ce n'est pas seulement la faute de ce corps-là. S'il se trouvait dans celui du chalet, je lui dirais au revoir en l'embrassant. Mais s'il était la fille-garçon de l'autre jour, je m'abstiendrais. Pareil s'il était Ashley avec ses airs de Beyoncé. Ou s'il était Nathan du sous-sol. En revanche, s'il était l'image que je me suis faite de lui dans ma tête, toute cette soirée aurait été différente. Y compris l'instant présent.

Ce n'est sans doute pas juste, mais c'est comme ça, je n'y peux rien. Peut-être cela changera-t-il avec l'habitude. Ou non.

D'ailleurs, même si je le voulais, je ne pourrais pas l'embrasser. Ou du moins pas de manière naturelle. Pas sans qu'il se baisse pour être à ma hauteur.

Alors, plutôt que de risquer quelque chose de maladroit, je lève le bouquet. En lieu et place d'un baiser, je lui laisse humer les roses. C'est ma façon d'essayer de nous accorder un au revoir sympa.

– Merci pour les fleurs, lui dis-je.

– Je t'en prie.

– À demain.

– À demain, dit-il en hochant la tête.

Nous en restons là.

Mais est-ce suffisant ?

Nous n'arrêtons pas de nous dire à demain. De nous promettre demain, alors que nous ne pouvons rien garantir.

Quand je rentre chez moi, mes parents dorment déjà, et le silence de la maison m'offre trop d'espace pour cogiter. Un restau et un film : la base de toute relation. Mais, pour nous, ça n'a pas marché.

Je me dis que, une fois la nuit passée, je verrai les choses sous un autre jour.

Mais, le lendemain matin, j'en suis au même point.

Allongée dans mon lit, je me demande où est A et à quoi il ressemble.

Et je m'imagine me posant ces mêmes questions chaque matin, peut-être pas pour le restant de mes jours, mais pour le restant de mes années de lycée.

Je crains que ce ne soit trop pour moi.

J'écris à A.

« J'ai besoin de te voir. »

Il faut qu'on se parle.

## 28

En guise de réponse, A m'écrit qu'aujourd'hui il occupe le corps d'une certaine Lisa, et qu'il est prêt à me retrouver à l'heure où cela m'arrange. Je lui donne rendez-vous après les cours, dans un parc près de mon lycée.

Je passe la journée à me demander ce que je dois faire. Je veux A dans ma vie. Je sais que c'est une chance que de l'avoir rencontré ; peu de gens ont autant tenu à moi que lui. Entre nous, c'est de l'amour. Je suis sûre que c'est de l'amour. Pour autant, pouvons-nous avoir une relation viable ? Sommes-nous destinés à être ensemble ? Est-il possible d'aimer quelqu'un sans être avec cette personne ?

Après les cours, je trouve A assis sur un banc du parc, exactement là où je lui avais donné rendez-vous. La fille dont il occupe aujourd'hui le corps ressemble à quelqu'un qui pourrait être une amie à moi – même genre de tenue vestimentaire, même genre de coupe de cheveux. Comme d'habitude, j'ai besoin d'un temps d'adaptation, mais c'est moins difficile qu'hier, cet aspect physique-là m'étant plus familier.

Elle lit un livre, et ne remarque ma présence qu'une fois que je me suis assise à côté d'elle. À ce moment-là, elle lève la tête et me sourit.

– Hey, dit-elle.

– Hey.

– As-tu passé une bonne journée ?

– Oui, ça va.

Je n'ai pas envie d'entrer brutalement dans le vif du sujet. Alors je parle de mes cours, du match de football américain très important que notre équipe va disputer demain, du fait que Rebecca veut à tout prix que j'y assiste alors que cela ne me tente pas du tout. A me demande pourquoi je suis si peu motivée ; je lui avoue que c'est en partie parce que je préfère éviter de voir Justin, et en partie parce que le football américain, ce n'est pas trop mon truc.

– Il est censé faire beau, en tout cas, observe A avant de me faire un rapport détaillé sur les prévisions météorologiques du week-end.

Je suis obligée de l'interrompre. Si nous entreprenons de discuter des probabilités qu'il pleuve dimanche, je vais me mettre à hurler.

– Je dois vraiment te parler, A, dis-je en plein milieu d'une de ses phrases.

Il se tait. Et ce n'est pas comme hier, lorsque j'avais l'impression qu'il était enfoui à l'intérieur du corps. Là, il flotte à la surface de cette fille. Sa nervosité est palpable. Sa peur aussi.

J'aimerais pouvoir lui déclarer que tout ira bien. J'aimerais pouvoir lui proposer de m'accompagner au grand match de la saison. J'aimerais pouvoir lui présenter mes amis. J'aimerais pouvoir lui affirmer que j'ai autant envie d'embrasser cette fille que tous les autres corps qu'il a revêtus. J'aimerais pouvoir lui dire ce qu'il voudrait entendre de ma part.

Mais je refuse de mentir. Car, s'il y a au moins une chose que nous pouvons avoir, lui et moi, c'est l'honnêteté. Et, sur cette base-là, qui sait ce que nous pourrons construire ?

– Je ne peux pas continuer comme ça, lui dis-je.

Il me comprend. Ne fait pas mine de s'étonner, ne prend pas un air perplexe. Non, voici ce qu'il me demande :

– Tu ne peux pas ou tu ne *veux* pas ?

– Je le voudrais. Je t'assure. Mais comment ? Je ne vois pas par quel moyen nous sortir de cette situation. Ça ne peut pas marcher.

– Pourquoi ?

Je vais devoir lui livrer mon sentiment sans ambages. Je m'en veux, car il ne s'agit pas de quelque chose qu'il peut contrôler. Mais, moi non plus, je ne peux pas contrôler la manière dont cette situation m'affecte.

– Pourquoi ? Parce que chaque jour, tu es quelqu'un d'autre. Et que je ne peux pas aimer de la même façon chacune de ces personnes. Je sais qu'à l'intérieur de chacune d'elles, il s'agit de toi. Je sais que tout ça n'est qu'une question d'emballage. Mais je n'y arrive pas, A. J'ai essayé. Et je n'y arrive pas. Je voudrais… je voudrais être la personne qui en sera capable. Mais je ne peux pas. Et puis, ce n'est pas tout. Je viens de rompre avec Justin, il va me falloir du temps pour le digérer et tourner la page. Il y a tant de choses que toi et moi nous ne pouvons pas faire ensemble, que nous ne pouvons pas partager. Jamais nous ne pourrons sortir avec mes amis. Je ne peux même pas leur parler de toi, et tu n'imagines pas combien c'est frustrant. Jamais je ne pourrai te présenter à mes parents. Jamais je ne pourrai m'endormir contre toi et me réveiller avec toi le lendemain matin. Jamais. J'ai vraiment tenté de me persuader que ces choses-là n'avaient pas d'importance, tu sais. Mais je n'y suis pas parvenue. Et je ne peux pas continuer de me poser inlassablement ces questions, tout en sachant pertinemment que je connais déjà les réponses.

Voilà. On ne peut pas faire plus honnête. Mais j'ai beau le mettre en face de la réalité, il n'abandonne pas.

– Nous allons surmonter ça, m'assure-t-il. Tu crois que je ne me suis pas posé moi-même toutes ces questions ? Tu crois que je n'ai pas douté ? Je n'ai pas cessé de tenter d'imaginer quelle vie nous pourrions construire ensemble. Alors écoute : dans un premier temps, je crois que le moyen d'éviter que je me retrouve dans des corps aussi éloignés les uns des autres en termes de distance serait que nous vivions dans une grande ville. Il y aurait ainsi davantage d'individus et de corps de mon âge à proximité. J'ignore ce qui détermine le fait que je me réveille dans un corps plutôt qu'un autre, c'est vrai, mais je suis certain que la distance que je parcours est liée au nombre de possibilités dans les environs. Si nous habitions à New York, je ne quitterais probablement jamais la ville. Et, de cette façon, nous pourrions nous voir tous les jours. Être ensemble. Je sais que c'est une idée un peu folle. Je sais que tu ne peux pas abandonner tes parents et ta maison du jour au lendemain. Mais, à terme, je suis certain que cela marcherait. Nous pourrions vivre de cette manière. Je ne me réveillerais pas à tes côtés, mais cela ne m'empêcherait pas de passer le plus clair de mon temps auprès de toi. Cela ne ressemblerait pas à une vie normale, soit, mais ce serait une vie que nous partagerions.

J'ai envie d'être la fille qui y croit. J'ai envie d'être la fille prête à tout plaquer afin de vivre ça. La fille qui prendra ce risque pour la bonne personne. Pour lui.

Mais, à l'heure actuelle, je ne suis pas cette fille.

J'essaie d'imaginer ça. Habiter à New York, pourquoi pas? Dans un appartement. Mener notre propre vie, en toute indépendance.

Le problème, c'est que quand la porte s'ouvre... c'est mon image mentale d'A que je vois rentrant à la maison – cette représentation que j'ai élaborée toute seule, ce garçon qu'il ne sera jamais.

Je n'arrive pas à m'imaginer face à une personne différente chaque jour. Ce ne serait pas une vraie vie. Ce serait comme d'habiter dans un hôtel.

Je sens bien qu'il en a terriblement envie. Cela me désespère de ne pas pouvoir le lui offrir.

– Cela n'arrivera jamais, dis-je du ton le plus doux possible. J'aimerais y croire, mais tu le sais aussi bien que moi.

– Rhiannon.

Les larmes coulent de mes yeux sans que je puisse les retenir. C'est trop pour moi.

– Je veux que tu saches que si tu étais un garçon comme les autres – si tu étais la même personne chaque jour, si l'extérieur correspondait à l'intérieur –, je crois que j'aurais pu t'aimer pour toujours. Le problème, ce n'est pas toi, A. J'espère que tu le comprends. Le problème, c'est tout le reste, la situation. C'est bien trop difficile pour moi. J'espère que tu croiseras d'autres filles capables de surmonter ça. Je l'espère vraiment. Mais ce n'est pas mon cas, pardonne-moi.

Maintenant A pleure, lui aussi. Enfin… la fille assise à côté de moi sur ce banc pleure.

– Tu veux dire… qu'on en reste là ? balbutie-t-elle. C'est fini, c'est ça ?

Je secoue la tête.

– Non, je veux que tu gardes une place dans ma vie. Mais nous devons mettre plus de distance. Je dois retrouver des habitudes normales – passer du temps avec mes amis, suivre mes cours, aller au bal de fin d'année, toutes les choses que l'on est censé faire à mon âge. Je suis heureuse – vraiment heureuse – de ne plus être avec Justin. Mais je ne peux pas abandonner tout le reste pour autant.

– J'aurais pu tout abandonner pour toi. Et toi, tu n'en es pas capable…

– C'est trop me demander, je suis désolée.

À vrai dire, je ne veux pas que lui non plus abandonne tout pour moi. Nous n'en valons pas la peine.

– Rhiannon…

A s'interrompt, comme s'il prenait enfin conscience de la réalité. De ce qu'elle signifie pour nous.

Nous pourrions en discuter pendant des heures. Pendant des jours. Nous pourrions éternellement nous donner rendez-vous sur ce banc, A venant chaque fois dans un corps différent. Cela ne changerait rien. Je m'en rends compte, et je crois qu'A commence à s'en rendre compte lui aussi.

Je me penche et l'embrasse (lui ? elle ?) sur la joue.

– Il faut que je te laisse, dis-je. Pour l'instant seulement. Reparlons-nous dans quelques jours. Réfléchis-y d'ici là, et je suis sûre que tu parviendras à la même conclusion que moi. Après, ce sera plus facile. Nous pourrons envisager la suite ensemble, car je tiens à ce qu'il y ait une suite. Même si, entre nous, ça ne pourra pas être…

– L'amour ?

Non.

– Une relation amoureuse, dis-je. Ce que tu souhaiterais.

Je me lève. Il faut que j'y aille. Non que je risque de changer d'avis si je reste. Je sais que ça n'arrivera pas. Mais je sais aussi qu'A en souffrira davantage si nous continuons d'essayer, et d'échouer.

– On se reparle bientôt de tout ça.

– À bientôt, alors, me dit-il comme s'il s'agissait d'une affirmation plutôt que d'une promesse.

J'hésite à m'éloigner. Je n'ai pas envie de partir sur une note aussi triste.

– Je t'aime, Rhiannon, dit-il d'une voix qui se brise.

– Moi aussi, je t'aime.

Ça compte. Ça ne suffit pas, mais ça compte.

D'un petit signe de la main je lui dis au revoir, puis pars en direction de ma voiture. Je ne me retourne pas. Je me maîtrise. Ce n'est qu'une fois assise derrière le volant, ma ceinture de sécurité bouclée, que tout me tombe dessus. Je laisse faire. Je me laisse être la catastrophe que ma vie est devenue. Quand c'est fini, je me mouche, m'essuie les yeux, puis démarre et prends le chemin de chez moi.

## 29

En entrant dans ma chambre, je n'ai qu'une envie : écrire à A, retirer tout ce que j'ai dit.

Mais il faut que je reste forte. Pas question de céder à la facilité de ce qui serait un mensonge, je dois apprendre à vivre avec la vérité.

Je n'ai aucune intention d'assister à ce match de football américain, et Rebecca et Preston n'ont aucune intention de me laisser me défiler. À l'une ou à l'autre, je pourrais résister, mais s'ils mettent leurs forces en commun, je suis cuite.

Ils m'appellent sur haut-parleur depuis chez Rebecca.

– Il faut que tu viennes, insiste Preston.

– Peu importe si l'homme mystère a prévu de t'emmener faire le tour des grandes capitales européennes ce week-end, dit Rebecca. Ce match, c'est ta priorité.

– Parce que nous comptons sur ta présence.

– Nous avons *besoin* de ta présence.

– Mais Justin y sera ! leur fais-je remarquer.

– Et alors ? dit Preston. Si c'est nécessaire, on lui fera sa fête, à ce petit pleurnichard minable !

Rebecca pousse un soupir réprobateur.

– Ce que Preston veut dire, c'est que tu ne peux passer ta vie à éviter Justin. Ce lycée est beaucoup trop petit pour ça. Alors autant surmonter tout de suite cette épreuve. En plus, on sera à tes côtés.

– En revanche, ajoute Preston, si tu restes enfermée chez toi tout le week-end, tu risques de devenir folle.

C'est vrai. Tout cela est vrai.

Sans parler du fait que mes amis me manquent.

– OK, dis-je. Mais vous avez intérêt à me faire la conversation du début à la fin. Pas question que je mate deux heures d'un match de football américain disputé par des lycéens !

– Marché conclu, dit Rebecca.

– Hourra ! crie Preston.

Que vais-je porter ? C'est désormais ma préoccupation principale. Avec A, je ne me posais jamais la question ; étant donné qu'il pouvait « porter » n'importe quel corps lors de nos rendez-vous, je considérais sans doute que je pouvais porter n'importe quelle tenue. Et puis, avec lui, je n'avais pas l'impression de passer une audition, contrairement à ce que je ressentais en présence de Justin.

Rebecca, Preston et Ben viennent me chercher, et nous voilà en route vers le lycée. On croirait que toute la ville s'y rend. Bien que notre équipe soit nulle, ce match – organisé pour la fête annuelle du lycée – est pris très au sérieux. Stephanie et Steve accompagnant Justin et quelques autres amis, Stephanie a promis de nous tenir au courant de leur localisation par texto. Je dis à Rebecca que ce n'est pas nécessaire, que ce n'est pas la peine de me traiter comme si un juge avait émis une injonction pour me protéger de mon ex. Je ne crains pas que Justin m'agresse. Je crains seulement que le voir me rende trop triste.

Heureusement, les gradins sont bondés, et le groupe de Justin n'est pas dans les parages. Comme promis, nous bavardons pendant toute la durée du match, Preston commentant quasiment en continu les choix vestimentaires des spectateurs autour de nous. Même Ben y va de sa remarque ponctuelle. À un moment donné, Preston annonce qu'il va acheter des bretzels et, comme

Rebecca propose de l'accompagner, Ben et moi nous retrouvons seuls pour la première fois depuis longtemps.

Au début, je m'attends à ce que nous nous concentrions sur le match en attendant le retour de Preston et Rebecca. Puis, soudain :

– Je suis content que tu aies fait ça.

En prononçant ces mots, Ben ne me regarde pas. Il a les yeux rivés sur le terrain. Mais je sais que c'est à moi qu'il s'adresse.

– Merci, lui dis-je.

Il se tourne alors vers moi.

– Inutile de me remercier. Je suis simplement content que tu ne sois plus dans l'ombre de Justin. Parce que rien ne s'épanouit à l'ombre, pas vrai ? C'était frustrant de te voir coincée là… Je ne sais pas qui est ton nouveau mec, mais prends garde de ne pas non plus rester dans son ombre à lui. Tiens-toi là où tout le monde peut bien te voir.

La foule rugit. Ben se retourne vers le terrain, juste à temps pour assister à la course d'un de nos joueurs qui s'approche de la zone d'en-but adverse.

– Allez ! hurle-t-il de concert avec les autres spectateurs.

Le type se fait plaquer à quelques mètres de l'en-but.

– Nom de Dieu ! soupire Ben. Tu y crois, toi ?

– Il ne manquait pas grand-chose, dis-je.

– Non, dit Ben en hochant la tête. En effet, il ne manquait pas grand-chose.

J'aurais dû me douter que le match serait suivi d'une soirée.

– Tu verras, ça va être chouette, promet Rebecca en me prenant par le bras et en me guidant vers sa voiture. Et t'inquiète, on restera collés à toi !

À vrai dire, ils n'ont pas vraiment de de mal à me convaincre. Je suis en train de passer un bon moment en compagnie de mes amis, et j'apprécie. Pendant longtemps, ce genre de chose ne m'avait pas été permise – il avait fallu tenir compte de Justin, sortir en couple plutôt qu'avec mes copains. Maintenant, c'est ce qu'on appelle la liberté : je n'attends rien, personne ne me manque, je profite juste de mes amis.

– Allez, dit Rebecca. On y va.

Il n'est pas si tard, il ne fait même pas encore vraiment nuit. Une soirée officielle d'après-match a lieu dans un restaurant appartenant à un ancien *quarterback* de l'équipe du lycée, mais ceux que le football américain passionne moins se retrouvent chez Will Tyler, dont la maison est située juste en face d'une zone d'approvisionnement en eau où la police ne patrouille jamais.

Will Tyler est un garçon âgé d'un an de plus que nous qui, lorsqu'il avait quatorze ans, a vendu un roman de *fantasy* à une grosse maison d'édition. Au-dessus de sa porte, il a accroché une bannière sur laquelle est écrit : LES MAUVIETTES AIMENT LE FOOTBALL, LES DIEUX AIMENT LE QUIDDITCH. Voyant ça, Preston pousse un cri de joie.

Au cas où cette bannière tout ce qu'il y a de plus geek ne suffirait pas, l'absence totale d'alcool devrait dissuader Justin de mettre les pieds ici. Pas de bière, pas de vodka, Will et ses parents ont préféré faire le plein de toutes les variétés de soda jamais produites – du moins est-ce l'impression que cela donne. Dans la cuisine, les bouteilles sont alignées deux par deux, comme à l'intérieur d'une espèce d'arche de Noé gazéifiée. Nombreux sont ceux qui ronchonnent ou sortent de petites gourdes contenant de quoi corser leur Fanta. Mais moi, cela ne me dérange pas. Ça fait trop longtemps que je n'ai pas bu de Coca-Cola Cherry.

A adorerait ça. J'en suis persuadée. J'aurais aimé qu'il soit là, pas pour que nous soyons ensemble, mais pour qu'il puisse goûter tous ces sodas auxquels il n'a pas eu droit au cours de sa jeunesse mouvementée.

– Il assure, ce Will Tyler, déclare Preston en levant un gobelet rouge rempli de soda violet pour trinquer avec moi. Voilà une petite fête qu'aucun d'entre nous n'oubliera.

– Merci, cela fait plaisir à entendre, dit un garçon qui se tient derrière lui et dont la voix est teintée d'un léger accent du Sud. Je suis ravi que tu aies pu venir, Preston.

Preston fait volte-face.

– Tu connais mon prénom ? s'étonne-t-il.

– Évidemment ! s'exclame Will en riant. C'est un très joli prénom.

Preston sourit.

Will sourit.

Quant à moi, tout de suite je pense : « Oui. Super. Continuez ! »

– Il faut que je retrouve Rebecca, leur dis-je.

Or je n'ignore pas qu'elle est à trois mètres à peine de moi, en train de se verser un verre de *root beer* Barq's. Je m'empresse de la rejoindre, et de lui chuchoter :

– Ne te retourne pas, mais je crois que Preston vient de rencontrer quelqu'un du même bord que lui.

Évidemment, Rebecca ne peut pas s'empêcher de se retourner. Puis elle me regarde avec des yeux écarquillés.

– Will ! Bon sang, mais pourquoi n'y a-t-on pas pensé avant ? demande-t-elle.

– Tout vient à point à qui sait attendre.

– Et Preston a suffisamment attendu comme ça !

Ben nous rejoint de son pas traînant.

– Vous connaissiez le Vernors, comme boisson ? Je suis en train d'essayer, c'est pas mauvais. En revanche, difficile de définir le goût.

– Allez, ouste ! dit Rebecca. On bouge, on bouge, on bouge.

Pour laisser le champ libre à Preston et Will, nous nous réfugions dans le petit salon télé, où la chanson *Lights* d'Ellie Goulding résonne à plein volume alors que la pièce elle-même est très peu éclairée. En balayant la pièce du regard, je me rends compte que nous sommes entourés de gamins un peu intellos, du genre de Rebecca et Ben. Mais je ne me sens pas mal à l'aise.

J'imagine qu'A aussi se sentirait bien en leur compagnie. Évidemment, il a parfois été dans la peau de gros cons, de drogués, d'arrivistes, de sociopathes. Mais tout ce qu'il a vécu a fait de lui un garçon intelligent.

Parmi les visages autour de moi, je me surprends à chercher son regard complice, alors que je ne lui ai pas parlé de cette fête. S'il est là, ce sera une pure coïncidence. Le destin.

Quelqu'un propose que nous jouions aux charades. On éteint la musique, on allume les lumières et Preston et Will nous rejoignent. Bien sûr, ils jouent dans la même équipe. Et, quand l'un des deux livre un indice, c'est l'autre qu'il regarde.

D'autres gamins arrivent, toujours des intellos qui ont d'abord dîné chez eux avant de venir ici. Puis, vers neuf heures, une fois que la soirée officielle d'après-match est terminée, on voit déferler une vague de jeunes d'un tout autre genre. Certains sont soûls, d'autres bien décidés à l'être. Rebecca consulte son téléphone et s'aperçoit qu'elle a reçu un texto de Stephanie lui indiquant qu'ils seront bientôt là.

– Tu veux qu'on s'en aille ? me demande Rebecca.

Je lui réponds que non. Je passe un bon moment, je n'ai pas envie de partir.

N'empêche que mon ventre se serre un peu quand Stephanie entre dans le salon : ça signifie que Justin se trouve désormais quelque part dans la maison. Mon ventre se serre encore un peu plus quand j'entends ce dernier crier dans la cuisine, demandant à quelqu'un où on a caché l'alcool.

– Steve se charge de l'occuper là-bas, me promet Stephanie.

Mais, à partir du moment où il n'y a pas de quoi picoler dans la cuisine, la mission de Steve est impossible. Justin bondit dans le salon, et ça y est, nous voilà lui et moi dans la même pièce.

Lorsqu'il me voit, une expression terrible s'affiche sur son visage. Comme si on venait de le prendre au piège. Et que le piège, c'était moi.

– Qu'est-ce qu'elle fout ici, celle-là ? rugit-il.

De toute évidence, il ne lui manque déjà plus que trois ou quatre bières pour être ivre mort. Rageusement, il se tourne vers Stephanie.

– Tu savais qu'elle serait là, n'est-ce pas ? Pourquoi tu ne m'as pas prévenu ?

Steve s'en mêle, lui demande de se calmer.

– Et merde ! s'emporte Justin en projetant par terre, d'un revers de la main, le premier gobelet qu'il trouve.

Ça n'a pas l'effet escompté : le gobelet est en plastique, et rempli de Sprite.

Je reste plantée là sans bouger, comme si, l'espace d'un instant, j'étais sortie de moi-même. Comme si j'observais la scène à distance. Toute calme, je m'interroge : que va-t-il faire maintenant ? Me crier dessus ? Me cracher dessus ? Balancer un autre gobelet ? Éclater en sanglots ?

Rien de tout ça. Il se tourne vers Steve et lui dit, avec davantage d'émotion qu'il souhaiterait que j'en perçoive :

– C'est *nul*, cette histoire.

Puis il se précipite hors de la pièce, hors de la maison.

Steve est sur le point de le suivre, mais je surprends tout le monde dans la pièce – moi la première – en annonçant :

– Non. Je m'en charge.

Steve me regarde bizarrement.

– Tu es sûre ? C'est moi qui ai les clés de sa voiture.

– Je reviens, lui dis-je. (Puis, à Rebecca qui m'observe avec beaucoup d'inquiétude :) Pas de soucis, attendez-moi.

Je n'ai aucun mal à le retrouver. Le bout de sa cigarette luit de l'autre côté de la rue, dans la zone d'approvisionnement d'eau.

Rien d'étonnant à ce que les panneaux DÉFENSE D'ENTRER l'aient tout de suite attiré.

Avant de le rejoindre, je lui laisse le temps de prendre quelques bouffées.

– Attention, j'arrive, dis-je afin de le prévenir.

Après avoir contourné un arbre, me voilà nez à nez avec lui.

– Tu as vraiment une sale tête, ce sont les premiers mots qui s'échappent de ma bouche. C'était plus fort que moi.

Je mérite donc qu'il me rétorque :

– Vu ce que tu m'as fait subir, c'est peut-être normal que je n'aie pas l'air en pleine forme, non ?

– Je suis désolée.

– Va te faire foutre.

– Je suis vraiment, vraiment désolée.

– Va. Te. Faire. Foutre.

– Vas-y. Défoule-toi.

– Pourquoi, Rhiannon ? *Pourquoi* ?

Ça, c'est pire que le « va te faire foutre ». Bien pire.

Parce que désormais, son corps est transparent. Je vois directement la personne à l'intérieur. Et cette personne est en colère. Bafouée. Incrédule.

Pendant tout ce temps, je voulais savoir s'il m'aimait vraiment. Et maintenant, j'ai la réponse. Maintenant que c'est terminé.

– Pendant combien de temps, Rhiannon ? Pendant combien de temps as-tu baisé avec lui derrière mon dos ? Pendant combien de temps m'as-tu menti ?

– Je n'ai jamais baisé avec lui.

– Ah, voilà qui me rassure ! Rien de tel qu'une pute qui ne couche pas !

Je l'ai humilié. J'ai été tellement préoccupée par l'humiliation que j'ai subie que je ne me suis même pas rendu compte de la gravité de celle que je lui ai infligée.

– Pardonne-moi.

Je devrais fondre en larmes. Mais ce n'est pas de la tristesse que j'éprouve. C'est de l'horreur.

– J'accepte que tu me détestes, lui dis-je.

Ça le fait rire.

– Je n'ai pas besoin de ton autorisation pour te détester. Non mais écoute-toi un peu, bon sang !

Si seulement je pouvais en vouloir à A. Rejeter la faute sur A. Mais il n'est coupable de rien, sinon de m'avoir montré qui Justin n'était pas. Et, au lieu d'affronter la réalité, j'ai fui. J'ai joué la comédie. Puis j'ai été prise la main dans le sac.

– Je ne fais pas que te détester, Rhiannon. Je te déteste plus que je n'aurais jamais imaginé possible de détester quelqu'un. Sais-tu ce qu'il y a de pire que d'être détruit ? C'est d'être détruit par quelqu'un qui n'en valait même pas la peine. Si tu comptes sur moi pour te déculpabiliser, tu peux toujours rêver, j'espère que tu éprouveras cette culpabilité toute ta foutue vie durant. J'espère que tu la sentiras chaque fois que tu embrasseras ce type. Chaque fois que tu auras envie d'embrasser quelqu'un. J'espère qu'elle t'empêchera de dormir la nuit. Oui, j'espère que tu ne dormiras plus jamais. Voilà à quel point je te déteste. Alors retourne à cette soirée bidon, retourne boire tout le soda que tu veux et surtout, fous-moi la paix.

– Non, dis-je d'une voix mal assurée. Non… il faut qu'on parle. Il faut que je t'explique…

– OK. Changement de programme. C'est moi qui vais retourner à l'intérieur, récupérer Steve et mes clés et me barrer. Libre à toi de rester ici. Je t'accorde la pleine jouissance de cette zone protégée où nous nous trouvons. En revanche, je t'interdis de me suivre et de m'adresser à nouveau la parole.

Il jette sa cigarette par terre et s'éloigne. Je bondis – pas vers lui, mais vers la cigarette que j'éteins avant qu'un feu se déclare.

« Mon Dieu, qu'est-ce que j'ai fait, qu'est-ce que j'ai fait, qu'est-ce que j'ai fait ? »

Tout en me posant la question en boucle, j'ai conscience que c'est un peu tard pour la poser.

Je veux me réveiller demain dans un autre corps, une autre vie. Enfin, pas vraiment. Ce dont je me rends compte maintenant, c'est que malgré tout le temps que j'ai passé en compagnie d'A, malgré tout le temps que j'ai passé à réfléchir à la vie qu'il mène, je n'ai pas prêté attention à la règle la plus importante : ne pas faire de dégâts. Au fil de ses journées disparates, A se débrouille tant bien que mal pour respecter cette règle, mais moi, au fil de mon unique vie continue, je n'y parviens pas.

Pas question de retourner à l'intérieur de la maison, ni de rester plantée là à attendre que Justin et Steve s'en aillent. Alors, je m'enfonce plus profondément dans cette forêt interdite. Au bout d'un moment, je suis tellement loin des lampadaires de la rue et de la pollution lumineuse du quartier que l'obscurité se fait très profonde. Errant entre les arbres, je prends conscience que jamais je ne serai aussi désincarnée que je le suis à présent. Un esprit perdu dans la nuit, voilà ce que je suis. Invisible. Intouchable. Irréelle.

Justin ne s'est pas beaucoup soucié de moi. C'est indéniable. Mais ça n'excuse pas le fait que moi-même, je ne me suis aucunement souciée de lui. Ceci explique cela, mais n'excuse rien.

Je perds toute notion du temps, jusqu'à ce que j'entende quelqu'un appeler mon nom. Plusieurs voix. Plus paniquées à chaque répétition. Rebecca. Preston. Ben. Stephanie. Will.

– Je suis là !

Je continue de le leur crier jusqu'à ce qu'ils me trouvent.

## 30

J'appelle mes parents.
Je leur dis que je passe la nuit chez Rebecca.
Puis je passe la nuit chez Rebecca.

Le lendemain matin, Will nous invite de nouveau chez lui, cette fois-ci pour un pique-nique.

– Tu es sûre qu'il n'a pas seulement invité Preston? demandé-je.

Il est onze heures et je suis encore au lit.

– Non, me répond Rebecca qui, je n'en doute pas, est debout depuis au moins une heure. Nous sommes tous invités. Ben et moi. Steve et Stephanie. Will et Preston. Et… toi. Et si tu demandais à ton homme mystère de se joindre à nous?

– Impossible.

– Allez! Il est temps qu'on le rencontre, non?

– Désolée, c'est impossible.

– Pourquoi? Tu as honte de nous?

Elle a beau me taquiner, je sens que cette question l'inquiète réellement.

– Non, dis-je.

En effet, je suis persuadée que rien ne ferait davantage plaisir à A que de pique-niquer avec mes amis et moi. Cela m'attriste d'autant plus qu'il serait totalement à sa place parmi nous.

– Alors, pourquoi tu ne veux pas?

– Parce que je ne pense pas que ça va marcher. Entre lui et moi. Je ne pense pas que…

Je n'arrive pas à terminer ma phrase : c'est beaucoup trop étrange de dire ces choses à voix haute.

Rebecca s'assied à côté de moi sur le lit et me prend dans ses bras.

– Oh, ma pauvre Rhiannon. Ça va aller.

Pourquoi se comporte-t-elle ainsi ? Il faut croire que je suis en train de pleurer. Je voudrais lui expliquer que ce sont des larmes de confusion, pas de tristesse. « Tout ça n'a donc servi à rien ? » Je pense à Justin la nuit dernière. Je pense à A, où qu'il soit. « Non, ça a servi à quelque chose. » Bien que, au bout du compte, je ne sois pas avec A, il fallait que j'arrête de laisser Justin déterminer le cours de ma vie. Il fallait que je prenne en main ma propre existence. D'une certaine façon, c'est A qui m'a permis de me libérer. Ça n'a donc pas servi à rien. A et moi partageons toujours quelque chose de fort, même si cela ne permet pas qu'il vienne pique-niquer avec mes amis.

– Pardon, dis-je à Rebecca après m'être calmée.

– Pas besoin de demander pardon.

– Je sais.

– Tu as envie d'en parler ?

Oui, j'en ai envie.

Non, je ne peux pas en parler.

– C'est une de ces relations à distance, dis-je. Elles ne sont jamais faciles à gérer.

Rebecca hoche la tête, pleine de compassion. Je sens qu'elle voudrait poser d'autres questions.

– Préparons-nous pour le pique-nique, dis-je.

\*

Tranquillement installés dans le jardin à l'arrière de chez Will, nous faisons semblant d'être à Central Park. Personne n'évoque Justin. Personne n'évoque l'homme mystère. Sauf mes pensées, qui me ramènent constamment à Justin et A.

Je suis contente que Justin ne soit pas avec nous. S'il était là, l'atmosphère serait différente. Rebecca et Ben ne débattraient pas pour savoir s'il faut ou non prononcer « croissant » avec un accent français quand on parle anglais. Will et Preston ne profiteraient pas de toutes les occasions possibles pour toucher le bras, la jambe ou la joue de l'autre. Steve et Stephanie ne seraient pas aussi détendus – Stephanie demandant à Steve de lui éplucher un grain de raisin et Steve s'exécutant, tous deux riant de voir à quel point cette tâche est délicate. Si Justin était là, il s'ennuierait. Et il me le ferait savoir. Je ne pourrais pas profiter de mes amis, parce que je serais trop préoccupée par sa mauvaise humeur.

Mais si A était là… D'abord, il s'agit de mon image mentale d'A. Puis d'A sous toutes ses différentes formes. Car même s'il était une fille canon, ou un garçon obèse, ou cette pauvre Kelsea – revenue de là où son père l'a envoyée se soigner –, eh bien, il aurait sa place ici. Parce qu'A saurait apprécier ce moment. Il comprendrait à quel point c'est important de passer une journée tranquille avec ses amis, de raconter des blagues qu'eux seuls peuvent comprendre et de s'en réjouir. A n'a jamais connu ça. Mais je pourrais lui en donner l'occasion.

Je pourrais lui envoyer un courriel, lui dire : « Viens. » Mais j'ai peur qu'il se méprenne. Qu'il croie que cela signifie que nous pouvons être ensemble. En tant que couple.

Sans parler du fait que ce serait injuste envers la personne dont il occupe le corps.

Ça non plus, je ne dois pas l'oublier.

\*

Mille fois je suis sur le point de le contacter. Ce jour-là, alors que je m'amuse avec mes amis ou que je suis seule chez moi. Le lendemain au lycée, quand je remarque des choses dont j'aimerais lui faire part, ou quand les minutes semblent être des heures et que je m'ennuie à mourir en classe. J'ai envie de lui parler de Justin, de lui raconter comment nous faisons mine de ne pas nous voir lorsque nous nous croisons dans les couloirs, comme si nous étions de parfaits inconnus, bien que notre façon de nous ignorer ne corresponde pas du tout à celle d'inconnus. J'ai envie de dire à A qu'il avait à la fois raison et tort au sujet de Justin. Certes, ce garçon n'était pas celui qu'il me fallait. Mais il tenait à moi. Cela ne fait désormais plus aucun doute.

Finalement, le lundi soir, je craque. Plutôt que de tout raconter à A, je préfère faire simple, et m'assurer d'abord que ça ne le dérange pas que je reprenne contact.

> Comment ça va ?
> R

Moins d'une heure plus tard, je reçois sa réponse.

> Ces deux derniers jours n'ont pas été de tout repos. J'ai appris que mon cas pourrait ne pas être unique. Ce qui me bouleverse, tu t'en doutes bien.
> A

Et il n'en faut pas plus pour que je me sente à nouveau happée dans sa vie. Je commence à taper une réponse – qui s'annonce longue – mais, au bout de quelques paragraphes, je m'oblige soudain à arrêter. J'avais voulu créer de la distance, or il n'y en a aucune. Si je renoue avec A, ce sera exactement comme avant. Ce qui n'est pas bon du tout.

Je n'envoie donc pas de courriel, choisissant plutôt de télé-phoner à Rebecca pour discuter de choses et d'autres.

Il faut que je me construise une vie sans A, avant de l'inviter à y reprendre une place.

## 31

Mes amis font bloc autour de moi. Au lycée. Après les cours. Le soir au téléphone.

Will s'intègre sans problème à notre petit groupe. Il a l'air tellement heureux avec Preston, et réciproquement. Et moi, je suis heureuse pour eux. Vraiment. N'empêche que cela me met en colère de me dire que jamais A ne pourrait rejoindre aussi facilement notre bande.

Personne ne mentionne plus mon homme mystère. Rebecca a dû le leur interdire.

Parfois, je m'attends quand même à le voir surgir. Je m'attends à ce que l'univers l'envoie dans la salle de classe juste à côté de la mienne. Ou dans le corps de Rebecca. Ou de Steve. Rien que pour me dire un petit bonjour. Pour me montrer qu'il n'est pas loin.

Il ne faut pas que j'aie ce genre de pensées, je le sais bien.

Encore plus souvent qu'auparavant, je me surprends à chercher le regard des gens. Et je me rends compte que c'est là, dans les yeux, qu'une personne cesse d'être fille ou garçon, noire ou blanche.

Je n'ai toujours pas répondu à A. Ça me pèse, de me montrer aussi injuste. Quel est l'intérêt de ne pas le contacter si, au bout du compte, je dois passer tout ce temps à penser à lui? Tant que je reste honnête et claire au sujet de notre relation, pourquoi ne pas communiquer?

Jeudi matin, à la première heure, je lui écris.

> J'aimerais te voir, mais je ne sais pas si c'est une bonne idée.
> J'ai besoin d'avoir de tes nouvelles, mais cela ne fera que nous
> conduire à une impasse. Je t'aime – n'en doute pas –, mais j'ai
> peur que cet amour ne prenne trop de place. Car, quoi qu'il arrive,
> tu finiras par me laisser seule, A. Inutile de chercher à se leurrer.
> Tu me laisseras toujours seule.
> R

La journée s'écoule sans que je reçoive de réponse. C'est d'ailleurs tout ce que je mérite, j'en ai bien conscience.

Mais quand même, je suis déçue.

Puis vendredi, à l'heure du déjeuner, un courriel :

> Je comprends. Peut-on se retrouver à la librairie cet après-midi,
> une fois que tes cours seront terminés ?
> A

Auquel je réponds :

> Bien sûr.
> R

Durant le trajet, je me sens nerveuse. Tout a changé, et rien n'a changé. Ça promet d'être compliqué, et pourtant il n'y a rien de plus simple. L'essentiel, c'est que j'ai envie de le voir. De lui parler. De lui trouver une place dans ma vie.

Tous les autres obstacles se sont effacés. Je commence même à croire, au plus profond de mon cœur, que si je devais dire la vérité à mes amis, que s'ils devaient faire la connaissance d'A de la même façon que moi – sur plusieurs jours –, ils y croiraient, eux aussi.

En réalité, le seul obstacle, c'est la vie qu'il mène.

Qui, je le sais, est un trop grand obstacle. Mais, pressée comme je suis de le revoir, cet obstacle ne me paraît sans doute plus aussi insurmontable qu'il le devrait.

Je suis la première arrivée. En balayant la boutique du regard, je constate qu'il ne se trouve à l'intérieur d'aucun des corps présents. S'il était là, il me chercherait. Il me remarquerait.

Alors je m'assois. Je l'attends. Et, dès qu'il franchit le pas de la porte, je le reconnais. Comme si un frisson ou un éclair passait entre nous. Aujourd'hui, il est dans la peau d'un jeune Asiatique tout mince vêtu d'un T-shirt bleu Macaron le Glouton. Lorsque A me voit, son sourire est encore plus grand que celui de cette marionnette de l'émission *1, rue Sésame*.

– Hey, dit-il.

Cette fois-ci, je lui réponds avec entrain.

– Hey.

Nous y voilà. J'essaie de garder à l'esprit qu'il ne faut pas que je retombe dans le piège de croire que c'est possible. Mais, quand j'ai A en face de moi, c'est difficile.

– J'ai une idée, dit-il.

– Quoi ?

J'ai droit à un nouveau sourire de sa part.

– Faisons comme si c'était notre toute première rencontre. Que tu étais venue acheter un livre et que je t'avais bousculée par accident. Nous avons entamé une conversation. Tu me plais, je te plais, et nous venons de nous asseoir pour prendre un café. Le courant passe bien. Tu ignores tout de ma condition – que je change de corps chaque jour. Quant à moi, je ne connais rien de ton ex, ni d'ailleurs de ta vie en général. Nous sommes juste deux personnes qui faisons connaissance.

Le mensonge auquel nous voudrions croire. Cela me semble dangereux.

– Mais pourquoi ?

– Pour profiter de cet après-midi, m'explique-t-il. Pour ne pas avoir à parler du reste. Pour nous contenter d'être ensemble et nous amuser.

Autant que je lui fasse part tout de suite de mon scepticisme :

– Je ne vois pas à quoi cela nous avancera…

– Ni passé ni avenir, uniquement le présent. Donne-nous une chance.

J'en ai envie. Très envie. Alors d'accord. Je sais que ce n'est pas aussi facile, mais pourquoi ne pas commencer par faire comme si ça l'était.

– Ravie de faire ta connaissance.

J'ai l'impression d'être une mauvaise actrice dans un mauvais film, mais apparemment cela lui plaît.

– Moi aussi, je suis très heureux de cette rencontre. Et maintenant, où as-tu envie que nous allions ?

– Je te laisse décider. Surprends-moi. Quel est ton endroit préféré ?

Il prend une petite seconde pour y réfléchir. Cherche-t-il dans ses propres pensées ou dans celles de ce garçon ? Je ne sais pas. Toujours est-il que son sourire s'agrandit soudain.

– J'ai trouvé. Mais nous devons d'abord faire quelques courses.

– Coup de bol, il y a un supermarché juste à côté.

– Ah oui, quelle chance, quel magnifique coup de bol !

Je pouffe.

– Qu'y a-t-il ? demande-t-il.

– Rien, tu es un sacré clown.

– Oh, je suis ravi d'être ton clown.

– Tu me fais penser à Preston.

– Qui est ce Preston ?

Il ne sait pas, c'est vrai. Comment pourrait-il ? Je ne lui en ai jamais parlé.

Tandis que nous marchons en direction du supermarché, je me livre à une présentation détaillée de tous mes amis. Il connaît déjà Rebecca et se souvient vaguement de Steve et de Stephanie, mais je lui en dresse un portrait plus complet – pareil pour Preston, Ben et même Will. Cela me gêne de ne pas pouvoir lui demander d'en faire autant, quoique cela n'ait pas l'air de le déranger.

Une fois à l'intérieur du supermarché, A m'annonce que nous allons parcourir systématiquement toutes les allées.

– C'est le meilleur moyen de ne rien oublier, me confie-t-il.

– Et on fait des courses pour quoi, exactement ?

– Pour notre dîner, bien sûr. Pendant ce temps, continue de me parler de toi.

Il m'interroge sur mes animaux de compagnie, et j'évoque Swizzle, le lapin démoniaque que nous avions autrefois et qui s'échappait de sa cage pour venir nous dormir sur le visage. Il était terrifiant. Je demande à A s'il a eu un animal domestique préféré, et il m'apprend qu'un jour il a dû cohabiter avec un drôle de furet. Cet animal, semblant avoir pris conscience qu'A était en réalité un inconnu, s'est échiné à lui rendre la vie impossible – mais au moins ce fut divertissant, car ce jour-là, A se trouvait seul à la maison. Lorsque nous arrivons au rayon des fruits et légumes, A mentionne la pastèque enduite de graisse qu'il s'est prise dans l'œil en colonie de vacances. Pour ma part, je lui avoue ne jamais avoir été blessée par un fruit, même si des années durant, j'ai exigé de ma mère qu'elle découpe mes pommes en petits morceaux, tout ça parce qu'à l'école quelqu'un m'avait raconté que des psychopathes s'amusaient à dissimuler des lames de rasoir à l'intérieur.

Nous voilà au rayon des céréales, ce qui n'est d'aucun intérêt en ce qui concerne notre dîner. Mais A s'y arrête tout de même et me demande de lui raconter l'histoire de ma vie version céréales.

– OK, dis-je.

Je crois avoir compris. Déterminée à jouer le jeu, je brandis un paquet cylindrique de flocons d'avoine Quaker.

– Ça commence par cette variété-là. Au petit déjeuner, ma mère ne mange quasiment rien, mais mon père prend toujours du porridge. Avec des rondelles de banane, de préférence. Ce n'est que vers sept ou huit ans que je me suis rendu compte à quel point c'était dégueulasse. (Je m'empare maintenant d'une boîte de Frosties.) Et c'est à partir de ce moment-là que la guerre a commencé. La mère de Rebecca lui achetait des Frosties et, comme tout le monde, j'en avais vu la pub à la télé un million de fois. J'ai supplié ma mère de me laisser en manger. Elle a refusé. Alors naturellement, j'en ai volé un paquet chez Rebecca, que j'ai planqué dans ma chambre. Le seul problème, c'est que j'avais peur que ma mère me surprenne en train de mettre mes bols sales dans le lave-vaisselle. Je les ai donc gardés dans ma chambre. Et ils se sont mis à puer. Elle a piqué une crise, mais heureusement mon père est intervenu pour dire qu'il ne voyait pas ce qu'il y avait de mal à manger des Frosties. Sauf que voilà : maintenant que j'y avais goûté, je les trouvais très décevantes. Elles ramollissaient beaucoup trop vite à mon goût. Ainsi ma mère et moi avons pu parvenir à un compromis. (Je le conduis devant les paquets de Cheerios.) Ne me demande pas en quoi les Cheerios sont meilleures pour la santé que les Frosties, en tout cas, c'est ce qu'elle croyait. Ce qui nous amène à la conclusion de cette remarquable épopée. (Je fais mine d'hésiter entre la centaine de mueslis disponibles, puis saisis ma variété préférée, à la cannelle et aux raisins secs.) J'imagine que celles-ci contiennent probablement autant de sucre que les Frosties ou les Cheerios, mais au moins me procurent-elles l'illusion qu'elles vont contribuer à me maintenir en bonne santé. J'aime bien la consistance des raisins secs, quant aux céréales elles-mêmes, elles ne ramollissent pas trop vite.

– En ce qui me concerne, dit A, j'aimais celles qui donnaient une teinte bleue au lait.

– Ah oui ! Moi aussi, je trouvais ça cool, jusqu'au jour où ç'a commencé à me faire peur.

– Ça s'appelait des Froot Loops. Et j'ai mis longtemps à me rendre compte qu'elles ne contenaient pourtant pas de fruits.

– Tout comme il n'y a guère de miel dans les Miel Pops.

– Ni guère de chocolat dans les Choco Pops.

– Et pas de tigre dans les Frosties.

– À part sur la boîte.

– Oui. À part sur la boîte.

Tandis que nous bavardons de la sorte, j'oublie que le corps à côté de moi n'est pas celui d'A. J'oublie que je ne suis pas avec mon petit ami.

– Passons à autre chose, dis-je en tournant dans l'allée suivante.

Nous fourrons dans le chariot une quantité astronomique de nourriture. En approchant de la caisse, je prends conscience que jamais je ne serai rentrée à la maison à l'heure.

– Je devrais appeler ma mère pour lui dire que je dîne chez Rebecca.

– Dis-lui même que tu comptes y passer la nuit, me suggère A.

J'ai mon téléphone à la main, mais j'hésite.

– Vraiment ?

– Vraiment, insiste-t-il.

Passer la nuit ensemble. Je repense au chalet. À ce qui s'est produit là-bas. Ou plutôt à ce qui ne s'est *pas* produit. Et à ce que j'ai ressenti par la suite.

– Je ne suis pas sûre que ce soit une bonne idée, dis-je.

– Aie confiance en moi. Je sais ce que je fais.

J'ai envie d'avoir confiance en lui. Mais il ne sait pas de quelle manière j'ai vécu cette nuit-là. Et il se fait peut-être des idées sur ce qu'il adviendra si nous passons cette nuit-ci ensemble.

– A, je t'ai déjà expliqué ma position à ce sujet.

– Je ne l'oublie pas. Mais j'ai tout de même besoin que tu me fasses confiance. Je sais ce que tu éprouves, combien c'est difficile, et je ne te blesserai jamais. Jamais.

D'accord. Je le regarde dans les yeux et j'ai l'impression qu'il sait. Il a un plan – il a très clairement un plan. Cette fois-ci, nous ne rejouerons pas la scène du chalet. Il sait ce qu'il fait et, oui, cela m'inspire confiance.

J'appelle ma mère pour lui dire que je suis chez Rebecca et que j'y reste pour la nuit. Ce qui ne lui fait pas plaisir, mais tant pis.

Appeler Rebecca m'ennuie davantage.

– J'ai besoin que tu me couvres, dis-je à mon amie. Si pour une raison ou une autre ma mère appelle, dis-lui que je suis chez toi.

– Mais tu es où ? demande-t-elle. Est-ce que tout va bien ?

– Tout va bien, oui. Pour le reste, je t'en parle plus tard, promis. Il se peut même que je rentre dans la nuit. Mais je veux simplement m'assurer que mes parents ne s'inquiéteront pas.

– Ils auraient des raisons de s'inquiéter ?

– Non, sois tranquille.

– Bien. Mais cette fois-ci, tu me devras des explications complètes. Fini les réponses évasives, Rhiannon.

– Promis. Je te raconterai tout.

– OK. Amuse-toi bien.

Je trouve presque étonnant qu'elle ait autant confiance en moi. Mais c'est le cas.

– Tu lui diras la vérité : que tu as rencontré un garçon, me dit A une fois que j'ai raccroché.

– Et que j'ai passé la nuit avec un garçon que je viens de rencontrer… ?

– Précisément. Un garçon que tu viens de rencontrer.

C'est drôle d'imaginer une telle conversation. Plus d'homme mystère. Un garçon comme les autres.

Si seulement c'était aussi simple.

Je monte dans ma voiture et suis la sienne. Il est encore temps de changer d'avis. Il suffirait que je donne un coup de volant dans l'autre sens. Que je reprenne l'autoroute.

Mais je continue.

*

Il s'appelle Alexander Lin et ses parents se sont absentés pour le week-end, deux informations qu'A me communique simultanément.

– Alexander, dis-je. Un prénom dont je n'aurai pas de mal à me souvenir.

– Pourquoi ?

Cela me paraît évident.

– Parce qu'il commence par A.

Il en rit de surprise. Apparemment, de l'intérieur, ce n'était pas si évident.

Sa maison est très cossue. La cuisine fait deux fois la taille de la nôtre, et en ouvrant le réfrigérateur, nous découvrons qu'il est déjà bien plein. De toute évidence, les parents d'Alexander ne voulaient pas courir le risque qu'il se laisse mourir de faim.

– Ce n'était peut-être pas utile d'acheter tout ça, dis-je.

En effet, j'ai du mal à trouver de la place pour ranger ce que nous rapportons du supermarché.

– Je voulais être sûr que nous ayons ce soir exactement ce qu'il nous fallait, m'explique A.

– Tu sais cuisiner ?

– Pas vraiment, et toi ?

Ça promet.

– Pas vraiment.

– Je suppose qu'on arrivera à se débrouiller. Mais d'abord, il y a quelque chose que je tiens à te montrer.

– D'accord.

Je le laisse prendre ma main et me conduire à travers la maison, à l'étage, jusqu'à ce qui ne peut être que l'antre d'Alexander.

Cette chambre est étonnante. Pour commencer, il y a des Post-it collés partout – des carrés jaunes, roses, bleus et verts. Et sur chacun d'eux il y a une citation. « Je ne crois pas aux contes de fées, mais je crois en toi. » Et : « Que tous les rêveurs réveillent ce pays ! » Et : « Aime-moi un peu moins, mais aime-moi plus longtemps. » Je pourrais passer des heures à lire sa chambre. « Dans un champ, je suis l'absence de champ. Mark Strand. » La plupart des citations sont retranscrites avec la même écriture, sauf quelques-unes qui ont été recopiées par d'autres mains que celle d'Alexander. C'est chouette, il a laissé ses amis participer…

Et ces derniers apparaissent en photo sur les murs – une petite bande qui ressemble à ma petite bande. Justin n'y aurait pas sa place, ne serait-ce que parce qu'il n'aime pas être pris en photo. Mais Rebecca, Preston et les autres, oui. Ils apprécieraient cet endroit. Il y a un canapé vert citron, des guitares, et la collection apparemment complète des *Calvin et Hobbes*. Je jette un coup d'œil aux disques rangés à côté de la platine. Des groupes que je ne connais pas mais dont j'aime les noms. *God Help the Girl. We Were Promised Jetpacks. Kings of Convenience.*

Je m'amuse à lire davantage de Post-it. « Nous sommes tous dans le caniveau, mais certains d'entre nous regardent les étoiles. » Puis c'est aux livres sur les étagères que je m'intéresse. De la plupart d'entre eux dépassent des Post-it – des pages à relire, des phrases à mémoriser.

Ça me plaît. Tout ici me plaît.

Me tournant vers A, je me rends compte à quel point il partage mon enthousiasme. S'il pouvait avoir une chambre – *sa* chambre –, voilà à quoi elle ressemblerait. Quelle chance qu'il l'ait enfin trouvée ! Et quelle tristesse qu'il doive la quitter dans quelques heures…

Mais pas question de penser à ça. Concentrons-nous sur le moment présent.

Ayant remarqué sur le bureau d'Alexander un bloc presque terminé de Post-it, je le glisse dans ma poche, avant d'emprunter également un stylo.

– C'est l'heure du dîner, dit A.

Il me prend à nouveau la main. Nous retournons dans le monde réel, mais sans trop nous y enfoncer, sans trop nous éloigner du monde d'Alexander.

Je trouve quelques livres de cuisine. Pour l'essentiel, nous choisissons de ne pas nous y référer.

– Improvisons, dit A.

Oui, c'est le mot juste. Ce que nous faisons, c'est suivre notre instinct. Cette cuisine est grande, mais nous parvenons à nous l'approprier, à lui redonner taille humaine en la remplissant avec la musique de l'iPod d'Alexander, la vapeur des casseroles et les odeurs allant du basilic frais à l'ail revenu à la poêle. Nous n'avons aucune recette, seulement des ingrédients. Je transpire, je chante et surtout je ne m'inquiète pas, car même si au bout du compte rien de tout ça n'est mangeable, la préparation en elle-même aura valu la peine. Je songe à mes parents, à qui la sensation de travailler de concert doit manquer, et qui ne connaissent plus le plaisir simple de poser les mains sur le dos d'une personne s'activant devant la cuisinière, ni de commencer à mélanger la sauce avant de passer le relais à l'autre, sans qu'aucun mot ne soit nécessaire. À nous deux, nous formons une équipe. Et, puisque ce n'est pas une compétition, nous avons d'ores et déjà gagné.

À la fin, notre repas se compose d'une salade de chou frisé, de pain chaud au beurre d'ail, d'un énorme plat de pâtes primavera, d'une salade au quinoa et à l'abricot et d'un gâteau au citron découpé en carrés.

– Pas mal, déclare A.

Quant à moi, j'ai envie de lui dire que je comprends enfin pourquoi les gens veulent partager leur vie avec quelqu'un. Ce n'est pas pour le sexe, ni pour être en couple lorsqu'on sort avec d'autres couples. Ce n'est pas pour flatter son ego, ou par crainte de la solitude. C'est pour ce que nous sommes en train de vivre, et que je ne saurais définir. Le seul problème, c'est que cela, je le partage avec quelqu'un qui va devoir partir.

Ces observations-là, je les garde pour moi. Parce que la dernière d'entre elles rend toutes les autres plus difficiles à exprimer. Je préfère parler de choses plus concrètes, comme de mettre le couvert.

– Je nous installe là-bas ?

Dans leur salle à manger, les Lin ont une très belle table, tout à fait appropriée à un festin comme le nôtre.

Mais A secoue la tête.

– Non. Rappelle-toi, je suis censé t'amener dans mon endroit préféré.

Fouillant dans les placards, il en sort deux plateaux, à peine assez grands pour tous les plats que nous avons préparés. Il emporte aussi quelques bougies qu'il a trouvées.

– Tiens, dit-il avant de me tendre un des plateaux et de me faire signe de le suivre.

Nous sortons par la porte de derrière.

– Où m'emmènes-tu ?

Je n'ai même pas pris ma veste. Pourvu que nous n'allions pas trop loin !

– Lève les yeux et tu le sauras.

D'abord je ne vois que l'arbre. Puis je distingue la cabane.

– Ouah, dis-je en m'approchant de l'échelle.

– Pour les plateaux, il y a un système de poulies avec un mini-monte-charge. Je vais grimper et le faire descendre jusqu'à toi.

Visiblement, les parents d'Alexander ont pensé à tout.

Tandis que je tiens les deux plateaux, A grimpe à l'échelle, puis fait descendre le monte-charge. J'y dépose l'un des plateaux, qu'A parvient à remonter sans le faire tomber. Nous répétons la manœuvre avec le second, et vient ensuite mon tour d'escalader l'échelle.

C'est le genre de chose que j'ai trouvé dans des livres, mais jamais je n'avais imaginé que certains gamins puissent avoir une vraie cabane, en haut d'un arbre, dans leur jardin.

Au bout de l'échelle, la porte est ouverte, je n'ai qu'à me glisser à l'intérieur. À cause des bougies qu'il a allumées, l'air dans la cabane semble scintiller. On se croirait presque dans un chalet volant. Peu de mobilier, une guitare, quelques cahiers, une petite étagère de livres sur laquelle est notamment posée une vieille encyclopédie. Comme il n'y a ni table ni chaises, A a posé les plateaux sur le plancher.

– C'est chouette, n'est-ce pas ? dit-il.

– Très.

– C'est son domaine privé. Ses parents n'ont pas le droit de monter.

– J'adore cet endroit.

Prenant les assiettes, les serviettes et tout ce qu'il faut sur l'un des tableaux, je dresse le couvert sur le sol. Une fois cette opération terminée, A nous sert une portion de chaque plat. Assis l'un en face de l'autre, nous les goûtons et y allons chacun de notre commentaire, ravis que tout soit finalement bien meilleur que nous n'osions l'espérer. La sauce des pâtes primavera semble contenir une épice que je ne reconnais pas, et dont A ne se rappelle pas le nom. Il pense que c'est moi qui l'ai ajoutée, mais je ne m'en souviens pas, ayant dû le faire dans le feu de l'improvisation.

Il y a une carafe d'eau sur l'un des plateaux, et c'est tout ce dont nous avons besoin. Nous pourrions boire du vin, de la vodka ou du Coca-Cola Cherry, ça n'y changerait rien : c'est l'éclat des bougies qui nous enivre, c'est l'air qui nous grise. La nourriture est notre musique. Les murs de la cabane sont notre chaleur.

À mesure que les bougies se consument, A en allume d'autres. Plutôt qu'une lumière, c'est une lueur qui nous baigne. Alors que je viens de prendre ma première bouchée de gâteau au citron, que je sens encore sa douce acidité sur ma langue, je surprends le regard d'A et m'imagine aussitôt que je me suis mis plein de sucre glace sur les joues. Je m'apprête à passer ma main sur mon visage, mais voilà qu'A m'adresse un grand sourire.

– Qu'est-ce qu'il y a ?

Il se penche et m'embrasse.

– Ça, dit-il.

– Ah. Ça.

– Oui, ça.

Immobiles, nous attendons que ce baiser quitte la pièce, s'éloigne en flottant dans la nuit.

Je ne sais absolument pas ce que je veux.

Non. Faux. Je sais exactement ce que je veux. Simplement, je ne suis pas sûre que ce soit une bonne chose.

– Un peu de dessert ? Il faut impérativement que tu goûtes ce gâteau au citron.

Il sourit. Sereinement, nous pouvons laisser ce baiser quitter la cabane.

Car d'autres frappent déjà à la porte.

J'observe ses lèvres. Le sucre glace sur ses lèvres.
Ce ne sont pas les siennes, il ne faut pas l'oublier.
Oh, après tout, je m'en fiche.

Une fois nos victuailles entièrement dévorées, je rassemble la vaisselle et l'empile sur les plateaux, que je pousse dans un coin de la pièce. Depuis le début du repas, nous sommes assis bien trop loin l'un de l'autre. Il est temps que nous nous rapprochions.

Je me blottis contre lui. Il passe son bras autour de moi, tandis que je sors de ma poche le bloc de Post-it et le stylo. Sans un mot, je dessine un cœur que je colle sur celui d'Alexander.

– Et voilà, dis-je à A.

Il contemple mon dessin. Puis lève les yeux vers moi.

– J'ai quelque chose à te dire.

L'espace d'un instant, je m'attends à ce qu'il s'agisse du « Je t'aime » qui sera encore plus solennel, plus fort que les autres. Et je suis prête à y répondre.

Mais je me trompe.

– Je dois te parler de la situation dans laquelle je me trouve, poursuit-il.

Au lieu de me pencher vers lui, je m'écarte pour mieux voir ses yeux.

– Qu'est-ce qui s'est passé ?

Je lui demande ça avec une sorte d'angoisse irrationnelle, comme s'il avait peut-être rencontré quelqu'un d'autre.

– Tu te souviens de Nathan Daldry ? Le garçon dont j'occupais le corps lors de la soirée chez Steve ?

– Bien sûr.

– Cette nuit-là, je l'ai laissé sur le bas-côté de la route. Et lorsqu'il s'est réveillé… il s'est rendu compte que quelque chose clochait. Alors, il en a parlé à un tas de gens. Et, parmi ceux qui ont eu vent de son histoire, il y a un certain révérend Poole. Sauf que ce révérend Poole n'est pas le révérend Poole, mais plutôt quelqu'un qui occupe son corps.

– C'est ce dont tu parlais, quand dans un courriel tu m'as écrit que tu pensais ne pas être le seul.

A hoche la tête.

– Oui. Mais ce n'est pas tout. La personne dans le corps de Poole est comme moi, mais pas tout à fait. Il affirme pouvoir contrôler ça. Il prétend qu'il existe un moyen de rester dans le corps de quelqu'un.

J'essaie de saisir toutes les implications de ce qu'il vient de m'apprendre.

– Qui t'a raconté ces choses ? Tu as écrit à ce type ? Comment sais-tu que c'est vrai ?

– Je l'ai vu. Je l'ai rencontré. Il s'est servi de Nathan pour me tendre un piège, ce qui a failli marcher. Il dit que nous sommes pareils, lui et moi, or c'est faux. Je ne sais pas comment l'expliquer : je ne pense pas qu'il suive les mêmes règles que moi. Il ne se soucie pas des gens dont il occupe le corps. Il ne respecte pas ce que nous sommes.

– Mais tu le crois ? Quand il affirme que tu aurais la possibilité de rester ?

– J'aurais tendance à le croire, oui. Et aussi que nous ne sommes pas les seuls. Sur Internet, il me semble en avoir trouvé d'autres. Ou en tout cas d'autres personnes qui, comme Nathan et toi, ont été « habitées » le temps d'une journée. Toi, au moins, tu sais ce qui s'est produit. Et Nathan aussi, maintenant. Mais la plupart des autres ne se doutent de rien. Et si Poole dit vrai, certaines personnes n'ont peut-être jamais récupéré leur corps. Quelqu'un comme moi pourrait y entrer pour ne jamais en ressortir.

– Es-tu en train de me dire que tu peux rester ? (J'ai du mal à

y croire. Soudain tout semble possible. *Nous* sommes possibles.)
Tu peux vraiment rester ?

– Oui. Oui et non.

Cela ne peut pas être les deux. Ce n'est pas la réponse que je souhaite entendre.

– Oui ou non ? Où veux-tu en venir ?

– Il existe peut-être un moyen de rester, mais je ne le peux pas. Je ne le pourrai jamais.

– Pourquoi ?

– Parce que ça reviendrait à les tuer, Rhiannon. Quand on s'arroge la vie de quelqu'un, cette personne disparaît à jamais.

Non. Pas question. Pas question qu'il me dise à la fois que c'est possible et impossible.

C'est trop pour moi. C'est insupportable. Il faut que je me lève. Je ne peux pas rester là, assise dans une cabane, en haut d'un arbre, à mener ce genre de conversation avec lui.

Une fois debout, j'explose :

– À quoi est-ce que tu joues, bon sang ? Tu ne peux pas débarquer de cette façon, m'amener ici, partager avec moi ces moments-là… pour finir par me dire que ça ne peut pas marcher ! C'est cruel, A. C'est terriblement cruel !

– Je le sais. Voilà pourquoi c'est notre premier rendez-vous. Voilà pourquoi nous venons juste de nous rencontrer.

N'importe quoi. Nous ne sommes pas ici pour faire semblant. C'est de notre vie qu'il s'agit.

– Qu'est-ce que tu racontes ? Tu t'imagines peut-être qu'on peut effacer tout le reste ?

Il se lève et s'approche de moi. Bien que je sois en colère, bien que je ne comprenne pas ce qu'il est en train de faire, il me serre dans ses bras. Ce n'est pas ce que je veux – j'essaie de le lui dire. Puis, soudain, je me sens protégée dans ses bras et je cesse de vouloir m'écarter.

– C'est un type bien, me chuchote-t-il à l'oreille. C'est peut-être même une perle rare. Aujourd'hui est le jour de votre rencontre, de votre premier rendez-vous. Il se souviendra d'avoir été à la librairie, du moment où il t'a vue, de l'attirance qu'il a éprouvée, et pas seulement parce que tu es belle, mais aussi parce qu'il a perçu la force qui se dégage de toi, qu'il a compris à quel point ce monde t'interpelle. Il se rappellera avoir parlé avec toi – de façon naturelle et enthousiaste. Ne pas avoir voulu que ça s'arrête là, et t'avoir demandé si tu voulais aller faire un tour. Avoir immédiatement pensé à cette cabane afin de te surprendre. Le supermarché, les histoires partagées dans les allées, ta réaction en découvrant sa chambre – de tous ces moments, il se souviendra, et il ne sera pas nécessaire pour moi de changer quoi que ce soit. Son pouls, c'est mon cœur qui bat, pour ne faire plus qu'un. Et je sais qu'il te comprendra, Rhiannon. Parce que son cœur est comme le tien.

Non. Ce n'est pas ce que je veux. Pourquoi ne sent-il pas ce que je veux ?

– Et toi dans tout ça ?

Ma voix est imprégnée de toute la tristesse qui m'envahit, et que je ne peux lui cacher.

– Ce que tu aimes chez moi, tu le trouveras chez lui, me répond-il. Sans les complications.

Il dit ça comme si c'était facile.

C'est tout sauf facile.

– Mais je ne peux pas juste passer de l'un à l'autre, qu'est-ce que tu crois ?

– Je le sais bien, dit-il en me serrant plus fort. Il va devoir faire ses preuves. Chaque jour, il va devoir prouver qu'il te mérite. Et s'il n'est pas à la hauteur, eh bien, tant pis, n'insiste pas. Mais je crois que tu ne seras pas déçue.

A abandonne. Sans se soucier de ce que je souhaite, il abandonne.

– Pourquoi fais-tu ça ?

– Parce qu'il faut que je parte, Rhiannon. Pour de bon cette fois-ci. Il faut que je parte loin d'ici, en quête de réponses. Et je ne peux pas continuer d'aller et venir ainsi dans ta vie. Tu as besoin de quelque chose de plus solide.

Je sais qu'il fait preuve de sagesse. Mais je me fiche de la sagesse.

– Alors, ce sont des adieux ?

– Pas seulement, dit-il. Il me semble que c'est aussi un début.

C'est là que je prends un tournant.

C'est là qu'au lieu de me laisser enlacer, je décide que c'est moi qui vais l'enlacer.

C'est là que je me libère de ses bras, mais pour mieux ouvrir les miens et l'y accueillir.

Je ne dis pas oui, mais je reconnais que dire non ne servirait à rien.

Je le serre de toutes mes forces, en y mettant tout ce que j'ai, pour qu'il n'oublie jamais. Où qu'il soit à l'avenir, il n'oubliera pas.

– Je t'aime, dit-il. Comme je n'ai jamais aimé personne auparavant.

– Tu ne comprends donc pas que c'est la même chose pour moi ? Moi non plus, je n'ai jamais aimé personne aussi fort.

– Mais ce sera le cas, un jour. Un jour, tu aimeras de nouveau. Aussi fort que ça.

\*

C'est là que ça se termine. C'est là que ça commence.

À chaque moment. De chaque jour.

C'est là que ça se termine. C'est là que ça commence.

Pour la première fois depuis le début de la soirée, je regarde l'heure.

Il est presque minuit.

L'heure à laquelle tout finit. Et tout naît.

– Je veux m'endormir avec toi, me murmure-t-il.

C'est aussi ce que je souhaite.

Je hoche la tête. J'ai peur d'ouvrir la bouche. Peur de ne pas être capable de lui dire ce qu'il voudrait que je lui dise.

Nous laissons les plateaux dans la cabane. Cela n'a pas d'importance, puisque de toute façon, il va se le rappeler. Descendre l'échelle. Courir vers la maison. Monter dans sa chambre.

Nous nous en souviendrons. Nous nous en souviendrons tous les trois.

Je voudrais arrêter le temps. C'est impossible, je le sais.

Se tenir la main. Puis, dans sa chambre, ôter nos chaussures. C'est tout. Je me glisse dans le lit. Il éteint les lumières.

La lueur de l'horloge, rien d'autre. Il s'allonge à côté de moi dans le lit, sur le dos. Je me blottis contre lui. Je lui touche la joue. Lui tourne la tête.

L'embrasse, l'embrasse, l'embrasse.

– Je veux que tu t'en souviennes demain, dis-je lorsque nous reprenons enfin notre souffle.

– Je me souviendrai de tout.

– Moi aussi, dis-je.

Cette promesse, je la tiendrai.

Encore un baiser. Un dernier baiser. Puis je ferme les yeux. Je calme ma respiration. J'attends.

Si je pouvais le retenir…

Seigneur, si je pouvais le retenir, je le ferais.

Je ne dors pas. J'aurais voulu dormir. Mais c'est impossible.

Je reste donc allongée, les paupières closes, protégée par l'obscurité.

Je sens sa main qui se pose sur mon cœur.
J'entends sa bouche prononcer les mots : « au revoir ».
Je sens ses yeux qui se ferment. Et lui qui tombe.

J'ouvre les yeux. Je me retourne.
J'attends de voir le moment. Le changement.
Au lieu de quoi je découvre une belle personne, plongée dans un sommeil de toute beauté. Une belle personne qu'une autre belle personne a laissée là, avant de s'en aller dormir dans une autre maison, un autre lit.
J'ai envie de le réveiller. J'ai envie de lui demander s'il est encore là.
Mais je me retiens, parce que je ne veux pas qu'Alexander me demande pourquoi je suis en train de pleurer.

Ce n'est qu'une fois que je me retourne vers le mur, bien décidée à me forcer à dormir, que je remarque le Post-it collé sur mon chemisier.
Le cœur que je lui ai donné.
Il l'a pris, puis il me l'a rendu.

## 32

J'ouvre les yeux. Le soleil brille.

– Bonjour, dit Alexander.

À un moment de la nuit, j'ai dû me tourner à nouveau vers lui. Car il est face à moi, lui-même en train de se réveiller.

– Bonjour, dis-je.

Il n'a l'air ni perdu ni surpris. Il sait pourquoi nous sommes dans son lit, entièrement habillés. Il se rappelle la cabane, et notre rendez-vous à la librairie. Une journée étonnante, bien sûr. Pas le genre de journée qu'on vit tous les jours. Mais qui n'a rien d'impossible – pour peu qu'il s'agisse d'un jour de chance.

Alexander est heureux. Et n'a pas peur de le montrer.

– Et si je nous préparais un petit déjeuner ? Autant que je m'en souvienne, mes parents nous ont laissé un grand choix en la matière.

– Volontiers, dis-je en m'asseyant et en m'étirant.

– Parfait.

Mais, au lieu de se lever, il se contente de me regarder.

– Qu'est-ce qu'il y a ?

– Rien, dit-il timidement, avant de se corriger : Non. Pas rien. Tout le contraire de rien. Je suis ravi que tu sois là. Et que nous nous apprêtions à passer encore une journée ensemble… si tu veux bien me faire l'honneur d'accepter.

– Commençons par le petit déjeuner. Puis on réfléchira à la suite.

– Ça marche, dit-il en sautant du lit. Fais comme chez toi : vêtements, serviettes, shampooing, livres et Post-it sont à ta disposition.

– Merci.

Il hésite un instant avant de quitter la pièce. En équilibre sur un pied puis sur l'autre, il a l'air tellement attachant.

– J'adore ça, déclare-t-il. Quoi que cela puisse être, c'est génial.

Je ne peux pas m'empêcher de lui sourire.

– Oui, dis-je. Quoi que cela puisse être.

– Pas de porridge, c'est bien ça ?

– C'est bien ça.

Il se précipite joyeusement dans l'escalier. Je l'écoute siffloter jusqu'à ce qu'il soit trop loin pour que j'entende.

Posé sur son bureau, il y a son ordinateur portable, et la tentation est forte.

Je sais ce que je devrais faire. Je sais ce qu'A souhaiterait que je fasse.

Sauf que je suis devenue sacrément têtue.

J'aime bien Alexander. Mais je veux A.

Je veux retrouver A.

# REMERCIEMENTS

D'habitude, mes livres s'inventent au fur et à mesure que je les écris, et je ne connais pas grand-chose de leur histoire à l'avance. Celui-ci a donc représenté un grand défi, et va nécessiter nombre de remerciements.

D'abord, merci à tous les lecteurs d'*A comme Aujourd'hui* qui ont bien voulu partager leurs réactions avec moi. Sans votre profond enthousiasme, jamais je ne me serais replongé dans cet univers.

Comme toujours, je tiens à remercier de leur soutien mes amis, ma famille, et mes confrères écrivains. Chaque fois, je suis tenté d'établir une liste complète de noms, avant d'en être dissuadé par la crainte d'oublier quelqu'un par mégarde. Je préfère donc me limiter à ces gens qui, pendant la rédaction de ce roman, ont partagé avec moi une maison, un bureau, une voiture ou même un café : mes parents, Libba Bray, Zachary Clark, Nathan Durfee, Nick Eliopulos, Andrew Harwell, Billy Merrell, Stephanie Perkins, Jennifer E. Smith, Nova Ren Suma, Chris Van Etten et Justin Weinberger. Joel Pavelski a la particularité de s'être trouvé avec moi à Montréal lorsque j'ai commencé le livre, puis à nouveau un an plus tard, au moment où j'y apportais les dernières touches. Merci également à Rainbow Rowell pour la conversation qui nous a menés au choix du titre (*Another Day*), ainsi que pour toutes nos autres discussions. Merci à Gayle Forman de m'avoir servi de modèle pour cet exercice littéraire particulier qui consiste à raconter la même histoire d'un autre point de vue. Et, à elle aussi, merci pour toutes nos conversations.

Ce livre n'existerait pas non plus sans la suggestion accidentelle et le soutien tout à fait volontaire de l'équipe de Random House Children's Books. Je souhaiterais exprimer ma gratitude en particulier à Nancy Hinkel (je vais y revenir dans une seconde), Stephen Brown,

Julia Maguire, Mary McCue, Adrienne Waintraub, Lisa Nadel, Laura Antonacci, Barbara Marcus et tous (j'insiste : tous) les employés des services commercial, marketing, publicité, fabrication, impression et juridique.

Merci également à Bill Clegg et Chris Clemens, mes anges gardiens. À Stella Paskins, Maggie Eckel et toute l'équipe d'Egmont UK ; à Penny Hueston, Michael Heyward, Rebecca Starford et toute l'équipe de Text Publishing ; à tous les éditeurs étrangers et traducteurs qui ont soutenu *A comme Aujourd'hui* internationalement de manière si impressionnante.

Quant à Nancy… En compagnie de tes notes dans mes marges, ma chère, j'entonne une chanson sur toi et moi et le quoi et le pourquoi. Le quoi, c'est le livre dans tes mains, le pourquoi, c'est le soin que tu y as apporté.

David Levithan est l'auteur américain de nombreux romans pour adolescents, dont *Will et Will*, écrit avec John Green (Scripto). Il est également directeur éditorial chez Scholastic, une des plus grandes maisons d'édition américaines, et vit dans le New Jersey.

Après le succès de l'incroyable *A comme aujourd'hui*, David Levithan décide d'approfondir son histoire en se plaçant cette fois du point de vue de Rhiannon : cela donne *Aujourd'hui est un autre jour*, un roman qui traite d'ouverture d'esprit et de tolérance, tout en questionnant l'importance des apparences et le sens de l'amour.

AUTRE ROMAN, AUTRE POINT DE VUE :

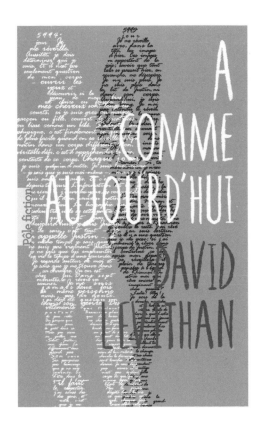

**Découvrez un extrait**
d'*A comme aujourd'hui,*
dans lequel David Levithan
raconte la version des faits d'A.

Je me réveille.

Aussitôt, je dois déterminer qui je suis. Et il n'est pas seulement question de mon corps – ouvrir les yeux et découvrir si la peau de mon bras est claire ou foncée, si mes cheveux sont longs ou courts, si je suis gros ou maigre, garçon ou fille, couvert de cicatrices ou lisse comme un bébé. S'adapter au physique, c'est finalement ce qu'il y a de plus facile quand on se réveille chaque matin dans un corps différent. Non, le véritable défi, c'est d'appréhender la vie, le *contexte* de ce corps.

Chaque jour, je suis quelqu'un d'autre. Je suis moi-même – je sais que je suis moi-même –, mais je suis aussi un autre.

Et c'est comme ça depuis toujours.

L'information est là. Je me réveille, j'ouvre les yeux, je comprends qu'il s'agit d'un nouveau matin, d'un nouveau lieu. La biographie surgit, cadeau très utile de cette partie de ma tête qui n'est pas moi. Aujourd'hui, je suis Justin. Je le sais, c'est tout – je m'appelle Justin –, et, en même temps, je sais que je ne suis pas vraiment Justin, je ne fais que lui emprunter sa vie le temps d'une journée. Je regarde autour de moi et je sais que je me trouve dans sa chambre. Qu'on est chez lui. Dans sept minutes, le réveil va sonner.

361

Je ne suis jamais deux fois la même personne mais, pas de doute, j'ai déjà été quelqu'un dans son genre. Des vêtements qui traînent partout. Beaucoup plus de jeux vidéo que de livres. Un garçon qui ne change pas de caleçon pour dormir. Et, d'après le goût dans sa bouche, un fumeur. Mais pas accro au point de devoir en griller une au saut du lit.

« Salut, Justin », dis-je pour tester sa voix. Grave. La voix sonne toujours différemment dans ma tête.

Justin ne prend pas soin de lui-même. Son cuir chevelu le démange. Ses paupières sont lourdes. Il n'a pas beaucoup dormi.

Je sais déjà que je ne vais pas aimer cette journée.

Ce n'est pas évident d'être dans le corps de quelqu'un que l'on n'aime pas, car il faut tout de même le respecter. Par le passé, j'ai causé des dégâts dans la vie des gens, et ce qui m'en est resté, c'est que, chaque fois que je me laisse aller, cela me hante. Du coup, j'essaie d'être prudent.

Pour autant que je sache, toutes les personnes qui me prêtent leur corps ont le même âge que moi. Je ne passe pas de seize à soixante ans. Pour le moment, je m'en tiens à seize. Je ne sais pas comment ça marche. Ni pourquoi c'est ainsi. Il y a longtemps que j'ai arrêté d'essayer de comprendre. Jamais je ne comprendrai – mais, au fond, même les personnes normales ne saisissent pas tout de leur existence. Avec le temps, il faut accepter le fait qu'on *est*, tout simplement. Nul ne saura jamais pourquoi. On peut élaborer des théories, mais on n'obtiendra jamais de preuve.

Je peux accéder aux faits, pas aux sentiments. Je sais que c'est la chambre de Justin, mais j'ignore si elle lui plaît ou non. A-t-il envie de tuer ses parents, dans la chambre d'à côté ? Serait-il perdu si sa mère ne passait pas s'assurer qu'il s'est bien réveillé ? Impossible à dire. Mes émotions remplacent toujours celles de la personne dont j'occupe le corps. Et, bien que je sois content de conserver mes propres pensées, un petit indice quant aux siennes me serait souvent très précieux. On est tous remplis de mystères, surtout vu de l'intérieur.

Le réveil sonne. J'attrape un jean, une chemise. Quelque chose me dit qu'il portait celle-là hier, alors j'en choisis une autre. J'emporte ces vêtements avec moi dans la salle de bains, puis m'habille après avoir pris une douche. Les parents de Justin sont désormais dans la cuisine. Ils ne se doutent pas que quelque chose a changé.

Seize ans, ça en fait de l'entraînement. En général, je ne commets pas d'erreur. Plus maintenant.

Je déchiffre aisément les parents de Justin : ce dernier ne communique pas beaucoup avec eux le matin, je n'ai donc pas besoin de leur adresser la parole. J'ai pris l'habitude de percevoir les attentes – ou l'absence d'attentes – de mon entourage. J'avale des céréales, je laisse mon bol dans l'évier sans le laver, je prends les clés de Justin et je décolle.

Hier, j'étais une fille dans une ville qui devait se trouver à deux heures de route d'ici. La veille, un garçon dans une autre ville encore plus éloignée. J'oublie déjà les détails les concernant. Il le faut, sans quoi jamais je ne me rappellerais qui je suis véritablement.

Justin écoute de la musique assourdissante sur une station de radio qu'animent des DJ abrutis en racontant des blagues débiles. Inutile que je cherche à en savoir plus sur mon hôte. J'accède à sa mémoire pour qu'elle m'indique la route qui mène au lycée, sa place habituelle sur le parking, l'emplacement de son casier, la combinaison du cadenas, le nom des connaissances qu'il croise dans les couloirs.

Parfois, je n'arrive pas à jouer le jeu. Je n'arrive pas à me forcer à aller en cours, à affronter un jour de plus. Alors j'annonce que je suis malade, je reste couché et je lis quelques bouquins. Mais de ça aussi, je finis par me lasser, et je me retrouve toujours à relever le défi d'un nouveau lycée, de nouveaux amis. Le temps d'une journée.

Au moment de sortir de son casier les livres de Justin, je sens la présence de quelqu'un qui se tient prudemment à ma périphérie. Je me retourne et découvre une fille aux émotions transparentes – une fille timide, attentive, nerveuse, qui brûle d'adoration. Je n'ai pas besoin d'accéder à la mémoire de Justin pour savoir qu'il s'agit de sa petite amie. Personne d'autre n'aurait une telle réaction en sa présence, ne vacillerait de la sorte. Elle est jolie, mais ne s'en rend pas compte. Elle se cache derrière ses cheveux, à la fois heureuse et malheureuse de me voir.

Elle s'appelle Rhiannon. Et l'espace d'une seconde – un très très bref instant –, je me dis que, oui, c'est bien le nom qui lui convient. Je ne sais pas pourquoi. Je ne la connais pas. Mais cela me semble juste.

Ce n'est pas Justin qui pense ça. C'est moi. J'essaie de ne pas y prêter attention. Je ne suis pas celui à qui elle veut parler.

« Salut, dis-je d'un ton excessivement désinvolte.

– Salut », murmure-t-elle.

Elle baisse la tête, en direction de ses Converse customisées sur lesquelles elle a dessiné des villes, des gratte-ciel, juste autour de la semelle. Il s'est passé quelque chose entre elle et Justin, et je ne sais pas quoi. Il n'a probablement rien remarqué sur le moment.

« Ça va ? » je lui demande.

Sur son visage, je lis de la surprise, qu'elle cherche immédiatement à dissimuler. Voilà une question que Justin n'a pas l'habitude de poser.

Et le plus étonnant, c'est que la réponse m'intéresse. Savoir qu'il s'en ficherait, lui, me donne encore plus envie de la connaître.

« Oui », répond-elle, l'air peu convaincue.

J'ai du mal à la regarder. Je sais par expérience que derrière chaque fille à la périphérie se trouve une vérité tout à fait centrale. Elle cache la sienne, et pourtant elle voudrait que je la perçoive. Ou plutôt, elle voudrait que *Justin* la perçoive. Cette vérité est là, presque à ma portée. Un son qui attend de se muer en mot.

Elle est tellement égarée dans sa tristesse qu'elle ne se doute pas à quel point celle-ci saute aux yeux. Je crois l'avoir cernée – pendant un instant, je m'imagine l'avoir cernée –, mais c'est là qu'elle me surprend par un bref éclair de détermination. De bravoure, même.

Levant les yeux pour les planter dans les miens, elle demande :

« Tu es en colère contre moi ? »

Je ne vois aucune raison d'être en colère contre elle. J'aurais plutôt tendance à être en colère contre Justin, qui semble la faire se sentir si insignifiante. Je le perçois à la manière dont elle se tient. Quand elle est près de lui, elle se fait toute petite.

« Non. Je ne suis pas du tout en colère contre toi. »

Je lui dis ce qu'elle a envie d'entendre, mais elle ne le croit pas. Je prononce les mots qui conviennent, mais elle les soupçonne d'être piégés.

Ce n'est pas mon problème. Je le sais bien. Je ne suis là que pour la journée. Je ne peux pas régler les soucis amoureux de qui que ce soit. Je ne dois pas changer la vie des autres.

Je lui tourne le dos, attrape mes livres et referme mon casier. Elle ne bouge pas, clouée par cette solitude intense et désespérée que l'on éprouve lorsqu'on est prisonnier d'une relation médiocre.

« On déjeune toujours ensemble aujourd'hui ? » demande-t-elle.

Le plus facile serait de dire non. Cela m'arrive souvent : me sentir happé par la vie de la personne dont j'emprunte le corps et prendre alors la tangente.

Mais il y a quelque chose chez elle – ces villes sur ses baskets, cette bravoure entraperçue, cette tristesse inutile – qui me donne envie de savoir ce que sera le mot quand il aura cessé d'être un son. Cela fait des années que je rencontre des gens sans jamais rien apprendre d'important sur eux, et ici, ce matin, avec cette fille, je sens poindre une envie de faire véritablement connaissance. C'est peut-être un moment de faiblesse de ma part, ou, au contraire, une preuve de courage. Quoi qu'il en soit, je décide de saisir l'occasion. Je décide de creuser davantage.

« Absolument, dis-je. Ce serait super. »

Cette fois encore, je lis sur son visage que ma réponse a été trop enthousiaste. Il n'est jamais enthousiaste.

« Pourquoi pas ? », je nuance.

Elle semble soulagée. Ou, du moins, aussi soulagée qu'elle s'autorise à l'être, c'est-à-dire de manière très prudente. En accédant à la mémoire de Justin, j'apprends qu'ils sont ensemble depuis plus d'un an. Cela reste très vague. Il ne se souvient pas de la date précise.

Elle tend la main, prend la mienne. Le bonheur qui m'envahit m'étonne.

« Je suis contente que tu ne sois pas fâché contre moi, dit-elle. Je veux juste que tout aille bien. »

Je hoche la tête. Si j'ai appris une chose, c'est que nous voulons tous que tout aille bien. Non pas tant que les choses soient fantastiques, ou merveilleuses, ou géniales. Nous nous contentons volontiers de « bien », parce qu'en règle générale, « bien », c'est déjà pas mal.

La première sonnerie retentit.

« On se voit tout à l'heure », dis-je.

Une promesse aussi modeste que possible. Mais, pour Rhiannon, elle vaut de l'or.

*À Suivre...*

ON LIT
PLUS
FORT.
COM
L'ACTUALITÉ DES ROMANS
GALLIMARD JEUNESSE

in

du 16 juillet 1949
sur les publications destinées à la jeunesse
ISBN : 978-2-07-058183-2
Numéro d'édition : 294444
Dépôt légal : juin 2016
Achevé d'imprimer en Italie
par Grafica Veneta